U0839411

作家文库系列

米霞

方英文 著

西安出版社

图书在版编目（CIP）数据

米霞 / 方英文著.—西安 :西安出版社, 2012.5
ISBN 978-7-80712-899-1

Ⅰ.①米… Ⅱ.①方… Ⅲ.①中篇小说－小说集－中国－当代②短篇小说－小说集－中国－当代 Ⅳ.①I247.7

中国版本图书馆CIP数据核字(2012)第082517号

方英文中短篇

米 霞

编　　者　方英文
出版发行　西安出版社
社　　址　西安市长安北路56号
电　　话　（029）85253740
邮政编码　710061
印　　刷　西安交通大学印刷厂
开　　本　700mm × 1000mm　1/16
印　　张　18.5
字　　数　271千
版　　次　2012年5月第1版
　　　　　2012年5月第1次印刷
书　　号　ISBN 978-7-80712-899-1
定　　价　26.00元

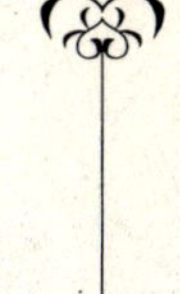

目录

观音山游记

宋薪原在北郊一家工厂做宣传员，能写点小新闻小文章之类的东西，隔三差五地发在报屁股上。他家离厂子很远，倒三次车才能回家。妻子偏瘫三年了，他就申请了三年，希望组织上调他回局机关工作，因为局机关距他家只有两站路。组织上研究、讨论了三年，终于把他调回机关了。他上班的那天，正下着雪，纷纷扬扬充满宁馨。但他没有穿大衣，穿大衣显不出西装革履的线条。他自我感觉很精神很潇洒地去上班，局机关的老爷们都掩嘴窃笑，笑他这个不合节令的瘦啦吧唧的男人。他们找了张三条腿的办公桌给他，又找来一节细铁丝，要他亲自动手将那半截断桌腿绑在对面的桌腿上。

对面办公桌的主人叫杨禾。杨禾是个美人。关于杨禾的风言风语他早有耳闻，只是未睹芳容。领导之所以安排宋薪与杨禾面对面地办公，主要是觉得他貌相平平口齿木讷举止有几分猥琐，是不会弄出花花事的。还因为都想跟杨禾面对面办公又争不到手只好让杨禾一人呆间办公室享受了事实上的处级待遇。宋薪狗一样爬在桌底绑那条断腿时，门外响起高跟鞋声。接着是掀门声。沉寂了一分钟，又是高跟鞋声，声音在宋薪的额前停下。宋薪头一偏，便看见一双标致的腿。他猜，杨禾进门时肯定看见了桌子底下撅出的一个屁股，她于是站着不动，纳闷，后来才断定这屁股大约是新调来的宋屁股。杨禾走到自家办公桌前，明知桌下有人，却故作不知，搬了藤椅，坐好，双脚有节奏地叩击着地板，仿佛给合唱队打拍子。宋薪有点生气。只生了几秒钟气便消了。自己是新来的，新来的照例要当一段时间龟孙子。再说人家是美人，美人多无礼，大丈夫要原谅才是。不过，他还是想用手里的老虎钳子钳一下杨禾那不住点击地板的腿。

宋薪绑好桌腿站起来，一边拍着手上的灰尘一边瞟了杨禾一眼。杨禾根本不瞧他，只是很投入地读一本妇女杂志。宋薪心里说，你漂亮你可以不理我，我丑陋我也没必要理你。毛主席说我们都是来自五湖四海，为了一个共同目标走到一起来了。我又不向你求婚，嚣张个没道理嘛。于是宋薪抹净桌子，打了开水，沏好茶，拉一张《参考消息》，也很投入地读起来。反正喝茶、读报、等死，是坐班人员的最大内容。

一连四天均是如此。宋薪和杨禾未搭一句话。宋薪觉得有趣，决心打个赌：你要是先跟我说话，咱俩便有些故事。而且，他私下里写了一篇关于她的肖像，美其名曰“素材积累”。二十年前，中学生的他就梦想写一部长篇小说。二十年后的今天，别说长篇，连个短篇也没有发表过。他把这一切归结为他的路太坎坷了。关于杨禾的肖像，他是这么记载的：

从背后的身段看，她是个又丰腴又不乏线条感的少妇。正面呢，尤其从她眼角的鱼尾纹里，可以判断她的年龄至少突破了三十五岁。眼睛大而亮，颇有情调，适合调情。她看窗外的雪，雨，以及翻飞的花絮时，眼睛会飘出一丝忧郁而浪漫的光泽。这是一种青春将逝的光泽。这光泽表明，她还渴望一次爱情，她一生里可能出现的，最后一次爱情。这个年龄的女人，其热烈奔放的力度，无论怎样估算也不致过分，犹如输家打麻将打到天要亮时恨不能连坐十庄捞回一夜血本。

那天，杨禾在读一张小报，宋薪在起草一份文件。忽听杨禾笑着自言自语道：有这号事？世上竟有这号事！文人胡编哩！并第一次扬起美目瞧宋薪，意思显然是恩赐宋薪——你可以跟我说话了！宋薪回看了一眼杨禾，仍低了头，继续写他的“要继续……深入……加强……”。杨禾有点羞恼：你是哑巴吗宋薪？宋薪高兴了，我的赌打赢了，是个好兆头。于是说杨禾我正要问你呢。杨禾笑了笑说：对不起，我近来身体不好，刚做了手术，没有招呼你。宋薪说没啥，又问，你读什么文章，那么惊奇？杨禾就以甜柔的嗓音念道：我到观音山的第一夜，主人安排我睡到他和他妻子中间，这让我很难为情。我早听说观音山有这号风俗，是对客人的最高礼遇，以为是神话，没想真的如此。我只好上炕，和衣睡在他们夫妇之间。但他们不，非要我脱光衣服不可，理由是人是一丝不挂来到世上的，只有一丝不挂睡觉才睡得舒服。我拗不过，只得脱光衣服。但无论如何不能脱裤头，裤头虽然包藏着丑东西，其实是包藏着脸面，而人与动物的区别正在于人要脸人顾脸。他们同意了我的这个小小请求。但我怎么也睡不着，尤其他的妻子——一个原汁原味的漂漂亮亮的未经丝毫矫饰打扮的小媳妇——总是朝我身上挨呀蹭呀的，要拿她的身子暖我，因为她感觉我浑身哆嗦。我不是冷，而是害怕，总以为这其中藏着一个可怕的陷阱。我能做的是拼命朝外挤，几乎要把她丈夫挤下炕。她丈夫虽然矮小，却是个磁铁疙瘩，死死地抗住，拼命朝里挤。于是我哆嗦得更厉害了。矮小的丈夫以为我打摆子，就下了炕，朝炕洞里添柴加火。其实炕够烫的了，我的屁股我的脊背都快烙熟了……

杨禾念文章时，宋薪很不感兴趣的样子，仍旧写他的“要继续……深入……加强……”。杨禾很来气，报纸一拍玻璃板，说：你这聋子！宋薪抬了头，说：有啥奇怪的，文章是我写的么。杨禾呀的一声，说文章署名胡浪呀。宋薪说胡浪正是我的笔名，说着从兜里掏出一张稿费汇单，汇单附言栏里注明是×报×月×日×版×文之稿费。杨禾的嘴巴鼓出一个O型，三分钟后才合拢。

这一天是关键的一天，抒情的一天。因为从这一天开始，杨禾对宋薪很热情很尊重了。他记得那天下着细雨，通常说的春雨，院里的一株桃树盛开着花儿，花儿艳丽着，娇红着，水悠着。细雨，桃花，没有比这更暗示人情色洋溢的氛围了。

你真的在观音山那么睡过？杨禾怎能不追问呢。真的睡过，宋薪巴不得回答道。杨禾一笑：能睡着吗？宋薪说，其实压根不想那事。杨禾撇撇嘴：吹牛。宋薪说：人家把咱当人，咱就不能做狗。杨禾说：要是憋不住当了狗呢？那不是要让人家打死嘛！宋薪说：这你就把观音山人看扁了。你要当狗，他们决不会拦你也不会揍你，第二天把你送出门了事。但是下次，你再也进不了他的家门了。噢，杨禾的嘴又成了O型。

观音山成了他和她的谈话主题。人和人一旦有话可说，便会发现对方还藏着许多新鲜之处迷人之处。宋薪家有病人，自从到了局机关，过去的奔波之劳带给他的倦容便日渐隐退，干起家务来越发精神，对病妻的照料更为细心。在外听到什么新鲜事儿，一回到家里就兴致勃勃地讲给妻子听。当然不讲杨禾。傻子才讲杨禾。他总是提前十分钟赶到局机关，哼着小调扫地抹桌子打开水。他的桌子比杨禾的桌子矮半寸，起初他叠了纸板要把自个的桌子垫高以便与杨禾的桌子举案齐眉，但他没有这样做。他不知道为何没有这样做，只感觉不这样做有好处。他已很熟悉杨禾玻璃板下的图案和照片。杨禾的丈夫戴一顶黑色博士帽，潇洒而英气逼人，是宋薪无论怎样也没法比的。这有什么关系呢？天安门是天子招手的地方，老百姓不是也可以上去招招手么。宋薪满不在乎地想着。他知道杨禾爱吃零嘴，瓜子糖果话梅什么的。杨禾坐下来第一件事便是掏零食吃，声音如麻雀争食。宋薪很喜欢听这声音，女人就应该发出这样的声音。女人的嘴是个奇妙的东西，一刻也不闲的，没正经话说了就唠叨个没完没了，没话说又无对象可唠叨时，就吃零嘴，跟吃饱了的耗子要闲磨牙一样。所以每到上班，宋薪也就带些零食。他的零食总是备了两份，一份留给病妻消磨，一份带到局机关与杨禾共享。杨禾当然不白吃他的，也要投桃报李的。两人吃着，聊着，别人来了，也跟着吃跟着聊。

聊什么呢？聊观音山。宋薪在观音山插过队，对那里很熟悉；又因桌对面的美人刺激，想象就发达起来，把观音山讲得宛如一个迷人的王国。观音山的水土不好，男人很矮，大关节，一身的疙里疙瘩。水土不好呢，女人却是个个的柳腰粉面，一动一静尽显风流，即使睡着了，也如观音卧莲——这大概就是观音山的来历吧。你第一次失身是不是在观音山？杨禾不无嘲弄地问道。宋薪一愣，说，哪里，我一生最遗憾的是没有在观音山失身，而是在……好了，有空了专门讲给你听——那么你第一次在哪儿失的身呢？杨禾装作没听见，似乎一直兴趣着方才的问题：观音山的男人又矮又丑，观音山的女人为何不往别处嫁呢？这你就不懂了，女人要想博得男人的终生之爱，仅凭姿色是不够的，因为姿色迟早会凋谢；所以她们乐于投到本地男人的怀抱。这样的话，男人就很宠老婆，在老婆面前极乖顺，如乖儿子在慈母跟前一样；妻子对丈夫也就真的像是慈母待儿子了，农家活儿尽量少让男人干，怕累坏了他们，所以观音山的男人们动辄在老婆跟前撒娇。他们因了劳动量之轻微，身体越发地矮小了。老婆下地干活，丈夫在家管孩子做饭。孩子在炕上胡闹，炕下的父亲指着炕上的孩子的鼻尖吼道：别闹了别闹了！再闹腾等你娘回来抱我上炕揍你呀！为何要等他老婆回来抱他上炕呢？因为他个头太矮上不了炕呀。到了炎夏的收割季节，女人怕男人热病了累坏了，不让他帮忙收割，嫌他碍手碍脚，就说：你到城里给咱买些茶叶吧！所谓城里，也就是山口的镇子，十几里路而已。可是他一路浪荡着买回茶叶，当年的麦子被老婆收完了不说，第二年的麦子又快下镰了。为什么呢？因为男人矮，腿短，加上大关节，走路太慢啦。

杨禾笑得岔了气，笑得仰在椅子上打嗝儿。这么一仰，身子一伸，桌下的两条腿也就同时伸到宋薪的桌下，颤悠悠地碰了宋薪的双脚。爱情就是从桌下的这么一碰脚生发开来的。第一次四脚初遇，双方急忙缩回如同蛇碰了火。但是第二次，就不那么慌乱了。第三次、第四次呢？让脚们多磨叽一会儿。至于桌面上的两个人呢，都各自低着头，认真地读，专注地写，竟与己无关似的如一池死水风平浪静，完全是敬业的国家公务员态势。其实在他和她的心底里，却恰似那钱塘江潮，潮涨潮落又潮起。这样平静而又浪花飞溅的感觉，并不是每个人都有福分体验到的，因为许多办公桌的对面，要么是同性，要么虽说也是异性却档次差别太大。正如一些渴望艳遇的人坐火车，票一拿到的当天夜里，就失眠了，就幻想明天的邻座是个风骚的娘们。可是临到上车，一瞧，哪来的风骚娘们，竟是个满身酒气胡扔果皮随便吐痰的假药贩子……

到了酷暑季节，这间向南的办公室就几近于烤箱。机关是清水衙门，无钱置空调的，只好硬顶着，挂上花布窗帘，聊遮太阳。宋薪可以穿背心短裤，杨禾虽能裸腿，却不能袒胸，更不能卸掉胸罩——里边的每一根毛孔都在渗水哟。现在的女人用品多如牛毛，却无人发明个带风扇的胸罩，硬是留一个科研空白。宋薪照例写“继续……深入……加强……”，所以桌下的脚与脚相碰，就没多少心思激动。先屈回脚再说，因为文件要急着打印下发。脚虽然撤回了，但宋薪有个感觉：杨禾没穿袜子。正在这时，杨禾起身出门上厕。宋薪垂眼细心一瞧，杨禾的脚上确实没穿袜子。现在的女人穿不穿袜子，实则是很难看清的。那天很巧，宋薪和杨禾都换上备在办公室的拖鞋。杨禾上毕厕所回来，丝绸手绢擦着手，依旧坐回藤椅。宋薪的脚小小心心地伸过去，快要接触杨禾脚时，宋薪犹豫一番后索性豁出去了双脚铲车般推将前去——完全是“无意“地碰了杨禾的脚。女脚并不惊慌，并不挪走，也许因为她早已习惯了这个游戏。但是今天，男脚很有些异常，有力，有胆，并且脚趾头乱动乱摸，好像手指头练习钢琴。及至后来，男脚咧开大趾头，一下咬过去，一下咬住女脚的大趾头，温柔地咬，紧紧地咬，后来差不多是钳住了。七天后在观音山，杨禾对宋薪不无抱怨地说：你可真狠，把我的趾头都夹肿了。

夹趾头的第三天早上，宋薪拿了张医药卫生小报，说上面介绍了一位深山郎中，是治疗瘫痪症的圣手。我打算礼拜六去访郎中，给老婆讨些药回来。深山郎中杨禾说，又不是传奇电影，能有多大能耐。宋薪说这可不一定，深山出美女，荒僻多异人嘛。别看深山又偏又穷，可总能出些怪东西。有时从一家青砖老屋里的椽缝里，掉出一本书来，竟是线装的，值钱得很很，因为北京图书馆也查不出来！你越来越能说了，杨禾笑道，我当然希望你的妻子能站起来，能给你生个胖儿子，但是凭感觉，你这次访医求药，效果不是多大的。宋薪强调道，这并不重要，重要的是身为丈夫，我为妻子尽了什么爱心。爱心二字，弄得杨禾一脸茫然。

宋薪又随便说道，去访郎中的地方，要经过观音山的镇子。我将在那里歇一夜，就歇在“篁园”旅店——反正要在那儿换车的。如果可能，我还要进趟观音山。我老想它呢。杨禾说，你去失身吗？宋薪笑了，现在拿什么失呢。要失，只能失别人身。

礼拜五一早，宋薪就上了长途汽车。到观音山口的那个小镇时，太阳已贴上山尖，满天落照，山谷里开始暗下去。镇子不大，竟有两条街，全由石板铺就。各家的围墙里，都探出一簇绿竹。宋薪一颠一颠地找到“篁园”——远远地，他竟然看见，杨禾坐在店门口的竹椅上，正和老板娘说笑哩！这既出宋薪所料，又在他意料之中。杨禾站起来，老板娘却先开口：大妹子昨天就来了，说你今儿傍晚来，果然就来了！瞧你俩，真是天生的一对儿！老板娘是说假话献殷勤呢，因为他和她怎么看上去也看不出般配的味道。进了门楼，老板娘唤出一个后生端来洗脸水，又唤出一个丫头沏茶，让她沏了茶快去弄饭。

然后就上楼看房间。楼梯是竹制的，楼廊也是竹子围栏的，踏上去咯吱吱，摸上去凉悠悠。竹子真清雅，在炎炎的夏日竟发凉。进了房间，又全是竹床竹椅竹杯竹玩具。还有个竹书架，无书，只放了几本通俗杂志和一码旧报纸。墙上还挂杆箫。宋薪取下箫，抿抿嘴吹起来，吹出扑扑声，像放屁，像吹火。他有些不服气，伸出舌头旋扫嘴唇，继续吹，想吹出箫音，却依然是吹火放屁。身后的杨禾说，你还吹呀！宋薪回头一看，杨禾早一丝不挂仰床上，像条白鱼，眼睛微闭，嘴角泛笑。宋薪搓搓手，挤挤眼，又掐掐自个手腕，这才判定眼前是真的而非虚幻。就走到床边。宋薪刚弯腰，楼下的老板娘喊道：王先生，下来吃饭哟（显然是杨禾告诉老板娘宋薪姓王）！杨禾早伸出双臂环住宋薪的脖子，头却偏向窗子大声说：他不饿，他带有干粮呢！

第二天早晨，竹叶间的阳光筛到窗纸上，两人才醒。一看表，九点多了。九点钟的太阳，是最好的太阳。两人一个长吻，又躺了一回。啥话也不说，就摸摸揣揣的，免不了又死美一回。再躺半小时，起床，洗漱，吃饭，结账。拐出镇子，进了一条山谷。山谷一直通往观音山。在路上，杨禾说：真看不出，你这瘦子还恁厉害。宋薪说：你没听农人讲过？瘦驴日死牛哩。好啊你骂我是驴！那你是驴儿子！我是驴儿子，宋薪幸福道，满身的精神。杨禾更是生动饱满，眼角的三条鱼尾纹只剩一条了。不细心瞧，一条也瞧不出。

宋薪拍拍肚子，说要解手，请杨禾先走几步。我也想解手杨禾说。两人离开小路跳过小溪，跳过长满水草的小溪，躲进一片树林后。宋薪选个凹处，搬块石头，请杨禾蹲上去，免得草里的什么虫子叮咬。然后给自己也搬块石头，蹲上去。他从马桶包里取出一本书来，说：我这人一生命苦，缺钱无官，仅有的快乐是拉屎看书。杨禾从一棵树后仄出脑袋说：你懂得苦中求乐。你慢慢解手吧宋薪说，在大自然中解手，跟品茶一样，越慢越有味道——纯净的山风温柔地抚摸着屁股，鸟音溪语灌满两耳，山光水色杂花竞放乱草缠藤……啊，人生！杨禾早尿结束提起裤子了，经宋薪这么一渲染，又放松裤子继续蹲将下去：宋薪你啊作诗啦！宋薪说我哪会做诗呢，现在倒是一肚子屎憋得难受。稍停又说，我给你念首诗吧——

我是个普天下郎君领袖，盖世界浪子班头。愿朱颜不改常依旧，花中消遣，酒内忘忧……正念到妙处，杨禾哎的一声惊叫，宋薪裤子也来不及提就扑将过去，但见杨禾拧头反手拍打着屁股，屁股上有个小红点儿。蚊子叮啦宋薪说，水边草丛蚊子多，山里的蚊子哪见过你这么粉白的屁股，不叮个一饱口你岂不白扶贫了！说着手指头蘸了些唾沫，抹了抹那小红点儿。指头在小红点儿上摁着拧圈儿，女护士给大首长屁股打毕针似的。唾液能消毒宋薪说，泥土更能消毒，大自然既养育我们又给我们以保健，我总是满怀感恩之情。然而，只有宋薪一人独白，却不见杨禾一向所有的喝彩。宋薪不说了，一低头，杨禾正一抬头。宋薪看见，杨禾双眼涌泪，双眼如两颗黑葡萄破裂了，左眼里一粒泪珠正好翻滚出来。

杨禾说我下个月就去美国了。沉默。杨禾又说，我下个月要去美国。宋薪说也好，女人迟早要回到男人身边，丈夫终归要滚回老婆怀里。我去美国后，杨禾说，八成是不能回来了。我现在明白了什么叫故土，呆在故土上还思念故土，思念得心疼。你别说难受话啦，宋薪说，起来吧，你又没屎给故土拉的。杨禾还不起来，说，宋薪，我真想给你生个儿子。谢谢宋薪说，不过我想，我没有儿子，也好。我受苦，再生个儿子，人又这么多，还不是一个苦字。那你老了怎么办？杨禾说。为什么非要等到老呢？宋薪反问道，行了行了，咱们别他妈哲学了，起来吧，上观音山吧。

【原载《佛山文艺》1996年4期】

王尚书

在见到王尚书之前，王尚书一直是我童年生活中的一个神话。王尚书出生于一个世代贫苦的半农半猎家庭，住处距我们村子三里来路。我和小伙伴们上山打柴时，要经过一条松树沟——通往森林的必经之路。王尚书的家就住在松树沟的半腰里。那是三间茅草房，孤零零的，像隐士的住所。我们从山上打柴下来，照例要在王尚书家门口歇息一下，讨口水喝。王尚书的母亲半坐半躺在一个烂树根弄成的椅子上，晒太阳，赤日炎炎的夏天亦不例外。不过在抱山环林的地带，最热的时候现在想来也还是带着些许的凉意。王尚书的母亲被太阳晒蔫了，晒干了，像九月份残留在窗棂上的那根端阳节时插上去的艾。我们将肩上的柴捆放在一个长石条上，说王婆，我们想喝水。她说喝吧，给你们预备好了。我们很熟悉地走进茅草房，从墙上取下那只葫芦瓢，舀锅里的水喝。锅底总有几朵金银花，算是中药汤，当作茶饮据说可以清热败火。我们舀满一瓢温啦吧唧的汤水，踮着脚尖端出来，围坐王婆，让她给我们捉虱子。

给我们捉虱子，是王尚书母亲晚年的最大乐趣，也是我们童年的美妙娱乐。你们这些虮子，她总是先说这么一句，便把我们中的一个揽进怀里，从小脑袋上搜虱子了。她捉虱子从不用眼睛，只用手指头摸。摸的时候，她的那对黑黄豆似的眼睛一直仰望天空，心情与白云纠缠一起。王婆，你为什么总是叫我们虮子呢？哈哈，你们小么，虮子大了才叫虱子，虱子是要结婚的。说着，冷不防一手勾进我们裆里揪住小鸡鸡，说：这么个小玩意儿不是虮子是什么！被揪的伙伴儿要挣脱出来，但是往往徒劳，因为身子被王婆的两腿夹得紧紧的。这时，我们看见一只干瘦的大虱子顺着王婆脖颈的青筋往上爬，王婆显然意识到了，因为那青筋一抽一搐的，但王婆并不去理会。我们伸手欲替王婆捉拿，被她拦住，说，这不是虱，这是我儿王尚书。我儿在我身上睡好了，现在起床了，要爬我头上，替我捉虱呢。我儿捉一只吃一只。他一顿要吃三只虱，才能吃饱。王婆的话让我们惊骇不已。而且，王婆给我们逮虱逮到最后，总要留只活虱放到她自个头上，放进她那丛稀黄的头发里。加上这只虱，我儿今天就吃美了。王婆眯了眼睛说。

所以在见到王尚书之前，王尚书只是一匹虱子，一匹爱吃其他虱子的干瘦的虱子。王婆的儿子王尚书不见了，王婆思念儿子便把儿子想象成一只与她朝夕相处的虱子。世上竟有如此怪诞的母亲！据大人们说，王尚书是个不难看的小伙子，跟上他父亲打猎时，尻蛋子让狼给咬去一口，至少把六两肉咬走了。他父亲一气之下，扔了猎枪朝狼扑去，跟狼撕缠一起，咬狼，也让狼咬，结果就相互咬死了。对于父亲的死，王尚书似乎不曾痛苦过，因为他的尻蛋子疼得他分不出心思来替他父亲痛苦。尻蛋子的伤好了，亡父的悲伤也淡化得寥寥无几了。后来王尚书就犯了法。犯的什么法呢？偷看队长的老婆。

队长——现在叫村民组长，是村长的下属——老婆有几分姿色，这是件好事。队长的老婆若是没有几分姿色，其他村民的老婆反倒有几分姿色，那就麻烦了。队长是一队之长，是几百号人的皇帝。皇帝的老婆若不是最漂亮的女人，皇帝便没有心思理政，因为他老想着臣民的漂亮老婆，老想着怎么才能给臣民戴上绿帽子。但是臣民不能也不敢给皇帝戴绿帽子。当然想想是可以的。但是不能看皇帝的女人，特别是不能看皇帝女人的那个地方。

王尚书当时十九岁，正处在想看女人的年龄。他家住在松树沟，到队里干活要走好远一截路程，所以他总是比别人早起一半个时辰。那天早上不知怎么搞的，他早起了两个时辰。当时天阴着，他扛着锄头走到松树沟口，发现那块黑云散去了，天大亮起来。但是抬头一瞧，不是天亮了，而是月亮亮的。月亮的位置告诉他，天亮还早着呐。他想返回去再睡一会儿，又一想不合算，就继续朝前走。走到我们村口的拐枣树下，他一尻子塌到石头上。这块石头究竟有多大年岁，没有人能够说出，反正被不知多少代人的尻子，坐得光滑如玉了。他身子靠着树，丢起盹来。不知何时，不知什么东西把他咬了一下，咬醒了。这时候，队长家的大门吱呀一声，开了。队长娘子走出来，天色已很清亮。队长娘子跨出门槛，一手揉眼睛一手扣前襟一边朝厕所走来。王尚书看见队长老婆的前胸一块白砣，白砣一闪，迅速被前襟遮住，像是白馍馍被饿贼一把夺走了似的。队长的老婆走进厕所时，王尚书鬼勾了似的，也溜到那种吊楼子厕所下边。

于是就有了一声尖叫，女人的尖叫。叫声充满了惊讶惊愕惊惧，像是谁个冷不防地踏了猫尾巴。在尖叫的同时，队长娘子手提裤子蹦出厕所，正与前来上厕所的队长碰了个满怀。队长快步进了厕所，低头一看，便看见茅洞底下一张仰脸。仰脸笑笑的，笑笑地问队长：你吃了么？吃了么是那个年代的一种见面问候语，如同现在的你好。队长明白了啐得一口，笑脸当下灵醒过来咳的一声，撒腿就跑。王尚书一口气跑回松树沟的家中，取下葫芦瓢咕嘟嘟灌了一肚子水。又跑出来，跑进森林里，爬到树上，躲了两天两夜。后来饿得顶不住了，也暗忖大概没事了，就溜下树，回到家里胡乱地吃了些东西，扛着锄头继续上工。一上工就被五花大绑起来。当然是队长吩咐人绑的。开批判会，呼口号，让王尚书老实交代犯罪经过。又揭发他的许多罪行，偷包谷棒子什么的。后来就被抓走了，逮捕了。

王尚书被带走的那天，准许和家人话别。他跪在他娘脚下，一声不吭。他娘看着他的头顶也一声不吭。他娘看了儿子许久，终于看见一只虱子从儿子的头发里溜出来，溜到儿子的额上散步。这虱子绕了个半圆，正要返回头发时，娘就捉住它，不让它回头发。娘用两指捏住虱子，举起来冲着太阳照了照，竟放进自个头发里了。然后，她扬了扬手，意思是可以走人了。公安局的人就带走了王尚书。后来听说，王尚书被判了五年徒刑，发配新疆劳改去了。

这些事情我还是听大人们讲的。五年很快就过去了，王尚书也自然回来了。他彻底变了个人。首先是长高了。尤其令人吃惊的是，这个一字不识的倒霉蛋，胸前居然插了三支钢笔！笔们看上去一片星光，在朝晖夕阳下收麦插秧，三支钢笔随着主人身子的俯仰晃动而乱闪胡耀的。他说他在新疆根本不吃洋芋，根本不吃包谷，也根本不吃野菜。吃什么呢？顿顿都吃白馍，白馍又大又白又胖，跟坐月子的女人的奶子一样。光吃馍怎么行呢？还要喝汤嘛。啥汤？牛羊肉汤嘛，最差也是奶茶。听得大家都咽唾沫擦口水。奶茶啥玩意？就是奶就是茶么。想想看，咱这山沟沟里多可怜，吃奶是孩子的事，喝茶是大人的事，可新疆的男女老少哩，又吃奶又喝茶啊！新疆的女人更有味道，你看了要是有兴趣你就上去喽，你没兴趣你就走你的人喽。说到这儿总是拿眼睛瞟队长。队长呢也不知如何表态，只好嘛不是看太阳做打喷嚏状，便是擤鼻涕。王尚书只字不提劳改的事，所以谁也不知道他是怎么劳如何改的。但人们还是要问他劳的啥改。尤其队长爱问。每逢此时，王尚书总是讲个新鲜的故事轻而易举地分散了提问岔开了话题。王尚书是村里唯一出过山的人，单是一个火车，就吹得人们百听不厌了。火车可长了，几十里路长呢，一走，“昂”的一声，跟一百头牛同时叫唤似的。火车站起来有多高？你想么，爬着都几十里长呢，站起来能不顶着月亮吗？你留心看看月亮吧，月亮上的那些黑影影儿，根本不是什么娑罗树，而是火车头磨蹭的咧……对比本地的石板房茅草屋爱漏雨，王尚书就说还是新疆的地窖子好。啥是地窖子？就是地上挖个坑，面上搭些草，把人像洋芋像红薯像酒糟似的窖到地下。那就不怕下雨泡死球了？瓷槌，新疆就不下雨，靠雪山哩！地窖里生一盆火，饿了，打一声口哨，羊群就跑来了。

羊群经过地窖面上的草毡时，见哪只羊肥，手往出一伸，拽将下来，烤羊肉啦！

总之，王尚书成了全村见识最广博的人，差不多成了故事大王。他给人们带来了莫大的乐趣。特别是女人，把他看成学问大过天的人，所以时不时地殷勤他，套近乎他。王尚书对此不屑一顾。日子一天天过去，日子一天天打磨掉王尚书身上的某种洋气，他又恢复了土包子面目，打喷嚏仍旧看太阳，擤鼻涕仍旧朝鞋帮上抹，歇伙时仍旧捉虱子玩儿。

就在这时，王尚书的好运来了。供销社的食品站要招一名工人，一个杀猪匠。村里本来有个杀猪匠，是个麻子，可惜年龄大了。食品站的人正在犹豫不决时，王尚书气喘吁吁地跑来了，声称他能杀猪，证据是他在新疆杀了五年猪。食品站的人不信，他便赌咒发誓，说谁骗人谁是婊子养的。食品站的人决定考核一下，当即吆出一头猪来，要他现场杀杀看。猪不算小，二百斤差不多吧。王尚书并不让人帮忙，只要一个脸盆来，手上捏撮食料，蹲下身子哄猪来吃。猪吃着，他给猪挠着痒痒。猪这东西，生来喜欢挠痒痒，就像凡人皆爱听奉承话一样。人的耳朵招展着，迎风着，就是为了无休止地恭候美言。给猪也说奉承话？那算是白说，猪不需要听，所以猪的耳朵始终耷拉着。王尚书给猪挠了一阵痒痒，猪大概觉得让人挠痒比吃食还舒服，索性不吃了，索性躺下来让人挠个美。就在这将躺未躺之际，王尚书从尻子后抽出刀子，只一闪，便把猪杀了！又一闪，刀子飞出老远，刀子点血未沾呢！前后不到一秒钟，猪还在痒痒美中，就死了。

王尚书双手揪住猪耳朵，猪血如一挂红色的小瀑布涌泻下来，淌进盆里。总之，猪基本是站着死的，直到血流完了，才咕咚一声，倒了。王尚书拍拍手，问食品站的人，说这样能成么？能成，食品站的人说。就这么着，王尚书当了干部。其实是工人。但是村里把吃皇粮的人，一律称作干部。王尚书当干部后两个月，便娶了个当干部的女人，可谓双喜临门。那女人是个寡妇，食堂的厨娘，有两个孩子。一年后，寡妇跟王尚书合作了一个孩子。一家五口，日子过得蛮像回事。只是王尚书的母亲死后，他除了清明节回松树沟祭坟，平时几乎很少回家，尽管从镇上的食品站回家，不到三十里路程。偶尔回村，也是普查生猪行情，背着手，东家猪圈瞧瞧，西家栏里瞅瞅。有时带个兽医，颐指气使的神气。他回村时很少跟人搭话，表情比公社书记还严肃。至于我们这些孩子，别说搭话，他连看也懒看一眼。

王尚书跟我第一次说话，是在我考入大学的时候。那是暑假，我在家看半天书，干半天农活。王尚书已当了食品站长，但还是亲自下乡考察猪。老远见了我，他便丢来一个笑，并准确地叫出我的名字。这使我很吃惊，因为我一直觉得他根本不知道我的名字。他发一支烟给我，又给我点着火，看看周围。见周围没人，他便轻轻地，很庄重地说：咱村子就出了咱俩干部，要珍惜，千万不要犯错误。我正琢磨着如何回答时，这家人跑出来，请我给他们当兵的儿子写信。可是我没带笔，便问王尚书王站长借笔一用。王尚书稍作犹豫，还是从上衣兜里取笔出来。取一支出来，一看，是个笔帽，嘴里说笔漏了；再取一支，还是个笔帽，说怎么也漏了；抽出第三支笔，倒是完整的，可是我一写，却没有水。甩了几甩，依然没水。只好笑笑地还给王尚书王站长。

第二年发生了一件事。王尚书升官了，当了供销社主任。供销社要招一名售货员，恰好队长有个女儿，有人说条件合适。队长的女儿十七岁，相貌打眼，经过身边时总要旋起一团香风。可就是念不进书。勉强混完初中说啥也不要再念书了，就想当售货员，想得眼里伸出爪子来。队长说这绝对不可能，咱得罪过王尚书。女儿就撒娇，就哭，就闹。队长只好备了四色礼，外加二两麝香、一条纸烟，去走王尚书的门路。队长清楚这事没法成，之所以送礼看脸，无非是尽个做父亲的义务，让女儿无话可说罢了。果然，王尚书怎么也不收礼，弄得队长一个猪血脸回来了。谁知第二天，王尚书竟登门来看人了，把队长女儿看了个从头到脚，再从脚到头。光阴真快！王尚书感慨一声，继续看。看着看着，眼里就看出一些怪怪的味道来。队长一直看着王尚书，似乎看出了看女儿人的心思。没话找话了一堆，酒菜端上桌了。酒，一直喝到太阳接近西山，队长一家仍继续劝酒，一直劝到掌灯时分。王尚书迷迷瞪瞪地靠着椅子。队长给女儿使了个眼色，让女儿跟他进了厢房，说：你去把床铺好，王主任今夜就睡咱家。娃呀，你的前途爹没法子。你的前途你自个想办法吧。

王尚书就睡到队长家的床上了。队长的女儿走进去时，王尚书早已开始打呼噜，噗嗤——噗嗤——。她就想，这个人能决定我的前途，这个人能让我当售货员。当售货员是我的最大愿望，我的最大喜欢。当不了售货员只能当农民，再嫁个农民，再生一窝农民。要是当了售货员，就在镇上工作，再热的天也在凉房子里，冬天冷了柜台下有木炭火。外面下雪，营业室里暖融融。来买东西的人，买与不买，都想多呆一会儿。一是取暖，再是磨叽磨叽，看能否没有糖票先把糖拿走。当然不行，不能犯政策，不能最后碰不拢账。当上售货员还能顿顿吃炒鸡蛋——供销社的破鸡蛋多得很呢，便宜得洋芋似的。还能天天见很多人，天天跟很多人说话。将来么，一定是嫁个干部的。没准，还嫁个城里分来的大学生呢！当不了售货员，就只好嫁到几百里路的山外，十几年才能回趟娘家。这么一想，心里这么一算细账，哪轻哪重就明摆了，晚上无论发生什么事，也都值了。不过是跟个老男人睡一夜嘛，一夜睡来一辈子幸福，划算得很很。何况跟人睡，又不是跟猪睡。

队长的女儿想通了，就解开衣扣。解开了，王尚书还没醒。队长的女儿又扣上纽扣，摇醒王尚书。王尚书睁开眼睛，一瞧，炕边上站一个水漉漉的女子，就忽地坐起来。女子冲他甜甜地笑着。王尚书揉揉眼睛，伸手拉过女子，要女子上床。女子乖顺地上了床，居然很熟练地从王尚书身上跷过去。跷到炕里，躺下。王尚书拍拍自个的额颅，又让女子再起身，再原路跷回去。他让她下床去。他说：好娃哩，我是你叔么……可是，当年……我看你妈上茅房……其实，我啥都没看见！你说屈不屈，让我劳改了五年，五年哪……

队长女儿手足无措了。也不知该说啥话好。她忽然觉得这个四十三岁的老男人，其实是个挺可怜的孩子。不就是看了一回自己的妈么，又没看见啥，又没看掉啥，竟害得人家劳改了五年。我们家对不起这个男人……站在炕边的队长女儿，毫不犹豫地脱了上衣，只剩一个红裹兜，说：叔，你没看成我妈，我今儿让叔看！也好，王尚书说，也好。队长的女儿又脱裤子，刚解开裤带要往下退，王尚书忽然翻下床来，一把提起女娃的裤子，边替她系边说：孝心到了！好意领了！好娃哩，你是晚辈么，快去睡觉吧。

队长的女儿当了售货员。我回家过春节时，王尚书王站长王主任对我说，很庄重地说：咱村出了三个干部。

【原载《延河》1996年2期】

教授三陪

对于幸福二字，人们有各种各样的理解。但无论哪一种幸福，它首先，章教授经常思考这个问题，幸福首先最起码是令人愉快的。譬如清点钞票，就相当舒服相当愉快。

章教授眼下正躺在转椅上数钱。他缓缓地数了三遍，不多不少，整整一百张老人头，一万元！可这钱并不属于章教授，而是一个阔佬的。章教授和那个阔佬之所以成为好朋友，完全是出自相互羡慕。章教授羡慕阔佬潇洒有钱，阔佬羡慕章教授闲散自在。这种羡慕完全类似于一个和尚和一个多子女父亲的相互羡慕。章教授的那个阔佬朋友，南下一趟广东，当地一哥们为了巴结讨好他，介绍来一个女子与他风流了几天。谁知一个月后，也就是昨天，那女子来到这个北方城市，给阔佬打电话，哭着说：我来找你是因为我肚里怀了你的孩子，你说怎么办？

阔佬满面忧愁地找到章教授，请章教授给他出谋划策。章教授说：恭喜呀，让她给你生下来嘛，说不定五十年后还是个总统哩，私生子当皇帝多了去！阔佬很不高兴了，说：你够朋友吗？你不帮忙也罢，何必看笑话呢。章教授问阔佬：你当时没给那女的付钱？阔佬说：我厌恶钱！我以为拿钱去搞女人简直是无能，是愚蠢！章教授暗笑了，这话正说明有钱人是多么愚蠢，女人喜欢他正是冲着他的钱袋，而他偏不承认这一点，他还以为他是个天才是个美男子哩，女人不顾性命地往他怀里扑哩。想到这里，章教授说：事情再明白不过了，她是来要一笔钱的，你只好暂时放下手头的一切事务，陪她逛逛名胜古迹，待她情绪好了，就带她去打胎。然后给她些钱，送她上飞机走人！阔佬说：这不行！我有身份呢，人们说我是个儒商，我热爱家庭妻小，我还有各种体面的朋友，政府要员，各界名流，如果我陪一个妓女招摇过市，那肯定要露馅，后果我不敢设想！章教授说：你怎么肯定人家是妓女呢？你又没给人家钱。阔佬说：她是我哥们介绍的，是哥们请的客，当然是哥们付了钱的。章教授说：你的哥们只替你付了睡觉钱，怀孕钱呢？

阔佬很无奈，就掏出一叠大钞给章教授，说：老兄，这事全权委托你，劳驾你给处理干净吧。又抓了一把零钱给章教授，大概是小费的意思。章教授想，我他妈成了有钱人的狗腿子啦！阔佬临出门又强调道：你告诉那女的，再不准给我家里打电话，我是白道黑道都有人，她要太贪，结果对谁都惨。

章教授将一万元垫进枕头下，激动得怎么也睡不着觉。他平生从未接触过一万元，他一月满打满算还不到五百元。一万元对他是个天文数字，但对广东来的女人，就未必有什么效果了。试想一下，那女人是坐飞机来的，而不是坐火车硬座来的，她千里迢迢飞来找一个男人的麻烦，这男人却吝啬地想用一万元摆平她，恐怕太简单了。让阔佬再加点钱？这差不多是不可能的，因为章教授太了解这帮贼驴了！他们在想跟一个女人上床时，或许还大方些一时糊涂视金钱如粪土；而一旦从床上下来，他们却掏钱如剜肉巴不得像小偷一样溜之大吉。而章教授现在要考虑的，是如何拿几千元打发走广东女人，这样章教授就能落个几千元。我需要钱，章教授想，因为我把我家的保姆肚子也搞大了，我要给她打胎，并给她一些钱把她也打发走；我也实在无奈，因为家庭财权由老婆独揽。保姆是从贫困山区来的，与那从广东来的女人虽有天壤之别，但在本质上分毫不差，因为在她俩眼里，使她俩怀孕的男人都是流氓都是阔佬。

后半夜才睡着。睁眼一看，已是上午十一点了。章教授慌忙起床，胡乱地抹把脸，便推出破自行车，按阔佬提供的地址去找那女人。在去那家星级酒店的路上，经过一家花店，章教授花了十五元，买了一束三色鲜花。

章教授乘电梯上了酒店大楼。在808房门前，他抻抻衣服，摁响门铃。门开了，但见一位身着白色睡衣的，漂亮的，不，非常漂亮的女人，直令章教授头晕目眩。女人微笑着，那明亮的眼睛显然在说：你找谁？你是否走错了门？

章教授费了好大的劲才镇静下来。他首先说明自己是那个阔佬的朋友，然后开诚布公地补充道：至于敝人，是个无关紧要的小人物。但是为了你的方便使唤，敝人还是自我介绍一下的好。敝姓章，立早章，三十四岁，历史学副教授，人们口语上一般称呼教授略去副字。在见到你之前，从未有过离婚念头。妻子为妇产科大夫。有一四岁儿子，爱尿床。

那女人满面惊讶，双手接过鲜花，用鼻子温柔地嗅了嗅，同时请章教授进屋。那女人正在用饭，章教授有点暗自高兴了，算是节约了他的一笔开支。他说：我中午是来请你吃饭的，看来我没这个福气。她说：可见你还没吃饭。于是抓起电话，请送一份套餐来。

那女人介绍说她姓荣，办了一个什么公司。这种人如今遍地都是，事实上也是打工的。不过她强调道：其实无论什么人，包括你我，都是打工的，为生活打工，为命运打工。她从镀金手袋里掏出名片，但又放了回去，说：教授先生，你刚才的语言名片太令人难忘了，相形之下，我的纸做名片不值一提。章教授说：我没有名片主要是用不着名片。再说我很抠门，不想花无谓钱。荣小姐说：国家主席从不发名片。

侍应生送来套餐，两人边吃边聊。荣小姐问：你认识××吗？她说的是一个作家。章教授说我不认识，但我知道他的一些轶事。她请他讲上一二，以佐午餐。章教授问××写的《×××》你读过吗？荣小姐说读过，其中的性描写挺招人非议的。他说：我告诉你这有一个原因，直接原因是你们广东。可以这么说吧，是你们广东引发了这部小说的诞生。传说××去你们广东游玩时丧失了性功能，所以才在小说里性战争一场，用弗洛伊德理论完全解释得通。荣小姐非常好奇，要他讲详细些。章教授说：××应邀去广东瞎逛，早听说你们那里得风气之先，妓女多得很很，出发时就带了不少钱，以便深入生活。为防失窃，作家将钱缝进内裤的小腹部位。在你们那里，一些崇拜者引他去消受妓女，见了好多才选中一个。与那妓女谈妥价钱，正要实践，忽然感觉下身不对劲，勾手一摸——钱丢了？哪儿呀，钱牢着哩，小偷本是要偷钱的，结果刀子动偏了，钱没割走，倒把那玩意削掉了！

荣小姐扑哧一声，笑得喷出一丁虾肉，正好飞落章教授的盘子里。为了减弱荣小姐的尴尬，章教授夹起那丁虾肉，丢进自个嘴里，说：这是胭脂虾，味道好极了！荣小姐拿餐巾纸抹抹嘴，动动唇，想说什么又没说出，只是别有意味地看着章教授。章教授继续讲道：据说××离开广东，愤悔不已，以后再不要扑花戏蝶了，无异于截断了作家的灵感之源，于是以绝笔的心态写了《×××》，借小说做最后一次极致的风流，完全是精神自慰。事实上这不算什么创举，当年司马迁遭受宫刑，丧失男身，就无比悲凉地写了《史记》，也完全是借史论英雄，笔过帝王瘾而已。

谈话似乎过于严肃，致使两人无话可说了。荣小姐首先打破沉默：我不明白，你们这儿的作家，为何总把男女之事写得那么脏？章教授说：我们这儿缺水，没条件讲卫生。荣小姐说：可不是么，瞧你，衬衣领黑成什么样子了！你可以在这儿洗个澡，如果你不觉得难为情的话。章教授说：这有什么难为情的，这太正常了！我和我的朋友们都在宾馆里洗澡，当然是到宾馆里看朋友时顺便洗个澡。荣小姐说：我不会理解为你是专门来洗澡的。

章教授进到卫生间，脱了衣服，将衣服放到梳妆台上，然后拧开淋浴，站在浴池里冲洗。最后，仰泡浴池里，双手轻轻地拍打着他那开始发福的肚皮。中国人其实非常容易产生幸福感，比如泡热水澡。他想，这荣小姐不像个妓女，虽然自己并不曾见过真正的妓女。荣小姐怎么会是妓女呢？仅凭她那漂亮的脸蛋标致的身材以及风雅的谈吐，看上去绝对上等生活，怎会要卖春呢！不过也难说，林子大了什么鸟儿没有！就算妓女，也大概是高级妓女了。这么一想，章教授不免眼红那个该死的阔佬，他怎么有那么大的艳福！真是鲜花极少，还尽插牛粪。而且这牛粪也太无耻了，居然不给荣小姐丝毫犒劳。若是我，我没准倾家荡产美她一夜的。

章教授忽然觉得自个想得太野了。我这可怜的穷鬼！

章教授从卫生间出来时，看见荣小姐呆坐在沙发上吸烟。她换了一身黑色套裙，耳朵上星光一闪，是一颗非常微小的耳坠。她的衣服开领很低，半露丘壑，勾人探游。

荣小姐说：教授先生，你允许我吸烟吗？他答：我想不出我有什么理由不允许你吸烟。对方又问：你对女人抽烟怎么看？答：你抽烟嘛，很美的，我是说，你一身黑，手夹一支白白的，细细的香烟，很有画面感。荣小姐说：我并无烟瘾，今天是我平生第二次吸烟。说毕，将烟摁灭。又说：你想不想知道我平生为什么两次抽烟？

章教授想了想，说道：我不想破坏美和神秘，还是说正事吧。荣小姐，我的朋友，就那个阔佬，简单说，是那种有钱的蠢人吧。我的意思是，像你这样美好的女子，和他打交道应该说是个小小的失误，或者说是个小小的不幸。但这并不由我们自己决定。生活的规则是无规则的布朗运动，我们不知道我们要经历什么事，接触什么人。如果因为某种古怪的原因结交了一个，很那个的人，最好的办法是立即忘掉他。比如我，讨厌的人我最怕见。有个讨厌的家伙死搅蛮缠地从我手上借走《金瓶梅》，那可是我的一个半月工资啊！我要了两次，他都说没看完，后来才知道，他与洁本《金瓶梅》对照着看，把洁本中被删掉的淫秽文字及插图，从我的《金瓶梅》里一一复印下来，然后装订成册，取名《精粹<金瓶梅>》，并当作礼品巴结上司，居然官运亨通，步步高升……

荣小姐一直看着章教授，表情专注充分说明她只是在听他讲话。至于他讲的什么内容，她不知道，她也似乎不想知道。章教授有点微恼，说道：你是否觉得我语言乏味面目可憎？荣小姐这才灵醒过来，急忙解释道：我正在欣赏你说话，而不是听你说话。你在说“美”、“女子”这类字眼时，神态特别有趣，一噘一噘的，像个顽童。章教授故意显得不高兴了，说：你把我当猴戏看呢。荣小姐说：就算是看猴戏吧，可猴子不也正在看人戏么！

章教授继续说那个阔佬。荣小姐很生气地站起来，房间里边走动边说：你干吗老提这个人？其实我从未见过他！你那个阔佬朋友，到广东时，经他的哥们的哥们介绍，跟我们公司的女厨师鬼混了几夜。我对我的属下只管工作，私生活一概不管不问，何况一个厨娘，那是她自己的事。这次来你们这个城市考察，女厨子知道后，就拿出你那阔佬朋友的名片，哭哭啼啼地说阔佬太不像个人了，睡了她不给一分钱，也不给一点礼品，临走时还把人家一块劳力士表顺手牵羊了！那是她陪一个香港老板睡觉换来的……

章教授顿时明白了一切。他为自己有这么个阔佬朋友而深感害臊。但他同时也有点放松——不用给荣小姐一万元了。可是眼下，尚不敢肯定这一万元就能归自己。于是他问道：你打算替厨娘要回那块表？荣小姐笑了：那有什么意思呢。你不是说对付讨厌的人最好的办法就是永远别见他么！所以我决定另买块表，送给厨娘拉倒。

章教授心里笑了，仿佛搓麻将终于和了一把。但他同时又咒骂自个鄙俗，不是个东西。为了转移自责心理，他问荣小姐：那你不是白来一趟？你又是为何来这里呢？荣小姐说：我来这里的唯一原因是我从未来过这里。我的毛病是喜欢东游西逛。每当我烦躁心累的时候，我就到一个新鲜地方呆那么几天。我在你们这儿呆了七天，天天躲在房间里看书，像我考大学那年一样单纯，目的明确……在我准备离开这里时，忽然心血来潮，就给那个所谓阔佬打去电话——

你在电话里给他说你怀孕了！章教授赶紧接过话茬。阔佬说“你”来找他麻烦，说“你”怀孕了。我问明了详情，心里直笑，二十五天前跟一个女人最后分别，二十五天后这个女人声称怀孕了，生活节奏再快也不至于如此火箭速度吧！但我没吱声，我不想给阔佬传授最一般的生育常识。荣小姐继续强调道：我给他打电话只是无聊逗闷子，放下电话就后悔，担心他打到这里来，岂不无事生非！谁知结果，来了你。章教授说：抱歉。我让你厌烦吗？

荣小姐正要回答，门铃响了。进来一位白净帅气的侍应生，将一张飞广东的机票抵到荣小姐手上，说：这是您订的今晚机票，我们酒店的凯迪拉克很乐意送您去机场。荣小姐说：先生，我今天不想走了，请您将票换成明天下午的。侍应生说：我马上办理。荣小姐掏出十元钱给了侍应生，侍应生腰弓四十五度道谢。

荣小姐对章教授说：你知道我今天为什么不想走了吗？我突然觉得你们这里还是有些可爱之处。亲爱的教授，我请求你陪陪我。我们好好地说说话儿。我会感谢你的。可我不知道拿什么感谢你。除了钱，我一无所有。而钱，这是粪土，怎能拿钱来侮辱你呢。章教授心里说：得了吧，我巴不得你加倍地拿钱侮辱我哩。可他说出口的却是：你太客气了小姐，能陪你是我无上的荣光，我还琢磨着该给你多少钱呢。说着，居然掏出那一万元。不料荣小姐一见钱，脸色顿时嘎白了，说：你怎么也是个爱钱的男人！算了，我还是晚上走。说着就抓电话。章教授早将钱藏回内衣，慌忙上前摁住电话：你不知道你生起气来有多动人！

荣小姐说：我总想度过一个纯粹的人的夜晚，只说人话，不说钱话。可是多少年了，我这个小小理想至今没能实现。副教授先生，你能给我这样一个夜晚吗？你的生活太奢侈了，你有一个妻子，她的手迎接过多少新鲜的生命，她的脑袋每天晚上枕在你的胳膊上，在你那博学有趣的话语中进入梦乡，你那爱尿床的儿子，尿你一肚子又是怎样的情景呢？我想象不出那有多快乐……

纯粹是瞎想！章教授忽然发觉某种突如其来的东西弥漫了这间铺着棕色地毯、墙上挂着山水画的屋子。他感到压迫，那种不断升起的想要摆平她的念头随风散去。他说：亲爱的荣小姐，来我们这儿如果不领略地方小吃，就等于旅游泰国没有嫖娼，那叫遗憾哩。走，陪你上街去！

荣小姐小姑娘般跳将起来。但在出门时，教授说：尊敬的公主，我，姑且临时扮演一个王子吧，王子请求公主换件衣服。公主的酥胸风光旖旎，副教授我可以站稳立场，但大街上副教授的比例很小。荣小姐娇嗔一笑：王子真淘气！说着脱换衣服，动作很慢，竟让那旖旎风光彻底展览了一回。荣小姐说：上等美色是专为上等男人配备的，否则，这美色一文不值！

出了酒店，副教授用自个儿的破单车驮着荣小姐拐进那条古老的、驰名四方的小吃街。荣小姐说：像一个旧梦。她伸出双手，搂住副教授的腰。在车子的前面和后面，分别有一对骑车的夫妻，而且前面的横梁上，都坐着一个孩子。

教授问道：你还会骑单车吗？你先生也这样驮你吗？荣小姐说：你别装糊涂！你早看出我没有先生！你想想看，我这样的女人谁要？你说个心里话，你要我这样一个老婆吗？副教授所问非所答，说：

这儿的羊肉饼非常好吃。

除了羊肉饼，他们还吃了炒凉粉、烩菜、糊辣汤，又合吃了一小碗粳糕。总共花去十一元。

返回酒店时，已是夜里十点了。教授说他从未十一点后回家，所以有必要打个电话。一打果然出了麻烦，必须立即回家。

荣小姐木然了片刻，说：你的妻子真幸福。章教授说：以此类推我应该也是个幸福的丈夫。但我从未感觉过。

第二天中午，章教授悄悄地，提前半小时赶到机场。他躲在一个能看见任何人、但任何人都不易看见他的地方。

荣小姐来了。她搜寻了一下四周，目光急速地掠过每一个人的脸庞，终归一脸失望。

这时，广播里喊叫：回广东的荣小姐，请您到三号台拿东西！紧接着是催促旅客登机的温柔的提醒声。

荣小姐拿到东西，又在大厅里跑了一圈。最后进了登机门，满眼泪水。

女人真脆弱。章教授想，他只是送了荣小姐一筒邦迪胶布。昨天晚上，荣小姐在跳下他的单车时，手被挂了个小小的口子。

章教授有一种生离死别、永不再逢的伤感。可惜此种伤感若是之于少年人，那是要延续很长时间的；而对于一个被生活挤压得不得不世俗、不得不丧失灵性的成年人来说，此种伤感也仅仅是伤感一下，便迅速消失了。

章教授只想钱。钱，固然有不少坏处，但它却有一个最大的好处——因了它的存在及其最直观的用处，人们不再向往理想、爱情、友谊、崇高、光荣等一切纯粹精神的欢乐了，或者说因为力不从心而不敢向往了。而对于精神欢乐的向往，那可是人生的极致奢华啊……

所以章教授只想钱。

章教授白得了一万元。章教授是个办事认真的人，一向遵循善始善终的原则。所以从机场回来，他当即与阔佬通电话，通报他已完成任务，并将"妓女"顺利送上飞机。

电话里说：

"感谢你！教授真厉害，知识真伟大！实话告你吧，那一万元里只有六百元是真钱，其余全是假的……你别骂我无耻，我是白手起家，啥背景也没有，硬是一个子儿一个子儿的，节省啊计谋啊得来的……我眼下这三千万家当，硬挣能挣得来吗？……我太高兴了，今晚上请你桑拿浴，你大概只是听说过，迷人的俄罗斯小姐吧……"

【原载《佛山文艺》1996年9期】

残稿

说明

我想写小说。我有几车皮的素材。然而我坐了整整三个通宵，却写不出一个完整的句子，全部感觉是一具“干尸”。我花了三千多元购置了一个写字台，企图在这个床一般大的写字台上写出我理想的小说。我对那些杰出的小说家真是恨得咬牙切齿，比如博尔赫斯，他享有巨大的声誉，但我读不懂。我的桌上放了几本他的文集，我读得不知所云。这些所谓小说、散文、诗歌，如果换成我的名字投出去，可能没有一家中国的报刊予以刊登。我认为，博尔赫斯的作品全是一些未完成的残片，如坠毁的豪华客机的残片。残片本身就是意义。而在我的抽屉里，也放着许多这样的残片。这是一些未完成的小说。为什么当初没有完成？我想不起来了。但我重读时，产生了相当的冲动，企图续写下去。最终，我放弃了这种企图。我猜想，世上的男人，没有一个愿意与他早年的恋人拥抱接吻的。但是早年的恋人，终归能够激起人的诸多联想，一如阅读未完成的小说残稿。

《闲云山庄》（1992年）

在一阵阵闷热焦躁的蝉鸣声中，英俊少年沈小塘被他舅父的大表哥带进闲云山庄的偏门。院里玫瑰盛开，百草滋荣，三只蝴蝶追逐嬉闹，氤氲出清幽而不失繁华。沈小塘看呆了，却见一群苍蝇从围墙的拐角轰然飞起，那些透明的小翅膀直把当顶的太阳折射得金点乱溅。不大工夫，苍蝇们又降落原处，随之，一股奇异的臭味迎面袭来。这臭味熏得沈小塘鼻子直吭吭，又分明觉得是一种肉香气，介乎烙猪蹄和煎羊排之间的味道。沈小塘已许多日子不见腥味了。

“没见过大世面！”沈小塘的舅父的大表哥已经走到石子甬路的尽头，正要举步踏上厅堂大门的台阶，回头见表弟的外甥还呆在那儿，便压低声音呵斥道。沈小塘赶快撵上前去，舅父的大表哥又吩咐道：“先把担子放下，瞧你裤子挽得一高一低，天生的泥腿子！”

沈小塘放下担子，再放下裤管抻齐抻平展，又拍了拍灰尘。舅父的大表哥先折了腰，轻轻地掀起厅堂的竹门帘。阳光很强烈，阳光如一道铜锈色的瀑布涌入室内。沈小塘跟了进去，帘子落下，那道铜锈色瀑布随之消失。

沈小塘看见长沙发上卧着一只细长的白蚕，脑袋被一把扇子遮着。

两人站在门口，不敢接近白蚕。待适应了室内的灰暗光线，沈小塘才看清，那不是卧蚕，而是一个女人，穿着雪白松软的睡裙。沙发一头的茶几上堆着许多大大小小的西药瓶儿，和一个血压计。沙发另一头的地上有只蜂窝煤炉，炉上坐着黑陶罐，一缕热气升上来，散淡了，另一缕热气又承继上去，便有了阵阵的药香飘来。味道不甚苦，倒有几分富贵气。

“柳夫人，你要的木匠我给你找来了。”

扇子挪开，露出一张苍白的脸，眼皮眨动了几下却并不睁开，一副欲醒未醒的样子。沈小塘舅父的大表哥又说了一句，柳夫人还没醒，但是身子往外一侧，睡裙的下摆就劈开一大块地方，显出精致的膝盖、粉白的大腿。

“柳夫人……”沈小塘舅父的大表哥又说了一句。

柳夫人坐起来，有些愠怒，冲着沈小塘舅父的大表哥说道：

“郝豆哥，我说过多少次了，又不是旧社会，你怎么老称我夫人呀！我听不惯么。我有名字么。”

“嘿嘿。”郝豆一笑。“你看电视里，有钱人家的女的，都叫夫人。中央领导的老婆也叫夫人。”

柳夫人早将目光转向沈小塘，郝豆还在嘟囔着：“如今搞的这一套，还不是改得跟旧社会一个样……”

见柳夫人眼睛亮亮地看着沈小塘，郝豆连忙换了话题：

“这就是你要的木匠，柳夫人！”

“坐，快请坐。”柳夫人有了些精神。

沈小塘就坐了，郝豆马上责他一眼，他连忙弹起身子。柳夫人有些难为情，将一个快脱落的耳坠戴好，说：

“随便些吧，我这人其实很随便的。”

“柳夫人，”郝豆说。“这是我表弟的外甥，别看年岁不大，可木匠活儿却是老把式了，你想做甚，想做甚样子，只管吩咐他好了。”见夫人的目光不离沈小塘，郝豆又补充道：“这孩子灵巧是灵巧，就是嘴笨，言短。”

“郝豆哥，谢你了，这点钱你拿去打酒喝。”

郝豆推辞一番，硬是只接了一张票子，五块的。他又说了些感激的话，答应明早一如往常送豆腐来，就告辞了。他掀起门帘要出去时，又用眼神叮咛了沈小塘，意思是：小心干活吧，你会赚大钱的。

“你叫什么名字？”

“沈小塘。”

“为何不上大学呢？”在柳夫人看来，眼前这个白皙少年，胸前实在应该佩上一枚大学校徽。

“念不起，勉强上完初中。”

柳夫人感慨地微笑着，葱茎似的手指不住地叩着膝盖。沈小塘张了张嘴巴，找不出合适的话来。

“家里都有些什么人？”

“我爹，还有我、我老……我爱人……”

“你多大了？有爱人了？”

“我都二十四了。”

“看不出来……还有什么人？”

“还有……”沈小塘害羞地说，“还有个儿子。”

“好福气啊！儿子几个月了？”

“十一岁了。”

柳夫人一愣，宽阔的红唇动了动，欲言又止。

这时，从厅堂侧门里的卧室传出一阵老鼠咬纸箱似的声音，接着一个嘶哑的男声喊叫：“尿！尿！”一位肥墩墩的女人从后门应声出来，急如圆石滚进卧室。过了半天，胖女人走出来，一脸汗珠，手拎一把栗色夜壶。

“胡嫂，”柳夫人说。“天天让你这样，我真过意不去。”

胡嫂憨笑着：“这有啥哩，谁没个三病两痛的。”出门倒了尿，将夜壶送进卧室，再出来，净手，倒中药，加白糖。

是夜，沈小塘就在后院的小平房歇息下来。小平房紧贴山根，一溜三间，木架房子，没有间壁墙。房间里堆满了棺材板、圆木以及各种电器的包装箱。但是沈小塘拉灭白炽灯泡后，却一时睡不着。他多次在县城干活，却压根儿没想到县城背后的山沟里，还掩藏着这么一个地方，有这么一院房子。他想明天就逃离这儿，可又有一丝不舍。他说不清这是为什么。

正当他要睡过去时，却被一种声音扰醒了。那声音如一根游丝，轻轻地探进窗缝，渗入他的耳孔，颇为凄婉地搔弄着他。他睡不着了，下了床，悄悄溜到门外，做贼似的挪到亮灯的窗下。可是，那声音没有了，因为被说话声打断了。

“文絮，别扯琴了，早点睡吧。”是柳夫人的声音。

没有回答。

“唉，你们两个的事，”还是柳夫人的声音。“这么拖下去不是个事！”

依旧没有答话。

“你跟他都打了一回胎——”

“啪！”的一声，茶杯的爆炸声。

一切安静下来。

第二天的早点不像是早点——这是沈小塘以后吃早点回想对比的——有四个热菜、四个凉菜，还有葡萄酒。柳夫人殷勤地给胡嫂夹菜，胡嫂先是受宠若惊，继之是惶恐失态，不住地起身，脸上写满了谄媚与感恩，粗短的指头哆嗦不已。

原来，柳夫人要辞退胡嫂。

胡嫂眼眶红了，却蓄住泪水不让外流，一片莲菜卡在喉咙里上不能上下不能下，弄得脖颈如乌龟似的一伸一缩。

“我，我到你们家三年了，”胡嫂强忍感情，很委屈地说。“是不是哪儿服侍不周？是不是偷了你家东西？”

“啊呀胡嫂！”柳夫人急忙截住她的话。“我哪舍得你走！可是没办法，柳县长病了三年，家里有出没进，药费也太多，人家又不全报销。人走茶凉哦。”

停了会儿，柳夫人又说：“再说舆论也难听，说我们剥削人民，雇老妈子呢。”

胡嫂捏了一把鼻涕，抹到鞋帮上。

柳夫人收拾了一大包旧衣服，又给胡嫂一百元，就是那种印着四伟人头像的票子。这种大票刚问世，胡嫂很怀疑。她不伸手接。

胡嫂一直用哀求的眼神望着柳夫人，企图扳回局面。而柳夫人则理解错了，又找出一对玉镯给胡嫂。

胡嫂扑通一声跪倒地上。

柳夫人慌了，挣得直喘气，也拽不起胡嫂。就示意沈小塘帮忙。沈小塘使了吃奶的劲，才把这个母肉墩撸起来。

胡嫂泪流满面了。

柳夫人仰头喊“文絮”，要文絮帮她找出娃鞋来。但是躲在楼上的文絮既不答话，更别说下楼了。

柳夫人只好亲自上楼，取下一个红布包，打开，是一双小儿虎头棉布鞋。这是胡嫂的手艺。三年前，柳夫人要给文絮招女婿结婚，就老早托人——也是托的郝豆——请个保姆，于是就请来郝豆的情人胡嫂。胡嫂为了献殷勤，就给柳夫人未来的孙子做了这双虎头鞋……

“你拿着做个纪念，也省得我见了伤心。”

胡嫂木然地接过虎头鞋，想笑一笑，但只笑出一半，余下的一半也同样“小产”了。

柳夫人把胡嫂送出厅堂，只下了一半台阶，便不再送了，要沈小塘替她送。沈小塘送胡嫂出了大门，胡嫂立时变了个人样，凶狠地说：“都怪你个狗日的！你不来她咋不撵我呢？”

沈小塘莫名其妙，打了个寒噤。本不想送了，却又送了一箭之地，想问个究竟。

“这个老骚货，”胡嫂说。“等着瞧吧，看不吸干你的血！”

《下河人》（1984年）

连续的雨天把两个月的时间织成一张密不透风的网。漫山遍野的石头如初生的死胎纵横排列。只有少许崖缝还蜷缩着阴毛般的藤草。天空剖腹，太阳出来，惨白的辉光衰弱缓慢地降落下来。沟沟岔岔的泥浆急湍而下，汇成巨流一路煮沸西去。木料和家具撞击破裂，身首游离的死尸蛙泳向前。一个男子搂着一头肥猪；一具女尸的金耳环闪了一下，瞬间看不见了。

两河关是个只有五十来户人家的小镇子。1863年的这场洪水使它丧失了一大半房舍。余下的也只是一些残壁断垣。当雨水停歇了四天后，人们才胆战心惊地从崖洞里溜下来。食物都被男人们吃了。在生死界前，男人觉得食物比女人重要得多。只有两个孕妇活了下来。她俩活下来的原因是即将分娩的胎儿神秘地萎缩消失了。显然，她俩用意念消化了肚里的亲生骨肉。

在残破的家园，在地窖里，尚存着一些生了一尺多长芽子的土豆。他们搭起一堆篝火，将土豆烧得半生不熟就往嘴里塞。因为太烫，塞进嘴里又吐出来，捧在手里左右倒腾不住地吹气降温。他们这副样子是典型的下河人的遗传。当然若干代人过后，他们已是十足的本地人了。洪水使得如今的下河人遭了更大的灾，因为下河水更大。水灾给他们带来了饥饿和背井离乡。沿河而上是逃荒的最佳选择。人往高处走嘛。

一个裸露上身的矮子放下扁担，跪着说：

“给我们吃点吧！”

本地人回答了三个字：

“不要脸！”

“可怜可怜我们吧！”

“不要脸！”

“那我们就不客气了——”

只听“呼”的一声，本地人一下子反弹起来，每人手中抓着一根冒着青烟的火柴棒。

讨饭的下河人本能地后退了几步。

双方相持了一阵子。由于势均力敌，所以最后达成一个协议——一个女人可以换一个土豆。本地人拥有土豆，肚里又填了土豆，便觉得女人比土豆重要了。下河人正好相反。

可是，本地人却对女人挑肥拣瘦，以至于差点内讧起来。

于是产生了一个具体办法。

先找出所有的苇席，让女人们脱光衣服，分别卷进席里。即将挑选她们的本地男人都要背过身去，不能看见这些动作。卷完后，曾经是她们丈夫的下河人喊道：“好啦，你们转过身来挑吧！用手摸，摸着谁就是谁！”

本地人按照长幼顺序，依次来摸选。年龄最长的那个老家伙，只剩一颗牙了，却显得最是兴奋，毫无愧色地开始享受他的特权——

但见他那枯柴似的胳膊，刚从一张席里抽出来又迅速塞进另一张席。女人使得垂暮的老汉胸腔里蹦出一颗少年人的心脏。他最终摸得一个皮肤最白细、最绵软的女子，大约不到二十岁。

……地上只剩一张苇席了，也恰好轮到石虎摸了。按说他不用摸了，因为他别无选择了。可是，这个十七岁的小子顽皮地笑了一下，勒了勒裤袋，趴在地上撅起屁股，开始伸手进席筒。他也要享受民主权利。他觉得这样有意思。他首先欣赏了那女人露在席外的那双大脚。那是一双因无鞋穿而被泥路熬皱了的脚。那双脚的食趾最长。照通常的说法，这种人先死母亲。看了脚后，石虎才强忍住心跳，将手塞进席中。他觉得，他的手在顺着两根冰凉的石条前进，在两根石条的交汇处，他的手停了下来……

"我就要她！"

当打开席子的时候，石虎呆住了，因为这女人是个瞎子。她至少有四十岁，且生了一脸黄水疮，像趴了一脸的黄蜂。

众人一哄而散。石虎只好扶起这个奄奄一息的女人，拾起烂麻布遮住她的身子。一个生了一头白癞痢的下河人走过来，飞快地从那女人的手腕上勒下那只手镯，然后不无嘲讽地对石虎说：

"算你龟儿子有福，我老婆成了你娘！"

下河人分成两股，分别沿着两河关的两条河流而上，去寻找他们的食物了。

洪水灾害一过，紧接着就是一个艳阳高照五谷丰登的理想年景。你只需把种子随便撒进地里——种子是从耗子洞里掏出来的——种子就迅速发芽拱出地皮一片浓绿。风神和雨神尽职尽责，你躺在路边就能听见庄稼如鞭炮般拔节生长。你用不着浇水锄地，你只管躺在太阳下捉虱子挠痒痒做爱好了。单是玉米棒子，差不多从根部一直结到顶花；土豆长得老碗大能将一头牛砸死绝不是吹牛。

石虎不知道怎样来对待这命定为他的女人。当他提着一只猎获的锦鸡下山时，发现他的茅舍升起一股奇妙的炊烟。炊烟温柔地舔着蔚蓝色的天空，像风中的野棉。石虎觉得，在那奇妙的炊烟之上，坐着他那死去的母亲。

石虎进到家门，那女人已给他做好了饭。土豆、南瓜、麦仁以及刚灌饱浆的新鲜玉米粒混合煮成，吃起来美妙无比。他噗通一声跪到地上，将头深深埋进那女人的膝间，说：“娘！”

但是没有回答。他抬起头，惊诧极了！因为那女人的满脸黄水疮荡然无存了，公然显露出一双好看的眼睛，眼珠乌黑明亮，眼白如刚咬开的桃仁。当天晚上，两人成了夫妻。他们的后代，凡是女人皆具有一种不可思议的能耐：四十岁后越活越年轻。从石虎成亲的那时候算起，过了一百二十一年，石家出了一个家族史上从未出过的大官——县政协副主席。

……下河人再次出现了。他们从更上的河流下来，顺河而下回归家园。他们在上河的上河度过了灾荒，恢复了体能，走起路来，像圆滚滚的獾。

他们包围了两河关，索要他们的女人。

本地人被激怒了。他们大骂下河人不讲交情、背信弃义，是一群小人，无赖。

“女人原本是我们的，没有女人我们没法活！”

他们摆出抢人的架势。本地人将所有的女人集合到大槐树下的磨坊里，由几个精壮的汉子看守住。其余的男人手攥砍刀木棍，准备将下河人一举歼灭，起码赶走了省心。本地人高大有力，但是笨拙；下河人矮小机灵，像发情的公狗猛扑过来。下河人每人披一件褡裢，褡裢里装着核桃大卵石。刚一交手，他们即取下褡裢旋风般舞打起来。本地人哭爹喊娘抱头鼠窜。下河人直逼磨坊，眼看要夺走女人，本地人就用瓦罐、木盆、马勺舀了大粪，暴风雨般倾泻过去。这一招使得下河人眼睛无法睁开，只好带着一身臭味和粪蛆退回河对岸。他们在河边垂头丧气地清洗满身污垢，本地人则一蹦三尺高，庆祝胜利，隔河狂叫：

“下河人，不要脸！日你妈，下河人！”

当夜，两河关东北角火光冲天，火舌肆虐地燎着天空，无数的火弹从屋皮蹦出几十丈高，那是一些老鼠被烫飞了。其中一个火弹射进石虎家的窗门，屋内即刻燃烧起来，一团火草掉到女人脸上，烧伤了。石虎迅速拽下墙旮旯的蛛网一把贴住伤口，才止住伤口没出血。他背起女人冲出火房子，汇入人群向山上溃退，依旧钻入他们先前躲避洪水的崖洞。

第二天他们发现，下河人已在崖脚的坦地上安营扎寨了，企图困死本地人。他们用石头支起铁锅，大吃大嚼掠夺来的食物，仿佛眼下的两河关，完全属于他们的王国乐土。他们将削尖了的毛竹密密麻麻地插在洞口下，只要洞里的人胆敢往下一溜，准会戳个稀巴烂。好在洞里提前储备了一些食物，只是缺水。到了黑夜，他们就用牛皮绳绑住木桶，悄悄地垂吊下去，打算汲取河谷的水。可他们费了半天劲，提上来的却是一桶石头！原来是下河人觉察了他们的企图，有意跟他们开玩笑呢。

太阳出来后，那帮下河人全脱了衣服，一丝不挂地洗澡，挺着肚子撒尿，把崖洞里的人气得大骂。下河人也不还言，你越是骂，他们越是兴高采烈。洞中人也有办法表达幸福，因为洞里有女人，而且曾经是下河人的女人。他们也脱光衣服，站在洞口交欢，并喊道：

"下河人，想不想日你奶奶！"

下河人立即蔫了，蔫得像一滩牛粪。其中一个下河人猛地抓起一块石头，朝自个脑袋砸去，当即倒地，毙了命。

这样持续了好几天。洞中毕竟无水，洞下又不撤兵。石虎老婆出了个主意，因为她已有身孕，嫁鸡随鸡嫁狗随狗，应该为自个的男人效力了。她出的主意是：让大家把尿聚在桶里，然后泡湿衣服，用竿子将衣服挑到洞外晾晒。当时正值深秋，太阳照在衣服上，水汽蒸腾烟雾缭绕。他们咋呼道：

"洞里来神水啦！孙子们，你们就围个人老三代吧！"

下河人一见此情此景，顿时泄了气。

《最后》或曰《破裂》（1997年）

小瘪走出车站，老远就听到有人喊他。一看，是大卷。大卷亲自开了一个敞篷吉普恭候小瘪。吉普车在这个城市，本来显得很土气，差不多跟手扶拖拉机一个档次。但是大卷别出心裁，化腐朽为神奇，将帆布篷扒了，吉普车就一下子洋派、潇洒起来。

小瘪刚跨上车，大卷就偏过脑袋，问道：

“先吃饭？还是先打炮？”

弄得小瘪不知如何作答。他忍住没笑，说：

“不好吧？”

大卷一踩油门，车子牛也似的蹿跳出去。大卷是省文联颇有名气的画家，一年前下到这个小城来深入生活，挂了副市长的虚衔。他非常清楚挂职是怎么回事，名义上分管文化，实际上根本不理朝政，只把市政府退下来的一辆破吉普鼓捣好，学会了驾驶，装了画夹，一有空就满山沟里钻，写生，积累。

车子停到一家歌厅，小瘪有些慌和怕，就说：

“天还没黑好，还是去郊外转一圈吧。”

转就转。两边的门面房依次点亮霓虹灯。路很平坦，但是大卷的技术不熟练，不能均匀地踩油门，所以给人一种车轮子好像是四方的感觉。

“你知道眼下的文化是什么？是嫖娼。”

见小瘪很矜持地挺挺肚子，大卷又问：

“王丹丹最近有什么消息？”

“不知道。”

王丹丹是当年的校花。大卷和小瘪都曾拼命地给王丹丹献媚、写情书。结果谁也没得手，却反倒使小瘪和大卷成了一对难兄难弟，并保持友好一直到如今。快二十年啦。每次通话或见面，总是少不了交流王丹丹的信息。这些信息连缀起来，就成了王丹丹的简历：王丹丹打胎了；王丹丹让她局长的老婆挖破了脸；王丹丹结婚了；王丹丹办了个广告公司；王丹丹丈夫在泰国染了性病；王丹丹投资了一部电视剧；王丹丹离婚了；王丹丹的儿子被绑架了……总之坎坷而起伏，不像小瘪这般平静，毫无波澜。小瘪一直在省委机关工作，夹着尾巴熬，冲着所有人谄笑，天天分发报纸打扫楼道，终于混了个副处级调研员。一待某个副处长升迁了或暴死了，小瘪就可能顶缺上去。

敞篷吉普转了几圈，很冷，小瘪哆嗦了一下，打尿颤似的。大卷没吱声，心领神会地将车开到一家“美容美发按摩”厅。拉开玻璃门，进去一看，一个胖子正在干洗头。小姐说了声“市长来了”，老板娘就掀起内帘走出来。老板娘笑吟吟地陪二位进了偏门的包间，同时吩咐上茶。包间里一电视一茶几，一转角沙发。老板娘问：“市长有啥要求？”大卷说：“这是我老同学，下来搞调研，你给挑个最好的小姐吧。”“好嘞，”老板娘说，“幸亏你们来得早。”

老板娘出去后，大卷对小瘪说：

“按规定，上级来人娱乐，一切都报销。但你我都是虚职，没法子公款。今晚的包房费算我请客，炮费你就自理吧。咱都是高尚的人，请朋友吃饭在理，请朋友大便欠妥——把朋友当鸡巴啦。”

老板娘进来说：“林青霞还没吃结束，你们先到房里休息休息。”老板娘领着小瘪，大卷端着茶杯跟着小瘪。进了后院的一排石棉瓦平房的一间，大卷放了茶杯，说：“炮费是一百元，不要多给哟。打完了再付，记住！”说毕，拉门走了。

小瘪站着打量房间，大约有五、六个平米。一单人床，暗花单子，军用被子。脚下铺了地板纸。一个衣服架，床头一只小几。两只灯泡，一红一绿，瓦数很小。墙拐角还有一个痰盂。墙上挂着派出所的告示：“价格合理安全文明”。这个告示让小瘪的心彻底放下来。

小瘪刚点着香烟，门就开了。进来一个女子，二十二三岁的样子，微喘着气。她勾着小瘪的手，勾到床沿上坐下；另只手径直放到小瘪的裆部，轻轻地圆揉着，说：“让小弟弟久等了，对不起！”小瘪脑袋一麻，猜想这大概就是“林青霞”了。一细瞧，还真有几分林青霞的影儿。他有点难为情，说：“你腮帮上有颗米。”林青霞擦掉那粒米，说她才吃了半碗饭，就被老板娘唤了来。

林青霞拴死了门，脱掉外衣，露出挺胸。又给小瘪脱去外衣，同时建议二人躺到床上说话。

说着话儿，林青霞解开胸罩，将小瘪的手导游进去，并诱使小瘪的手动作，像摇动手扶拖拉机似的。小瘪摸揉着那对奶子，想：这才是电视里常说的“一道亮丽的风景线”，不知被多少人光顾过。唉，世上的好风景大抵如此，人多么。

说着摸着，摸着说着，双方就都脱了裤子。正要交流，小瘪问有无套子？林青霞说有，下了床，从挂在衣服架的上衣口袋里，掏出一个避孕套，撕开。她跳上床，钻进被窝，虽然摸索着但仍很熟练地给小瘪套上，说："多数人都不想戴帽子，你知道疼人……"

然而刚一交，就流了。

"你是第一回吧？"林青霞遗憾地摸着小瘪的喉结，"你命苦啊……以后要多接触，多锻炼，那些修铁路的人可厉害嘞。"

小瘪很有些委屈，但他克制住了。林青霞揭开被子，指头夹着避孕套，请小瘪看了一眼，然后准确地掷进痰盂。林青霞抓起枕巾，给自个也替小瘪擦了擦下身。双方穿好衣服。林青霞麻利地叠好被子。

小瘪掏出一百元钱，林青霞接过，说："不好意思。"小瘪想，一百元是自个一礼拜的劳动啊。一礼拜劳动，几分钟，不，几秒钟便进了林青霞的口袋。小瘪又想，前天中午，来了个穷亲戚，妻子没有留亲戚吃饭的意思。小瘪把亲戚送到楼口，偷着塞给五十块钱，结果被阳台上的妻子俯瞰了，随后大吵一架。好在眼下花掉这一百元，没被妻子发现。权当打发了两个穷亲戚吧。

响起敲门声，很急促。小瘪想：完了，纵然死掉十个副处长，自个也顶不了缺！听到叩门声，林青霞敏捷地从痰盂里捏起避孕套，揭开地板纸的边角，藏了进去。

门开了，是两个胖子，说："没事，没事，就看看。你们忙！"拉上门，走了。

虚惊一场。

林青霞嘟囔了一句什么，依旧陪小瘪坐到床沿上，手又依旧放到小瘪的裆部，说："说不定第二回好些。不能让你吃亏。"

小瘪没怎么反应。他弄不清"不吃亏"到底还要不要掏钱？这种情况大卷没有交代。再说他也心疼钱。他可不想得罪"两个亲戚"。说说话儿还是可以的。你是哪儿人？为什么要干这事？一月收入多少钱？将来怎么办？

我是湖北人。为什么要干这事？这事不好吗？不好你为什么来！革命只有分工不同，没有高低贵贱之分。我原来的理想是当教师，我们村的民办教师。这事得乡长说了算。我去找乡长，找了三回，每次他都说“可以考虑，可以研究”。第四回去找他，正逢下雪天，他关了门，拉我坐到炉子边。他这回没有说“考虑”、“研究”，而是亲切地看着我，双手捧住我的脸蛋，给我暖暖。我弄懂了他的意思。我求他办事，他现在也求我办事。总之，都想办事。你求人家办事，人家给不给你办，关键看你能给人家办什么事。没啥难受的。想开了，世事都这样。可是我命不好，我给他办了五回事，他却没给我办成。这也不能全怪他，因为他被调走了。又来个新乡长，新乡长的老婆也是个教书的，顺便带了来，把位子占了。其实，我们村那个学校很破烂，没钱翻新嘛。等我赚够钱，我就回去盖个青砖到顶的新学校，看他们让不让我当老师！

这些话真假难辨。人性总是把自我往高尚里说。也许真的吧。

“你说，他们会同意吗？”

“会同意的。要是乡长不同意，乡亲们肯定要闹。”小瘪仿佛看见闹事的现场。

林青霞又来摸小瘪的裆部。好像有点希望。但小瘪忽然觉得无聊了，空虚了。他站起来，拍了拍林青霞的屁股，说：“再见！”

“再见！”

小瘪出来一看，不见大卷。转过身来，发现大卷在包厢里歪着睡着了，电视里还在卡拉OK着。小瘪摇醒大卷。大卷揉揉眼睛，说：

“我干洗了一回头，你还没出来。你行呀，鼓捣了这么久！开心吧？”

“唔，噢，”小瘪满脸虚荣，不置可否。“你干吗不打……放松放松？”

“最近想画幅大作品，得憋住精、气、神。搞艺术很讲究这个。下边泄了，上边就没灵感啦。”

买单。大卷给了老板娘一百元，老板娘找回五十元，说洗头钱免了，算她请客。“以后市长多带几个客人来，啥都有了。”

饿了，很饿。很想吃。上了吉普车，一溜烟开进夜市。烤肉，砂锅，啤酒。

“王丹丹赎回儿子，据说花了四万。”

“钱总是要花的，只要孩子没事。”

“假设现在，让你跟王丹丹打炮，你打还是不打？”

“我说大卷，你嘴太脏，正吃饭么。”

“你不说打不打，拉倒。反正我是不打。一个残花败柳有什么打头！可我又常常想起她。”

“那时候，只要有个女人看咱一眼，眼神里稍微有点意思，咱就激动得几夜睡不着。现在呢……真没想到咱还能赶上这种日子！”

“进步多快啊，社会多好啊。”

“男人有两个头，大头和小头。大头爱政治，小头爱性。但是，都耗散的是同一种能源。能源用到小头上，就不会热衷政治了。我要是总统，我就光明正大地放开，我的统治会更加牢固。再说中国人也不懂政治，只会闹事。不如让他们去快活好了，人民群众嘛，能自由地吃吃喝喝日日戳戳，就心满意足了。”

“哟嗬，说名言哩！看来你没有白逛窑子，古今中外，许多伟大的思想，伟大的作品，都与窑子有关。”

“只是今不如昔。古时的妓女多才多艺，风情万种，算是‘艺妓’。如今的素质太差，只能算作‘肉妓’。”

“市场经济初期嘛，难免嘛。以后肯定会正规化、专业化。最好一律考试，培训了再上岗。只凭脸厚胆大是不行的。”

“要实行高税收制！必须通过这种方式，将富人的钱掏出来，变个样儿充进国库。”

“你的‘大头’又活跃了？”

两人一笑，抹抹油嘴，离开夜市，驾车回到大卷的住所。那是个两房一厅，所有的墙上都贴着绘画草图，地板上溅着各种颜料，视觉上很脏。两人睡一张床。

“其实王丹丹也就那么回事。”

“眼睛虽然好看，有采，可惜一大一小。”

“这个我没注意。有次她大笑，猛地看见她有颗槽牙是个半截，心里很不好受。随后又颇得意。”

第二天，大卷带着小瘪，分别去拜谒了市委书记和市长，听了些

“多提意见”、“多加指导”的套话。

还是大卷全陪小瘪。

参观正在修建的火车隧道。

这一条山脉，东西走向，非常著名。这条山脉的中部，又有两条支脉向南伸展、张开，像两条张开的巨腿。腿间有一个古老的村子，不大，二、三十户人家吧。但是已被搬迁走了，分散到其他地方了，因为从大平原钻进来的隧道，正好碾过村子。尚存一些残壁断垣，被临时改作帆布篷、木板房，餐馆、歌厅、小卖部、加油站、急救中心什么的。

山上有部分枫叶开始红了。小瘪建议由远往近看，所以先上到一个小岭上。一望，那隧道的黑洞如传说中的某个怪兽的巨口，不住地吐纳着人。人推着车，开着车，拽着车。铁轨上跑着火车，就一节车皮，将水泥、砖块运进洞里，又将石渣、废料拉出洞外。水管排出灰色的水浆，像山的奶汁。

“再有十来天，两头就接通了，二十七公里啊！”

“黑洞即将穿通，沉睡了亿万年的山体的处女膜即将破裂，一个世代就要彻底结束了。”

“真酸！”

两人下了小岭，老远就见“急救中心”的一个女人喊叫大卷，请大卷去接电话。大卷跑过去接电话。几分钟后，大卷跑出“急救中心”，对小瘪说：

“王丹丹来市里了。”

【原载《当代作家》1999年1期】

官 穴

在山间行走，空气很好，风光不错，稍嫌不足的是没有什么“人文景观”。这也难怪，据县志上说，这一带有人烟的历史不到三百年，所以走了好远好远连个深宅大院的影子都没发现。能看见的人家都是散户，星星点点地布置在大路两边，房子虽然都刷了白灰，但看上去还是不能与当今的世界联系起来。

我想不起来我是因何故跑到这里来的，可能是要拜访一个风水先生，也可能是普查此处的中草药，或者是寻找战争年代某位高官遗留此处的私生子的后裔。总之，我想不起原因了。不过无论怎么讲，反正眼前的事实是，我莫名其妙地到了这个莫名其妙的地方。

太阳很猛，虽然四山是森林。我眼前的路朝着缓坡上爬去，那个坡像是一刀切出的半块馒头，馒头贴着大山的脚跟。馒头坡由下朝上，或者说由上朝下，缠绕着一层一层的台田。是水田。一头水牛在犁着。水牛像一座小山，它的巨大身影覆盖了几乎整整一层台田，所以它调头的时候异常别扭，喘着闷雷似的粗气，粗气冲起了一团团的泥水花。水牛好容易调过身来，我这才发先它身后原本有个扶犁人。扶犁人确实小，像水牛下的一个蛋。扶犁人戴着破烂的草帽，我看不清他的面容。

“你这地方叫啥名字，老哥？”

“喔———嘘！喔———嘘！”他喝停住牛，一手扶犁，一手抬起帽子，看着我。他的脸挺黑，像一颗黑色的大胡桃。

“狗日的太阳，”他把头再朝起仰了仰，“真大！”

“老哥，这是啥地方？”冲着他，我又谄笑着问了一遍。

“喔———斥！”他挥起鞭子，吆牛继续犁田了。“妈的逼，我爹当大队长那阵，哼！喔———斥！”

我没计较他，猜想他八成是个聋子。有个内部调查说，远山深处，近亲繁殖很普遍，要么聋哑，要么弱智，最后总结出八个字：山水钟灵，人多呆笨。

下了馒头坡，便是一条不大不小的河。趟过河，走到一户人家门前，见女主人坐在门槛上正给孩子喂奶，那奶子白白胖胖的。孩子很投入地吃着，一只小手还不住地按着奶子，往外挤奶汁呢。

“大妹子，能讨口水喝吗？”

女人半鼓着嘴，傻盯住我看。看着看着，就笑了。

“河里不是有水吗？”她扯开另半边衣襟，“你是想吃奶哩，来吧，反正这个奶也是闲着。”

怎能说这号昏话呢？我不吃奶已经三十多年了！我觉得羞辱，但又觉得有趣。后来有趣超过了羞辱，我便坐在道场中央的磨盘上，看着一只瘦公鸡追逐着几只肥母鸡。而那女人依旧保持着方才的姿势，扯着衣襟，亮着胸。忽然从门里出来个半老头，满怀敌意地瞪着我。半老头的脸上有一道伤疤，像是树茬划的，又像是石头碰的。老头弯下腰，拨开女人的手，替她把胸藏回衣襟。

“你还是快离开这里吧，”半老头冲我说。“江县长你知道吗？他是我儿子！只要你马上走开，我就不给我儿子说。”

老头威胁我呢。辱骂和恐吓绝不是战斗，我十岁前就知道这句话。我就不走，看你个半老头能把我咋的！只是眼下，我没有战斗的欲望，反倒浑身稀软，两个眼皮难以阻挡地往下耷拉，像滑坡的泥石流。

我斜靠着磨盘，似乎睡着了。

这时，只听“咣”的一声锣响，来了一群人。敲锣的自然在前面开道，后面是四抬大轿，坐在轿里的人似乎面熟———他正在打手机，手机遮着他的半边脸。打毕手机，他的全脸就看见了我，我自然也看全了他的脸——果然是江县长。他冲我笑了一下，也没说什么。他走下轿子，伸了个懒腰。

“你们几个，”他吩咐敲锣的和抬轿的几个人，“把东西都搬下来，其他不用管了，我跟老朋友拉拉话。”

几个衙役就从轿上朝下搬东西，有火纸，香，一箱水果，两瓶茅台，及一大堆糕点盒子。最让人吃惊的是：一个衙役从兜里掏出一个粉红色的小气球，另一个衙役从轿里取出打气筒，就给小气球打气。打着打着，小气球就鼓出一个很漂亮、很丰满的女人来，唯一的缺憾是个头偏矮。

“我还得把她叫妈呢，”江县长指着气球女人对我说。“是我孝敬我爹的。”接着，他拍了拍手上的灰尘，其实他手上根本没有灰尘，因为他始终两手叉腰，一副监工的架势。稍停，他对几个衙役说：

“你们也辛苦了一天，就回去吧。路上吃的饭，记着把发票开上。”

“咣！”又是一声锣响，衙役们抬着空轿子走人了。

江县长掏出卫生纸，将一块青石头擦了擦，就和我屁股挨着屁股地坐下来。我刚才坐着的磨盘不见了，眼前的白房子也变成了黑色的茅屋，一副古旧而衰败的样子。

“请你帮帮我。”他将打火机递给我，自个则将香斜竖着点燃。香燃着后，他将它插进泥地里，冲着茅屋，叩了三个响头。接着烧纸。纸烧结束了，再将两瓶茅台拧开，使劲摇了摇，倒握瓶子，洒着筛着，嘴里咕哝着：

“爹，您老敞开喝吧！”

酒并未洒完，我估计两瓶至少各剩一半。“这只是个意思，”江县长对我说，“剩下的咱俩陪我爹喝了去。”他双手合十，微低了头，对气球女人说：“我叫您一声妈，是想请您把我爹侍候得到到的！您放心，工资我一分不少您，再给您家里，或者您的亲戚，安排一个工作吧！”说罢，将气球女人往已变成白色的火纸灰烬里一扔，就听“砰”的一下，气球女人破碎了，碎成了无数的粉片，连同那爆起的灰花儿，在半空中摇曳成一团神奇的焰火。

“好啦，咱俩喝吧！”江县长递我一瓶茅台，我尚未接牢，他就将两瓶茅台相互一击，算是碰杯吧。我喝了一口，觉得这茅台酒没一点酒味，寡淡得矿泉水也不如。但我没有往出说，还故意咧了咧嘴，一副不胜酒力的样子。

“爹呀，”江县长对着黑茅屋说，“不是我数落您，您也太不给儿子顾脸了！您怎么勾引人家有夫之妇呢？乡亲们给我写了很多信，我嫌丢人，原本一直捂着；可现在捂不住了，乡亲们告到省里去了！”

“不过话说回来，”江县长笑着给我说，“咱都是男人，应该能理解这号事，你比如我爹，孤单单一个人，呆在这里，呆了三十——不，快四十年啦！四十年不沾女人，就是雷锋他也撑不住！”

江县长再次面朝黑茅屋，冲着他“爹”说：

“您要给儿子顾脸呢，现在对领导干部的教育可严啦！我要立功赎罪。我准备给您老挪个地方，让别人也住住您的龙穴，让别人的后辈也出个县长！咱先富了起来，还要带动乡亲们都富嘛！您要开通些，千万别赖着龙穴不动弹啊！给您老明说吧，您这回是想挪也得挪，不想挪也得挪！为啥？纪检委就这么命令我的！政府是大家的政府，政府决不会只让咱一家子红火！”

“喝！”江县长再次与我碰酒瓶，结果因用力过猛，酒瓶子给碰炸了。炸声刺激了我，就灵醒过来。

好像一场梦。睁开眼睛，看了半天，依然不知身在何处。那白房子，那敞胸的喂奶女人，磨盘，那个半老头，以及县长、茅台酒、气球女人诸如此类的，模模糊糊的东西全不见了。

我现在所处的地方，好像是一片芦苇。目光一直朝西看，有一堆堆的房子，房子掩映在树林间。那可能是一个镇子。芦苇的面积很大，大部分芦苇青油油的，也有少部分显得发黄和凋零。

我小时候很迷醉《西游记》，喜欢孙悟空胜过了煮鸡蛋，模仿孙猴子是相当开心的。于是我一击巴掌，吼了一声：

“土地佬儿，出来问话！”

果然出来一个老汉，但是没胡子，下巴剃得铁青，胸前还插着一只钢笔。

“年轻人，我知道你想问啥。”老汉颇诡秘地半睁着眼睛。“你想知道江县长是怎么当上县长的？让我细细地告诉你吧。”

以下就是老汉讲的——

那是公元1967年，江县长刚满十岁。他原本叫什么来着？这个，这个嘛，我记不清了，反正不是叫江狗娃子就是叫江猫娃子。那时他家可怜得很，没吃的。有一天来了个山外佬，背了个大锅盔馍，不知怎么搞的，就把他娘哄走了，再也没有回来了。爷儿俩的日子，难过啊！有天晚上，他爹溜进生产队的包谷地里，偷包谷棒子哩。结果被夜间巡逻的民兵当成了狗熊，一阵乱枪给打死了！

死了就要埋掉。临时砍了几棵树，劈了十几块湿板子，钉了个匣匣，算是棺材吧。可是奇怪得很，那天刚入殓，突然天昏地暗，下起了暴雨。刹那间河水就暴涨了，连我都从来没见过这么大的雨，这么大的水！眨眼工夫，河水就漫到了两山跟下。大家只顾往坡上逃命，眼看着一股黑浪将棺材掀走了。江娃子哭着，顺着半山坡往下游撵，撵棺材呢。劳力好的男人们也跟着撵。一直从这河上头，撵了整整十九里路，棺材就浪到这里的沙岸上，停住了。就近拖到芦苇林后，刨个坑，埋啦！埋了没几天，这附近的大队长的儿媳妇也死了，是难产死的，就胡乱地埋到芦苇林的西头。公允地说，并不是江娃子他爹霸占了大队长的儿媳妇，最初是大队长的儿媳妇送上门的么。她要埋到别的地方，能发生这号事吗？不发生这号事，纪检委也就不会查江县长了。

“你说怪还是不怪，偏偏这地方是个龙穴！”下巴铁青的老汉最后总结道，“江娃子长大了，三日弄两日弄的，就当了县长……这方圆几十里，别说县长，连个乡长都没出过，你说奇还是不奇？”

我笑得眼泪都出来了。可我擦了眼泪再看什么的时候，老汉已无影无踪了。

【原载《延河》2004年2期】

峰　会

窦艾的性生活是大家最操心的问题。他是公认的朋友领袖，却又是朋友中唯一没有妻子的人。朋友们爱他，正如他爱朋友们一样。朋友们爱他的唯一表现是：轮流着给他安排一次妓女。

但这不是长法，因为大家没有那么多时间。再说了，大家都是平民，也没有那么多闲钱。

窦艾原本，当然是有妻子的。只是八年前，其妻在一次空难中丧生了。他虽然获得了18万元的赔偿，但却全部给了妻子的娘家兄弟。妻的娘家在农村，很穷，一个兄和两个弟早过了讨老婆的年龄，却仍光棍着，过的是“性生活基本靠手”的光景（一次闲聊时，某经济学家对此评价为“成本低”）。窦艾连想也没多想，就把18万全给了妻兄妻弟。让他们娶老婆吧。

如果拥有18万元，48岁的窦艾即使不续弦，性生活也不成问题。他丧妻时，妓女这种古老的职业已复活了。只是复活的范围有限，求大于供，因而价钱挺贵：消费一次需要500元。18万元，可消费360次。总之，18万元可保障窦艾先生在赴火葬场的这段路上，不至于间断性生活（如今叫一回妓女，据说上点档次的也不过200元）。

问题是他把18万全给了妻兄妻弟。他如今的月薪在2000元左右，每月要给留学新西兰的儿子，至少1500元（好在儿子已获得打工的资格）。剩余的钱，加上偶尔的小稿费，也就1000出头。所以，照顾妓女的生意，得悠着点儿。

“我一月，”他说，“有两次性生活，足矣。”

“我一次，”他进一步解释道，“至少两小时。”

两小时？我们都觉得，那么长的时间，简直是个天文数字！

“窦老，快乐、快乐，就图一个快字，”胡大帅百思不得其解。“你折腾那么长时间，就不嫌累？就不怕闪断了腰椎？”

“把快乐弄成了扛长工。”我也觉得纳闷。

“你俩不懂，”窦艾庄重地说。“小姐也应该享受高潮。”他的嘴里，从未出现过“妓女”一词。

的确，窦艾是很有嫖德的。他总是到郊外的小镇上过性生活，因为只有那里才有“中年小姐”。胡大帅有一次请他洗澡，给他挑了个22岁的姑娘，又漂亮又有气质，据她自己说还是个大学生。窦艾当即脸一吊，说：“让我弄糟蹋了，换个三十岁以上的。”

窦艾对妓女的审美标准，让大家目瞪口呆。关于这一点，作家协会里的专业作家胡大帅先生，曾有亲笔记录。胡大帅十年前就扬言要写一部“史诗”般的小说，深信这部小说将成为世界文学宝库中的“不动产”。当然，宏伟的构想一直宏伟着，素材也记了五十多本，只是小说还没有开头。“我认为迟早是要开头的，”胡大帅挥了挥水牛腿一般的胳膊。“身体这么棒，愁啥呢。”

窦艾是他小说中的一个人物，所以他跟踪窦艾、记录窦艾，像太监撰写皇帝的《起居注》。关于窦艾对妓女的要求，胡大帅的记录本上是这么说的：

“我（窦艾）喜欢矮墩墩的，黑丢丢的，两条萝卜腿圆滚滚的，小肚子泵泵儿的，摸上去还有俩台台的，胸脯馕馕儿的……找这样的小姐，准把你挠的（侍候）到到的（心满意足）！”

大家皆以为窦艾中了邪，或者病态严重。可是他说：“我为什么挑这样的小姐？因为这样的小姐都敢来坐台，可见她家的日子确实不好过。但她又没本钱，生意肯定不行。偶尔遇个客人点了她，你想想，她是个什么心情？服起务来又是个什么态度？”

“跟小姐弄那号事，当然拿不到桌面上；”有一次，我们在听西洋歌剧的间歇，他仰在靠椅上说。“遇到那样的小姐，你们肯定不上，但是我上。不上，不是更缺德么！”

他的这番话，竟让我们的脸有点儿发烧。比起修养来，我们皆不及窦老也。不过到了歌剧的尾声时，我们却达成了共识：我们对于歌剧女人的胸脯——那富饶肥美的土地——的兴趣远远大于从她口里飞扬出来的咏叹调。

“《葬在歌剧女人的乳沟里》，”胡大帅说。“是个作品的名字，有卖点呐。”

“你真高尚。”搞清了窦艾喜欢丑女的原因，我们总是这么赞叹着。

“也不全是。我也得图个安全吧。”

稍后，他又补充道：

“要有环保意识呢。”

谁也搞不明白这跟环保有什么关联。许多天以后，他才道出个中的秘密：

“漂亮的小姐就像漂亮的风景，游人多，垃圾病菌自然也多。”

他们单位在山里有一个“扶贫点”，就是“结对子”。每个月，单位都要派个人带上钱和物，去“扶贫点”探望探望。轮到窦老去了，自然也带了几千块钱，还有12个太阳能热水器（暂时还不能用于照明，先解决冲澡，以及冬天洗衣服）。他乘了一辆工具车，押送着热水器，一路虽然颠簸，但是总能看见大屁子女人。“山里风景好，最好莫过大屁子。”这是窦老经常说的话。

天快黑时才赶到目的地。实际上到目的地还有二三十里路程，自然不通公路，要步行的。公路边有个小店，晚上就下榻此处，明天再上山吧。村长提前知道了消息，已在小店恭候多时了。他热情极了，笑意活动在脸上如山涧瀑布，半截金牙始终露着，看上去有点抽风的味道。“窦领导，”乡下人把城里来的统称为领导。“你前次给我带的膏药真灵，腰一点儿也不疼了！”说着，很夸张地筛了几圈腰。

第二天一大早，村里的人都下山了，全是妇女，因为男的都到山西挖煤去了。她们围着窦老，好像围着神。然后又围着太阳能热水器，像围着神的家具。窦艾来了三次，便在此地树立了崇高的威信。第一次君临如此偏僻的山沟里、山坡上，发觉生活在这里的人们早上起来不刷牙，就开始吃东西。他当即下山，又步行二十里到了一个小镇上，跑进最大的那个小卖部，将那里所有的牙刷全买了下来，当然还有牙膏。然后带上山，把妇女们召集一块儿，当着她们的面，示范刷牙。妇女们嘻嘻哈哈的，对于刷不刷牙无所谓，却对那黏黏糊糊的牙膏兴趣盎然——好爽好香哦！其中一个大屁子女人，把牙膏当作雪花膏，抹了一脸，那脸就成了一朵白玉兰，一朵遭了暴风雨袭击过的白玉兰。

当地有一股泉水，在高处，可惜落进另一条沟，白白地流走了。他提议大家集点资，买上几百米的水管子，把那泉水拐引过来。可是大家拿不出钱。窦艾见满山的竹子，灵感就来了。先拿竹子将水引过来再说，冬季竹子冻裂了另想办法。总之，最明智的人生观是：享受现在。他就带领大家，主要是娘儿们，伐竹，衔接，用了两天工夫，把水接过来了。走的时候，村长送他一面锦旗，上面绣着“吃水不忘引水人 盼望领导常来玩”。村长的意思是让窦艾带回城里，交给单位的领导，让他讨一个表扬心里舒服。当然，也是让单位再接再厉，多给“扶贫点”一些好处。

第二次来，窦艾为了晚上睡觉前读书方便，就携带了一个应急灯。出发前充足电，可以用八小时，够三个晚上读书了。结果连半本书也没读完，原因是每到晚上，妇女们带着孩子，都跑到他住宿的人家来了，围着他，说笑，对神奇的应急灯惊叹不已。她们怀里的孩子都睡着了，可她们还不走，还要求他讲故事。讲上三五个他就不想讲了，连自己都觉得乏味。可是她们不答应，甚至撒娇，居然偷偷地掐一把他的腿。刚掐的一刹那，有点疼；但是慢慢的，却又怪舒服的。

那时他并没有更深入的念头，因为她们不足以激起他的爱欲。她们太平常了，皮肤黑，手掌粗糙。当然，那大屁子是不错的。再一个，她们不是傻子，她们本能地明白：世上没有比男女间更好的事了。不过最让窦艾好奇的是：她们的右手无名指上，都戴着一枚黄灿灿的铜顶针，而城里的女人，那地方是戴戒指的。“实际上顶针比戒指性感多了。”他后来这么告诉我们。看来他有时也是个“老派人物”。

他替她们一一安装了太阳能热水器，又一家一家地调试。这差不多用了他四天的时间，累得浑身酸困。当女人们晚上，关了家门，脱得赤条条的开始冲热水澡时，他却在村长安排的人家里睡着了。突然，他被摇醒了，一看，是村长，未开口前，早将那半截金牙展览出来。“窦领导，你觉得我们这儿的娘儿们好吗？”“好啊。”窦艾打了个哈欠。“你觉得哪个最好？”窦艾还没有睡醒，还来不及判断这话究竟是什么含义，顺嘴说道：“那个，那个家门口，有棵猫头柳的……”“哦？你说的是银花！”村长的嘴咧得开心极了。

窦艾是说者无心，但村长却听者有意。窦艾只是觉得猫头柳家的那个女人，屁子最大而已。个头嘛，墩墩的，紧凑又瓷实。至于模样，他有点近视，没怎么看清楚。但是第二天，太阳尚在当顶的时候，村长就把窦艾的行李——一只旅行包拎进了“猫头柳”家。

此地海拔偏高，若生长柳树，也只能生长猫头柳。和垂柳相反，猫头柳是直直地朝天上长的，基本上没什么桠枝。树太标致了，容易遭风摧折，所以长到一定时候，就要将其拦腰砍断。柳树的生命力异常顽强，拦腰砍了，它照样活着。只是在砍断的茬口处，它总要结一个疙瘩，仿佛那喷射复又落回的，树的血液积淀而成。那疙瘩或脸盆大，或水桶大，黑糊糊的，像一颗定点鱼雷。并且，疙瘩上生长出新的，一条一条的，直直朝天的桠枝。

猫头柳家的主人，那个叫银花的女人，热情地欢迎窦艾到来。她的五岁的儿子，一个满脸鼻涕的小不点，一下子就喜欢上了窦艾，因为窦艾用小刀给他制了个柳哨，呜哩哇啦地吹将起来。谁能哄孩子玩儿，谁就是孩子的亲爹。

晚饭炒了不少菜，很自然的，温了一壶酒。酒菜刚摆上桌，一帮子女人涌进门了。稍后，村长也来了。一人喝了一盅酒，村长就站起来，说："窦领导给咱们帮了这么多的忙，咱们要……，好了，银花的菜，做的不错，不知窦领导你满意不？""满意，满意。"

"领导累了，都回家休息吧！"村长的语气像会议总结。

坐在窦艾身旁的那个女人，往起站时，顺手把窦艾的大腿掐了一下。窦艾也是走南闯北的人了，可是被良家妇女掐腿，这还是头一遭。人民真好啊。他心里嘀咕着。可是后来又感觉大腿被掐处很疼，证明那良家妇女用劲太狠了。是嫌他没去她家吗？

五岁的小不点竟然喝了三盅酒，蹦进蒲篮里，朝后一仰，他娘的睡着了！"窦领导，你也冲个澡吧，"女人说。"这机器是你给咱安的，你不用谁用？""那就冲一下吧，身上还真有点腻。"

太阳能热水器的集热管，架在南墙外的一棵猫头柳上。为了不至于遮挡阳光，猫头上的柳枝桠全被砍掉了。那塑料水管子，从墙洞眼里穿进来，在楼梁上绕一圈，热水就淌了下来。水，不能太粗太急，因为下面只放了个大木盆，很快就会溢出的。由于房子窄狭，只好借灶台后的一块空处冲澡。这多少有点不卫生，但是，"比红军长征时好多啦"，窦艾心里嘀咕着。

"银花嫂子，能不能把你的床单揭来，挂到门上？"窦艾只剩一条短裤捍卫着腰部，银花还站在门外的堂屋不回避。

"行。你真金贵。"语气嘲讽，但含着亲昵。

后来，银花进来给他搓背。搓着聊着，聊着搓着，猛一转身，就爱情了。

窦艾每讲一次这件事，就出现一个不同的版本，对话与细节也不尽相同。但是关键的话没怎么变："这是我人生里，第二个女人给我搓背。第一个女人是我母亲。"第二句关键的话是："我一直不好意思转过身。可是我下意识地回了一下头，发现她一丝不挂！"第三句关键的话是："我要给她三百块钱，她脸一抽，说：'我是卖×的呀！'"第四句关键的话，也就是身体感受，窦艾每次说起，几乎是不变的几个字："美到骨头缝里了，啧啧！"

"人民真好，"对于此事，胡大帅的本子里是这么述评的："对人民一点点好处，人民总是加倍地回报。"

在一次经济发展讨论会上，胡大帅被邀请发言。主持人邀请他发言，纯粹是出自礼貌，因为无论怎样讲，这样的场合是轮不上他讲话的。他是会议中途来找人的，发现主持会的最高首长他认识，首长就终止了会议和说话，并挽留他别走。"会马上结束，多日不见，咱们共进午餐吧。"自古以来，首长的朋友，就是大家的朋友，那是不管你认识他还是不认识他的。

于是，主持人马上笑眯眯地过来与胡大帅打招呼，又与首长耳语了几句什么。不难想象，胡大帅被邀请发言就是顺理成章的事了。如果胡大帅稍微推辞一下，搞清楚这只是一个礼节，也就过去了；问题是他这个人，虽然经常出现在公众场合，但公众场合基本不安排他发言，所以他就反弹出"人来疯"的毛病。一逢人邀请他讲话，他马上说："把话筒递过来。"

他就活灵活现地讲了"窦艾扶贫"的故事。这无异于在呆板的研讨会上插演了一个马戏。"我讲这个故事并不是搞笑的，"胡大帅说，"我的意思是，我理解的经济学就是怎样投最少的资、赚最多的钱。我只有一句话：向人民投资，成本最少，回报最高。而如今的经济学家，却只效劳富人。"

事后，窦艾严肃地批评了胡大帅："你有什么资格滥用'人民'一词？银花跟我的事，她不是回报我什么，我也不是学什么雷锋。我们是互动的，应纳入'双赢'范畴。我死了老婆，她丈夫在山西挖煤，半年都没回家了。明摆的事，你却瞎理论！"

"你厉害。"胡大帅咧了咧厚道的大嘴，不再吭声了。

窦艾老婆活着时，胡大帅的老婆尚未调进城。所以胡大帅经常到窦艾家蹭饭。蹭饭的经典画面是：胡大帅早早地去了他们家属院，蹲在门房与几个糟老头子下棋。大约两个小时过去了，窦艾两口子才下班回家。进门时，胡大帅就抬起大脑袋，说：“给锅里加瓢水。”意思是把他的饭添上。半小时饭就好了，六楼上的某个阳台，就探出窦艾的小脑袋：“大帅，上来吃饭！”“棋没下完呢。”又过了一小时，胡大帅才下完棋，咚咚咚地爬上六楼。窦艾客厅的餐桌上，两个老碗扣在一起，上面的碗还架着一双筷子。胡大帅揭开碗，就开始捞面吃了，声音大得像两只鸭子嬉水，同时发牢骚：“你们家真怪，吃面从来都不配备辣子大蒜，这也算是过日子哩！”

窦艾老婆出空难的那周，胡大帅正好把自个的老婆调进城。“我过去常到窦家白吃，他如今没有了老婆，往后得让他多来咱家吃。”胡妻说：“那有啥问题，只要你不嫌难做。”胡妻是职业女性，是个优秀的妇科大夫，工资高过丈夫，自然是懒得下厨的。

可是，窦艾只来胡家吃了一顿火锅，就再也不来了。窦艾是这么解释原因的：“去你家打车，往返18元，要买三碗优质羊肉泡呢。”这个账胡大帅倒没算过。于是不再邀请了。可是，胡家毕竟欠着窦家的吃饭之恩，有恩不报非君子嘛。

就商量着如何报恩。报恩要报到点子上，就是说，人家最缺啥，咱就帮助啥。窦艾最缺老婆，那就帮他挖抓个老婆吧。这任务落实到胡妻头上，那是最恰当不过了，因为胡妻整天接触的是中年妇女，而中年妇女离异者又挺多。问题是许多日子过去了，还没碰见个合适的。

一天晚上，两口子又为此事熬煎。胡妻说，她上周接触了一个女人，胖嘟嘟的，很健谈，也没什么病么，可她非说病还严重。胡妻说，就是个月经不调，常见的小病嘛。“可她悄悄地问我：性高潮究竟是怎么回事？‘我咋从未出现过黄带里的样子？’”“哦？”胡大帅一下来了精神，“给窦艾牵个线不是最好吗！窦艾一口气能弄两小时呢。”胡妻说：“瞎扯淡！我细问了，人家老公是体育局长呢。”稍后又强调性地补充道：“感情非常好呢。”

话到这里，似乎进了死胡同。谁知几天后，胡妻很兴奋地回家说：“那女人有意思，说：‘我这辈子要是尝一回性高潮，死了也值。’”胡大帅心里很感慨：这领导的老婆还是看得开。当然，钱多了思淫，也是人之常情。胡妻对那女人说：“我理解，我很理解。也许我能给你帮点什么。”

见那女人有些迷惑，胡妻又说：“临床疗法形式多样，一个人，他本身，可能也是另一个人的一味药哩。”那女人就回她一个会心而暧昧的笑，一个只有面对情夫才会出现的笑。

胡夫妇决定联袂做一回红娘。胡妻不出面，假装不知道，只把那女人的电话号码告诉了胡大帅。怎么跟窦艾联系，则由胡大帅全权策划。胡大帅编过电视剧，捏弄这号事当然小菜一碟。

果然由头来了。电视里说甲A球赛的一场，下周末在本市某体育馆举行，何不请那女人搞几张球票呢？只是窦艾不大喜欢足球。但这不是关键，关键的是通过弄球票就可以将两人很自然地对接上，像是将螺母与螺栓对接上一样。螺母螺栓成千上万，但是谁跟谁对接，那也是有缘的，早就预定了的。

为了叙述方便，咱们就叫那女人“螺母”吧。螺母同志，这个女同志，我们虽然都见过，但也可以说都没见过。为什么？作为胡妻的病人，胡妻自然见过，但她只是见过她的脸、脖子，以及露在外面的手，和局部的手臂；而我和胡大帅呢，却见了她的身体，一丝不挂的身体。

那是一张没有脑袋的照片。

窦艾在和螺母巫山云雨时，毕竟不是相扑比赛，所以我们不可能现场观摩。其实窦艾是个极为现代的人，他曾力主朋友间不妨在一块做爱，就像朋友们在一块吃茶、游泳一样。从理论上讲，也似无不可；只是我们觉得，这在目下，最好还是把它当作一个理想来神往，才算得体。遮羞布应该由后人去揭开。我们既不要透支后人的资源，也不宜将子孙的任务包揽干净。

窦艾与螺母艳事过后，把我和胡大帅召到家里。他先是搬出古筝，大讲了一通古筝与古琴的异同点。“这是神仙的妃子。”他轻轻地拍着琴码说。“《高山流水》你们知道吧？”“知道。”“其实，那是两个曲子，一个叫《高山》，一个叫《流水》。”“这个，我们不知道。”说得我与胡大帅心痒难耐，要他赶快弹奏一曲。

“我只学会了一句。”他搓着双手，同时一个深呼吸。

“算了，你们没有琴耳朵。”他用指背划拉了一下弦，营造出一缕水声。“你们来，其实是想盘问那事的。”

粗人也偶生雅兴，我俩确实想听他露一手。但他站起来，迈着八字步进了卧室。他从卧室里取出一个笔记本。再从笔记本里取出一张照片。

这是一张女人的裸体照，准确的说是一堆白肉。白肉侧卧床上，没有脑袋，或者说故意没有照脑袋。“瞧瞧，多么性感！”对此，我和胡大帅断然不敢苟同。也正是这个原因，我们仨才得以保持几十年的友谊——我们对女人的选择是那样的风、马、牛不相及。我们中间，当一个人沉入爱情，另两个人必然进入看马戏的状态了。

“我不知道她提前还带了相机。”窦艾说。“事毕后，她让我给她照相，摆了好多姿势。”照片上的“肉”没什么性感，更谈不上美感。我怀疑，可能压根儿就没有过这事，至于那照片，也有可能是窦艾从某个法医的公文包里顺手牵羊弄来的。

“照片是她给我挂号寄来的。”窦艾的眼睛斜看着墙上的电子挂钟。“同时还寄来200块钱。”

“200块钱是要你补身子呢。”胡大帅笑了。“没看出，咱窦哥还能当鸭哥呢。”

“走，我请你俩吃涮羊肉！”

一多半涮羊肉都被胡大帅吃了。而我，借口胃不舒服，基本没动筷子。原因是我脑子里一直悬挂着那张无头照片，照片全方位地封锁了我的食欲。

看着胡大帅连吃带喝的痛快劲儿，我多少有点不忍，说：“大帅，我服了你的胃口，这可是咱窦哥拿身子换来的呀。”

一听这话，窦艾的黑脸上反倒洋溢出明亮的光彩：“不是谁都有这个能耐的，也不是谁都有这个机会的。假如有个女士找上门来，想体验一下性高潮，你俩敢接手吗？”

“那要看漂不漂亮，”我说。“我一直都在幻想这号美差。”

“你是做梦娶媳妇，净往好里想。”胡大帅抹了一把油嘴。“漂亮的女人还愁没有性高潮？”

“那也未见得。”窦艾捏了牙签边戳边说。

“那又是为什么呢？”

“因为，”窦艾打住话头，“你们就不能自己动动脑子？我迟早要死的吧，我死后，你们碰到新问题了怎么办？”

需要补充的是，螺母，就是照片上的女人，除了付给窦艾200元“营养补贴”外，还给了他一件衬衫和一把瑞士剃须刀。这两样东西包在一块，放在窦艾家属院的门房里。门房说，是个老太太送来的。

总之，此事成了圈子里的一件美谈，并且日益向周边扩散，圈子就越来越大。在聚会时，在饭桌上，这个故事已变成了经典段子，久讲不衰。忽然一天，窦艾给我打来电话，说：“我现在记性很不好了，要更正一下：那女士给的不是200块钱，而是300块。”

又过了一阵子，他给胡大帅打电话说：“她（螺母）给我寄了500块钱，不信的话咱到邮局查存档！”谁也没吃撑，所以谁也不会去邮局核查的。我和胡大帅专门就此事碰了个头，认真分析了窦艾何以将“营养补助”几次拔高？很简单：200元太廉价，丢人；500元比较体面。窦艾是否有让我们给他做广告的意思？还不能过早结论。我建议胡大帅，要他从窦艾手里借出螺母的照片，将照片拿回家去，让他老婆看看，到底是不是他老婆的病人。大帅就真的去窦艾家借照片，但被窦艾拒绝。拒绝的理由是：“爱情的特点是隐秘。再说，还涉及名誉问题。”

看来，此事的真伪是个问题。我们都是些具有历史责任感的人。我们不想给后人留下一桩悬案。然而，随着时间的慢慢过去，窦艾的这件艳事，已从我们的谈资里被悄悄删除了。

可是上星期，此事又被点击出来。

我和窦艾应邀去参加一个关于考古与旅游方面的“高层论坛”，征得邀请方的同意，我俩把胡大帅也捎带上了。晚上，市政当局安排我们近两百名与会者洗脚。

那是一个历史悠久，但是格局不大的城市。在“高层论坛”开幕式上，市长在致完官样文章欢迎辞后，即兴演讲了：

“我们目前最兴旺的服务业是保健、休闲，以洗脚为龙头。今年的洗脚利润，可望达到2204万元。为什么这么具体呢？因为2204年前，汉高祖刘邦同志（笑声），他经过这里时，要整休兵马。刘邦这个人呐，平生就爱洗个脚，再日理万机，一天的尾声永远是两个字（竖起两根指头）：洗脚！洗了，精神大为放松，比打桥牌强多了（笑声）。他这个人，还有点民主作风，比较体恤部下，喜欢与将士们分享快乐，就索性开了一家巨大的洗脚屋。这是中国最早的，既是官办的又是商业性的洗脚屋。所以，市政府集体决定：今天晚上，诚邀各位领导、专家、名流——洗脚（热烈的掌声）！”

洗脚地点在“开发区”。四个旅游大轿车拉了大家，缓慢地行驶在灯火辉煌的夜市里。大约40分钟后，车窗外出现了高尔夫球场的铁丝网围栏。但是车子没有进球场，而是径直开到一栋白色的楼房下，停住。小车极多，车牌号标示着它们来自三个省份。

我们三个人要求安排在一个包间。为我们洗脚的三个女子全部来自甘肃，相貌端庄，胸脯丰满，着装统一。但她们毕竟是姑娘家，又知道我们是政府招待的体面人，所以服起务来非常认真卖力，我们也相当斯文规矩，连说话都像是外交部的发言人。

“下边，还有什么节目？”窦艾问三个姑娘。

“没有了。”两个姑娘几乎是同时开的口。

“我们这儿没有演出。”另一个姑娘傻傻地解释道。

我与大帅交换了眼神，会心一笑。窦艾说的“节目”，指的是色情服务。

所以就出现了第二天早上的一幕。

胡大帅睡地铺，因为他是编外来的。他习惯于早早地起来，空着肚子喝茶。他洗漱抽水，吐痰放屁，煮茶吸烟，独自交响了一曲“立秋的早晨多美好”。是的，我记得那天正是立秋日。无论季节怎样转换，我都迷恋早上睡觉。可是被大帅搞得睡不成。见我拿被子捂住脸，大帅也就自觉地小声喝茶了。我渐渐复辟到梦境，却被大帅笑着摇醒：“快看！快看！”

睁开眼，窗帘早已拉开，但见朝阳满屋，根本没有立秋的氛围。胡大帅的那根指头，那根香肠一般的手指头，指着窦艾身体的中部：“哈哈，都奔六的人啦，哈哈！”

窦艾还没有完全醒，但他腰间的那个“狂欢的工具”，却早已昂首竖立。幸好毯子质量还行，否则，就被顶穿了。

“这是盛世的象征。”窦艾起床后，显得异常平静。

“我大学毕业，就进了深山里的秘密国防厂。老婆是师大的，‘革命大串联’时，在井冈山认识的。她毕业后，分到另一个深山小镇当妇女专干。我们两地，相距几千里。我每年探亲一次，坐两天火车，一天汽车，再翻山越岭，步行两天半。要步行395里路，这个数字永远能记得。”

我和大帅没法与窦艾对话了。

“两地分居19年，其中五次，都逢她来例假。”窦艾仰起脖子，一阵咕嘟嘟，吐出刷牙水。“我每次探家，只能跟她住两夜。”

话题有沉重的苗头，我就改变了说话的方向，问他：“你跟螺母弄过几次？每次都高潮了吗？”窦艾说：“就一次。我不能主动给她打电话，因为人家给咱付了报酬。再说，她丈夫到澳门赌博，输了80万公款，免了职，她哪来心情呢。这事你俩应该知道，登了报嘛。”

窦艾背对窗子，开始做老式广播体操。

“我的问题你还没回答完，”我说。“你让螺母高潮了几次？”

“老问这些话有啥意思，我不忍心你俩羡慕。”窦艾的语气随意极了。

“我给你们讲，”后来倒是他自己忍不住了。“一逢高潮，她就大喊我‘爸呀！’原来，她出生三个月后就死了母亲，一直是父亲带大的。”

至此，我们完全相信了窦艾与螺母的一夜爱情。因为如此的叫床细节，不是能轻易虚构出来的。

我手捏遥控器，无意间开了宾馆里的电视。正逢早间新闻。画面上依次出现欧洲各国领导人的面部特写，然后是，他们围着一个巨大的圆桌开什么会。我只听见播音员说了“峰会”二字。

“你们，”窦艾的体操快结束时，折腰用手点了一下裆部。“嘲笑它，不好。”抬起腰来，“我是对不起它的，始终没有给它落实政策。”

“把失去的光阴夺回来！”胡大帅挽起袖子，仿佛要跟谁拼命似的。“今晚上一定给你安排！”

实际上，我们都是些自私的人，当晚谁也没有给他安排，而是各回各家了。

【原载《红豆》2007年4期】

米霞

我曾在一篇文章中说过，我大概属于臭肉招苍蝇那类人，一天的电话特别多，来访也特别多。我一向处在被动社交的地位。我一天的大半时间都用于接电话和接客。其实我并非明星，主要是我的生活周围有着无以计数的闲人。闲人闲来闲聊，无非是什么轶事轶闻实则鸡毛蒜皮，弄得我既无时间读书又无工夫写作。虽然读书写作也终归是个无聊。可我喜欢读书写作啊。

昨天很好，中午又开始下雨，傍晚变成了雪。雨雪霏霏很是安静。天一擦黑，我即溜进被窝，猪一样爱想不想爱睡不睡的。我喜欢这样，这样似乎进入一种无欲忘我的混沌世界。偏巧这时，门被踢响。不敲而踢，极少教养。本不想开的，那响声却不断，只好起来开门。走到门边，听得外面声音还算熟悉，尽骂脏话么。便知道也是个如我之类的舞文弄墨之徒。开门迎进，一个个嬉皮笑脸，搓着手，跺着脚，掸拭肩上的雪水，又要毛巾擦脸，说他们仿效古人，“雪夜访友“哩。

雪夜聊斋，品茗吸烟，把双脚搭到茶几上，用火柴棍儿挖耳朵，古今中外，荤素粗雅，不失为人生一大快乐。问题是男人们夜谈，几分钟后必然扯到男女上。自然规律吧。

大家就开讲了。本着尊老爱幼的传统，大的先讲。恰巧这时，忽然停电了。应该感谢昨夜的停电，因为人只有在黑暗中，才可能丢弃羞耻心，才可能无所顾忌地讲述自己的历史，尤其是情史。老实说，每一个成年人多少都有点动人的故事，而动人的故事又多半难以启齿。有句话说：美在无言。其实是美而不好言、不敢言。把美憋在心里犹如坐怀而不乱，是一个残忍的惩罚，至少非人道呢。但是把美说出来却又常常违反道德，比如偷情。桌面上没有谁个赞美偷情的，似乎众口一词地认为偷情不怎么地道，可世界上为何还有那么多偷情的猛男勇女呢？可见偷情显然有种妙不可言的美，偷情也一定是符合人性的，就连圣人马克思也偷情，与女仆生下孩子。过去我只是景仰马克思，当我知道马克思也像常人一样并不怎么亏待自个时，我越发敬爱他了，因为他和我们一样，他也是上帝拿泥巴捏弄出来的啊……这么说精辟否？我请求编辑大人千万不要删掉这句话，如果您硬要删，我只能如此理解：您自己是个偷情高手您心虚得很，所以您不喜欢看见偷情二字……

昨夜一直讲到今晨。这些故事令我唏嘘不已，就打算笔而录之，以报答那些错爱我的读者。但是需要一点说明。为了叙述方便，我还是采用第一人称省事。这样既简便，又能让我自己在太虚幻境里分文不掏地白享一回他人的艳福，此乃懒汉的“借鸡生蛋法”爱情。据说广东的经济发展，也全是凭的“借鸡生蛋法”……好了，您听这个故事吧！

——我那年三十岁，是个结婚八年的男人，儿子也快六岁了。我的早婚有个荒唐的原因，这里就不细说了。我要说的是，凡结了婚的人，无一例外都曾闹过离婚，尤其在结婚的第二年。第一年，双方感到新鲜，性爱的渴求与满足掩饰了一切，双方显得水乳交融互为奴仆。热烈的季节过后，必定是秋风落叶败絮满目，双方渐渐显出固有的禀性、原本的棱角。随着情欲的降温，怎样料理和分担家务、怎样调节人际关系尤其是贫富不等的亲戚关系、怎样容忍对方的毛病、怎样与对方原有的交际圈子接轨并努力去适应之……诸如此类的事情，搞得人又疲惫又劳累。这便是我们通常所说的“过日子”。人生可悲之处在于：人的一生中百分之九十九的光阴都耗在了“过日子”上。

在我和妻子开始“过日子”的时候，不可避免地闹开了离婚。每次闹起来，我们双方都咬牙切齿要坚决离婚，并赌咒发誓说谁要是不离婚谁就是什么什么的。然而我们终归没有离婚，一是因为我们双方的家族均无离婚的先例，二是我们中国人离婚也太难了，其难度正如禁止随地吐痰，禁止了几十年还在随地吐痰。我一横心，索性终生放弃了离婚的远大抱负。我既然能坚持八年像八年抗战一样不离婚，就说明我是一个兼备韧性与涵养的男人。如果终生不离婚也不闹离婚，我就差不多算是圣人了。但是每天扮演圣人则不堪其负，一逢闹离婚，我即采取消极办法——撤离战场。我逃出家门，去独自流泪，因为圣人也是流泪的；我去孤单地咂摸人生的苦涩，因为圣人也有苦涩的时候。

前边说了，事情发生在我们结婚的第八个年头。从第五年开始，每年大闹一次，特别伤人。那次一闹，我照例出走，连续几天几夜不归宿，我要妻子体验一下没有男人的陪伴——无论是个多么坏的男人——的夜晚是怎样的荒凉！当然，夜不归宿也是对我自己的惩罚，我像狗一样东睡西卧。几个要好的朋友家，很快被我轮流住了一遍。他们都只是让我住一夜，决不让住第二夜，并且唯一的那夜根本没法睡觉，因为他们一直要唾沫乱溅地规劝我，说我是多么多么有福，讨了个多么多么好的老婆。总算睡了，可是天还没亮好又把我叫起来，掀着我要我滚回我老婆身边去！他们的动机固然是善意的，问题是我的老婆好不好，好又好在哪儿，天底下没有谁个比我更清楚的了。但我并没有也不想给他们诉说苦衷，我只是不想在老婆身边呆，而已。到了没有朋友理解我接纳我的那个夜晚，我在街道上胡溜达着，见了熟人也装作没看见，实在避不过了就打声哈哈逃之夭夭。浪到工人俱乐部门口时，我被里面的音乐吸引了。我知道里面正在开舞会。那时舞会刚刚兴起。舞会的兴起是改革开放的先头部队。

我进了舞场，找了个拐角坐下来。凳子不稳，咯吱咯吱的响。许多窗玻璃早打了，致使外面的树枝桠探将进来。地上满是烟头、瓜子壳，音乐混同人声，嘈杂得很，颇有一种农民运动会的情调。多半是些中年男女，跳舞是他们五十年代学会的，现在算是旧梦重温老树新芽。他们跳得虽然投入却也能保持节制，肚子与肚子之间的距离可以拿手掌劈下去，从而让派出所的人无刺可挑。看着他们大跳其舞，我自己是无意参与的，当然也没有人来邀请我跳。我就那么呆坐着，想着心思，想着人生的种种不幸。想着想着，就想到了爱情——这一人生中最要命的问题。人在什么时候最讨厌女人呢？大概是在结婚八年的时候。一个男人既渴望爱情又讨厌女人，不是太矛盾吗？其实一点儿不矛盾，因为一个男人如果稍有点智慧，他便渴望一个才情并茂的女子来淹没他那与生俱来的孤独感，即所谓的“红粉知己”。而实际生活里基本没有红粉知己。男性的知己往往竟然也是男性自身……

正在我兀自玄想时，我突然一个感觉——完全是凭空而来的感觉——我感觉有双异样的眼睛在看我！我扫视了一眼舞池，果然发现我的感觉是对的，那是个相当漂亮的女子，也像我一样，很安静地坐在我对面的舞池拐角。她生着一对大眼睛，容颜畅朗气质亮丽。我发现至少有三个胆大的中年男子邀请她跳舞，其中那个大公鸡似的家伙，还很夸张地折腰横手——但是那女子不为所动。她很不耐烦的依次支走那几个男人，目光穿过动物滚动般的缝隙，落实到我的身上。我有些招架不住，因为我从来没有见过如此大胆而灼人的目光，身心之感如同牛被红布撩拨一般。后来我怯懦地垂下脑袋，无可奈何地看着自个儿的皮鞋。人生真是太惨了！当我们满身缠绵需要恋爱的时候，我们周围却没有一个女子来消耗我们富饶的爱意，我们只能像选择坟墓一样选择配偶。当我们成为家庭的囚徒时，一个又一个光彩夺目的女子从我们面前惊艳而过，他娘的她们原来都到什么地方去了……我难忍地抬起头，见那女子还在看我。我就豁出去了，就彻底犯一回错误吧！我不但盯着她看，还冲她挤眉弄眼，甚至用纯粹调情的目光逗她诱她。奇怪的是，她一点儿也不反感，而是站起来，侧着身子像水蛇滑行一般摆进舞池冲我而来。

我笑着用目光请她坐下，她便像乖顺的小媳妇一样，坐到我身边。长条凳子更加咯吱咯吱了，这为我提供了一个表现机会，我半拉屁股坐着，目光不时地检查凳子的稳定性，以防她受了惊。她两手托腮，眼看别处，明显在等我说话。可我，已经不会说话了，因为所有的语言都从我脑海消失殆尽了。我站起来邀请她跳舞，她很快活地慨然响应。当我的手一搭上她的腰，我的整个身心“轰”的一震。那是怎样的腰啊！我只能说：那不是腰，而是妖！我的手轻轻地搂着如此娇柔温婉的腰肢，心里满是一种惭愧与害羞，我为我的丑陋而惭愧，我因我的笨拙而害羞。我本是个粗枝大叶的男人，所有的事情都令我心不在焉，只有最美好最动人的场景才能触发我心底里最细腻最害羞的部分。所以与她共舞时，我始终不敢看她，我尽量装出一副道学家的样子侧首看着别的舞者。不难想象，我俩瞬间成了“今夜舞王”、“今夜舞后”，吸引了全场的注意力，致使那对标准舞者相互抱怨踩了脚。俄罗斯的民歌一曲接一曲地从四角的音箱里汩汩渗出，如同春风春水，而手搭我肩的她呢，她那微喘的气息，那涟漪荡漾的双眸，那种种最细微的动作所一并营造出来的满身风流，如同一支温柔又强大无比的军队，摧毁得我压根儿不敢看她。她的身上还散发出一种我从未领略过的，我因此也难以形容的香味，如同香之国里的国花瞬间爆绽——几年后我在一本书里才搞明白，那是一种绝色美女的天体之香，在环境优雅并且靠近美丽大自然的地方，大约每一百二十万个女人里，才有一个女人如此体香……我能一直感觉她在看我，目光是那种可爱的、淘气的、嘲讽的，那目光分明在说：瞧你，怎么这般没出息呀！

我俩一曲接一曲地跳而舞之，差不多没有说任何话。但是，我俩非常协调的舞步，就足以把什么都说出来了。我们相互之间的羡慕，涌动在我们心底里的万种柔情，以及那种由此而浩然喷发出来的，巴不得顷刻间相互占有的念头，通过我们的指尖准确地点击对方的衣服并急速洇入肌肤……但就在这极乐的时候，一种异常的孤独可怜掠过我的心间，使我无比悲伤，与我相拥而舞的似乎不是一个女子，而是一个与我的生活不可能有丝毫关联的木乃伊！想到这儿，我颓然地松开手，自言自语地，语气倔强地说：“我得走了！”

我走出舞场大门，不，我是小跑出大门的。我没有回头，我弄不清也不敢想那女子是否会跟将出来。反正我不打算回头看，尽管这很痛苦。这是一个院子，当我出了院子来到街道时，我才放慢脚步，很想哭的感觉。

我顺着人行道往前走着，每遇路灯，我就绕开，同时竖起风衣领子。这是一个不足三十万人口的城市，我又在电视台工作，所以认识我的人不少，而我又无话可说，只能回避完事。最初调我进电视台是要我播送新闻的，可是我的嗓子不争气，那阵子一直喉咙发炎，后来就由别人替代了，我只好扛一个摄像机，整天苍蝇追粪似的跟着小官人转悠。

我胡浪了一阵子，又来了奇妙的感觉，感觉背后有人跟踪。我到底还是本能地一回头，果然跟了个人，那个与我跳舞的女子。

她推着一把自行车，见我回头她就停下来。想到方才她在舞会上的主动，我便迎上去。她停在那里，斜靠着自行车，大眼睛里灌满了忧郁。她斜倚自行车的优美造型给我留下不可磨灭的记忆。

“你在等谁？”她问道。

“我？等你吧……”

我们并排前行着，双方都在努力放松各自的紧张与惶惑，竭力表现出我们是一种老朋友关系。为防人发现，我提议我们最好拐进那条小巷子。巷子一直通向郊外，巷子里来来往往的多是菜农。从交谈中得知，她叫米霞，在8342信箱工作。8342与8341仅一字之差，令人惊奇，因为8341是毛泽东的警卫部队的番号。8342信箱是个军工厂代号，是林彪年代由遥远的大城市迁来山沟里的。

出了巷口，我对米霞说：“都夜深了，我送你回厂子吧，十多里路呢。说不定遇见狼。”

“有狼好啊，没狼你就不送我了。”说完，撅起可爱的嘴巴。

巷外是破损的城墙，城墙外是个什么映荷公园。说是公园，尚未弄好，所以没有管理人员。

米霞并不急着回去，而是提议到湖畔看月亮。我不由窃喜，因为我也有这种想法。我手托她的屁股，先把她推上城墙的豁口，接着把她的自行车也举了上去。

其实没有月亮可看，因为天上布满了云，一直到天亮也未裂开一丝云缝。所幸云层不厚，月光还是迷蒙模糊地渗漏下来。但这无关紧要，紧要的是一对男女想在一起度过一个夜晚。就这么回事。

我们把车子靠在一个土堆上，然后，我脱下风衣，平展土堆下的杂草上。我俩坐好，开始说话；说累了，就躺下；躺累了，又坐起来。

“你为什么不问我结婚了没有？”米霞的眸子在黑夜里一闪一闪的，如遥远的海岛灯塔。

“我为什么要问呢？反正我是结婚了。你结不结婚，都与我无干。”

沉默了。过了一会儿，她说：

“那你看我——结婚了吗？”

我不想知道这个问题，故意尖刻地说：

“现在是改革年代，改革年代的最大特征是：我们不能判断一个女子是否结婚。”

“噢哟。”她咕哝了一声。

到了后半夜，气温急剧下降，空气变得冷而潮湿，似乎下起了雨点，兴许是凝霜罢。我尽量显出满不在乎，而米霞已开始冻得打哆嗦。我说你要是不介意的话，我抱着你好吗？我见她不积极反应，又说我当然也是为了自己不致冻坏，两个人抱着热量大么。她就哭了，扭捏了一下身子倒入我怀中。我们紧紧拥在一起，脸贴着脸，看着映荷湖水静静地眠在秋夜，偶尔反射几点天光。身后的城市闪闪烁烁，远方传来夜行或是早行的汽车声。身边则是草丛里唧唧唧的野虫子们的交谈，感觉上像是密密麻麻的蚂蚁开会。

“我想睡觉。”米霞懒懒地说。

“你安心睡吧。”

米霞真的睡着了。这真是个奇迹，一个三十岁的男人抱着一个温热的女子，居然信马由缰地让她睡了！听着她的呼吸，那无以形容的气息，我简直高尚得直流眼泪！我仿佛抱了一尊肉菩萨，完全是一种升往天堂的感觉……

是的，千真万确是的，我抱着她睡着了，是她睡着我没睡着我也不能睡着！这号美事不是谁个都可以遇得到的，所以我不能睡，我要清清醒醒地警卫她，细嚼慢咽地品味她……天大亮时，我摇醒她，她惊恐地脱开我坐起来，检查她的衣服是否完好。我摇着脑袋笑了，说我并不怎么纯洁，但我想抱你是真的，抱你在怀里又一点儿不想那事，说实话，那是假的。但我会在你醒来时，与你商量的……

路上的行人和车辆渐渐密起来。我帮她将车子放下城墙。她在上车子之前，用一种哀怨的失望的眼神看了我一下，就走了。她骑得很快，眨眼间过了大桥，不见了。煮熟的鸭子飞了，我自言自语一句，又温柔地扇了自个一巴掌。

我回到家里，感觉完全不一样了，觉得我的家挺好的，老婆也挺不错的，甚至挺可爱的。我们不再发生战争，也不说离婚的话了，好像我们从未说过离婚二字。这种不可思议的变化，我现在想起来仍然非常吃惊，仍然感觉是个天大的谜。总想着哪天有空，得去咨询一回心理医生的。

我重新恢复了平淡的“过日子”生活。我以为再也不会见到米霞了，谁知那天下午，大概在我们分别后的一个月左右吧，米霞和另一个女子来找我。我不知道她是怎么弄清我的住址的。电视台的住宅没有修起，单位的人都是分租四面八方的民房。那天下午，房东大爷喊我，说有人找，我和妻子几乎同时打开三楼的窗户。我们看见院门外立着四条腿，都是高跟鞋，才知道是女的，因为俯瞰着的门楼挡住了她们的上半部。

在妻子的眼皮底下，我拎起机子，跟着两位女的去了，去“拍新闻”了。妻子如此毫不怀疑我，算是又一回奇迹。

一个小时后，我们三人骑车进了山谷深处的8342信箱。我们来到米霞的宿舍。那是个集体宿舍，住了四个女的。那位作陪的女子借口说重感冒头晕，走了。多年之后我还感慨那个其貌不扬的女子，因为她跟米霞真够姐们，她协助米霞策划，帮助米霞完成一件……

那女子走后，米霞说今天是周末，同宿舍的三位女同胞都回城里的父母家了。

“你是让我在这里过夜？”

“我知道你能猜出来。”

米霞脱去外衣，只剩背心和短裤，我立即颤抖起来。然而，只见她打开床头的皮箱，从中取出一件雪白的连衣裙。我叫不出这是什么布料，我对女人的衣饰向来一无所知，我唯一明白的是：米霞的这条裙子精致又漂亮，开领与下摆均由手工钩织了巧妙的滚边。

她穿好连衣裙，孔雀开屏似的旋转一周要我欣赏。

“太美了！”

“怎么个美法？”

“美得……美得我都忍不住了……”

她一下倒过来，紧紧地环住我的脖子，与我热吻起来。

“你要我吗？”

我不知她说的“要”具体指什么，所以没法回答。

“你要我吗？”她又问了一遍。

“我结婚了呀。”

“你呀！”

……后来的事就不必细说了吧……不不不，这种事是断然说不出口的，饶了我吧！反正大家都是过来人，加之眼下正在扫黄。总之第二天早起，她很满足很幸福地穿上连衣裙，问我：

“你知道我为什么喜欢白色？”

“白色纯洁，高雅，又平易近人。”

“不是的，白色是孝色——”

“咋这么说呢！”

“我就要这么说！我为生活戴孝，我为我的未来戴孝！知道吗？我后天就要结婚了，我后天的丈夫，省长的儿子……”

“你这样的好女子……就应该进入高门……应该幸福……”

“幸福？呵呵，他是个瘸子！”

我一时语塞，脑子里迅速猜想这桩婚姻的完成过程。

“没有办法改变了吗？”

“除非我死了。”

她用手整理着凌乱的头发，笑着问我：

“如果我做你的老婆，你要吗？”

“我，我今天就，就开始，闹离婚。”

“真的？”

“真的。”

“听你这语气，蔫的……怕啥嘛……不过有你这句话，我想我这辈子算是爱情了，满足了……”

【原载《红豆》2010年3期】

手语

这故事是朋友讲的，我不信。朋友跺脚发誓说确有其人其事。说是当事人酒后，亲口告诉他的。

这号事通常发生在俊美男人和漂亮女人身上，因为一见钟情的色彩很浓。为了叙述方便，我这里不妨将男的叫潘安，女的叫昭仪。反正名字就是个符号。不过取这样的名字，已泄露了我的态度：我希望所有漂亮的男人和所有漂亮的女人发生爱情。好花插在牛粪上，或者英俊男子娶个龅牙老婆，我在费解之余，实在不想说出半个字来。

潘安似乎是青岛人，抑或是厦门人。记不清了。反正他是来西安出差的——我乐意这样的故事发生在我居住的城市，至少讲起来方便嘛。潘安下榻在一家星级酒店。他洗漱毕了，由电梯下到餐厅层。可是已过了就餐时间。他只好走出酒店，拐到不远处的小街上，看看夜景，吃点夜市，领略一下异地城市的风情。西安的小吃，尤其是烤肉与夹馍，那是享誉天下的，他很早就知道的。

天是刚擦黑，人们陆续前来享受无数革命先烈为我们抛头颅洒热血换来的，浮荡着孜然味与花椒味的悠闲生活。潘安选了一个矮桌，坐下。矮桌围了六把小凳子，空余五把，恭候着随时将至的消费者。他要了一杯扎啤，开始吃烤肉。他怎么也无法将眼前的景致与唐朝的长安对接起来。不过西安的烤肉，可真是名不虚传！刚好此时，一阵香风刺破孜然味与花椒味，注入他的鼻孔。他正纳闷，一个女人从他身后走向他的身前。好一副标致的身段！那袅娜的步态，叮咚的高跟鞋声，敲打着潘安的花心。

也许面容一般吧，潘安心里嘀咕着。也难说呢，西安是美女之乡嘛。

还真是猜对了。那女人，就是咱们前面为之命名的昭仪女士，她并不是来吃烤肉，因为臭烤肉似乎是专为臭男人烤的。她进了那家灌汤包子店。店门大开，里面坐满了食客，仅空余一张窄条桌，半截门里，半截门外。她犹豫了片刻，还是撑不住灌汤包子的引力，便选了门外的半截桌。坐前，她掏出手纸，细心地揩拭凳子与桌面。昭仪坐的位置，就是说，昭仪只要抬头，首先看见的，一定是潘安。

潘安坐在临街的人行道上。这女人何以这么漂亮呢？无可挑剔啊……瞧那鼻子，莫非韩国女影星？西安也太暴殄天物了，太不呵护漂亮女人了，若是我那城市，如此尤物你在人多广众的地方，是压根看不到的。潘安的牙龈被烤肉钎戳出血了，竟然没有察觉。

两人的间距大约十五米。昭仪叫过服务生，玉手点着菜单，另只手从手袋里掏出餐巾纸，擦手。女人皆洁癖，实在费纸啊。她点了一笼包子，一小碗八宝稀饭，优雅自如地吃开了。

昭仪无意间抬头看了一眼，目光正遭遇上呆呆看她的潘安。昭仪的眼睛“噗”的一灼，目光立刻转移。但是没过五秒钟，她不在乎灼还是不灼了，目光重新回访前去。

潘安举起啤酒瓶，由上往下杵了一下。这一动作语言大概是说“你好”吧。或者是为对方的美貌表示倾倒。他在杵啤酒瓶的同时，还莫名其妙地扬起另一个空闲着的巴掌，五根指头扇形张开，向对方点了点。你报考音乐学院啊，对面那女人是钢琴教师要检验你手指头啊。不可思议。

昭仪诡秘地，心领神会地一笑。那双一次性筷子，真有福气，顶着昭仪那雪白的上牙。排列齐整的，和田玉般的牙啊。

潘安咽了一掬口水。

潘安为何向昭仪伸手并点了点五根指头呢？他自个儿一时也弄不大清楚。他刚晋升为局长，“副”字被去掉还不到半月。原来的局长爱拍属下的肩膀，包括拍他。他很不舒服那种被拍肩膀。但每每被拍时，他还是立马倾过身去，微缩双肩予以配合，尽量装作受宠若惊、乞求高潮的样子。如今他自个是局长了，他的双肩不用再缩了，除非市长大人来拍他肩膀。方才向昭仪伸出手掌似拍非拍的动作，是潜意识里把眼前这个漂亮女人当成自己可以宠幸的属下吗？事实上很久以后，他还是弄不清当时何以冒出那个动作来，而且五根指头分得开开的——那造型真叫粗俗，啊呸！

我现在是局长了，一定要注意，绝不能乱拍属下肩膀！潘安想着。拍属下肩膀看上去是亲昵属下信任属下，实际上是宠物属下。宠物终究是动物嘛。

不过真要临到自个，当昭仪与潘安目光再次遭遇时，潘安还是没留神地举起了巴掌。只是这回，巴掌举起了，掌心也冲着昭仪，但掌上的五根指头并没有分开，并没有出现五个小人参叩头似的动作。他力挽狂澜，迅速将巴掌翻过来，让掌心面对自己的脸，五根指头点了点自个的鼻子，仿佛是驱赶自个鼻尖上的蚊子，尽管鼻尖上没有蚊子。

当潘安与昭仪的目光，友好往来了五个回合时，爱情实际上已经产生了。有戏啊。潘安觉得今年运气真好！他由于一表人才，经常遭遇花儿们主动前来绽放。他心里清楚，因为将当官与爱女人比较，他觉得还是当官更有魔力。他们家族太需要权力了。所以他虽然经常漫步花间，却很少倾腰折花。等稳固了权力后，再和谐女人不迟。

当然现在，他的局长位子坐实了，“副”字剪掉了，此地又是千里之外的异乡，福利一下自个儿的身体，谁又知道呢。如今的社会都成啥了。

照说那昭仪，因她比潘安迟来吃包子，她应当比潘安后吃结束才合情理。只是潘安这厢磨叽着，有意要让昭仪先吃结束，以便得知她吃结束了去哪。再说潘安若是吃结束了，却依然霸坐摊位，而身边正有人晃悠着找座位，那是自私的。于是潘安又要了十几串烤肉，又点了一盘蹄筋一扎啤酒。他明知这些东西将被浪费掉，却并不怎么心疼。浪费固然是犯罪，可是浪费在某些时候，却是必要的，情有可原的，因而归于诗意盎然的。潘安稍后叫来店小二，提前清了账，以便随时起身，尾随昭仪。不，尾随一词太下流。追随吧。也不好听，见贤思齐多雅致！

潘安希望昭仪告别灌汤包子店后，能够原路离去。那样的话，她就等于迎他面而来。人走运了确实奇妙，昭仪果然按照潘安的预想，走过来了！此时的潘安如有神助，在二人恰当的距离时，他站起身来。他彬彬有礼地，微笑着对昭仪说了一句话。同时抬起手，拢了一下他那黑而浓密的头发。他对昭仪说的那句话，是突如其来的，事后想来令人哑然惊叹的——

"冒昧一句，能邀请您到酒店一聊吗？"

这就叫抓住机遇。外遇在绝对多数情况下，是瞬间错过的。你不瞬间抓住，你就事后扼腕叹息吧，捶胸顿足吧。

"好的。"昭仪的回答令潘安惊喜异常，证明他方才的观察与推断是准确的，因而他的邀请话是说得及时的，开宗明义的，顺应潮流的，符合双赢与时尚的。

两人就进了酒店。电梯上到三层，就手拉手了，互称"你"了。

进到房间后的事，略去不写，读者就亲自回想一下所看过的情色画面吧。算是阅读与创作互动。拜托诸位看官，不能老是让作家独自使劲。反正这号事，从古至今，也就那么回事。与一万年前的男女事，没啥差别的。当然除了酒店预备的避孕套。不过人类学家又说了，埃及早在六千年前，古罗马早在三千年前，就发明了避孕套——是用兽皮刨薄而制的——羊皮书上有记载的，主要用于宫廷偷情，以防皇家血脉掺假，从而导致灭门之祸。

不写论文了，就写结局吧。

好事毕了，昭仪裸体走向卫生间。她的腰与臀联袂而成的曲线，炫目迷人无以形容。卫生间里哗哗哗了十来分钟。外面的潘安，卧在床上，如一台报废的机器。但是机器的每一个零部件，都尽情回嚼着物尽其能的成就感与幸运感。一股感恩情怀油然而生。

昭仪腰围浴巾，热气氤氲容光焕发地走出卫生间。她穿衣服时，潘安断定下来的节目是互留姓名、交换名片。可是昭仪穿好衣服、对镜梳妆完毕，只是从床头几上拿起劳力士手表，戴好。然后，昭仪的手又伸进手袋里——该拿名片了吧——取出来的却是手机。她摁开手机，甜美地满足地说了声“你很优秀”，第三次伸进手袋里——这回绝对是掏名片！

潘安又猜错了。昭仪取出的是一沓钱，往潘安那斜拄胳膊、侧身床头的被子边一丢，说：

“你一巴掌说五千，这刚好是五千：我司机的两月工资，没来得及给呢。”

潘安愣住了。他不知如何动作，更不知如何语言。

“谢谢。祝您好运！”昭仪出门时，如此赠言道。

……事后好几天，潘安都回不过神来。他从政二十余年，天天唯唯诺诺察言观色鞍前马后，可谓泯灭个性出卖尊严甚至出卖灵魂。不过出卖肉体，这倒是第一遭，而且出卖得匪夷所思。

【原载《百家故事》2011年10期】

红 潮

燕泥川农民杨万水提了一塑料桶包谷酒、肩背搭了一个肥猪头去给老丈人拜六十大寿。他哼着无词无调的曲儿乐颠颠地走在山路上，满脸开放着三月的微笑，背上的猪头也是笑眯眯地双眼挤成两条线儿。猪这东西真怪，杀了它烫光毛，它倒笑成一个弥勒佛。杨万水已经有五年没登过丈人家的门了，原因是他生丈人家的气，嫌丈人的女儿嫁过来八年了还不生孩子。但是今年，杨万水的老婆怀上了，三个月来身子不见红。扳指头一算，是冬月或腊月种上的。但他始终想不起是哪一晚上哪一回种上的。生命是如此奇妙，也不招呼一声就开始孕育了。自老婆的肚子有情况后，杨万水天天晚上趴在老婆的肚皮上听女儿的动静。不知怎么搞的，他断定是个女儿，因为他喜欢女儿。他兄弟七个，全是光葫芦头没姐没妹，所以他的理想就是生个千金小姐。“艾香，”他对老婆一本正经地说，“你一定给咱生个女娃！”艾香一撅嘴：“这咋由得我呢。”艾香对丈夫的轻男重女思想十分感激。“你多想想女娃就能生出女娃。”“那我就多想女娃。要是生个牛牛出来呢？”“牛牛爱惹祸，我剪了它！”

杨万水离开大路踅向九里峡。峡口两边的山坡上尽是野桃花，粉红粉红的，好像一团团粉红飘柔、迷离软人的烟雾。杨万水浑身一酥，不由得快活地骂道：“狗日的桃花，开得人心焦！”他加快步子，恨不得立马见到艾香。艾香前天就回了娘家，帮她娘的忙，给她老子操办六十寿宴。其实是五十九。杨万水想，艾香要不提前回娘家，今儿与我同行，到了这骚情的桃花跟前，我非扒了她的裤子不可！正月十五到现在，他就没跟艾香睡过。为了女儿，为了千金小姐，他硬是憋着，咬牙憋着。一个三十岁的男人这么久地憋着，怕要憋出病咧。艾香见他可怜，要宽松宽松他，他居然硬撑过去了。有个土丹方帮了他大忙。每当他激动起来要弄那事，他就抽出一根火柴掏耳朵。掏耳朵很舒服，一下子把注意力转移到耳朵上，就不想那事了。这土丹方其实不土，是新任村长王问学从遥远的边疆带回来，传授给他的。王问学传授给他后，又说了番大道理：“咱们男人走州过县，又不能把爱人拴腰上，碰上花花女同志能不想爱情么？爱不成情呀。怎么办？拿火柴掏耳朵好了。你知道大城市为什么常发生强奸案？就因为城里人不知道拿火柴掏耳朵！”

这么想着，不知不觉地进了九里峡。九里峡其实没有九里，叫九里峡好听罢了。峡中一条溪水汩汩流淌，像饶舌妇们正在饶舌。两边的山上全是绿得黏稠的苦竹条子，坡跟有些不知名的小小的野花，如小儿的眼睛，被穿山风吹得摇头晃脑，一眨一眨的。脚下的毛边小路忽上忽下，忽隐忽现。九里峡有个“打儿洞”，谁想生儿子了就到这儿来朝洞里打石子，打中了就能生儿子。“打儿洞”跟前的石子早就打光了。杨万水心情好，所以未到“打儿洞”就提前拾了一把石子装进兜里。他走了几步，绕过前面的大石头，却见“打儿洞”下坐着一个女人。那女人好像也是刚到这里，正坐在草地上喘气，还不时地捶着自个的腰。这女人脸盘子雪白，胸衣内垂着两疙瘩好货。

“唉呀嫂子！”

杨万水觉得在哪儿见过这女人，却一时想不起来，硬是故作认识的样子，亲切地呼叫一声。那女人一迟疑，只好笑了笑，也有些亲热的样子，说：“大哥，你走亲戚呀。”杨万水将行李取下来放到草地上，说：“可不是么，孝敬老丈人哩。”那女人站起来要走，杨万水赶紧说：“我说嫂子，人跟人能碰到一块，都是前世有缘咧！咱俩说说话儿么。”那女人不坐下，但也没挪脚。杨万水飞快地跳下石坎，从小河滩里抱了两块白石板上来。他把石板放到草地上，说：“坐，嫂子，坐湿地上要疼肚子呢。”那女人折腰摸摸石板，说：“哟，太阳晒的！”就坐下，从花提兜里抓出一把爆米花来，递给杨万水。杨万水接爆米花时，看见那女人的手背很胖，指头粗短，但关节处有五个很好看很可亲的小窝儿。他拧开塑料酒桶，以盖当盅，斟满了递给女人喝。女人说：“我不会喝酒。酒是坏事的东西。”“你不喝我喝。”他自斟自饮起来。

“嫂子，你打中了没有？”杨万水抬头看了看半崖上的“打儿洞”。

“打个屁！我才不打呢。”

“你脸上不高兴。你保险没打中。”

女人一笑，不言语。

“我给你打。”

杨万水从兜里掏出石子，挑了颗大的。他伸出手，要那女人捏捏石子，算是代她打。

那女人就捏了捏石子。

杨万水睁只眼闭只眼，胳膊抡了好几圈，还没甩出石子。又单眼吊线，瞄了又瞄。见他这般认真，那女人掩口而笑。杨万水来了精神，“呼嗖”一声，石子飞出手心，不偏不倚地射进洞里。

“道喜了，你要生儿子！”

“生儿子？嘻嘻，我都结扎了还能生儿子！生老鼠儿子吧！”

骗了?!杨万水立刻败兴了。他背了猪头，拎起酒桶，晃晃脑袋，转身要走。

那女人说：

“大哥，你就这么走啊？”

杨万水拧回头，眼见那女人还坐在石板上，解开前襟最上边的蓝扣子，拿一块花手绢不住地往里扇风——好像里面遭了火灾。

杨万水心里一动，二返身放下行李，再次坐下来。

“你要怎的，嫂子？”杨万水说。

“你说哩。”女人说。

“你说。”杨万水又说。

“你有意思哩。”女人又说。

杨万水张大嘴巴，狗一样喘气，却不知说啥好。

还是那女人先发话：

“你刚才说不是缘分么？”

杨万水兴奋得小肠缠住了大肠似的。他将屁子连同屁子下的石板往那女人跟前挪了挪，说：“真的？”

又说：

“就在这？”

那女人眯缝着小眼睛，看着窄窄的天空，说：

“身上有多钱？”

这大出杨万水之意料。他想赶快逃走，可是再看这女人，肉肉的，屁子也比艾香的大，比艾香的圆实；头发虽然乱蓬蓬的，但是乱得有味道，乱得邪乎。他就起不来身子了，更不用说走开了。

他把身上所有的口袋都翻了底，弄出一堆小毛票，数了两遍，说：

“四块七毛七。”

“哟嗬嗬！一个大男人家，出门就这点钱？喝泡尿呛死去！”

杨万水害羞了，连忙从身上摸火柴掏耳朵。可是没带火柴，只摸出个气体打火机。

杨万水咬紧牙关，夹紧两腿站起来，想：这事没法弄，走为上策。可是刚拎起行李，背后却鸭子般嘎嘎大笑起来。

“笨熊哟笨熊！你钱不够还有个猪头么！”

杨万水三次回过身。他把那女人从头看到脚，又从脚看上头，心想：值呢，不吃亏！然后从背上取下猪头，看着它，心里说：老丈人，对不起你啦。

无论艾香怎样追问猪头的下落，杨万水一口咬定是狼撵着叼走了。

“我还是不相信。”艾香说。

“那你说呢。”杨万水说。

“反正不是狼叼走了。”

“你是说我送人了？我嫖女人了？”

“你甭吓唬我，我还真的这样想哩。”

“你咋是这人！”

丈人眨巴着干松的眼睛，过来劝说：“艾香，别胡乱猜测！女婿值钱还是猪头值钱？总不能为个猪头不要性命了吧！”拍拍杨万水肩膀。“我娃五年都没上门了，这回亲自来给我过寿，比十个猪头一百个猪头还美气！”说罢，擤一疙瘩鼻涕，甩给门外的鸡吃。“走，咱爷儿俩抽烟喝茶去！”

“你甭计较，”丈人对女婿说，“女人一怀娃就爱乱想。”

开寿宴时太阳已偏西了。沟沟岔岔的潮气开始升腾、凝结为一朵朵的暮霭。光秃秃的山一座连一座，像和尚的脑袋们。凡有树的地方，必有人家；凡有人家的房舍，必有花香与粪臭。两张柴木方桌并在一块，摆在堂屋，边吃酒边看门外的景致。

“人活到六十不容易啊。”见大家都斟满了酒杯，坐上席中间的丈人很有些激动。“六十以后死了你们就不用哭丧，算是喜事啦。”大家面面相觑，都有些委屈，好心好意来给你拜寿，你倒说这号败兴话。“人活六十后，过一天赚一天。我现在只想一个字——死。我不想病几个月在床上拖死，我要早上得病中午就死，不受罪，干净利落，杀鸡似的。”在席的多是晚辈，只得洗耳恭听，他倒越说越洒脱，呼得又擤一疙瘩鼻涕甩到地上，再往桌腿上一抹，未抹净，便双手一搓，端起酒杯，说：

“娃们的，喝他狗日的！”

大家都站起来，说了很多颂词，夸奖寿星光辉的一生，祝寿星寿比南山，福如东海。

艾香和她娘没有上桌子。她娘忙于灶厨，艾香负责上菜添酒。艾香上菜时总要绕到杨万水的背后，挺起肚子碰碰男人，一是炫耀她肚里的“千金小姐”，二是提醒男人别喝醉了。其实杨万水早就收束不住自个，只管开怀畅饮。及至划拳行令，他是赢也喝输也喝。轮到与丈人划拳他索性站起来，绾起袖子差不多把手伸到丈人的鼻尖上——

“哥俩好呀、哥俩好！”

丈人一听不对火，鼻子使劲哼了一声，杨万水慌忙改口道：

“啊呀兄弟失误！兄弟失误！”

艾香一看这阵势，连忙舀来一碗酸菜水给杨万水解酒。众人把杨万水弄到炕上，四仰八叉，鼻孔吸气如雷，嘴巴喷气似吹。

第二天早上，艾香把杨万水的耳朵揪了半天，才揪醒他。你快起来吧艾香说，阴阳先生给爹看坟地哩。杨万水就起来了。东倒西歪晃到院子里，见黑狗咬着自个儿的尾巴转圈子，转个不停自娱自乐。狗咋了杨万水问。你还好意思问呀艾香说，狗吃了你吐的也醉了。杨万水说：

“给你爹过寿我高兴么，就多喝了几杯。我一辈子都没这么高兴过。”

一大帮人跟着阴阳先生上了后山。杨万水就撵他们。走几步又回头问艾香：

“哎，我喝醉后没胡说啥话吧？”

“啥话？”

“没说就好。”

杨万水赶快上山了。

阴阳先生四十来岁，清俊文秀，却戴了一副圆圆的石头镜。他本是个中学教师，因把女学生的肚子爱大了土法打胎打出了人命，被判刑，出狱后学了看风水。

他在好几个地方架了罗盘。每架一回罗盘，必要翻书查对，口中念念有词。挎包鼓囊囊的，全是书。除了发黄的、周边破卷的线装书外，还有现代版《白话易经》、《奇门遁甲》。还有琼瑶的《婉君》、金庸的《倚天屠龙记》。还有《快速养猪法》。

“这个地方好，”阴阳先生指着对面的山头说。“那两个山包都好，一个像元宝，一个像官帽。但是只能对准一个。”

“对官帽好！”

“对元宝好！”

“官帽好！”

“元宝好！”

杨万水的两个小舅子一个想做官，一个想发财，理想不同，所以嚷了起来。

“我还没死你们就争！”他们的老子很是不悦。“这事我做主。”其实他眼下根本拿不定主意。他旧社会当过两个月的代理伪保长，解放后吃了不少苦头；一辈子也没钱。所以他想两全其美，死后保佑两个儿子官财双旺。但是阴阳先生说了只能取其一。

“先生，这是我们老两口的合墓，能不能一个对元宝、一个对官帽？”

“使不得使不得！夫妻患难一世，死后要目标一致，否则后辈不和睦的。”

杨万水的丈人一时无语。停会又问：

“要是对了官帽，能当多大的官？”

“处级。”

“处级是啥级？是乡长还是区长？”

“县老爷级的，七品官。”

“妈呀！”这官也太大了点吧。

“爹，”杨万水的一个小舅子说。“铁打的衙门流水的官，还不如弄些钱，存到银行里吃利息保险。”

他老子没吱声，反剪了双手绕着地上的罗盘转圈子。这可是事关千秋万代的福禄兴衰啊。

“今晚开会研究。”

杨万水看了好笑。他不信这套鬼八卦。他现在肚子饿了，因昨天醉酒根本没吃饭，吃进肚里的一点羊杂碎也随着酒倒了出去。他双手摸着裤袋，装作要尿的样子离开大家。他躲到一株枯柿树下，陶醉在九里峡的回味中。想着想着又来了精神，便摸出火柴掏耳朵。他仄着脑袋，舒服得龇牙咧嘴，一任温暖的太阳的抚摸。过了半日，站起来，冲着树根下的蚂蚁窝撒了一泡尿，一半的蚂蚁都给烫死了。过会儿，蚂蚁又复活了。

“万水，你过来！”是老丈人的喊叫。“先生说了，今天是个好日子，今天可以动土。”口气有些不好意思。“一个女婿半个儿，我是把你当个整儿看的。你兄弟仨下午就开始打墓。”

“行。打多少墓都行。”

“放狗屁！”丈人嘴里骂着，表情却快活。

吃了午饭，杨万水和他的丈人及丈人的两个儿子扛着镢头铁锹上山了，自然带着雷管和炸药。吩咐了另外的人去买水泥和砖。这是一种地下窑洞式的墓穴，届时放进棺材，封门，掩土，成冢。

艾香得回家。她得回去看鸡、放鸭、喂猪。家里没人，牲畜们请邻居代看着。艾香走时，她娘给了她只大公鸡。她娘要她拿布袋装鸡，她怕捂死了，就从毛衣袖口上抽了根红线，缚住鸡脚。

艾香双手抱着大公鸡，走在返回婆家的路上。大公鸡在她怀里很乖，不动不叫，听见什么响动，就伸长脖子乱拧，红冠子一扇一扇的。快进九里峡时，大公鸡双脚使劲地蹬着，艾香不明白它要干啥，只好放到地上。大公鸡拉了一疙瘩屎，半边黑半边白的屎。

“你还讲卫生哩。”艾香对大公鸡说。

“哥哥。”大公鸡说。

九里峡是不是有狼？艾香胆怯了。她不由回头一望，恰好来了个男人。是王村长王问学。

“是艾香同志呀，回娘家了？”复员军人称呼女人一律带同志二字，且这二字是京腔。起先女人们好笑，觉得他酸。后来时间一长，就习惯了，觉得他比一般的农村男人深奥。

“王村长，你到哪儿去了？”

“还不是公事！根财他媳子跑了，不想结扎，我撵没撵上，不知躲哪去了。”

"领导难当。"艾香叹口气。该生的不生，不该生的生个没完。

二人进了九里峡。到了"打儿洞"，王村长说：

"艾香同志，来，我帮你抱鸡。"

艾香抱累了，正巴不得有人帮忙。就递过去，说：

"很沉手哩，怕有七斤重。"

但是公鸡喊喊叫叫挣挣扎扎，还要啄村长，根本不让村长学雷锋。

"咦，连公鸡都舍不得离开你！"

艾香的脸一红，一红。

出了九里峡，又见那片艳艳的桃花。但见风吹树动，落英飘飘。王问学看着走在他前面的艾香，心就乱了，走不动了，干脆坐在路边的石头上。

"艾香同志，你先回吧。"

艾香回身看了一眼，见村长正用火柴掏耳朵，掏得一丝不苟。

"那我先走了。"

公鸡"哥哥"一声，仿佛也跟村长说"再见"。

艾香走了几步，觉得累，便坐下来歇气。春天是容易累人、困人的。村长本不掏耳朵了，见艾香坐下来，便又开始掏耳朵，掏得一脸的痛苦状。艾香踅回身，关切地问道：

"王村长，你有啥子病吧？耳朵里是不是长啥子东西了？"

"谢谢你艾香同志。我没病，我是在想村里的工作呢。掏耳朵是在部队里养成的习惯。"他怕艾香听不懂，又解释道："部队都是男同志。你先回吧。"

他说"你先回吧"时，很有点生气。但看不出生谁的气。

艾香带着困惑走了。她当然不明白"部队都是男同志"跟掏耳朵有什么关系。

王村长王问学是和他的婆娘罗红椒一先一后回到村上的。那时罗红椒还不是王问学的婆娘。王问学是从部队上复员回来的，罗红椒是被人贩子拐走又被公安局追回来的。王问学当了三年兵，其中养猪一年、种菜一年、做饭一年，结果还是回来啃土坷垃。罗红椒被拐走也是三年，跟了三次男人，学会了搓麻将、吸烟、穿高跟鞋。

罗红椒本来有男人。男人为了找回她，倾了家荡了产。人是找回来了，男人却坚决要离婚。罗红椒答应了，说："我还有三个男人，随便投一个就是。"王问学找到罗红椒说："罗红椒同志，你不能再跑了。别人害你不对，你也不能再害别人了。"罗红椒说："小白脸，你别教训我。想让我不跑？除非你跟我结婚！"王问学想了想，说："行。"罗红椒说："我还没说'行'。今晚咱俩睡一觉，我要试试，看你到底'行'还是不'行'。别像第一个男人，把我骗了。"当晚就试验。事毕，罗红椒说："还行，就是……不说了，锻炼锻炼就好了。"到乡政府结婚。乡政府刚从人民公社改称回来不久。领导把王问学叫到小房间，劝道："你这是何苦哩！"王问学说："谁让我是党员呢。"领导大为感动，就让他当了村长。

王问学就是想当村长。村长跟连长平级，总算是提干了。

"红椒，"王问学早上起来刷毕牙，说："杨万水家有只大公鸡，你去借来做种，咱今年多抱（孵）些小鸡。"

红椒从被窝里摸出个蛇蚤，边掐边说：

"要借你去借。反正，你老是想见艾香。"

"别胡说！"

"我跟三个男人睡过，你也可睡三个女人。"

"罗红椒同志！"

"咱不是同志，一个压一个还同个屁志。"

"别胡来哦。我把话说了，你爱借不借。我现在到镇上去，联系拉电的事。"

王问学前脚出门，罗红椒后脚出门。她拿了两包卫生纸，叼了一支烟，去找艾香。艾香正在剁猪草，慌忙起身，双手在围裙上擦了擦，迎红椒进屋。

"村长娘子，稀客呀。"

红椒将一包卫生纸递给艾香，将另一包拆开，认真地叠成三指宽一绺，并教艾香如何使用它。艾香红着脸说：

"可惜了，可惜了。"

红椒说：

“我见过大世面的，外面的女人都这样，还有海绵的。你看咱这女人，拿烂布条子的，还用火纸的，合不拢，走路都成了罗圈腿。”

艾香有些感动。都说红椒是个破鞋，谁让脱裤子都行。可是眼下，艾香不免有些羡慕，人家毕竟走州过县了呀。

艾香连县城也没去过。

红椒借了公鸡。这公鸡还真是个多情种子，在红椒怀里很温顺。红椒把公鸡抱回自家门口，放下地，解了脚绊，撒把白米，要它吃饱了再爱情。谁知，它舍不得吃，“哥哥哥”的，把所有的母鸡都唤到跟前。母鸡们乱啄时，它高昂脑袋，巡警般绕着母鸡们转圈子，生怕有敌来犯。

“第二个王问学！”红椒又撒了一把绿豆。

艾香这边却出了事。艾香没料到会出事的。她把红椒送来的卫生纸垫进裤子，果然舒服得很，柔柔的，绵绵的，像夹了一只温柔的小猫。她搬个凳子，坐在场院的篱笆边纳鞋底。她纳一两针就抬头看一眼闪闪发光的水田。牛在犁田，人在下种，都忙着准备插秧。

艾香是坐在桃树底下纳鞋底的。几瓣桃花落到她的头发上，落到她手里的鞋底上。两只蝴蝶在她眼前绕来绕去，一只追一只——后面的这只似乎要咬前面的那只的屁股。艾香心里就有了些想法。

就在这时，一双手从艾香的背后伸出来，紧紧地抱住她，捂住她的两个奶子。这双手戴着白手套，左手没有小拇指，是个空皮儿。艾香要喊，但张大嘴巴又没出声。她只是吓了一跳，手里的针线随之掉地上了。她的双手无法动弹，因为身后的那人箍桶般地搂着她的上身。她要拧头也不成，身后那人的额颅顶着她的后脑勺。

艾香的后颈窝被那人呵出的热气撩得很痒痒。她有点想笑。

“该死的！”艾香骂了一声。

没动静。

“该死的！”艾香又骂了一声，音量降小了。

艾香被身后的那人抱起来，一直抱进屋里。艾香还是无法回头。她被抱到炕跟前，肚子被顶到炕沿上。身后的那人松手了，但却飞快地撩起她的前襟，蒙住她的脸。

艾香被那人翻过身子，“咯吧”一声，裤带被拽断。

“狗日的！”艾香恼了。

艾香觉得卫生纸被抽掉了。

“我日你妈！”艾香大怒，挣扎着。

但是无济于事，她又看不见。她的两只手被那人的一只手钳住，反压在她的背底。她挣脱一只手，凭感觉猛地挖过去。

她挖住了目标，很解馋。

但是，另一种解馋，另一种快活，也随之传遍了她的全身。这是她从未有过的体验。她觉得奇妙新鲜，许多说不出的感觉如风裹桃花飘飘扬扬。

她的手没有力气再去挖了，而是无力地垂下。

一切都结束了。她听见笑声，立刻拉下前襟，发现躺在她身边的男人果然是杨万水。杨万水的脸上有三条血印子。

杨万水用疲惫的，睥睨的，嘲讽的眼神看着艾香。

艾香猛扑过去，照准杨万水的肩膀就是一口。

“你还有脸咬我！看我不揍你！”

杨万水一把拧过艾香的胳膊。另只手揪住艾香的头发。

“说，臭婊子！你都跟哪些男人睡过？”

“放你妈的屁！”

“你还嘴硬！我刚才抱你你为什么不喊叫？”

艾香无话可说。艾香哭了。

杨万水捏紧拳头，想一拳把艾香的粉脸砸成肉饼。但他中途放弃了这个打击。他说：

“看在娃的脸上，我饶了你。”

又问：

“你裤裆里的纸是哪来的？”

“红椒送的。”

“是王问学吧？我日死他个妈！”

“就是红椒送的。”

“我会清楚的。”

从这一刻开始，杨万水才发觉他的确是恨王问学王村长的。这么一想，便断定王问学把艾香弄了。重要的是，世上要是没有王问学的话，村长的宝座一定是我杨万水的。

艾香受了羞辱，赌气不做饭了。杨万水只好亲自动手。艾香爱吃煎饼，杨万水就摊了煎饼，打了鸡蛋汤。他把饭端到艾香跟前，说：

“喂，吃吧。”

“不吃。”

“今天的事怪我。”

“我不想吃。我恶心。”

“怀娃就爱恶心。”

“你自己吃。”

“你以为我是单叫你吃？我主要是叫娃吃哩。”

艾香看了一眼饭碗，还是没动作。

“你看我的手——”

艾香一看，杨万水的左手小拇指没了，断茬像是胡萝卜被刀切了似的。茬口已经结痂。

“艾香，我给你老子打墓手都炸坏了，回来还给你做饭，又端到你面前，我这样孝顺你你还要咋的?!”

艾香只好吃。

吃毕，杨万水说：

“艾香，说个实话，我绝不计较，王问学是怎么把你勾到手的？是不是像我今天一样？你说出来，我赌咒不打你。”

“你去打听，我是那号人吗？”

“我知道你不是那号人，可是，我总觉得王问学跟你搞上了。”

“谁要是跟他搞上了叫谁的×流脓长蛆！”

“你甭发白眼咒。谁没个糊涂时候呀——给你说，那个猪头哪去了？我在九里峡送给一个卖货了。她看上了猪头，就让我拾掇了。我现在向你坦白交代，承认错误。你说，王问学把你拾掇了，以后不让他拾掇就行了，咱俩还是好夫妻。”

“好吧，我跟王问学弄了，”艾香嘲讽地说。“我俩弄了一百回！”

停了会儿，又补充道：

“我肚里的娃就是他的种。”

杨万水不信，随便问道：

“咋弄的？谁先脱裤子？在啥地方？”

“都是我先脱裤子。在河里洗衣服靠在柳树上弄的，上山摘金银花在葛条架下弄的，担水在水井边弄的，做饭在灶门口弄的，看电影在麦垛里——”

“行了！”

“你不是要我说实话吗？”

“都是你编的。”

“说没弄你不信，说弄了你也不信，你到底想干啥？”

“我要你俩真弄！”

“你疯了吧？”

“我清醒得很咧。我要日倒王问学！”

又严肃地说：

“我这是搞政治哩。”

杨万水曾设计用酒将王问学灌翻，然后让王问学跟艾香睡，然后让许多人看见，然后他的乌纱帽就丢了。

然后，杨万水就成了村长，人们见了他就会说：

“杨村长，吃了没有？”

杨万水还设计了许多圈套。但是都难以实现，关键是王问学根本不上他的门，本要经过他的门口却总是老远地绕开了。这不能怪王问学，问题出在杨万水本人身上。老远见了王问学，杨万水就露出恶狠狠的目光。擦身而过，人家给他打招呼，他却朝地上吐唾沫；或者一脚踢飞路上的石子：

“嚣张他妈个×！”

王问学笑着问道：

“你骂谁呀？这么大的火。”

“我骂天，狗日的天不下雨，包谷都蔫了。”

“光骂不起作用，得抗旱。”

“抗旱是你们当官的事，老百姓只能骂，骂了就快活了。”

紧接着说：

“嚣张他妈个×！”

“你骂，你消停骂。”王问学赶紧走开了。

老虎逗惹狮子，狮子不来兴。而且，一见老虎，狮子就避开了。

“艾香。你说王问学是不是害怕我？”

“害怕你。”

“为啥？”

“因为你是二杆子。”

杨万水一边用火柴掏耳朵，一边看着躺在炕里边的肚子日渐隆起的艾香。

“艾香，你想不想你男人有出息？”

“想呀。”

“你想有啥出息？”

“勤快，为人好。”

“呸！男人有出息就是要当官，要在人多的场面讲话，要批评别人，要称呼别人‘同志’，逢年过节有人送礼，吃宴席坐上首。”

“我不稀罕。”

“你就不想跟红椒一样：抽纸烟打麻将么？”

“那是女人吗？”

“那可是官太太！”

工作做不通，杨万水只好哀求道：

“好艾香，你要支持你男人我哩，你男人我是个有理想的人哩。只要我当上村长，你想干啥都成，我给你端屎端尿都成，你想跟谁好都成，你跟王问学明弄暗弄我都装没看见。”

“又来了又来了！”

"听我的没错。你得支持我。你得把王问学拉下水！"

杨万水不再跟婆娘唠叨了。他睡了，他睡得很香。男人有了理想，有了人生的奋斗目标，就能睡香。

红椒抱着公鸡归还，还用草帽兜了十五颗鸡蛋，算是支付公鸡爱情费。红椒已过了门前的沟渠，王问学撵将上来，要陪红椒一块儿还公鸡。他担心杨万水羞辱红椒。

其实大出意外。

杨万水整个儿换了个人，殷勤得像是太监见了皇帝，一口一声王村长红椒嫂子。王村长红椒嫂子你们也太见外了我们就那么小气用回公鸡还要给这么多鸡蛋，公鸡踏蛋又不费啥事么公鸡天生就是踏蛋的货么。杨万水吩咐艾香快去炒菜咱今儿好好跟村长和村长嫂子喝两盅。你忙，我知道你忙你还有事，千把人的村子都要你管催粮要款断官司分家划庄基地能不让你忙吗？可你是人你不是机器呀，你总得喘口气休息休息吧，你大人不计小人过宰相肚里能撑船。再说我也是党员又不是阶级敌人——红椒嫂子，你看艾香那个笨熊样儿，今儿得劳你大驾帮她弄菜去。

是瓶酒。

王问学喝不了酒，但还是跟杨万水猜拳行令，输了红椒代喝。王问学原本是要跟杨万水"谈心"的，就像部队上班长排长动辄跟战士谈心一样。现在看来，没这个必要了。

"嫂子，"杨万水似乎喝醉了，伸手摸了摸红椒的手背。"你这手咱恁细恁白哩？搽了啥粉啥霜的？我真想跟你犯个错误哩！"

面对这种光天化日之下的打情骂俏，红椒根本不在乎。王问学也习惯了，因为他明白这是村民们的业余生活，并无什么实质性邪念。何况，杨万水之所以如此公然调情，其实是拍王问学的马屁，意思是你王问学有个很魅力的老婆啊。

见这阵势，艾香就收拾碗筷，不要他们再喝"猫尿"了。红椒说："艾香妹子，你要注意休息，多吃好的，重活让男人干。你这回显上怀，圆，脸上又起了雀斑，我看多半是个儿子。"艾香一笑，说听天由命吧。杨万水心里说：你懂个球！你结婚这多年不曾怀娃你凭啥经验说我娃是儿子？你让人弄坏了不生了还不赶快上县医院看去！不过杨万水说出口的话却半真半假让人很舒服：

“红椒嫂子，我可不想要儿子。你的话要是真的灵验，我可真要跟你犯错误哩。”

两位客人愉快地告别。两位主人高高兴兴地送到门前的水井边。当两位客人的身影消隐在那片浓密的柿子树林里，杨万水朝正前方啐了一口：

“嚣张你妈个×！”

“你这人，”艾香大惑不解。“你咋是这号花花肠子?!”

“这就是政治家。”杨万水踌躇满志地说。

当天晚上，杨万水将那只公鸡宰了，烫了，又用镊子拔光了细绒毛，然后送给王问学王村长。王问学咋说都不接。杨万水说你不接你就是看不起我你就是朝我脸上打耳刮子。王问学说看你想哪去了平白无故怎好吃你鸡呢。杨万水涎着脸想了想说我不好意思明说哩，你教我掏耳朵让我少犯许多错误不然我早就进监狱了，所以我得感谢你呀。这时红椒抱柴火进门了，也推辞不接受公鸡说你呀你，艾香怀孕了正需要吃鸡的。王问学说“留给艾香同志吧”。杨万水笑了这你们就不懂了，公鸡没养分，养分都踏蛋踏到母鸡身上了，我家几十只母鸡够艾香吃的啦。说毕，将那只肥嘟嘟的鸡朝立柱上的钉子上一挂，转身就走。王问学两口子撵到门外，杨万水早跑得没影儿了。

于是两家人和好了，你来我往仿佛是刚订婚的亲家。当然主要是女人之间的走动，红椒差不多每天要来一回，跟艾香好得割头换颈。但是王问学很少来，杨万水的战略计划始终无机会实施。一见王问学，杨万水就邀请他来坐坐，可他总说工作忙。忙个球！杨万水真想破口大骂。忙啥子，无非是东家吃西家喝耀武扬威地耍人么。杨万水嫉妒得如同猴子的屁股遭火燎。

艾香快生产的前几天，红椒索性住过来伺候，把杨万水撵到厢房里。有几次半夜，红椒把杨万水喊起来，说艾香发作了，肚子疼得很。

结果折腾了半天，却只生了几个响屁一切又安静如初。杨万水已发腻了厌倦了，要不是碍于面子，他真想把咋咋呼呼的红椒轰走。女人生孩子嘛，不就跟母鸡下蛋一样有什么了不起的!

“红椒嫂子，”艾香说，“我怕。”

“别怕，”红椒立着说话不腰疼。“女人总要过这一关的。我倒熬煎肚子不得大呢。”

“我不是怕生娃。我是怕生不出女娃。”

“都担心生不出男娃，你倒是反反子。”

“唉，你不知道我那死鬼，他说要女娃我就得给生女娃，我要生了女娃满足了他，我劝他他才听。要是生个他不想要的，他心情就不好，就要出乱子的。”

“哪来那么多乱子！”

“我一定要生个女娃！我一辈子就这么一个要求。”

红椒也有一个要求：有朝一日把艾香跟自个儿的男人撮合到一块，让自个儿的男人死美一回。红椒的这个要求是为了报答自个男人，很有些类似香客还愿。

红椒的要求眼下还不能跟艾香摊牌。火候没到。这事得一步一步来。先在艾香跟前投放人情，人情做够了再提出来，谅她艾香不还也得还的。

大清早起来，红椒见艾香睡得正香，估计这天没啥动静，便飞快跑回家，取了一百块钱，又飞快跑到圣驾镇上。

她给艾香那未出生的孩子买了两身衣服、两听乳酪、两包奶粉，和一只奶瓶、一盒痱子粉。

那天早上杨万水蹲在厕所里解大手。他每天早起第一件事就是蹲厕所，边抽烟边积肥，充分享受大排泄的快感。他两手托住腮帮子，正在非常舒服的当口，红椒跑来了，喊道：“要生了！”他说：“你没见我正忙么。”红椒说：“拉屎要紧还是生孩子要紧！”揪住他耳朵朝起提溜，他连屁股也来不及揩就提裤子站起来。

他跟着红椒朝屋里快走。一进堂屋，就见两股血水从小房间的门槛底缝里淌出来，像两条红蛇。进屋一看，孩子已出生，张着一个黑洞似的大嘴巴哭喊，好像猫被凳子压了尾巴。

是个男孩。腿间黏糊着一粒又黑又小的“花生米”。

“快去打个瓷碗来割脐带！”

杨万水啥也没说，拧身就走。他又到厕所里蹲下。可是，拉不出来了，那种舒坦的感觉再也不见了。

整整一天，杨万水都不舒服。他起初以为是没揩屁股的原因，老觉得屁股夹了一片树叶；但是，当他撩了几捧秧田的水洗屁股时，那种不舒服的感觉依然存在。

“妈的个蛋！我想啥为啥不成啥呢？”

从心底说，男娃女娃都一样，杨万水甚至像大多数男人一样，还是以为生男孩比生女孩更有深远意义。问题在于，杨万水并不跟大多数男人完全一样。在他看来，生孩子固然是人生大事，但却不是唯一的大事。他瞧不起那些把续香火看得要死不活的人。他本不迷信，可对自己的理想却又迷信得很。他要艾香生个女娃，就是迷信。他把生女娃当作他占的一个吉祥卦：生出女娃，他的抱负就能实现。

“都是假的。”他又不迷信了。

“我就不信我想啥不成啥。”他又给自己打气。

整个月子里，艾香都是啼哭。艾香无法不哭。她的理想就是满足丈夫，给丈夫生个女娃。理想破灭了，她就哭。她跟丈夫结婚时，不是处女。她准备新婚之夜挨揍。杨万水问：“这事有人知道不？”艾香说除了她和那个人，再没有第三个人知道。“这就等于没有这事。”杨万水说，“我不在乎，你又没少啥。现在社会嘛，我保险百分之九十九的女人婚前都破了，没逮住不吭声就是了。”艾香免了一顿皮肉之苦，不由佩服杨万水的大丈夫气概，决意死心塌地做他的老婆，能让他满足就让他满足。可是现在能让丈夫怎么满足？掐了娃的牛牛不成！所以她懒理孩子的，因为她生了个小男人，失去了大男人。大男人几乎不进她那满是奶腥味、屎尿味的房子。鸡叫三遍，大男人就起床，开始磨刀，磨斧。刀斧磨好了，就上山砍柴。直到天黑才回来。自留山上全是老碗粗的已成了林的橡树，又不盖房，砍它干什么？每天黎明前，艾香听见窗外的磨刀磨斧声，心里就怯得慌，担心男人砍光了树就会找人砍的。

“红椒嫂子，你打听谁要娃子，送出去算了。”

“哎呀，你咋尽说疯话，这是你拿命换来的呀。”

“这有啥用。他老子不喜欢。”

“谁说不喜欢？男人喜欢嘴上不说罢了。”

“他要喜欢怎么不进房子来看看？”

“我去给你叫他。”

“不要叫。叫来没意思。”

艾香的奶水不够，她就心烦，觉得这娃是个大肚汉，非要把她咂干不可。红椒给艾香做了黄酒醪糟，要她吃了发奶，她只随便吃了两口，不往这方面想了。喂奶时也怕翻身子，目光恍惚，任孩子吃也是他，不吃也是他。结果孩子只吃了一个奶，另一个奶憋得生疼。她自个揉一两把，还是疼，她也不管，让疼奶折磨自个儿。红椒说：“你快让娃咂出来，不然会憋出病的。”艾香还是不理，红椒就爬上炕去帮忙，帮孩子咂奶。仍没咂出来，到底是成人，总也使不上劲。加之艾香的奶子又大又绵，红椒嘴一挨上去就想笑。

王问学也不过来看看。有需要红椒办的事，他就打发野孩子过来传话。他当官很认真，一天跑到黑，乐此不疲，津津有味，也不在家里吃饭，一进家门就打开录放两用机，喊张家叫李家的。每天晚上县上广播乡上广播结束后，王村长王问学的口播就开始了。杨万水早把自己的喇叭地线拔了，不要听王问学那女人似的声音。他把一面山的树快砍完了，还没想出计策。“政治是不容易搞的。”他暗自嘀咕着。他不知道为什么要砍树，反正砍一棵心里就受活一阵。每一棵树訇然倒下，他觉得便是王问学倒下了。可是，坡上还有那多树，还有那多王问学，直直地立着，像是嘲笑杨万水。

那天，他一连放倒五棵树，王问学带了几个汉子来了。他们是来商量借树做电杆的，说年底分红结账。杨万水没说答应，也没说不答应，只问道：

“王村长，这么多日子为啥不上我家玩？”

“唉，你没见么，”村长说，“穷忙活哩。红椒天天在你家吃喝，我都不好意思再去了。”

“看你说哪里话！村长夫人给我家当保姆，我正不知咋谢你呢。”眨眨眼，又说：“村长，你说反话哩。”

“好啦，等你娃过满月时我们都来吃喜酒。”

“一言为定！”

“一言为定！”

“你们抬树吧。”

他们就把树枝剁了，把树抬走了。杨万水激动得很，跑回去冲进小房间，当着红椒的面，抱住艾香一顿乱亲。艾香说有人哩你羞不羞！回头一看，红椒早不见了。艾香就问啥事嘛这么高兴。杨万水说，你是我的好婆娘，你给我生了儿子立了大功！我是真心要儿子说是要女子是逗你耍哩。你没想想，要是没儿子咱俩老了死了谁把棺材往坡上抬呀！

艾香又哭了，双手抱住儿子递给男人。杨万水接过儿子，兴奋得很，把个小牛牛噙在嘴里，吸烟袋似的咂了一阵，咂出一口童尿来。

“呸呸！小狗日的也欺负我哩，长大一定是个当官的料！”

杨万水开始忙活给儿子过满月。他把所有的鸡杀了，又把不足二百斤的猪绑上板车，拖到圣驾镇卖了，换回一车蔬菜和三十瓶烈性酒。在十月的最后一个晚上，杨万水写了张来客名单，拿去交给杨万水，请村长代为邀请。“别让大家带礼物，”杨万水叮咛道，“免得落个说咱看起来是请大家，实则要收大家礼。”又顺带请罗红椒明天一大早过来帮厨。又谋划着明早起该借谁家的桌椅、谁家的碗筷合适。

这天晚上，杨万水干了一件事。他卖猪时，从猪脊背上拔了一撮毛，是白毛。他将猪毛洗干净，拿剪子铰成短截。本来是不用猪毛的，人头发即可。为了万无一失，他才想着加上猪毛的。然后，他对着镜子，从自己头上拔了仅有的四根白发，也铰成短截，与猪毛混合。

人发泡在酒里，人喝了过上五个时辰就会死掉，而且根本查不出来是怎么死的。好多老年人都这么说，说他们亲眼见过某某某就是被仇人用人发泡酒灌死的。

杨万水用的白发。白发不扎眼，不易被觉察。

第二天大清早，罗红椒就提了一篮豆腐来了。太阳一竿子高时，杨万水的丈人丈母娘来了，给外孙带了一身过冬棉衣，还有一笼鸡蛋。接着，来了七八个女人和她们的孩子，一律带了十个蒸馍，蒸馍上涂了红水。她们的男人是被邀请的客人，而男人吃宴席却讲究空着手，以显其“甩手掌柜的”，牛啊。礼物总由女人携带，先到一步。

女人和孩子，就是热闹。罗红椒叼一支过滤嘴烟，指挥女人们刮洋芋、剁萝卜，淘米择菜什么的。一个孩子跑肚子，“不叽”一声彪出一股稀屎，菜盆里溅了几点。红椒说快把菜再冲一遍嘛，没啥没啥，以水为净么。又忙唤来黑狗舔娃的尻子。黑狗嗅了嗅娃的屁股，摇头走了，很不满的样子。“生活好了，”女人们感慨道，“狗都不吃屎了呢。”

男人们背着手来了，王问学还没来。大家得咬住口水，等他，因为他是领导。开会，吃饭，领导总是最后来。等了半个时辰，王问学王村长才提了个黑皮破夹子来了。进门把皮夹子往桌上一丢，掏出手帕擦汗。其实脸上没汗。

“啰嗦事太多了。”王问学抱怨道。“上头来个芝麻，都是咱的爷。”

“你还是要顾惜身体。”大家都站起来了。

“所以，”杨万水递上一支烟，“今天请大家来，陪你轻松轻松。”

“哪里话！今给你娃过满月，你家大喜事嘛。”

开席。

一共七席。女人孩子们就占了四席，已经开吃了，主席的位子还在谦让着谁坐合适。当然都推王问学坐，因为他是领导。可是王问学执意不肯，原因是有杨万水的丈人丈母娘在场，是长辈。杨万水的丈母娘早溜到女人席上了，丈人这厢只好陪村长坐上席了。

酒过三巡，便开始猜拳行令。丈人见大家一本正经，玩耍不开，自个儿一个老汉未免碍眼，就说了声“我头疼”，钻进厢房里睡觉了。

现在自由了。大家很快进入为喝酒而喝酒的境界。王村长本不能喝酒的，但他今天高兴，因为今晚上全村就通电了。他忙活了几个月，今夜就见效果，所以就稍微放开了，谁敬酒他都喝一点。输了拳，别人一杯，他三分之一杯。红椒和几个能干的女人做菜上菜；艾香坐在门槛上奶娃，笑眯眯地看着大家高兴，同时晒太阳。一连下了好几天的凉雨，难得一个温暖快畅的时辰。

妇女儿童席已经结束，孩子们疯进野地里玩儿去了，男人席的喝酒也进入第一个高潮。杨万水一边照应大家，一边思量着选择怎样一个好机会，以便把那杯人毛加猪毛酒敬给王村长喝下去。他终于想出一句好话，谅他王问学听了非得喝下去不可，而任何人也不能代替的。恰在这时，两个划拳者都说自己赢了争得手舞足蹈面红耳赤，众看官也分成两派各执一词。杨万水趁机进到小房子，端出那杯事先准备好的酒。然而，大家已不嚷嚷了，都把视线转移到坐在门槛上的、依旧给孩子喂奶的艾香身上。

“艾香，你咋一个劲儿揉奶呢？”说话人满脸向往，双眼发眯。

“奶子憋的疼么。”艾香不好意思地说，“娃没咂出来，堵的咧。”

“咋不叫娃他爹咂哩！”这人三年前死了老婆，一直光棍儿。

大家笑得前仰后合。

“你想咂了吧？你给咂你给咂！”起哄声。

那人却不敢了，吓得溜桌底了，嘴里直喊叫：

“我不行我不行！这事得让领导来！”

大家这才发现，王村长脑袋歪在椅背上睡着了。大家摇醒他，笑着说：

“王村长，艾香同志有个困难，需要请你帮忙解决。”

王问学迷迷瞪瞪地睁开眼睛，又稀里糊涂地听明意思，就站起来。他整了整衣服，很严肃地看着艾香。

艾香的母亲一见如此场面，急忙回避了。

艾香没有回屋。她断定王村长不会把玩笑当真。再说女人有时逗男人说“你来吃我奶”，等于骂他“你是我儿子”。

——所以艾香就故意讨大家开心：撩起衣襟，露出那只雪白的，粉嘟嘟的大宝贝。反正常言道：姑娘的奶是金奶子，媳妇的奶是银奶子，生了娃的奶就是猪奶子了。

艾香判断错了。

王村长走到艾香跟前，随手抽了个小凳子坐下，又回头看了看众人，看了看杨万水。

王村长有些犹豫。

正在此时，红椒托了一盘油炸鸡由厨房门走出来，见了这情景，就说：

“羞啥子呢问学，你给咂，帮人忙么。男人劲大，咂！”

王问学勾首要咂，忽又抬头说：

“我在部队上，就咂过，连长爱人的奶，奶，学雷锋嘛。”

说毕，嘘口气，一嘴压到艾香的奶上，但见腰一挺，咂出来了。

那股生命的白泉如箭似的射得几尺高。

大家笑得直不起腰。

杨万水尤其高兴，因为这个敬酒机会比他方才的设计要好一千倍。

杨万水双手捧着酒杯，一直捧到杨万水的鼻尖前，动情地说：

“王村长，谢谢你了！”

王问学接过酒杯一饮而尽。

艾香羞红了脸，木在门槛上，嘴巴呈吹火状。

客人们散去时，晚霞正红，大堆大堆的柿子树也红得惨烈。天上红，地上红，直把那向晚升起的雾气染得红呼呼的。

王问学又返回一次，因为他的皮夹子落下了。他拉开拉链，查检里面是否少了东西。杨万水有些生气，你王问学不信任我哩。杨万水同时发现，皮夹里有枚公章。这贼狗日的，权不离身呢。王问学走时，又说了些感谢招待之类的话。

“别客气，害你跑路呢。”杨万水又笑眯眯地送了他一回。心里说：我给你送终哩。所以，把王问学送了好远，是平常送客的三倍远。

回来后，他脚一勾把门关上，抱起艾香撂上炕，喊道：

“我今天叫你美死！”

艾香果然美死了，睡着了。杨万水却精神得很，根本不想睡觉。他溜下炕，大开屋门。他要看热闹。

确实很热闹。一家一家的电灯渐次闪亮。每闪一家，便响起一阵鞭炮。好像还有几声枪响。当然是土枪。

杨万水家也亮。所有人家的灯都亮了。

这是一个光明的时辰，杨万水怎能睡觉呢？又怎能睡得着呢！他要干一件有意义的事情来纪念这个时辰，来度过这个难忘的时辰。于是，他找出剪子，又挑了几个大洋芋，开始当雕刻家了。他细心地把洋芋削成圆柱体，再切出光滑的平面，这才在平面上刻了弧形的几个字：

圣驾乡燕泥村民委员会

又在中间刻了小小的五角星。最后，制作把儿，刻出权柄。

一枚公章诞生了。

可是，家里没有印泥，只有一瓶蓝墨水。蓝墨水就蓝墨水。他用指头蘸了墨水，抹了抹公章，往手心一拓——蛮像回事儿。

他又朝墙上一拓，很清晰，比手掌上的好看多了。随后走到炕边，摇了摇艾香，要喊她起来分享他此刻的巨大欢乐。艾香翻个身，哼哼叽叽的，面朝墙，又睡了。他走出屋外，在厢房的窗外听了听，丈人丈母也睡熟了，静得很，连个鼾声也没有。算了，不叫他们了。他们都是小人，俗人。他们永远不能理解我的，因为我干的是大事业。

他挽起袖子，一个人拓图章。一瓶墨水用完，满屋的墙壁都是拓的图章。他累了，就来到露天地里，孤独地看着天象。他发现一颗流星坠入山那边。他想，这颗行星肯定是王问学——天上落个星星，地上死个人物嘛。

王问学，我对不起你！杨万水兀自忏悔着：王村长，我给你披麻戴孝，我给你抬丧，我一直把你送上山……

外面很冷。后来杨万水就回去睡了。

第二天早上，杨万水猛地醒来，趿着鞋跑出门外，发现降了一夜霜，遍地银白，光灿耀目。

他等不及了，脸也没洗，披着衣服趿着鞋，到村里转悠。他要听到死人的喜讯，因为王问学喝了那杯酒早过去五个时辰。可是一切照常，孩子们背着书包上学堂，女人们提出尿桶朝地里泼，放羊娃把羊朝山上吆。大家都跟他打招呼，说你起得早啊，以及平常说的那些缺盐少油的淡话。

杨万水再也忍不住了，就径直去看王问学。罗红椒从厕所的矮墙里冒出乱蓬蓬的脑袋，一边系裤袋——能听见金属相击的声音——一边跟杨万水打招呼。

“红椒嫂子，村长起来没？”

“还睡着哩。昨晚四处看电灯亮没亮，后半夜才回来，喝多啦。”

“好，好，让他睡美。我下午再来说事。”

支吾几句，杨万水就走开了，心想：怕早就挺尸床上了呢。

太阳大出，一地白霜化为乌有，散成一股股蒸汽漂浮升空不见了踪影。蔫草更枯了，落叶更黄了，唯柿子树一团团猩红，喷焰吐霞，如千枝万枝的红火把。

杨万水回来的时候，他丈人丈母走了。他抱怨了艾香几句，说她不该放走俩老人，应该留他们多玩几天。艾香没吱声。吃毕午饭，又到喇叭开播的时间。杨万水找出铁丝，恢复了喇叭的地线，因为喇叭里再也不会有王问学的声音了。不久，我杨万水将在喇叭里说“村民同志们”了。

但是，杨万水高兴早了。他刚给地线上浇了一碗水，喇叭就响了：

“全体村民同志们——”

活见鬼！怎么王问学还在讲话？没毒死?!

“现在通知一件事——”

杨万水一把拽了地线。

下午，杨万水亲眼证实王问学还活着，活得原模原样，甚至比原来还精神。老远见了王问学，杨万水便伸出手掌，遮住嘴巴，上半边脸笑着，嘴里却吐污喷粪：

“我日你妈日你妈，嚣张你妈个×！”

及至到了面前，杨万水笑得更欢了。王问学告诉他，说乡上的税务所，要在圣驾镇盖一栋楼，他已给村里揽下了。

“你把咱村的建筑队带去，这回要赚好几万呢。”

“好哇，好哇。”杨万水用感恩的表情回答了。但是回到家里，一头仰到炕上，差点没气憋死。一连好几天，王问学都来催他动身，说给人家盖房是签了合同的，房子若不能按期交付，是要赔钱的。杨万水哼哼哈哈，不说去也不说不去。他的心思不在房上也不在钱上，他就想当村长就想在喇叭里讲话在群众面前耍人，还要走哪儿都把公章别腰上。他说他病了不想去盖房。王村长只好另外任命个头儿，次日清晨就领着建筑队去圣驾镇了。

这时候开始下雨，没完没了的下雨，山尖上甚至下了雪。杨万水天天躺在炕上想心思，做老爷，一切由艾香干。艾香没啥怨言，只要男人在身边，家里就不空落，她的心也就踏实。

“艾香，你说说，王问学个狗日的到底弄没弄你？”

“你咋又来了！”

“我当然要来，因为我没‘来’成！”

“你要‘来’成啥？”

“我现在不告诉你。等‘来’成再告诉你。你会吓一跳的，高兴得吓一跳的。”

见艾香不明白，他又问：

“王问学吃你奶了？”

“你见了么，是耍耍么。”

“能这号耍耍么？”

“你又不是不知道咱这儿人爱胡来。你咋这么小心眼哩！”

“我才不是小心眼！我把啥都看得开，‘拔了萝卜有坑在’，关键是我要干正事，干大事。”

艾香越发不明白。杨万水又说：

“知道吗？王问学吃你奶是耍流氓，是调戏妇女。这号人能当领导吗？”

继续说：

“当着那么多人面耍流氓，都看见了的，都可以作证的。”

又说：

“他还说他是学雷锋，你看这贱狗日的反动不反动。”

最后说：

“我要是也到他婆娘身上学雷锋呢？”

杨万水走家串户了。凡是那天来吃满月酒的人，他都去找，去诉说去诉苦：

“前天王村长吃我老婆奶了，你该记得吧！”

“记得呀。”

“这可是耍流氓哩。”

“耍耍么。”

“耍耍？我老婆奶我都没耍过，他能耍？”

“他不能耍。”

看来凡是来吃宴的人都没忘这件事。没忘就好。为了扩大影响，杨万水又到那些不知道这件事的人的家里宣讲。

“你知道不，王村长吃我老婆的奶！”

“有这号事？”听者一脸激动。

“谁骗你谁遭天雷轰！”

“你说细点！”

杨万水就细细道来，说得眼眶发潮，鼻涕吸溜，便用袖口揩拭。人们听了，不笑了，都说：

“不像话么。”

“没意思么。”

“你吃了也就吃了，”杨万水冷静后说，“可你不该干了坏事还说你是学雷锋，雷锋吃过哪个女人的奶？为了安定团结，我没批评他，我等着他来检讨。可他现在还不觉悟，根本不打照面。”

又问听者：

“你说能让这号东西继续当咱们的村长么？”

“不能继续了。”

“他要再当下去，咱村的女人都得让他糟蹋。”

很快，全村人除了王问学一家外，都知道杨万水在闹腾了。起先只说是吃奶，后来说吃过奶后还干了别的；干了艾香不算，还把杨万水打了一顿。杨万水五大三粗劳力壮实，但是脾气好没还手。王村长在部队上练过功夫，把杨万水打惨了，打了一身暗伤，别人还看出来。

人们见了杨万水，怂恿道：

“你也去吃红椒的奶！你也把红椒睡了！”

杨万水认真地说：

“我不能干这号事。人活着是要有德行的。”

艾香并不知道杨万水到处张扬。她蒙在鼓里。

杨万水准备进一步扩大宣传。他要到乡上去宣传，去汇报。他揣了一把刀子，去了圣驾镇，走进乡政府。

乡政府正在开会。杨万水进会议室前，掏出刀子，将左手小拇指的断茬硬痂一刀削去。然后，一步跨进会议室。

“各位领导，你们看，王村长把我的指头咬断了。”

点点血珠滴在回忆记录簿上。

“他把我老婆弄了，我不让弄，他非要弄！他不听我的批评，还咬我的指头，你们管还是不管？”

事情闹大了。

改选村长的会议开了两小时。乡长对王问学说，看在你的面上，不追究杨万水的诬陷罪；但是要肃清流毒消除影响，还是有必要改选一次。我听上级的，王问学说。出了这事说明我这个村长没当好，我希望选个更好的同志出来当村长。我这不是假谦虚，我是为了工作乡长你说是不？

改选会的先一天晚上，杨万水弄了一堆大洋芋、大萝卜、大红薯，专心致志地刻了一夜公章。他睡不着觉，所以用刻公章来消磨长夜。他也知道，他刻的这堆东西没用，因为明天选了自个当村长，木头公章自会拿到手的。不过呢，他有必要提前培养感情。再说，刻图章很舒服，就像掏耳朵一样。

改选那天是个星期天，地点放在学校，因为村里没公房了，公房都处理给私人了。那天下了雪，很冷，但是能来的都来了，图个热闹。教室里生了几堆木炭火，孩子们朝火堆里丢包谷籽儿烧着吃，老汉们抽旱烟吐痰挖眼屎，还有能力打情骂俏的就认真地打情骂俏，胆大的男人总是瞅机会摸一把女人的奶子甚至掏一把裤裆。“你想吃呀！”“你敢拿出来我就敢吃！”

乡长一来，会场顿时严肃起来。乡长径直走上讲台，压根不往火堆靠拢，因为领导不怕冷。乡长把手塞进兜里，看样子是掏烟。一个老汉递了撮旱烟过来，乡长就笑着接到手里，转身从墙上的“学习园地”里撕下一张纸来，很在行地卷起喇叭筒儿。卷好，摸出火柴正要划，艾香进门了——乡长手上的火柴没划，却举起来塞进耳朵里掏着旋着，同时回想刚才打的讲话腹稿。

乡长基本想起了腹稿，就划了火柴吸着喇叭筒儿。然后再撕“学习园地”裁成纸绺儿分发大家作选票。今天不列候选人，乡长笑着说，我们要搞真正的民主，你就把你信得过的人写了交上来。得票最多的自然是村长。

选票发到手后，选民们开始交头接耳了。杨万水立刻站起来，给大家发烟，是带把儿的。“你们可不要选我，这是正经事，可不是闹着玩儿的。”他还给妇女们发了烟，称她们是“半边天同志”。有些妇女不会抽烟，他就亲自将烟夹到她们的耳朵上，要她们随后给自家男人抽。

票交齐了。乡长将票蹾齐整，清了清嗓子。在计票之前，乡长看了杨万水一眼；杨万水心领神会，感激地、谄媚地点头回笑。

乡文书唱票，团支书写票。黑板上依次出现十二个名字……

结果当然不是杨万水的异想天开。杨万水只得了两票，正字是个“T”字。村长还是王问学，王问学还是村长，杨万水还是杨万水。在大家的掌声中，王问学王村长站起来发表就职演说，也即连任演说。杨万水也站起来，抢到头里说：“大家忙！”拱拱手说要拉屎，出门去了。

狗日的群众，杨万水骂道，都被王问学拉拢了。他在雪地里乱走着，像野狗乱走着。不知怎么搞的，他浪窜到王问学的祖坟附近。他解开裤子，冲着坟地跟前的雪地撒尿。他用尿划拉了“王问学”三个字；又攒一会儿，攒出一股尿来，勉强给“王问学”三个字打了尿叉。

总算出了口恶气。

杨万水回家时，发现艾香抱着孩子站在道场沿上四处张望。见男人回来了，才放心地说：“我怕你想不开呢。”“我不会死的你放心，要死我也要死到王问学后头。”又问：“是谁骚情地投了我一票呢？”艾香说：“我投的。另一票是红椒投的，我给她说通了的。”

“球！那是我自己投的。”

群众的眼睛是雪亮的，但是雪被尿浇了群众看不清了。是王问学的尿，王问学把群众的眼睛蒙住了。只有老婆投了自个一票，杨万水起先还有知音难遇的感觉。后来又很恼火，因为老婆是知音顶个屁用！还不如无一人理解，图个孤独伟大神秘的好。

一连多日，天气不好，忽雪忽雨，拉肚子似的下个不停。杨万水拉了几车木头到镇上卖，可是国家单位盖房不要这木头，都用的青砖水泥：只好低价卖给私人。他独自进了一家门面很窄很不起眼的饭馆喝酒。没想到老板娘是个熟人，就那个跟他在九里峡风流过的娘们。她叫毛莲，越发的丰满了，还戴了一对亮耳坠。杨万水不由得大口喝酒，大块吃肉。吃着喝着，来了兴致。可是细细看去，毛莲似乎记不得他了。杨万水好不悲凉，就取出火柴掏耳朵，说：“唉，你不记得我了？你忘了在打儿洞，我还给你打过石子？”毛莲眼睛一亮，说：“嗷哟怪不得眼熟呢！可你怎么剃光了脑袋，葫芦似的？”杨万水说：“我想打人！我打人，人就揪不住我的头发。”“你要打谁？你为啥要打人？”“不为啥，我手痒痒就想打人，不管打谁都行。”说着抡起酒瓶子。毛莲一见这阵势，慌忙身子一斜，软软地靠到杨万水肩膀上，说：“你可别打我！我好不容易开个馆子，一天来不了几个人毛，你再一砸，我还有啥哩！”就双手环住杨万水的脖颈。杨万水说：“我不打你，我怎么要打你！”说着，一手插进毛莲的领口。

这时有响动，两人一惊，急忙分开，很正经的样子。原来是条狗。狗进来钻进桌底下转了几圈，寻了点什么，吧唧吧唧的，摇摇尾巴出去了。杨万水问毛莲你开这个馆子挣钱不？毛莲说挣个屁钱，早知这样我就不开馆子。杨万水说开的不是地方，你这号改革人应该到城里闯世事，城里淘垃圾都能发财。毛莲说我也想进城，可是没人跟我合伙。杨万水说我跟你合伙，我看我也是城里混的料子，咱这地方人太愚昧了，连政治都不懂。

两人约定了，打算瞅个好日子一块进省城闯事业。杨万水走时掏钱结账，毛莲死活不收，还说：“要知咱俩合得来，我那回干吗要你的猪头呢！不过，多亏你那猪头，救了我大急。”杨万水并不追问救了甚急，倒是毛莲继续说道：“我把猪头给了工商所长，才把营业照办下来。”杨万水一笑，拍拍葫芦头，告辞了。

山上落雪，川道下雨，杨万水打着酒嗝踉跄在泥路上，衣服淋湿了浑然不觉。进村过王问学家门时，发现王问学正由梯子爬上房顶。他问王村长你上房干啥呀？王问学说房漏雨，上来捡拾捡拾。顺嘴请杨万水帮忙把瓦朝房上甩。杨万水就走进场院，把四、五十页瓦，三页一摞三页一甩地抛上房。王问学稳稳地接住，没掉一页。

“好了，你到屋里烤火，”王问学笑说道。“给咱把茶烧好。”

杨万水擤了擤鼻涕，朝鞋帮上一抹，就掀开半掩的门，走了进去。他看见，罗红椒正煨在炕上剪鞋样儿，说鞋样儿还是从艾香手里借来的。炕洞口火势很旺，铁皮壶盖儿一冲一冲的，像是有个小人儿要出来。罗红椒仄了仄身子，算是打招呼。她要杨万水烤火自个沏茶。杨万水一想到这女人骗了艾香不投自己的票，便有些来气，说：

“真个是官太太，贫下中农来了连炕也不下。”

“看你说哪里话！”罗红椒掀了掀军用被子一角，又捂住了。“不是我无礼，是下不得炕。”

“坐月子吗？”

“坐月子倒好了。我是代母鸡坐月子哩。”掀起被子，要杨万水瞧。杨万水上前一瞧，见罗红椒两腿间夹着一个小小的圆竹篮，篮里是十二颗鸡蛋，白生生的。“老母鸡抱（孵）小鸡，抱了十七天，黄鼠狼把老母鸡叼走了，咋办？只好我来接着抱。”

杨万水忍住没笑，说：“鸡抱鸡二十一，还得四天才能抱出来。”说毕，脱了鞋子，一下子钻进被窝。“我给你帮忙抱！”红椒慌忙拿腿抗住，怕杨万水挤破了鸡卵。“你个挨球的，小心我拿剪子戳你！”“你哪舍得戳我，今儿看谁挨谁的球！”杨万水一把夺过剪子，就势把红椒脖子一搂，红椒的脸颊就被杨万水的冰衣服弄湿了。

这时，王问学摇拨着脑袋上的雪水，踢踢踏踏地跨进门槛。抬头见了这阵势，以为是杨万水跟红椒闹着玩，就不介意地说：“万水，下来，喝茶，叫你嫂子也下来，弄几个小菜，喝酒。”杨万水鼻子一吸溜，说：“不喝茶，也不喝酒，就帮忙抱鸡。”王问学早坐到炕洞口，抽出火柴棒燃着香烟，满以为杨万水下炕了，其实杨万水根本没下炕。王问学像公鹅似的，从炕洞口伸长脖子，目光越过炕头栏，见杨万水还搂着红椒的脖颈，红椒抽不出来，脸憋得绯红，哇哩哇啦笑着，很是无可奈何。

“万水，下来。”王问学严肃地说。

“炕上暖和，不下来。”杨万水严肃答道。

“丢，丢开我，别疯了……”红椒挣扎着。

王问学站起来，用手抹抹头发，说：“杨万水同志，我劝你下来，要一会儿就行了么。”

杨万水也用手拍拍光葫芦，说：

“王村长同志，我劝你别劝我，我还没有开始要你就叫我下炕！”

“一会儿来人了多难看，”红椒也恼了。“你腿挪走，别把鸡蛋压烂了！”

“我试着哩，”杨万水故意温柔地亲了一口红椒的头发。

王问学的脸忽然青了，顺手抓起门背后的铁锨，吼道：

“下来！”

杨万水一点儿也不害怕，说：

“你把我打死到你炕上。你打。”

见王问学举起的铁锨停在空中，杨万水又说：

“我今儿也是学雷锋。”

“我们又没啥困难，谁稀罕你学雷锋！”红椒一只手从杨万水的后背伸上去，把他的光葫芦耙了三道血印。

“反正，我今天一定要学雷锋。”杨万水涎着脸，压根没感觉出脑袋被抓的疼。

红椒的手又向光葫芦爬上去。

“好吧。”王问学放下铁锨，很文雅地将铁锨靠回原处。“再不下来，你马上就要犯法了！”

“别拿大话吓我村长，学雷锋是不犯法的。”

红椒又把光葫芦抓了三条红印。光葫芦仍无反应。

王问学束手无策了。忽然灵感一动，顺手从炕头栏上拿过火柴，甩到杨万水怀里，笑着说：

“我看你得掏掏耳朵了。”

杨万水看也懒看火柴，只笑着说：

“今天有条件，干吗要掏耳朵呢？再说你那个狗屁方法也实在治不了心慌。”

“杨万水同志，我最后给你说一次，你要是再不下炕，一切后果由你自个负责！”

“王村长同志，啥风光事都叫你占了，啥人都叫你要了。鸡巴，我也最后告诉你，我今天就是不下炕，看你把我球咬了！”

光葫芦又挨了三指甲。

“好，好。”王问学用毛巾擦擦脸，再把衣服纽扣扣齐整。“你不听劝，不接受批评教育，你就等着吧。”说完，出门了。

“你不管我了你走！”红椒的声音尖得怕人。

王问学二返身，冲红椒挤挤眼睛，又狡黠地对杨万水说：

“好，你忙，你忙。”

王问学把门反扣住，走了。

罗红椒好久都没弄清丈夫的那个挤眼是什么意思。当丈夫撇下她真的走了时，她首先感觉的不是害怕，而是可怜，嗓子眼里像是堵了一只小耗子，搅得她直想呕吐。几分钟前她是害怕的，当王问学举起铁锨时，她想要流血了、要出人命了，她害怕丈夫因此进监牢；但同时她又激动万分，眼看男人要为自己拼命，做女人的能不激动吗！然而铁锨终归没有劈下去，她起先是放心，继之是悲哀。当丈夫挤了个神秘的眼儿溜出大门了，她立刻像是剥了皮抽了筋的猫一样，软塌下来。那只手，那只搭在杨万水后背的手，那只将葫芦头犁下许多血痕的手，也随之缓缓垂落下来，像烂布片子被风吹落。

王问学出走后，杨万水仄着耳朵听动静。没有动只有静。确信王问学真走了，杨万水不免扫兴了，因为他的目的落空了。他的目的是要打一架，打得鸡飞狗跳，打得遍地血花。

罗红椒一直靠着炕头墙壁，胸口起伏不停，毫无表情地望着杨万水。杨万水早松开了她，并且朝炕沿上挪了挪。杨万水没有看她，也没有感觉她在看他。杨万水看着窗子，木格窗子糊着白纸，中间镶了一块书本大的玻璃。玻璃外面在下雪，片片飞落，如遭粉碎的大鹅毛。

杨万水觉得后脑勺疼，拿手一摸，一看，满手掌的红印印，这才想起是方才红椒抓了自个的。他抡起手掌要打红椒，见红椒如受惊的兔子，他的手掌拓上她的脸蛋就很轻很轻了，竟成了调情。

红椒的左脸蛋出现了几条红蚯蚓，怪滑稽的。杨万水索性再抹一把自个的后脑勺，再给红椒的右脸蛋涂上血印。于是，这张乖乖的母兔子的脸，像罩了一只红网兜，平添了几分色相。

杨万水忽然伤感起来，发觉世上的一切事情都很无意思，很无聊，很不好玩。就像吃的再好最后都拉成屎一样。

"哎，"红椒小声说。"是不是他跟艾香好上了，你要报复他？"

"他是谁？谁是他？"杨万水斜了红椒一眼。"是王村长吗？"

罗红椒下巴点了点，同时用脚将那篮鸡蛋轻轻地蹬到炕的另一头。

"他只是心里想跟艾香好，"杨万水既像是对红椒，又像是自言自语。"就是我死了，他也不会跟艾香来真格的，哪怕艾香给他脱了裤子。"杨万水吐一口痰，又说："我最了解王问学。"过了半天，见红椒没答话，抑或没听懂没法答话，杨万水又说了一句话。这句话与他的身份极不相符，这句话出自任何人之口，都可以称得上是名言：

"谁最了解毛主席？蒋介石！大人物才能了解大人物，对手才能了解对手。"

停会儿，又补充道：

"可恨的是，你男人，王问学这贼狗日的，故意装作不了解我！他最知道我需要啥。"

红椒的嘴唇动了动，终于没说出话，抑或不知说什么话。她当然知道杨万水说的那两个大人物，但她不清楚那两个大人物与他们的生活，特别是与今天所发生的事有什么关系。她更不知道此刻的杨万水有多么孤独。她觉得杨万水很有胆量，还挺神秘的，比王问学有男子气。于是，她撇撇腿，拿膝盖碰碰杨万水，用一种熟练的、妓女似的口吻说：

"哎，你是不是想要要？"

杨万水感觉被窝里红椒碰他，并从被面上看见红椒的腿呈开放姿态。他想笑。女人终归是女人。女人总以为男人接近她便是要日她。为了不伤对方的自尊，他故作胆怯地说：

“我……不敢。”

“刚才的狼劲哪去了？”红椒一笑，鄙夷地说。“既然王问学撇下我，我就给你！”一手解裤带，一手捂住杨万水的裆部。“他要有本事，他去睡你艾香！改革嘛，啥事干不得！”

杨万水轻轻拨开红椒的手，说：

“你错了，我其实不爱弄这事。实在没啥，没啥理想了才想弄这事……再说，我今把你睡了，王问学个狗日的也不心疼！”

红椒哭了。她有一种妓女倒贴钱还拉不上客的羞辱感，所以两股眼泪奔涌而出。

但是很快，红椒便觉得这两股眼泪涌得及时，及时保全了她的名节——

王问学回来了。

王问学还带了个乡警，乡警手里吊着亮锃锃的铐子。

红椒嚎啕大哭起来。

王问学说：

“杨万水同志，我以为你早走了！给你梯子你不下，还赖在炕上！好，你现在走，只要你立刻走，我还称你同志，也不张扬这事。”

本来已经平静了的杨万水，此时一见王问学这副拿文做武的官派架势，特别是见他竟带了警察和手铐，便不由怒从心头起，一拍光葫芦脑袋，说：

“王问学，你还给我来这一手！你以为我害怕吗？”

乡警打开手铐，说铐走算了。王问学拦住乡警，说：

“杨万水，我最后劝你悬崖勒马，快走吧！”

“嚣张你妈个×！”杨万水讥嘲地骂道。“就你能劝人？真理就在你一边？我犯啥子法了你还把警察带来！”一翻身，压住炕里边哭得一塌糊涂的罗红椒。“既然你要铐我，那你得先让我先做了挨铐的事！”两手平压住红椒的两个手腕，在她的花脸上乱亲乱啃。

罗红椒拼命喊叫挣扎，王问学和乡警扑上去一人拽一条腿，可怎么也拽不下来，电焊了似的。王问学吼道：

“下来，这是犯法的事！”

“我，我知道这是犯法！不管犯啥法，你你，你先让我把事干完嘛！”

而且，杨万水将双脚猛地一蹴，再猛地一踹，王问学和乡警就倒地四仰八叉了，像两堵墙坍塌了。

“紧急避险！”乡警怒不可遏地飞上炕，照准杨万水的脑袋一铐子拍下去，那葫芦头便喷出一朵红玫瑰。

一切安静下来。

过了一会儿，王问学和乡警才意识到大事不好。“你咋往死里打！”抱怨了一句，两人就把杨万水从红椒身上扳过来。刚翻过身，杨万水一口红痰射中王问学的鼻子，王问学高兴地说：“没死！”

“死？我阳寿长着哩，你不先死，我怎么舍得死呢！”

杨万水乖乖地撮拢双手，让乡警铐住。炕上成了狗窝，被褥席边炕沿全是血丝，分不清哪是杨万水的哪是鸡蛋的——将出壳未出壳的小鸡娃。

出了大门，遍地白雪，树肿了，水井上一个黑窟窿。虽说雪不下了，积雪却刺得人眉毛酸麻。杨万水勉强张开眼皮，见好多人站在远处，双手笼在袖子里，看他的热闹。他不由得意起来：王问学给我戴了铐子，我给王问学戴了绿帽子。

“走！”乡警照他尻子踢一脚。

“村长，”杨万水笑着问道，“你两口子把我头整成这样，药费谁报销？”

没有人回答他。杨万水又说他想回家看看，跟艾香和儿子告别。王问学和乡警答应了，三人踏雪噗噗乱响，朝杨万水家走去。所有的人都走出屋子，或坐在门墩上，或靠在山墙上，或蹴在瓜棚里，女人抹着清鼻涕，男人抽着旱烟，皆一声不吭地看着这三个人，只有小孩的喊叫：

“光葫芦红葫芦！红葫芦光葫芦！”

因为杨万水的光脑袋满是血，远远看去就是个红葫芦，在雪地里特别扎眼。杨万水很高兴他今天如此引人注目，所以走得特别缓慢，像个绅士悠闲散步。他要好好看看乡亲们，也让乡亲们好好看看自己。并且，他的目光不时爱恋地投向那些挂在庄户人家屋檐下的红辣椒。那一串串的红辣椒，像燃烧的火堆，像是青壮年的鲜血染成。

杨万水被红辣椒陶醉了，便停下步子好生欣赏。

王问学后退几步，似是有意拉开距离。

乡警给了杨万水屁股一脚。杨万水立刻报复乡警：

“我要尿。”

“你尿。”

杨万水又装作努力解裤子，仍解不开。乡警就让王问学替他解。没办法，只得代替，因为乡警是乡政府的人，级别当然比村长高啦。

王问学给杨万水解裤子前开口时，杨万水心安理得、仰面朝天，嘴里还哼出一句小调：

“表妹呀，今夜三更你别闩门……”

看着杨万水痛快淋漓地大撒其尿，王问学追悔莫及，因为他听见了乡亲们戏谑的笑声。他清楚，与其说这是笑杨万水的无耻，不如说是笑他王问学的窝囊。他心里骂了一句脏话，骂自个的。今天，在村人面前，真把脸丢尽了。而且，还把人家杨万水打成了红葫芦……

杨万水跨进自家的门槛，见艾香一手抱着孩子，一手拿抹布擦着墙壁，擦着墙壁上的那些图章，擦着杨万水的美梦和理想……

此时，杨万水恍然大悟：原来艾香并不了解自己，并不是自己的知音！

他悄悄地退出家门，再悄悄地走到落尽叶子的全是枯枝的桃树下，冲着候在那儿的王问学和乡警使个眼色，以一种孤独英雄的气概，昂首而去。

当天下午把杨万水送交派出所后，王村长回来时天黑许久了。村子里的头面人物都等在他家里。他一进门大家都站起来。大家首先祝贺他为村里除了一害，继之问究竟是怎么回事。

“人民内部矛盾，”王问学漫不经心地说。“他犯了点小错误。”

王问学要大家坐下来，大家都不坐。王问学带头坐下后，大家才谦卑地坐下。

王问学立刻感觉这一微妙的变化。这说明大家怕他了。他可不希望大家怕他。

“你明天，”王村长环目大家，目光落到会计脸上，“给艾香同志送点冬季补助款。”再次环目征询意见：“五十元怎么样？”大家说：“同意。”

村里鸡犬相闻，夜不闭户了。

但是王村长分明觉得压抑和落寞。于是他到镇上找杨万水，镇上说早送县上了。就进县城，找公安局。局长是他原来部队上的首长。他给局长说，杨万水其实是个好人，没文化不懂法罢了。你说他犯了法也是犯了法，换个角度说他没犯法也就没犯法，无恶果嘛，不如放了他让他重新做人。局长为老士兵的仁慈而感动。再说笼子里杨万水这类人不少，杀不能杀，判不好判，放就放吧，至少减个吃官粮的。

杨万水吃得胖胖的回来了。他早料到他会还乡的，只是没料到这么快。

然而，杨万水一踏进村子，就有人对他说：

“你可要好好感激王村长呀，人家可是宰相肚里能撑船呀。”

杨万水这才知道自己能回来全是王问学的功劳。

“狗日的，又从我身上捞了一把！”

第二天晚上后半夜，王问学的院子起火了。王问学被房顶上咯咯叭叭响鞭似的声音惊醒，忙拽起红椒翻出窗子。红椒张大嘴巴正要喊，王问学早有准备一把捂住。当房顶四周的浓烟幻化成无数缭乱血红的火舌时，当火舌如狂风中的旗帜鲜艳亮红地舔着漆黑的夜空时，王问学两口子才放声哭喊救火啰救火啰……事实上已经没救了，只救下四堵墙。

纵火犯杨万水立刻被警车带走，又很快被判重刑。王问学王村长哀叹一声，哀叹得很舒服，很高枕无忧。

【原载《新大陆》（内刊）1995年3期、《青年文学》2010年7期】

大　雨

剧团三级演奏员王小号走下汽车时，天下起了雨。雨来得不紧不慢，像一部专给名媛贵妇演出的大型歌剧的序曲，缓缓地下起来，下得很认真。王小号拎着小号皮箱，也不紧不慢地走着。他喜欢下雨天。他觉得下雨天是很抒情很性感的。除了有伞的人，其余的过客全都双手捂住脑袋，疾步走着，奔丧似的。王小号不由笑了，笑他们没有情调，不会享受下雨天。街面开始变湿变软变亮，两旁的树木很文静地站立着，叶片上的灰尘经雨一淋，化成黄水浆滴答下来，白衬衣上就有了些小花斑。人们躲在屋檐下，交头接耳地说着什么。雨把人变得温雅了，火爆的无业青年也不寻衅闹事了。一切都显得平和缱绻。

夏天的雨是很性感的。王小号想把这种感觉谱成曲子。当然不是小号独奏，小号只宜于表现阳刚的东西。王小号悠闲地走在雨地里，胡思乱想着，衣服差不多湿透了也没感觉。这时，一幅巨大的招贴画刺入他的眼帘。画面是一对猛男靓女，正在接吻。女的照例三点式，丰臀大乳，像外国人又不像外国人，大概是个混血儿，杂种。杂种总是长得好看，身体健康，智商也高。招贴画的下边，有字样如下：

“要想幸福，多来存钱。”

这是银行为招徕顾客而精心设计的招贴画。要过幸福的日子就得存大钱；有了大钱就是幸福。

银行，你妈的蛋！

王小号暗自骂道。想当初，我们是毛主席的文艺战士，要啥有啥，走到哪儿都享受贵宾待遇，何曾发不下工资报不了药费？谁敢欺负我们？如今呢，我们这些艺术家又恢复成了戏子，只拿百分之五十工资，其余自谋。谋什么呢？城里人不要我们，单是一个所谓“镭射”实为性交的录像电影，就把我们挤扁了。我们只能到乡下去为农民服务。谁家死了人，就去吹奏哀乐，一天一夜挣十五元。包吃包住，烟酒虽不高档，却也是带把的，瓶装的。

王小号这次下乡挣了二百多元。原只说那里死了个开矿的，土财东，要过五天丧事。谁知丧事一毕，附近又死了几个。该王小号他们走运，连吹半个月。别小看这二百多元，可是一月工资哩。交给老婆，老婆要怎样高兴啊！

王小号又看了一眼那个杂种画儿，忽然大步流星朝家奔去。他觉得人活一世，都是眨眼功夫。万事不妨想开点。就这么回事。

剧团就在城隍庙，城隍庙也就成了剧团。从外面看去，这地方很有几分古雅，其实进了里面，倒很像个破败的收容所。城隍庙分前后两院，皆平房，环成一个四方天地。房皮上生了毛茸茸的杂草，房根基耗子啃过似的濒临倒塌。且潮湿，一年四季都生着绿苔。院里到处是水潭，坑坑洼洼的，石子甬路也就时隐时现的。王小号的房子在最里面的拐角，两间小平房。他走到檐下，正欲掏钥匙开门，又停住了。他用手理了理落汤鸡似的头发，这才敲门。出门归来不亲自拿钥匙开门，而是敲门，他认为这是教养，这是绅士风度。假如老婆正跟一个野汉子睡觉呢？听见敲门声，让他设法躲开吧。丈夫看不见，或者看见了装作没看见，岂不少了许多麻烦！要是看见了又如何？打他吗？闹得大家都笑话。不理他？又太窝囊，成了公开乌龟。总之，抓住野汉子，野汉子就成了烫手山芋。恐怕要闹一下离婚。而离婚，太滑稽太没意思的。有工夫闹离婚还不如拿火柴棍儿掏耳朵呢。

可能是声音太小，抑或是睡着了没听见，总之，王小号又敲了两次门，还是不见动静。下雨天的中午，人们是要睡觉的，何况剧团没啥事，戏不能演，演的越多赔钱越多，所以大家整夜搓麻将，天亮了胡乱吃点东西，然后蒙头大睡。到了下午，起来洗漱，再吃一顿，然后张罗"组织一场吧"，也就是围方城赌小钱。何止一摊子呢，都会搓，一摆就是好几摊。

王小号又猛敲几下门，还是没回应。他想，荷子可能不在，回娘家了。他不免有点扫兴，钱交给谁呀，享受谁的表扬呀，跟谁做爱呀。这是他第一次想跟老婆做爱，难能可贵呢。

王小号只得掏钥匙开门。开不开，一看钥匙，塞错了；换个钥匙再开，又错了。他有点蹊跷，怎么连自家的钥匙都认不准了！

王小号开门进去，有点陌生的感觉。掀开里间的门帘，见荷子睡在床上，面朝里，一只胳膊搭在被面上，白白的，肉肉的，颤悠悠的。王小号一时冲动起来，三两秒钟脱光衣服爬将上去，扳过荷子就要弄。荷子很惊讶，一任男人胡乱地啃呀咬呀的。王小号揣测老婆的感受，一定是突然而至的酥麻与陶醉，巴不得让他把她撕成肉条儿蘸些酱醋吃了去。然而，她说出的竟是这么一句话：

"我来例假了。"

王小号顿时崩溃了。只好溜下床，蔫蔫地边穿衣服边说："你没福。你错过了天赐良机。"

王小号坐在沙发上，脱了袜子挠脚气。他的脚气一到夏天就犯，涂什么药都断不了根。不过也不是太厉害，只是微疼，主要是痒痒。挠脚气挠痒痒嘛，也是很舒服的，特别是在不能做爱的时候挠。

"你错过了天赐良机。"

他又咕哝一句。他掏出二百元丢到茶几上。

"钱交你，领导。这里还有三十元，我留着打麻将。"

停会儿，又说：

“古语云，米面夫妻酒肉朋友。米面是首要的，没说爱情的事，没说做爱的事。”

荷子一看，很抱歉地说：

“我身子困得很，索性再劳你上街割点肉，咱下午包饺子吃。”

王小号站起来，拿了篮子上街。出门时对荷子说：

“是应该上街。今天要不出门回避，戏就没法收场了。”

王小号来到菜市上。稀稀拉拉几根人毛，菜也不多了，肉倒还有，筋筋吊吊的，也没法在乎了，便割了二斤，又买了把老韭菜。他没跟菜贩子搞价，应找八分他也没接，豁出去了。他今天发觉，街上所有人都变成了猪，他又愤怒又恶心，恨不得每人给一刀。

因为刚才，他往沙发上一坐，发现床底下有条人腿！野汉子腿。他差点发作起来，幸亏挠脚气很舒服，不想终止挠脚气。想那床底的野汉子可能没脚气，否则怎么会搞别的女人寻舒服呢。还是割猪肉吧，让那野汉子逃命吧——瞧他在床底多可怜，腿肚子乱闪，蝎子蜇了似的。

大约过了一刻钟，王小号提着菜篮子回来了。进门再也不见那种陌生感了，荷子把被子叠得四棱见线，地面扫得干干净净。荷子早给他沏了一杯糖茶，笑嘻嘻地接过篮子，并把他摁到沙发上，乖巧地说：“好男人，你就坐这休息吧，我给咱包饺子。”说毕很娇嗔地摆着屁股旋进厨房，一阵剁馅子的嘟嘟声传来。王小号觉得那一刀刀的声音是剁在自己的肉上。

王小号不由自主地想到玫香，这会儿就想赤条条地和玫香抱成一团演“镭射”，观众只有一个人：荷子。

馅子剁好了，面皮也擀了出来。荷子叫他帮忙，他不挪身，也不看荷子，压根儿没听见似的。

这时，儿子回来了。儿子背着书包，也淋得落汤鸡似的。见了爸爸，高兴地扑上来，猴到爸爸身上。他一把揽紧儿子，不由掉出一滴泪：“儿啊，我的亲儿！”儿子说爸你咋是个哭腔？“爸高兴么。”老子见了亲儿怎能不高兴！何况这父子俩生得一模一样，老子是儿子的放大，儿子是老子的缩小，仿佛复印机整出来的。

饺子煮熟时，满院的人也起床了。上厕所排泄的，吐痰清嗓子的，搬煤球涮锅的，总之大家都忙开了做饭。王小号本来很饿，此时却没了一点食欲。他取出小号，立在房檐下，冲着那一帘幽雨，一遍又一遍地吹奏哀乐。大家听烦了，不要他吹。他不听，继续苍凉高亢地吹着，吹得昏天黑地。

“你发了死人的财，就盼我们都死啊?!”

远山灰蒙蒙的，雨雾岚气交织成一团乱烟，看了令人神思恍惚，想入非非。玫香的目光从远山收回来，落到空旷而充满书籍的房间。这是党校的资料室，架子上塞满了伟大的书籍，管理者或者说主人只有玫香一人。平日里少有人光顾，因为如今是个不读书的年代。她原也在剧团，是个人梢子，名角儿，身软脸皮也软，把些男人软成一团泥。下乡演出到河里游泳，就有男人在下游一捧一捧地撩水喝，咂吧着嘴说好香好香。但是现在，她很孤单。若不是丈夫的大舅子当个官儿，她是调不出剧团的，哪能谋到这份又清闲又能拿工资的美差！剧团人见了她莫不羡慕咂舌，可谁又知道她的隐衷呢?

桌上摆了几本花哨杂志，她也看腻了，什么爱呀情呀性呀的，生活里哪儿有啊？哪儿敢呀！她把窗户打开，打开又关上，关上再打开。最后，她把桌上的一盆仙客来挪到窗台上，痴痴呆呆地看着千丝万线的雨。

王小号打了一把黑伞在街上浪游着，见了熟人只点个头算是招呼，然后正视前方不停步子，以免和人搭讪。他下意识地来到去党校的巷口，犹豫了一下就拐进去了。党校的院子靠近后山，很是宁静，如传说中的庄园，绿荫遍地满目翡翠色。他抬头望了望那幢大楼，一眼瞅见那盆仙客来花。这是他非常熟悉的窗子，而那盆小红花，顿令他怦然心动。因为这是暗号，专为他发的暗号，说明里面除了女主人，其余便是书籍了。王小号踮着脚上了楼，贼也似的。他轻脚移到资料室，见门虚掩着，玫香伏在桌上假寐。她的背部曲线美妙，十分可人，一头青丝胡乱地泼向脑后，狐狸精似的。王小号摸到玫香背后，有滋有味地欣赏了半天她的头发，以及从头发里探出来的半边雪白的耳朵，还有丰腴雪白的脖颈。他想吻她的耳朵和脖颈，又怕扰了她的梦乡。于是，他坐到桌旁的椅子上，无限深情地看着她的睡态。

玫香吃吃地笑了。

“你没睡着？”

“你来了我能睡着吗？”

说着，玫香闭了眼睛，把头伸了过来，意思是要他吻她。

“从今往后我再也不跟你亲嘴了。”

“为啥？”玫香吃惊得瞪大眼睛。

“光接吻不来点别的？这就是你所谓的情人！”

“看看看，”玫香有点羞恼。“这话你不知说过多少遍了！我对那事没兴趣，我讨厌干那事！凡是男人缠我干那事的，我就要扇他——当然，我不扇你。”

说毕，又闭了眼睛把头递过来。

王小号仍不吻她。

“你的话也不知说过多少遍了，哄鬼去！我烦了，我腻了，我一点也不相信！一个女人口口声声说她喜欢他，爱他，可又不日……我认为这是调戏人，是耍猴，是最大的不道德！”

说毕就有些后怕，怎么如此直白粗鲁呢。

玫香大为惊异，睁着乌黑的眸子看着他，看着这个她自以为非常熟悉而今天却显得非常陌生的男子。但她并不恼怒，因为她是个三十岁的成熟的女人，一个有夫之妇，一个孩子的母亲，她能理解一个男人爱到一定程度需要什么。水到了渠就要成哩。

“我理解你，可是……再说……”

“别‘可是’‘再说’了！我真想一把掐死你！”

玫香哪儿害怕呢，故意把脖颈伸得长长的让他掐，因为这个“掐”字让她幸福，有个心爱的男人要掐死她，这样的死难道还不够幸福吗！

“好了，不说这个了，咱们换个话题吧。”

“是要换个话题，我总觉得跟你在一块儿说话很幸福，无论说什么话，特别是这样的下雨天——你下乡演出收获大不？”

“屁的收获！我现在就盼望多死人，一是解决了我的饭碗，二也算是搞了计划生育。人太多了，也不打个仗。”

“你这思想真可怕。”

“再换个话题吧！这回在乡下，我给你带了个礼物——”

“啥好东西？”

王小号从兜里摸出来，很神秘，捏得严严的。玫香好奇地伸过手，王小号就放到她的掌心。玫香一看，原来是核桃大的一块金灿灿的玩意儿。

“这是金子吗？要值好多钱吧。”

“若是金子，就值好几万呢，我就泡在家里不用出来干活了。我开始也以为是金子，可惜不是，是块矿石。一个懂行的人说，这黄灿灿的东西叫硫化铜。”

“假金子。”

“假金子比真金子好看，真金子没这么黄。真金子软，指甲能掐出印来。”

“你为啥要给我假金子？”

“我没真金子。如果你真的想要，我可以去给你偷，去给你抢，抢银行，银行的地下室里，金子跟红薯一样多。”

“哈，开玩笑么，我可不当教唆犯。”

玫香拿起那块金矿，放到嘴唇上。亲吻一下，又贴到唇上，从嘴角这边移到嘴角那边，同时一声不响地看着王小号。王小号并不看她，愁苦地看着窗外的连绵不断的雨，闭了眼睛，听那雨声如同千万只蚕虫吃桑叶。

王小号又想做爱。

“你又想那事了？”

没回答。

“男人不想那事不行吗？”

没回答。

“你有荷子呀，你现在就回去睡她呀！”

王小号很气愤地站起来，理也不理她转身就走。玫香哪里放他，也忙站起来，一把拽住他的胳膊，说：

“你咋这么小心眼，我逗你耍么，我怎能不知道你爱我呢。”

王小号就势坐回去。但决心不理她不看她，只看外面的雨水。

这样沉默了许久。玫香忽的撩起裙子：“虼蚤！”便在大腿上寻呀找呀的。王小号不由看去，见那腿粉白娇丽，霎时心惊肉跳。但他克制住了。他伸手将那裙子拉下来盖住，冷静地说：

“虼蚤早蹦了！不要再玩摆治我的游戏了。原来我一直想跟你犯个错误，你却硬的梆梆的，我受够了折磨，如今跟骟了一样，任你是怎样鼓励，我也难以动心了。”

少顷，又补充道：

“我现在很坚强。”

玫香尴尬地笑道：

“我就是要你这个样子。跟你在一块儿，无论干啥都成，就是不能想那事。”

玫香在地板上踱来踱去，故意迈着模特的步子，扭臀摆胯，发情似的展览着风骚。王小号很困惑，越发不理解这个女人了。她有病？她嫌我无利可图？管她呢，咱今儿以静制动，看她究竟还有何等花样。

不论玫香用怎样的眼神和小动作发出诱惑，王小号仍是木头似的无动于衷。末了，玫香只好正经起来，长长地叹口气，无聊地走到书架后面。一两分钟后，她喊道：

“喂，你来看个东西。”

王小号懒洋洋地起身走进书架深处。后面墙上有窗子，并不黑暗，玫香扶着书架，抽出一大本红皮书，原来是《人体艺术欣赏》。说是人体，其实全是女人，皆一丝不挂的，皆以各种姿势凸出最私密的部位。王小号秋风扫落叶似地翻了一遍，说：

“党校怎么还买这类书？”

“校长出差时在火车上买的，消磨时间嘛。回来又嫌贵了，五十多元呢，就单位报销了。我从没让人看过，你是第一位读者。”

“你说说看，这有什么意思？你就更不用看了，要看了你就洗澡，前后立两面镜子，又能看奶子又能看屁子。”

“你看你这人，狗咬吕洞宾不识好人心，我这是招待你哩。”

“有活的，却拿死的招待！”

玫香一看技穷，就直倒进王小号怀中，一连串潮湿的吻雨点般啄到他的颊上唇上。行动是最有力量的。王小号早已不是骗了，而是忘情地、铁钳般地搂住她。这样不知过了多久，他的手不由自主地向她下身摸去。她忽然一惊，推开他道：

“这样就很好，你为什么还要那个！“

王小号才不管呢，拎鸡似的一把逮住玫香。玫香说：

“你真的要？”

“真的。”

“不要不行？”

“不行！”

玫香蔫了，露出完全公事公办的无可奈何。只见她用洁白的牙齿咬着下唇，认真地说：

“你要喜欢，我就给你。”

就宽衣解带。

“算啦！看你像烈士献身的样子，真没意思。这事就图个两人快活，我可不要当强奸犯！”

“你会不会跟我离婚？”躺在床上，王小号问荷子。

“你咋了？离婚？为什么要说离婚！你过去可从没说过离婚，谁不夸咱的光景好。”

“你意思是继续过下去啰。”

“这不废话么……早点睡吧，别把娃吵醒了。”

“那你会不会某一天把我毒了？因为你觉得我碍手碍脚的，你就给我碗里放耗子药，或者敌敌畏掺进酒里。”

“你！”荷子翻过身来，用手摸着王小号的额颅：“生病了？不烧呀。”

“我啥病都没有！我就是想给你说话。说白了，我现在就想跟个女人说话。如果哪天我连话都不想给你说，那就彻底完他妈的蛋了。”

“你想怎的？雨下久了人心烦，你要太烦了你就揍我一顿吧，给——”

“我爱你还来不及呢！你这小娼妇，小婊子，我今儿就好生爱爱你，权当我逛妓院，逛妓院还要掏钱呢。”

王小号赖上荷子身，拼命发泄他的仇恨他的悲苦，权当身下是玫香，是他常想的一个女影星。荷子被折腾得浑身出汗，皮肉跟床单黏一块儿了。但她忍住了，坚持到底没告饶。她尽量设想这也是一种幸福，因为这终究比活守寡强啊。多年了，特别是自有了儿子后，她不记得男人挨过她几次。屈指可数的几次，她巴结他讨好他，施展了各种手段，他仍跟皇帝陵墓前的石碑下的乌龟一样，不为她所动。荷子哭着问这究竟为什么？他说：“你给我生了亲儿子，我的任务完成了。我家三代单传，你立了不小的功劳啊。凭这点，吃屎喝尿我也要跟你白头到老。但我不想干那事，你要是想了，你另找个男人吧，反正想你的男人多得很。”不跟她睡觉，这种报复比什么都厉害。不打你不骂你，挣来钱交给你，在众人面前与你有说有笑，可是到了晚上，他咋也不理你，给你个冰屁股，名分上是个活人，实际上是个死尸。

荷子真是有苦说不出，因为这具死尸，是她抢来的。那时的编剧写了个本子，名叫《风流寡妇》。省城的专家来讨论时，说这个戏弄好了，绝对能在艺术节上夺魁。荷子比编剧还激动。她想，要是能演女主角，一切都成功了。戏能夺魁，主演自然能得大奖。得了大奖就能上电视，说不定还要拍电影呢。届时她将成为新闻人物，成为记者的追捧对象，玉照上杂志封面，出席各种宴会，与大人物握手照相，甚至与大人物绯闻，那将是多么不平凡的生活，多么辉煌灿烂的事情哟。能与她抗衡的，能演主角的，只有玫香。荷子的婚姻不如意，跟了个矮子，所以想在事业上红火起来，便是常言说的堤外损失堤内补。

于是荷子想尽一切办法要达到目的。她把剧本找来一天就背过了，跟编剧、导演、作曲大谈自己对于剧本的理解，写了几十张角色分析——尽管满篇错字、文理不通，甚至睁只眼闭只眼地给拿事人一些小甜头，诸如他们逮空子摸她奶子捏她屁股时，她慷慨点儿罢了，为艺术奉个献么……结果呢，一宣布，还是玫香演主角！

荷子气得浑身抽筋，躺在屋里哭了几大碗眼泪。特别是彩排期间，从排练厅传出的音乐台词唱腔真如刮胡刀片削她的肉一般。

“我要出这口气！要是没有这个下贱的玫香，没有这个破鞋玫香，我能如此惨嘛！”

丈夫也急得陀螺般旋转了，给女人出谋划策。丈夫五短身材，名叫五丙，是个拉大幕的，偶尔也演个匪兵甲、群众乙什么的，能够娶上荷子，乃是天撮之合。那次他们下乡演出，开台锣鼓一响，轮到扮演偷鸡贼的五丙上场了，他却失急慌忙地要撒尿，就冲出幕后面对庄稼地方便起来。谁知庄稼地理正蹴了个人也在放水，嘴里直嘟嘟“你你你——”提起裤子就跑。五丙一听糟了，尿到那娘们尻子上了。那是谁呢？那正是荷子。五丙撵上去道歉，说：“对对，对不起，我我以为是个白石头呢。”也是真的，山沟里没电，打麦场上搭台演戏，用的是汽灯，汽灯晃花了眼睛，跑出幕后满眼漆黑呀！尿了也就尿了，指蛋儿大个事；问题是恰巧被那个拉板胡的出来擤鼻涕时瞧见了。此君大笑，传扬出去，大家莫不喷饭前仰后合。此后，事情越传越开，再被传播者添加些粗俗的细节，弄得追求荷子的男子退却了，嫌她不干净了。荷子哭了几场，喝了半瓶白酒，牙一咬，嫁给五丙去球，分明一朵花插到牛粪上。一结婚，那些男人们便觉吃了亏，免不了要贼眉鼠眼地讨些便宜。荷子倒很开心，看他们那抓耳挠腮的骚猴样子……

“你说娘子，”五丙摩拳擦掌地给荷子献殷勤。“咋样报复玫香？挖她的脸行不？”

荷子说：“挖人脸是犯法的。要挖就挖她的心！”

“怎么个挖法？”

“今晚上彩排时……”荷子把五丙唤到跟前，如此这般耳语一番。

那时王小号正和玫香谈恋爱，谈得形影不离要死要活的样子。那天杀黑不久，五丙跑来对王小号说：“有人找你说个要事，在我家里等着。”王小号就起身，走出排练厅。五丙说：“你去吧，我这几天拉肚子。”一头钻进厕所。

王小号哪知这是个圈套，就径直去了五丙家。刚跨进门槛，门背后的荷子一下子关了门，说：

“美男子，可把你盼来了！”

王小号丈二和尚摸不着头脑。但见荷子穿的睡袍，粉红的脸蛋在那盏十五瓦的灯泡下放射出怎样的妩媚呀。没等他细想究竟，那睡袍刷拉一声滑落脚腕，露出那一丝不挂的，纯熟的少妇裸体。

"你还愣什么愣，哪有这好的美事！"

王小号哪见过这般精裸的女身！他也只是夜里乱想玫香，可玫香连个手都不让他摸，更甭说其他好事了……王小号早已支撑不住，跌进酒瓮里似的，疯癫地倒过去抱住荷子。正在这时，门被"咣"一脚踹开，五丙冲进来大喊大叫："不得了哇不得了哇！要日人咧！"排练厅的人听见喊叫，一窝蜂般涌将过来，只见荷子拽一角被子遮住半拉身子，嗝儿嗝儿地哭泣着，五丙满脸血渍（红水抹的），跳高似的弹起来，扇王小号的嘴巴：

"狗日的胆大包天，窜到我床上压我老婆！"

玫香一见这肮脏的场景，五脏六腑被谁个挖走了似的，痛苦空落头晕目眩，捂着脸跑了。

半个月后，玫香结婚了。丈夫当然不是王小号，而是王大头，一家饭店的火头军，肥头大耳的。自然，出了这一档事，那个本可能在艺术节上大出风头的《风流寡妇》，也因其他原因而流产了。

事情发生时众人很开心，比剧目获奖还兴奋。但是后来一想，未免太委屈了王小号，一步差池，铸成终身憾事。有人就对王小号说："你他妈真窝囊，白让小矮子在你头上拉屎拉尿，何不真的把他老婆夺过来！"王小号一想，对呀，我咋没想到这呢。羊肉没吃到也罢，白惹一身膻不行。再说这剧团里，除了玫香也就是荷子甩了人梢子。于是他扬起小号，来一曲《西班牙斗牛士》，趁午睡时在院里喊叫："五丙，你狗日的出来！"连喊几声，过了好久，五丙才战战磕磕地趿着鞋出来了，龟儿子般做出一副准备挨揍的架势。王小号没有打他，只拿手拨开他一边去，然后犍牛似地走进他家，泥鞋也不脱，蹦上床，插进大红缎被里，把惊兔般的荷子挤到墙角儿。

"这戏只能有两种收场：一、卸掉五丙一条腿；二、你跟他离婚做我老婆。你考虑吧，就一周时间。"

荷子与五丙商量了一礼拜，决定接受第二种方案。大概是荷子拍板的。矮子也舍不得一条腿。

登记结婚那天，王小号偏巧遇见玫香。那天正下雷阵雨，玫香打了一把孔雀图案的伞，仙女下凡似的。她装作没看见他，飘然而去。

王小号伤感极了。洞房花烛夜里，他独自坐到天亮。

天空裂开一条缝隙，太阳闪了一下。夜里又下起雨来。气温升上去，沤热得出不来汗，皮肤涂了猪油似的。垢痂也搓不下来。王大头没有这种感觉，因为今天是二十号。玫香每月给他限定两次好事，十号，二十号。玫香一直不愿跟他行房事，越是不愿行房，行房就越是难受。她嫁给王大头本是赌气，目的是惩罚王小号，让王小号难受。结婚后才明白，这个牺牲太大了，过头了，一辈子算完了。所以她说什么也不让王大头拢身。王大头整天躁呼呼的，等于娶了一个画中人，中看不中吃！玫香说："你去嫖呀，我不反对，只要你不住院，别让我伺候你就成。"王大头摇摇头，说："我是那号人吗？我耐心等吧，你啥时愿意咱啥时来。"以后居然不申请了。每天回来，一盘猪头肉，半斤烧酒，吃了，喝了，便呼呼大睡；节假日里把家务活也包了。玫香要干的，除了给自个儿洗衣裳化妆，再就无事了，只看那些乱七八糟的言情小说，看得一把鼻涕一把泪的。

时间久了，玫香见王大头除了吃喝就是睡觉，也无多余话说，也不外出胡逛达，便起了怜悯心："大头，你要睡也行，你找盒王小号的录音带，我听了再答应。"王大头知道玫香是忘不了王小号的，总不能去杀了王小号吧。不如因势利导，只要能跟玫香睡觉，睡久了睡顺了，她慢慢尝出了甜头，就自然不想王小号了。于是，他颇动了一番脑筋，无非出些酒肉钱，便很快搞来一盒王小号的录音带。那天晚上，玫香喝了三大杯葡萄酒，把自个儿弄成一滩烂泥。如此这般，录音机里播放着王小号的吹奏，玫香结束了处女历史。反正迟早得结束的，不是这个男人便是那个男人。

不想这一觉睡后，玫香身心老大不舒服，不多久便恶心头晕。到医院一查，说怀孕了。世上的事就这么怪，该怀的咋弄都不怀，不该怀不想怀的一搭手就怀上了。玫香要去医院引产，王大头跪她脚下说："好我的活先人！我知道我不配你，但我求你一定给我生个孩子，也不枉咱俩夫妻一场。”

随后就生了孩子。是个女孩，一天天长大，一天天俊俏，十足的玫香翻版，尤其那玲珑稚巧的小嘴巴。玫香就有些伤感，说女儿命薄，但愿将来别跟娘我一样。王大头倒是乐得屁颠屁颠的，一时高兴过头，说：“玫香，你要是嫌弃我要走人，娃就归我，我一辈子不找女人了。将来娃长大了，给她招个好女婿，有文化的，起码是个大学生，别跟老子我一样当炉头伺候人喂猪，讨个老婆都守不住心。”说着居然泪涟涟的，一时弄得玫香很动几分恻隐，再也不想什么了，上班不与人说话交往，下班就回家大睡。但是她给男人规了定：每月行房两回，行前要洗净净的，要戴上口罩，因为她忍受不了从他那黑牙嘴里呼哧呼哧出来的泔水般的气息。所以一到月十号和二十号，她就有些紧张，就像临产一样。

王大头非常看重每月的两个喜日子，用红笔把挂历上全年的喜日子圈了，当然是不会忘却的。用他的话说：咱一个小民百姓，能干什么大事呢？国家大事也轮不上咱管，管了也不起作用。把自个儿的光景过好，得啦。可是今天澡堂停业，没煤烧锅炉了，雨下得太大，公路中断了，煤运不回来。王大头只好自个烧水洗澡。他是个肥子，澡盆里放不下，勉强屈进去，又拧不开身。只得双手撸起面袋肚囊，搭在盆沿上，这才有一下没一下地撩水搓身子，同时享受凳子上的烧酒和猪头肉。他是个贱命，在饭店里掌勺，鱿鱼海参王八甚至熊掌，尽可品味的，但他两天就腻了，就喜欢这低贱的猪头肉。

玫香一边嗑瓜子一边看电视，是琼瑶的《雪珂》。看人家电视里，是何等的生活，何等的人儿，里面的男男女女是多么清纯雅致，生活在那样的人群当中，也不枉尘世走一遭了。可是自己呢，跟了这样的汉子！但你又挑不出他的过错，丑吗？也不太丑，就是膘厚些，生活好了，这样的男人多的是。从背影看去，王大头甚至还像个大首长，走路不急不火的，鸭步缓行。可就是没文化，不会在她面前甜言蜜语，只会拿眼神直勾勾地盯她，盯到末了就说一句：“我疼你，你能每月再加个日子吗？”难道两口子到一块就只演床上戏？真想离婚算了。只要她坚决离，他大概是不会咬住不放的。问题是离了又怎样？王小号早跟荷子结婚了，儿子都多大了，别的男人也跟王大头差不多，全是做不得种的货。偶尔几个馋猫来磨叽，无非是逢场作戏，尤其见了王大头后，他们一个个地撤退了。在他们看来，如此一个樱桃般可口的女人，嫁了那么一个要啥没啥的酒囊饭袋，只说明这个女人是个不正常的女人，有病的女人。跟一个不正常的有病的女人勾勾搭搭，结果是可怕的。所以玫香渴望的外遇之事始终没有发生。

女儿到姥姥家去了，她有点后悔。要是女儿在家，今晚上一个劲儿给女儿讲故事，拖延时间不睡，王大头的喜日子就捱了过去——他因为一时三刻不能出火，就拼命喝酒。喝着喝着，咕噜一声倒地，死睡过去了。这是王大头又愚昧又精明的战术，是持久战，是软刀子削敌锐气：我天天不离你，你天天见我一个男人，你是个女人你总有要男人的时候……

“玫香，你检查一下。”王大头从澡盆里出来，献媚地对玫香说。“你在我身上搓一下，要是能搓出一星星黑卷儿，我就不要了。”玫香招他来身边，叫他低头。玫香伸出指头，从王大头耳后一搓，果然搓出点垢痂来。玫香将指蛋儿上的，黑虫子似的泥卷儿，朝玻璃板上一弹，幸灾乐祸地翻个身，面向墙壁睡去了。

到了半夜，玫香忽然被哭声闹醒。只见地上滚了两个酒瓶子，半盘猪头肉也撒得满地。王大头坐在床头上，叉开两腿，扇自个儿的耳刮子。

玫香起先直想笑，笑这个男人深更半夜如此下作腌臜；但是看着看着，发现王大头的哭诉如鬼哭狼嚎，实在骇人，加上他脸上那难以形容的丑恶可怖，玫香就害怕了，怕他今夜送了命。于是她坐起来，强颜欢笑地说：

“大头，快别这样了！我是你女人么，你想弄啥你就直说嘛，何必这样呢！要来你就来——”

大头还是不动弹，耷拉着脑袋不敢往起抬。玫香只好弓起身，硬是把他拽上身。可是他朝她身上一塌，却打起了呼噜，睡成死猪。玫香好不生气，掐他拧他掀他，他都没反应。一股令人恶心的酒味肉气，牛打喷嚏似的擂到玫香的嘴上鼻上脸上。她双手并拢拼命堵住他的嘴巴仿佛堵住大坝的决口——说时迟那时快，一团腥气挟酒裹肉呼一声喷出来，玫香本能一翻身，才把男人撂下去。可是她也吐了，肠子肚子要争着出来透透气似的。她吐了半天清汤寡水，才撑起身子拿来毛巾擦拭，漱口，刷牙，洗了好多遍，那股恶气还在身上，原来是大头躺在床上，赤条条像个大字般展览着，鼻腔嘴巴如三孔排污管道黑乎乎地冲着天花板噗噗的直射粗气……

玫香洗了几遍头都觉不干净，只好披了毛衣外套，兀自一人出门了。出门前，拉开毛巾被给大头盖上——毕竟是自家男人哪。

玫香走进院里，顿时感觉清爽，无限的润和，因为天正下着不断线的雨。雨是纯洁的天露，是自由的洗涤剂，虽然一片黑暗，虽然远处的几粒夜灯把这座城市与墓园区别开来——可玫香一点也不胆怯，一点也不觉其冷雨沾衣夜凉侵袭。她转悠着，想着什么，又什么也不去想。她从怀里掏出那块小小的矿石，轻轻地哼着从电视里学来的歌儿：

小雨点呀落水面呀，几个圈圈盼团圆呀。

小雨点呀翻过山呀，一人候门最可怜呀。

人家吃饭我端碗呀，饥肠辘辘不敢响呀。

多少苦难都不怕呀，最怕亲人易分散呀……

唱着想着，不觉眼眶涌动，弄不清是雨呢还是泪。

下午五点，准时搓麻将，以消磨烦闷的雨天。因为发不下工资，所以赌注越来越小，只能玩幺二毛了，但仍是很吸引人的。不知麻将是谁发明的，真是个好东西，牌桌前一坐，什么功名利禄，什么爱情钱财，什么生老病死，全都忘到爪哇国了。

王小号是公认的麻将教授，剧团百分之八十的人都是他的徒弟，他几乎不曾输过。因此大家都不喜欢跟他打，只要他上场，别人就休想和牌。若是他的牌不好不能和，那么这把牌就可能打到底也没人和得了。赌桌上常胜不败是罕见的。王小号自己也觉得难为情。“赌场得意情场失意”，人们背后说，让他赢吧，当了乌龟再不赢牌岂不把人往死路上逼！大家懒得跟他玩麻将，他也就没兴趣玩了。无事便溜进被窝，看武侠小说，身卧柴床，脑子里仗剑远游，削尽天下不平事。

但是有人来叫他，是三个婆娘三缺一。他说我不想得罪你们，跟我玩牌你们能得到什么呢？输了钱事小，心里难受可不划算了。婆娘们说："真格就你是血手？今天咱们试试吧，我们今天豁出去了，不过日子了，每人赞助你五十元！"

王小号就下了床，并张狂地吩咐荷子道：

"买酒割肉去，我今儿以文养文哩！"

开搓。

"要多大的？"王小号很潇洒地码够门前的十七摞牌。

"老政策，五分，一毛。"

"止不住心慌，打到天亮也赢不下一只烧鸡。"

第一圈下来，王小号没和一把，净输四元八角。别看赌注小，三个娘们轮流坐庄，就给他翻了上去。

"先给你们点甜头。"王小号并不介意。

这时五丙来了。五丙是剧团唯一不会打麻将的。大家让他"钓鱼"。五丙问："谁今手红？"娘们说她们手都红，就王小号手臭。五丙说那我就在王小号门前"下鱼"吧。语气里有点扶贫济弱的味道，也似乎有意讨好巴结这个抢了他老婆的男人。

第二圈又没和，又输了五块钱。五丙当然也赔进去五块钱。

"好汉不和头三圈，"王小号仍然笑着。"注儿太小了不过瘾，下大些怎么样？"

"麻将教授撑不住啦。"娘儿们开心得很。

"笑话，我是撑不住的人吗？"

第三圈继续败绩。

"妈的！"王小号朝掌心唾了一口。

"我把'鱼'撤了。"五丙是个小气人，见王小号手臭如粪，便尽快脱身，只当个看客，权当乞丐观看股民炒股票，心情固然也紧张，却无利害之忧。

及至天黑定时，王小号已把身上的三十元输光了。他就有了不耐烦，一会儿骂狗日的天下个不停，秋粮泡汤了，那球吃呀！一会儿抱怨凳子太矮坐得腰疼；一会儿又说蚊子不是个东西，专叮有脚气的那根趾头……

不管怎么说，身上没钱了，便吩咐五丙到荷子那儿取。娘儿们互相丢眼色，因为她们第一次看见麻将教授的窘相。

“你平时咋赢了去，今儿就给我们咋吐出来。”娘儿们极为兴奋。

“没这么便宜吧，我今天非赢你们个一丝不挂！”

“行啊，只要你有本事，我们把裤衩脱下来给你当口罩用！”

“一言为定！谁没钱了谁不脱裤衩谁就是王八！”、

“王八就王八，谁没见过。”

“你们身上有那东西，当然见过，当然不稀罕。我可想开个眼界哩。”

女人们一结婚生孩子，是什么下流话都敢说都能听的，因为她们是“过来人”了，她们要把当姑娘时想说想听又不敢说不能听的话加倍地说出来听进去。

她们潇洒得很，一边说脏话一边搓麻将，完全不在乎什么女人不女人的。

五丙给王小号取来三十元，没要一小时，仅剩五元了。五丙又去取钱，拿来时说：“小号，荷子叫你给她贴膏药呢。”王小号不耐烦地说：“去去去，你代我去贴吧！”

支走五丙，他对娘儿们说：

“太小了没意思，升一点儿吧，打‘小五零’（五毛、一块）怎么样？”

“你眼红了，孤注一掷呀。”娘儿们赢了些本钱，便不大在乎了。“升就升！”

注一升，王小号手气变好了。也不是大好，而是中好，拉锯似的，不赢不输，身上始终保持十块钱。

“没意思，走，尿！”

王小号肚子也憋的紧，但却不想尿，说：“你们尿去，给我也捎上尿。”女人们说：“行，只要你敢脱裤子，谁没见过你那猪大肠！”“你们厉害，你们见的多。”

女人们上厕所时，王小号一人等得着急，心情相当败坏。听得外面啪啪啦啦的雨声，仿佛漫天的荡妇在撒尿。

尿完回来继续搓。

五丙却没有再出现。原来，王小号让代他给荷子贴膏药去了。荷子头上长了好几个疖子，打了五天青霉素仍不见效。屁股上又长出了疖子。就用中药，天天灌几碗黑汤。五丙拿了膏药，放到煤炉上烤软，头也不敢抬，因为他不敢看他的前妻。他自卑，跟荷子过了两年夫妻日子，却没有生育；跟王小号一结婚，九个月就生了个胖小子。大家都说五丙没用，做不得种，因而就没人再给他介绍女人。加之他也看不中别的女人，他只拿别的女人跟荷子比，比来比去，还是荷子美。可怜他身单力薄，要是会武功，他就三拳两腿结果了王小号的小命。

“丙子，”荷子说，“膏药都烤流了，还瓷呆呆的不给我贴！”

五丙小心翼翼地跪上凳子，给荷子头顶贴膏药。他见荷子头顶长了一推疖子，头发也剃了，心就疼了，说：

“唉呀，你看这你看这！”

荷子正想说什么，隔壁房间的王小号吼道：

“荷子，快送钱来！”

“给，”荷子从枕头底下取出钱递到五丙手里。“把这一百四都给他送去，反正都是他挣的。”

送了钱后，五丙又回到荷子床边，低眉垂眼，悄声说：

“你早点儿休息吧，我也去睡了。”

“回来，”荷子唤住他，然后脱了裤子。“你看我这，也是疖子，你再给我贴嘛。”

荷子趴在床沿上，给他的小前夫撅起尻子。五丙一看，那两瓣大蒸馍似的白石头，如今像是拓满了印章的书画赝品，全是红疖子。

“唉，我也不知前世作了啥子孽，‘头上长疖，尻子流脓’啊。”

“你别乱想，是雨下久了毒气大么。”

说毕，就给荷子挤脓。荷子把嘴捂到被子上，尽量不要呻唤出来，以免隔壁听见。五丙怕她受罪，索性勾首咂脓。荷子于是感到了疼中带痒，很舒服的痒痒疼。

荷子流泪了。她拧身坐起来，一把将五丙揽入怀中，像是揽她的小儿子。五丙顿时灵魂出窍，他掀起荷子的前襟，直把那小脑袋拱将进去，磨磨叽叽口齿不清的咕哝道：“叫我现在死了吧！叫我现在死了吧！”荷子掐了掐他的脊背，说：“你还是个男人吗？你以后来了不要钻床底！你不要怕王小号！他要打你有我给你帮忙么，我把他的双腿抱住，你个子矮就拿头顶他的肚子！再不成，我揪住他的裤裆！反正他狗日的早把那烂肉塞给玫香了……”最后两人哭起来。每逢这时，五丙就发誓以后再不要怕王小号，而一遇见王小号，他又跟耗子见了猫似的。

再说王小号。他这阵子继续一落千丈，一百四十元输得一干二净。他还要最后拼搏一回。他一边码牌一边默默地祈祷赌神：让我辉煌起来吧！保佑我翻身我一定给你包场电影！我堂堂大丈夫怎能栽进三个臭娘们身上！难道今儿真要给她们脱裤子，真要她们耍我猴？他对三个艺衰色减爱打麻将连性欲都没有了的臭婆娘充满了仇恨。瞧她们的指头，毛褪光了的猪蹄似的，可这猪蹄却能揭好牌，却能自抠自摸……

也许是祷告产生了作用，这次王小号在身无分文的情况下，居然揭了一把千载难逢的好牌——清一色的万字，只差个夹二万就和了！于是除了二万，他揭啥打啥。娘儿们说，教授不得了，这回要振兴啦。他耐心等着，故意用下流话骂牌，以放松三个对手的戒心。也许是不该骂牌，牌便故意逗他玩儿，一摸是个三万，再一摸又是个三万，硬他妈多出一万。当再轮他揭牌时，他没信心了，犹豫半天——难道最后一张三万依旧该他揭？娘儿们催他赶紧揭，他说急啥哩嘛，“蚊子咬腿儿”，手很紧张地在汗腿上搓着，搓出个泥蛋儿捏在指蛋儿上，这才伸手揭牌。一摸，真是怕啥有啥，果然是那最后一张三万！他摸着测着，仰起头来望着天花板，一对倦眼珠咕噜乱转，假装摸不准牌的样子，“三万呢还是二万？到底是二万还是三万？我就不信——”其实他在搞阴谋诡计——用指蛋上的泥卷儿将三万中的一杠填平，因为这是白底黑字骨牌——猛的揭起桌上一拍：

“日他个妈，二万！”

三个女人一看，果然是二万，都笑道：

“唉哟哟，你总算炸了一回！现在不用担心你晕死过去，我们往医院抬你了！”

娘们纷纷给他掏钱。他怕她们看出破绽，伸出双手正要洗牌时，就听得“轰隆”一声，吓得大家同时竖起耳朵，接着扯起脚朝外跑。原来，大雨把院墙泡塌了。

剧团全部人马出动。挖走废泥烂瓦，免得聚水淹房。王小号才不管这些呢，哪怕把这个破城隍庙淹进龙宫才叫痛快。生活如此一团糟，还怕死么。怕死的人实在不可思议。王小号睡他娘的大觉了。不知何时，他被吵醒。他大概睡了四五个小时，觉得很来精神，因为睡梦里一揭上手全是好牌，连连自摸。

他摸进厨房，胡乱抓了点剩物塞进嘴里。就上街了。他没有给荷子打招呼，荷子在他生活里是个可有可无的东西。

还在下雨。他仍旧打了那把破黑伞。空中水雾茫茫，从喇叭里传出准备防洪的通知。防他娘的脚，人多得跟茅坑的蛆虫一样，毁掉这类城市一百个也无妨。楼房的跟脚，叮叮当当，是排水的声音；脚下面，下水道一片哗啦，水们争涌向前，人行其上，如荡舟江河。老街两旁的木板门面房，下半部全被雨水斜湿了。他信步走着，街上几乎没有行人，店铺的合金门面半遮半掩，店主们萎缩在柜台里面，抱怨天阴久雨，影响了生意，霉烂了食品。偶尔驰过一辆中巴，里面也没坐几个人。天下雨真好，至少没有了昼夜泛滥的人蛹，多么清净啊。

王小号再次来到那个熟悉的巷口，一趄身进了党校。他不奢望那盆仙客来，因为今天是礼拜天。但是他错了。他运气真好。在那个他死也记得的窗台上，静卧一点红晕。定睛再瞧，那红晕如一团遥远的小灯笼，因了雨帘的筛颤，因了水雾的朦胧，便飘飘忽忽，时隐时现。

王小号顿觉小腹一麻。

王小号激动得想哭。

他弄不清是怎样上完了楼梯。他推门进去，见一张白纸似的人儿飘进他的怀中。是的，是白纸。玫香的脸像白纸。

“今儿是星期天，我以为你不会在这儿。”

“你为什么老开这样恶毒的玩笑？我真想——”

“你想咋？”

“来，亲亲我。”玫香不顾一切地踮起脚，扳下王小号的脑袋。

“知道我为啥不同意你睡我吗？”

“不知道。”

“你不知道？你当然不知道。你怎么会知道呢！因为我不干净，第一个睡我的人不是你……那事就跟猪配种一样恶心……”

长吻。

王小号说：

“要说不干净，是我先不干净，是你嫌我脏。”

“我的乖狗狗，我绝没有那号想法！对你，我一点儿也不在乎，但我很在乎我自己，我总要保住一点点最干净的东西……我笨，我傻，要是当年我不在乎你，我啥也不想就跟你结了婚，那多快活呀！可我没明白这个理儿，到底让荷子报复成了。”

“不说了不说了。”

“我身子不干净，我身子没给你，可我的嘴是干净的，我的嘴唇我的牙齿我的舌头没让任何人挨过，甚至，我连我的女儿都没吻过——我只留给你一人……”

长久的，响声很大的亲吻。

“玫香，来，我们都脱光吧！你的灵魂，你的肉体，你的每一根毛发，都是干净的，都是纯洁的，哪怕你跟一百个男人睡过觉，你在我面前都是干净的……来，我们都脱光，让我们就像刚从娘胎生出来一样……即使别人逮住了，我也不怕，玫，你怕不怕？”

“我才不怕呢。可是我讨厌这个地方，我讨厌这幢监狱似的房子！”

“那咱们出去，到野外去，到大雨地里去！”

“好，咱俩谈了三年恋爱，还没到野外逛过。”

王小号拉着玫香的手，一同下楼。在走进雨地之前，玫香夺过王小号手上的那把破伞，扔了。两人共用一把花伞，是一把很旧的，但却相当有古风的孔雀花伞。玫香打伞，王小号搂着她的腰肢。两人什么也不说，一方有话，只要看对方一眼，对方就心领神会了。繁琐的语言只适宜互不理解的男女。

两人出了巷子，来到一家小店铺。玫香买了点东西。然后向江边走去。

他和她走着，吃着，吻着，喝着，亲着，就是不说话。堤上，一棵柳树倒了，那桠枝斜到浑黄的江面上，被冲击得一摆一摆的，像是风掀动宫女的裙裾。密集的雨点砸下水面，水面泛起无数个小窝儿，无数个小酒盅儿。沙沙沙的，呼呼呼的，哗哗哗的，所有的声音都是水的声音，水的歌吟，水的变态……

“咱们找个地方坐一会儿吧。”

两人来到桥上。

“喂，我看那桥孔里不错。”

王小号说：“我先下去探探。”说毕，把东西交给玫香，手扣桥栏，一个鹞子翻身，下了拱桥。毕竟练过功夫的。

“好得很！”

从玫香手里接下东西。然后接下伞。然后托了玫香下去。

玫香身子弱，下的时候生怕掉进水里。但不要紧，因为王小号紧紧地抱着她的尻子。放下她时，她就势坐进他怀里。玫香看见，这桥顶上还渗水，终是年久失修的老家当。还发现了香烟盒、瓜子壳。证明有人来过。两人很是感慨，世上的恋人真聪明呀。

疯狂吻了一阵子，两人就看着上游的江面，看着老上方的那两座小山夹峙的石头链。那是水库大坝。每隔十几分钟，便有一辆汽车驰过大桥，桥身剧烈抖动，要坍塌的样子。

坐在王小号怀中的玫香套着他的脖子，在他脸上唇上耳上亲着吻着，熨衣服似的。当她亲吻累了，王小号又开始亲吻她。她幸福地痛苦着呻吟着，她撩起衣襟 ，任由他来抚摸他来嘴犁。他的手从她的额上慢慢下滑，滑进她的胸罩，便试着一个小小的硬物，取出一看，是那块小金矿。小金矿被手掌抚摸得光滑圆润如一颗金色的卵石，被针穿了眼儿，由一根白线拴着。他将小金矿放回原处，手，继续下滑……

“我想了，我想了！”玫香几乎是喊着说道。“我从来没想过，可我现在想了！”

王小号身上所有的器官都忙得不亦乐乎，压根没法说话。

“哎呀呀，真美呀……”

你好生美吧，我也美哩。王小号想着，忙活着。

这时有人喊叫：“快看呀，水库炸开了！”王小号抬头看了，见那两丈多高的水头，如一堵黄色的墙壁直涌下来。

“你快些呀，让我美死吧！”玫香紧闭眼睛，脸容扭曲得实在不好看。

王小号不管天不顾地了，不想桥不思水了，就管眼下这一件事——抽动，加速抽动，解除玫香的痛苦，也解除自个儿的痛苦，永久的痛苦，永久地解除……

【原载《小说月刊》1995年7期】

绝　代

1.

春节从腊月的挤车开始。这辆中巴二十来个座位，却挤了四十多个人，真是胡子与青丝相缠，胳膊共大腿争斗。小报记者楼望桥先生坐在靠门口的一只小木凳子上，六分之一的屁股蛋子搭着小凳子的一个角儿。但他并不怎么难受，连听觉也丧失了，因为他手捧一本厚厚的禁书，读得极其入迷。

然而一出车站，就堵住了。堵车是城市生活的家常便饭，人们已经非常习惯了。中国人之所以脾气好有耐心，全是堵车修炼出来的。何况楼望桥有禁书可读，是不用着急的。

第二次堵车的时候，不知从何处跑来一个

女人，喊叫开门。车里的人都说："不敢拉人了不敢拉人了！"可车主还是开了门，涎着脸说："不是拉人，是拉钱嘛。"那女人一上车，就提起一条腿竖在楼望桥的胸前，说："我怎么坐呢？好兄弟，让条缝儿吧，都是出门人，将就将就吧。"楼望桥挣扎着扭了扭，证明确实腾不出一丝空儿。可是她那条腿依然举在楼望桥的额前、吊在他的书上。他不免气恼，她怎么这样对待别人呢？怎么这样对待书籍呢？但他没有发作出来，因为他觉得身为男人，在女人面前应该保持宽容和厚道，这是最起码的初级阶段的贵族风度。于是他偏了脖子低下头，借着玻璃透进车内的弱光，看书。他想：你就高举着你的腿吧，看你能高举多久！

"好兄弟，你怎么一点同情心都没有呢？你瞧我这样是难受的，可你也看不成书呀。实话告诉你，我是业余体操队的，这个动作我可以保持两小时！"

楼望桥大为惊骇，只好又挣扎着扭了扭身子，可依然无效。他气不打一处来，说：

"都怪你们女人，生了这么多人！"

"呀，我看你是念书念呆了，怎么说这号糊涂话呢？没有你们男人的骚情帮忙，女人能生人吗？鬼也生不出来！"

这句话把楼望桥逗笑了，不由得第一次抬起脑袋。但见这女人形体壮硕，脸盘白而润朗，穿着旧式女人的便服，一排手工纽使人产生某种温馨的怀旧感。她看上去四十左右，在车内的微光下，仍能显出那种残存的韵致；加之她有求于人，那点韵致就加倍地献出来了。

楼望桥心软了。他猛地一使劲站了起来。他对车上的人发了一通演讲。他说朋友们，大家都争着回家过春节，在这个我们什么也盼不来的世界上，唯一能盼来的就是个春节了！所以请各位再相互挤一挤，腿不要张开，把手提起来放到临座的肩膀上……

他的话毫无效果。不仅如此，他站起来演讲了半天，而他自己再也不能坐下去了。从这一刻起，他开始对宣传工作持怀疑态度。在楼望桥站起来的当儿，那女人的腿就放了下来，有了着落。她与他面对面，几乎是紧贴身子地站着。这个场景应属扫黄之列，使人十分难堪。为了减弱难堪，楼望桥勉强侧过身子，继续读书。事实上读不进去，因为从那女人的脸上、脖颈上和鬓角里散发出一种气息，那气息微妙而强大，足以使隆隆行驶的坦克中止下来……

车出蛹城，速度快将起来。布袋装土豆，眼看装满了，你揪起布袋摇一摇，蹲一蹲，便又能加些土豆；挤车也是这样，挤得无法坐时，车一走，一颠簸，就摇松泛了，人就可以坐下来。天也渐黑，楼望桥趁着渐趋晦暗的光影，再读几页书吧。可是，他的大腿外侧被顶得生疼，一看，是那女人的膝盖顶的。但他忍了疼，读禁书的快活弥补了疼。这本禁书繁体字印刷，从海外流传进来，以虚构、占卜的技法，描绘了下个世纪前五年的中国。总之，是本政治书。男人这种动物，天生就热爱政治和性。

车进山谷了，天完全黑了，也就读不成书了，楼望桥就闭了眼睛想心思，想他三十二年来所接触过的最动人的女子，想他与她交往过程中的细枝末节……可是思绪老是中断，因为腿被顶得疼痛难忍，于是楼望桥对那女人说：

“你能不能缩缩膝盖？实在顶得人不舒服呀。”

“往哪儿缩你说？挤车当然不舒服啦，要图舒服就别出门嘛。”

老天爷，人怎么能这样呢？就算没地方缩腿，话也不能这么说么。

“我建议你脱掉鞋，把腿架到别人的腿上，这样能省点地方。”

楼望桥开始玩幽默了。他并非真的建议那女人脱鞋架腿；即使她不懂得幽默真的脱了鞋，她也应该明白——只须稍微偏一下方向，把她的腿架到他斜对面的那个年轻女子的双膝上。在我们的传统观念里，一个女人的腿架到另一个女人的腿上，是文明的，决不会被看成是同性恋。

实际上，当楼望桥幽了一默后，那女人立刻脱了鞋，将双腿伸到他的怀膝里，如两条铁轨铺将过来。

“你以为我不敢？我都老太婆了，啥事没经见过！”

真是祸从口出，没事找事。楼望桥只好万般委屈地自食其果。但他强调说：

“能不能请您把两条美腿稍微朝上抬一下？您压了书。我不值钱，但书值钱。”

她抬了抬腿。他抽出书，从领口塞进毛衣。那女人说：

“老弟，我也建议你别贪书，书看多了说话酸溜溜的，为人处事常是软蛋。你保险经常吃亏。”

楼望桥感慨不已，恍然大悟：真理真的是人民创造的；真理真的是从不读书的人的嘴里流出来的。

她的双腿架在他的腿上，却并不安分，还不住地颤悠着。颤腿这种事，是经常发生的，譬如在客厅，聊天到了佳境，要颤腿；副职想爬正职，提着礼品到上司家行贿时，要颤腿；踮起双脚往铁丝上晾晒衣服并把衣服抻展时，要颤腿；在电影院的连体椅子上，也总有好动君子莫名其妙地颤腿，传导得他人看不成电影；抽风时颤腿；在冬天的旷野里撒尿时颤腿……然而，一个女人在另一个不是自家丈夫的陌生男人的腿上，大颤其腿且颤得舒舒服服没完没了，这可是闻所未闻的！

正在这时，只听“嘎嘣”一声，车停了，车坏了。司机大骂一通后宣布：都下去挡车吧！此处高山深峡，飘盐飞雪，丝丝寒风如千万枚冰凉的银针扎脸戳颈。大家齐声抱怨车主只顾塞人赚钱，平日里为何不保养车？车主说，车跟人一样也会得急症的你有什么法子呢。

于是乘客像开水烫了的蚂蚁，在公路上一会儿散开一会儿绣堆。但是，没有一辆车停住。车主说你们别这样起哄，司机一看人多就不敢停车；还是我给大家挡，分头走，谁拉给谁钱，保证让大家都回去。

腊月的客车都是满的，大家就把希望寄托到卡车上。那个女人站在路中央，呈大字开放状，每来一辆车，她皆双手挥舞，好像要从空中抓住某种东西：

“停车停车！行行好吧，我要急着回去给娃喂奶！”

天呐，刚才她还自称是老太婆，怎么这会儿又冒出个吃奶的孩子?!

然而，车虽然被挡住了——她又在路中央，车不得不停——但她刚一侧身欲跟司机说什么，车就“轰”的开走了。她就拼命追着，求着，骂着，最后诅咒那辆车一上山岭就要翻下崖去。她追车的时候，后面又来了车，车灯照耀着她的后脑勺，楼望桥就看见她的后脑勺挽着一个黑苹果似的发髻，这种发髻象征着温顺与贤良。于是楼望桥顿生怜悯，走上去劝她道：

“你别这样拦车，太危险，还是让车主给咱们拦吧。”

“你是谁？你管你自己吧。咱俩比比看，到底谁先挡车走！”

楼望桥非常清楚，在拦车上，女人是绝对的优胜者。但他生气的是：你的腿在我身上架了两小时，一点儿情也不领，还用这种对付歹徒的语气跟我讲话！我一向热爱妇女，居然落得如此下场！

楼望桥扛上行李包，心灰意冷地朝前走去。其实他是小小地要了个阴谋，因为到了前边，再来车时见只有他一个人，没准就停下来。然而他挡了两次，仍没挡住。最后他也学那女人样子，叉在路中央，硬是截住一辆零担车。车一减速，他立刻跳上司楼踏板。司机摇下玻璃，里边果然能加一人。楼望桥掏出记者证，并说明原委。正在此时，那女人不知何时撵上来一步蹿上踏板，并把楼望桥的脑袋拨拉到一边，气喘吁吁地说：

“司机同志把我捎上吧！我要给娃喂、喂奶！你摸摸，奶憋的！”

我们都不知如何反应，就由她继续说吧：

“我说记者同志，你们不是经常写学雷锋的文章吗？今天就实打实地学回雷锋吧！”

楼望桥肺都要气炸了，说什么也不让她上车，当场揭露她撒谎戳穿她人老珠黄了还生孩子奶孩子。那女人一急，连珠炮般说道：“你怎么不问问那孩子是谁生的？告诉你，是我娃他老师生的！娃他老师生下孩子没奶，一检查，是乳腺癌！我要帮她奶孩子，吃了很多药，还打了针才发出奶来！”说毕，解开前襟，线衣上果然有两砣湿印。

楼望桥无话可说了，就下了台板，一任风雪的吹打。

可是司机却说：

“咱们挤一挤吧，不然你会冻死的。”

那女人笑着说：

“兄弟，你上来，老姐把你抱上！反正你人瘦，你让我架了半路腿，我现在抱你半路，扯平了！”

在那女人的怀里，楼望桥如置身在春雨过后的土地上。事后他想道：深刻地了解女性，只有一条路，那就是——接触她们的身体。

2.

萝庄是稻州最有名的古镇，其最早雏形是何家大院，何家大院当然是稻州最有名的地主庄园了，其高古别致的建筑风格经常被艺术家摄入镜头。何姓祖先也照例是从什么“山西大槐树”下迁徙来的，到了清朝中叶达到鼎盛时期，其家谱记载：何家出过榜眼若干人，探花若干人，翰林学士三名，至于举人、秀才，也差不多像冰糖葫芦一样儿大串。其中一个不争气的懒汉入宫做了太监，此事有失风雅，故不入家谱，但周围的人却你说我传，以调剂平淡无奇的乡居生活。距今最近的一位头脸人物是国民党的一个中将，四九年春天去了台湾，一直驻防金门前线，十五年前才和故土的远房侄子何步尧取得联系，岂料四个月后，回来的只是一捧骨灰和六千美元，外加一个雕花水烟袋。

何步尧是何氏家族里唯一健在的男性传人，今年五十八岁了。他是个小学教员，而小学堂就设在何家大院——五十九年前就被国民政府没收了的，说是为了抗日战争而保存机密档案，其实只来了三个涂脂抹粉的女人。她们是邻省的省主席的三个姨太太，来此临时避难的。她们给古老的山庄带来了新鲜的生活：打麻将、吸鸦片以及放浪的性活动。何步尧的父亲是最大的受益者，这个百无一用的山间秀才成了三个女人争风吃醋的对象，终于在泛滥的爱情运动中一命呜呼。三个女人中的一个即是何步尧的生身母亲。他只见到母亲的照片，那种妩媚妖冶，恰如一朵盛开的罂粟。更令他万分吃惊的是，他的独生女儿青袖在过了十三岁的生日后，一天一个样儿地像他母亲了，尤其那双即使再发怒也不失笑意的眼睛，简直是从他母亲的眼睛上拓下来的！可惜这孩子只因偷得天色云貌，上帝就惩罚她了，让她三岁时就失去了母亲。

何步尧觉得女儿命硬，就依了风俗给她拜了个干娘老子。那一天，起了个黑早，步行进稻州城，刚出萝庄，经过一农家院门，正碰见一个女的出来解手，他就拽着青袖跪地便拜，一口一声干娘啊可找到了干娘！谁知那女子破口大骂，因为人家女子还没出嫁，虽然距出嫁还有三天时间。谁知骂毕一看，是这么一个画儿似的小女孩，顿生爱怜，上前扶起青袖，说：“快别哭了，我当你的干娘好了！”

这是一个男人性格的干娘，逢年过节就带上好食品来看青袖，或者把青袖接进稻州城玩几天，换一身新衣服再返回萝庄。尤其令何步尧感动的是，干娘百般劝他再娶个老婆，道理是男女之事正如吃饭，一天两天不吃还能撑得住，天长日久怎么行啊！并说："青袖娘死了五年了，你想女人了怎么办呀？"何步尧嘿嘿一笑，酒后吐真言道："求人不如求己么……"干娘一脸的难受："你真是个呆子，恁多伤身体呀！好了，今晚上我陪你，每月陪你两次，直到你娶了老婆为止！"

岂料不陪便罢，一陪就陪出了万种意味，陪得何步尧再也不想娶老婆了。当然，这也与干娘的丈夫是个无趣的男人有关。她丈夫在稻州城里是个小小的税官，除了想门道往自家的兜里吞些碎银子外，就是下河钓鱼了，往往是一个晚上说不了两句话，总是把电视看到"再见"，然后呼噜如雷。然而就是这么个货色，却对青袖钟爱不已，常常偷着给青袖些零钱花。

何步尧住在何家大院的东墙外，是个小院落，面积大约百十平米，过去是长工住的地方。他和女儿青袖将院子打扫得干干净净，青袖还泡了一盆洗发香波，将所有的木格窗子擦洗了一遍，这一是为了过春节，二是为了迎接省城来的客人。

客人是谁？楼望桥也。

楼望桥离婚后，最害怕过春节，最害怕人问他搞到对象了没有。他真想大喊一声：你们狗屁不通，你们只配跟老婆睡觉！你们哪里晓得，所谓单身男人，就是天下女人——年轻的姑娘——皆我妻的男人。他特别厌烦的是大年三十总有人表面上诚心邀请其实满怀怜悯地叫他去吃年夜饭，仿佛单身男人三十晚上独自过就非得上吊不可！所以离婚六年来，他无一例外的，总是逃离蛹城到乡下过春节。他是办报纸的人，四面八方都有他的作者，而所有的作者都想在他的报纸上发表文章出点小名，因而他想去哪儿过年，哪儿都有受宠若惊的感觉。

何步尧就是这样一个作者，擅长搜集民间故事，或者写些粽子的来历、元宵的几种做法之类的节令常识性文章，明知是抄来的，却既无人打官司，报纸又需要，还能挣点小稿费，何乐不为呢？能在省城的报纸上发文章，那可不是等闲之辈，因为何步尧在萝庄虽然清贫，却也享受着某种大文豪的礼遇。邀请楼望桥来萝庄过春节的信函，三年前就发出了，楼望桥三年后的今天才履行，真有大国总统出访的架势。

从稻州城到萝庄有十五里路，楼望桥出了十块钱，包了一辆“蹦蹦车”。但见两山挤出一条清河，水边结着透明的薄冰，而山坡的阴处，却积存着团团的白雪，如广告画面里女人从浴缸里溅飞的泡沫。进得那门也似的两山，就见了一堆房舍卧在眼前，有一、二百户人家吧，炊烟缭绕，上接白云。楼望桥提前跳下“蹦蹦车”，要步行前去，无意间仰看了山壁，上面刻有大字：左边是“藤萝”，右边是“流远”，暗叹此地当有佳趣。

萝庄有逼窄的两条小街道，居然有三条小石桥，人们推着自行车，温言慢语地交易着年货。一位鼻子冻得发红、鼻尖垂着一粒将坠未坠的清鼻涕的微胖男人正在写春联。有人牵纸，有人拍手，有人围观，写者身后的冬青树上，挂着一副对联样品：

翻身做主仰赖毛泽东

吃饱穿暖全靠邓小平

二圣兴华

楼望桥很诧异，越是大城市，对联越是讲文化文雅，越是小地方，倒越是赶政治时髦了。他不再多想，就上前问写春联的人：“同志，请问何老师、何步尧先生住哪里？”写对联的人一抬头，一愣，当即抹了鼻涕，伸过双手，一把拽住楼望桥：

“楼老师？！你肯定是楼老师！我就是何步尧呀！”

“你怎么知道是我？第一次见面嘛。”

“通了这么多年信，又在报纸上见你采访时的照片，咋能认不出来呢。你不是说明天来么，咋今天就到了？”

“我怕劳你大驾来接，索性一路问来，也好长些见识。”

何步尧接过楼望桥的行李包，领他——不，请他走前边，几分钟就到了家门。进了门楼，但见天井院子全是小石子铺就；拐角放着一副小石磨，灰暗的颜色表明它是文物早就不用了；一枝梅花奋力上扬，急欲探出墙外。踏得三、五级石阶，入了正房，劈面就是中堂的那副字：

清流挽日月

绿云抱仙乡

走近一看小字落款，是“方英文”三个字。“方英文来过？”楼望桥有点讶然。“他陪一个什么导演来选景，”何步尧不无炫耀地说，“在我家住了两夜，走时留下这副字。”楼望桥没吭声，脸上是不屑的神色。“我看蛮好的。”何步尧又补充道。“是吗？”楼望桥说，“当然，确实没错别字。”

“你认识方英文？”

“我们常在一块打麻将，他还欠我三百元呢。”

此话真假难辨。稍有点名堂的人，记者没有不认识的。如果你说美国总统，他说他跟美国总统一块上过厕所；如果你说外星人，他说他跟外星人是远房亲戚——那么说这话的人，一定是记者了。

“爸，给我添点热水！”内房传出一个女声，楼望桥跟着何步尧走进去，就见一标致的身影在洗头。“还没洗结束？你看谁来了！”那女子头一侧，从脸盆里甩出头发，数点热雨横溅到楼望桥的脸上，其中至少两点落到他的唇上。许多日子以后，他还能清晰地记得他当时似乎伸了下舌头，感觉到那洗头水有种难以言说的芬芳。

“你看你你看你，都二十岁了，还这么——”

“这是你的女儿青袖？真没想到——”

楼望桥找不到词儿了，一刹那间，他好像是用看老丈人的眼神看了何步尧一眼。

“快叫你楼叔叔！”

“别叫叔叔，就叫，就叫楼老师吧。”

“你是我的老师呀，按说让她叫你叔叔就已经，已经高抬她了。”

“咦呀，”青袖边梳头边说，“叫什么我自己想……就叫他‘喂’，怎么样？”

晚饭后，三人围着木炭火盆闲聊。这时楼望桥才弄清，青袖在稻州师专读三年级，而且并不是考上的，是自费生，由她干娘出资。青袖爱读书，却最不爱读课本，认为课本是世上最没意思的书，所以无法考上大学。自费花钱不说，还不能脱离农村户口，毕业也不给分配。

接着烧了一大盆开水，烫脚。这是萝庄人一天生活的经典尾声，因而萝庄人个个健康明朗。先让楼望桥一个人洗，父女俩后洗。可是楼望桥洗着洗着，青袖也脱了鞋子挽起腿，把她那蜡制玉雕般的腿脚也丢进盆里了。她连说带笑倒也罢了，还时不时地用脚碰踩“喂”的脚。

何步尧哭笑不得，后悔自己平日里娇纵了青袖。可是眼下又不便呵斥，索性自己也脱了鞋袜，加入到洗脚盆里。

3.

稻州城三、四十万人口，四面环山，一河穿城，无论朝哪个方向走，均要走二百公里才能见到铁路，因而是个闭塞的城市，保守又滞缓。城里的居民整日奔忙于生计和蝇头小利，据说警察与流氓恶棍暗中勾结，政府小职员则千方百计地谄媚上司，企望谋个一官半职——不当官不行啊，一是稻州人天生就崇拜官，二是不当官就没有隐形收入，靠一月三百来元工资，家里人连个感冒都不敢得！如果下海，也是穷海，因为都想着掏别人口袋的钱，却又都没钱。

说到那些企业，十之八九濒临倒闭，工人们靠盗卖工厂的原材料度日。国家再也不给贷款了。过去贷出去的款，一部分让银行的人吃了回扣，一部分被厂长经理挥霍掉，真正用于再生产和工人的福利，简直微乎其微……可就是在这么一个城市，却有三百多家歌厅，无数的年轻姑娘在从事色情或准色情业，她们被称为“坐台小姐”。当然，稻州城的“坐台小姐”并不是本地人，只有极少数的是本地的乡下人。她们主要来自外省外县，因为这号事，最怕看见熟人，假如在歌厅里陪的男人恰好是亲戚，比如舅舅、大表哥、三姨夫，那样双方的脸上就不知是什么气色了。所以稻州城的姑娘早结了团伙，都到外地淘金去了。放暑假的时候，几个女中学生到陕北新开采的油田——被称作“东方的科威特”——考察歌厅行情，发回这样一封电报：

女同胞们此处男人傻钱多速来

女学生们去了一趟“科威特”，平均每人每天给家里汇二百元，一个暑假人均“创汇”一万元，谁还有心思读书呢。赚上个十万八万，然后开个铺子，再不也弄个歌厅，不也是安安生生地过一辈子么！

楼望桥曾采访了两星期，写了篇很长的关于“坐台小姐”的纪实文章，却没有任何一家报刊敢发表。最后弄到香港去，才发表出来，稿酬倒是拿了一大笔，只是在周围没什么反响。

楼望桥在萝庄何步尧家过完春节，正月初四就动身离开。何步尧和青袖要送他，他不让送。青袖说：“反正每年正月初二，我都要进城拜干娘的，今年你来了，我已经推迟了两天呢。”一听此言，三人就一块进了稻州城，楼望桥自然也顺便到了青袖的干娘家。

这干娘不是别人，正是那个把双腿架在楼望桥怀里坐了一路车的女人！她一见青袖，就将青袖揽进怀里，嘴里直嚷嚷“我娃来了！我娃来了！”亲昵了半天才发现还有楼望桥：“呵呵，你原来是到我干女儿家去了！”也不让坐沏茶，“你虽然是个读书人，却不大明事理，可是总体上还不错。”招呼大家坐下后，边让大家吃糖果边侧了脑袋，半真半假地对楼望桥说：“你可别打我青袖的主意！你瞧她这脸蛋，这身段，要在古时候，早就选到皇上身边当妃子去了！”最后强调道：“你别沾惹她，你消受不起，要吃灾的！”

这一番话直说得在场者云山雾罩没法接茬，特别是楼望桥，巴不得地板上裂条缝他好钻进去。青袖说眼睛眯了灰尘，溜进卫生间清洗去了。何步尧拽着楼望桥的胳膊，把他介绍给干娘的丈夫。下来，无非是客套寒暄喝茶嗑瓜子儿。忽然听得鞭炮声由远及近，整幢住宅楼随之噼里啪啦地炸响起来。原来，小城的正月，饭前照例要放炮仗，以示节庆的欢乐。

自然先喝酒。正月的吃饭，其实就是喝酒吃菜。何步尧酒至半酣，对楼望桥说：

“楼老师，这几年多亏你的关心，不时给我发些文章，我才有精神撑着活到现在。我有一种预感，我不久于人世了……我就青袖这一棵独苗，来日恐怕得仰仗你的关照。这女子心性太高，老嘀咕着要‘干件大事’，可是生在这山沟里的小地方，能干什么大事呢？帝王将相的事到头来都是一场空，何况我们小百姓！楼老师，我敬你一杯，你以后多多关照我青袖！”

青袖用祈求中带点嘲讽的眼神望着楼望桥，干娘则掀了一把何步尧的肩膀，半开玩笑半认真地说：

“你年龄不老，却早糊涂了！你让他关照青袖，那不等于让狼关照羊！”

干娘的丈夫——那个不苟言笑的税官，一直处在谁说话他就看着谁的嘴巴的状态，或者就是给众人添茶斟酒夹菜。家庭的话语是限量的，如果女人一直嘟囔不休，则丈夫必然是个哑巴，尽管不是真的哑巴。

这幢住宅楼下有一排简易平房，每户一间，用于存放自行车、煤气罐、旧家具等杂什，因面积不算小，所以都支了一张单人床，以供乡下来的亲友过夜。楼望桥是大城市来的客人，却也被干娘安排到里面过夜。大家都说这样很不礼貌，但干娘一再强调都是自家人没关系的。

很快就证明，这是干娘耍的一个小诡计。

饭后玩了一会儿麻将，楼望桥输了二百元，心中小有不乐，就推说身子困乏，想早点休息。干娘领他下到简易平房，返身上楼又送来一个电暖器，又说她还不能睡，还要连夜包饺子，明天早上好让楼望桥吃了走人。楼说不必了我没有吃早点的习惯，但干娘坚持要连夜包饺子。

于是楼望桥偎进被窝，从包里抽出随身带来的《金瓶梅》，认真地学习起来。中国是这样一个保守灭欲的国家，却出了一本如此开放淫浪的书籍，真是不可思议，真是值得好生研究。正在他学得身子有些蠢蠢欲动时，门被悄悄推开了。

进来的是干娘，当然是青袖的干娘——何步尧的情妇。干娘冲她一笑，用手拢了一下斜遮眼睛的头发，却将一些面粉抹到脸上，花脸母猫似的——因她刚包完饺子未及净手——平添了几分味道。

“你还没睡着？”

“你不是要来么……”

“看看看，我说你好色不是！？”

说着走到床边坐下，撩起被子一角，伸手进去说：“还没暖热。”索性掀了被子，挤了上去。“你瞧，我们这儿的人多好客。”楼望桥不知如何应对，只是感觉下身有点暴动的的意思。“腊月坐车，挤在司机楼里，我抱着你，你猜我怎么着？我底下……湿了……”她脸上居然出现一朵羞红，好像老树桩突然抽发出一枝嫩芽来。她的身架挺和谐，脸上的皮肤不是很紧，但是颇有光泽。

干娘解开前襟，那对宝贝便抖落出来，楼望桥就“哎呀、哎呀”的呻唤了。干娘趁势拉了灯，趁势将胸脯侧捂到楼望桥的嘴脸上，如一笼热馒头扣了下来。楼望桥偏了偏脸，以防窒息了，同时用嘴一逮……干娘的手却在他的身上滑翔探测了，火烧火燎似的，他怎能招架得住呢……她用嘴轻含着他的耳朵，舌尖润舔着他的耳廓，口齿不清、温软无比地说：

“你，你喜欢，在上边……还是在下边……我要还你人情……”

“哎呀，哎呀……”

“黑咕隆咚的，你利索些么……水大吧……”

楼望桥顾不得什么了，但也不能让她摆布，腊月乘车全让她摆布……床上一定要扳回来……

半小时后，干娘说：

“咱平头小百姓，想来想去，活在世上，也就这个事还有些意思。”

“同意。”楼望桥实打实地说。稍顷又问道：“你是不是经常跟陌生的男人上床？”干娘拿指头戳了一下他的肚脐眼，嘲讽道：“你这色鬼！你不了解女人。”说毕，翻起身压住楼望桥，说：

“我想了想，有两个原因，一是我抱过你，好像前世有点缘分。你的长相有点儿怪，想起来就想笑，忘不了，就想逗你开心。第二个原因嘛，我想青袖迟早要跟你上床，我很爱她，但她也是个女人，我想……我想先给她探探路。”

楼望桥突然觉得自己变成了一块肉，这块肉正被两条母女狼叼扯着。正如干娘所判断的，他在女人面前有点胆怯，凡是他实质性地接触过的女人，无论过程还是结局，都和他一开始所规划的蓝图出入很大。于是，他甚至暗暗地赞叹强奸犯。强奸犯跟大政治家一样，向来认为世界是属于自己的，世上所有的人也都是自己的奴仆。

干娘离开那间小平房时，天都快亮了。她没有一点倦容，满面红光，眼角的鱼尾纹消失殆尽，仿佛刚从美容院出来。她再次吻了吻楼望桥的耳朵，说：

"真好，你跟儿子一样可爱。"

这句话又一次让楼望桥觉得自己"吃亏"了，因为收益的大头在干娘一边。但他同时又咒骂自己：堕落了，连商业思维都用到男女之事上了。

他想到了青袖。那是个多么迷人饱满的小女人啊！她丰满得恰到好处，那双长腿使人联想到白白的……不，不要联想到吃的东西，美女总是让男人口津泛涌，总是让男人产生饿感……青袖身上的那种曲线，那种眼神，那种暗流着某种非常纯熟的气韵，说明她不是处女了，领略过男女趣味了。

楼望桥梦见了青袖。梦中的青袖没有穿棉衣，只穿了件半透明的睡袍，她揪着楼望桥的耳朵，问道："你知道我为什么不把你叫'叔叔'只想叫你'喂'吗？因为，你心里就不乐意我叫你'叔叔'，你担心乱伦呢。"

4.

楼望桥所在的报社有个规定：每个记者每年必须给报纸创收十万元的广告收益，否则，一分钱的奖金也没有。记者曾被称作"无冕之王"，如今在金钱面前，记者早已失去了尊严与良知，差不多跟妓女一样了。谁舍得出钱，谁便是"新闻人物"。而有名的记者又被简称为"名记"，实际上就是"名妓"——为报纸挣的钱多嘛。

楼望桥何尝不想拉个十万元广告！因为按规定，你拉来十万元广告，你便可从中提成二万元归为己有。然而客户全是精猴儿，他很快就明白如果他给你的报纸十万元广告，那就等于给你个人送了两万元红包，他当然不轻易答应做广告了。你必须反复开导他煽动他如今是广告年代不做广告将一事无成，但是他始终不为所动。你无计可使了，只好给他亮出底牌，说广告做成，将提出10%归你个人。然而对方笑着说：就10%？哄鬼去！于是你又说：当然，还可以往20%争取。听了这话，对方在判断了你有绝对把握——有时索性先让你打个欠条——将20%提给他时，他才同意做广告。如果一个记者笑着宣布他拉了一笔广告，那就可以判断：他胜利了，他也仅仅是与客户平分了广告提成。公家单位或国营企业做广告与否，权利在他们的领导。领导招架不住记者的公关，以及记者平日里对他的吹捧，也就隔三差五地批个条子做回广告。广告款子打到报社账上后，记者便领取提成，与批条子的领导分享。分享的比例根据情况而定。在属于你的那份里，还得剜出一疙瘩孝敬报社的头儿，什么主任总编之类的玩意儿；否则，你再拿来吹捧稿子，他就不给你签发了。

独吞提成的记者很少，除非那些颇有姿色、勇于献身的女记者。有个女记者精心打扮了一番，挺胸长腿地出门了。五小时后，拉回20万元一宗大广告。人们发现，她付出了一嘴口红。于是，楼望桥撰了一联：去时樱红一口，归来玉兰两瓣。横批：嚼尽口舌。岂料女记者大为恼火，一状告到总编那儿，总编将楼望桥狠狠地训了一顿，并责令他迅速完成自个的广告任务，否则，就退出两房一厅——因为他六年前就是离婚的单身汉了。

女记者拉广告容易，是因为大多数厂长经理是男人；那就说明还有少数的厂长经理是女人，为什么不去找她们呢？楼望桥果然在一次“名女人沙龙”活动中认识了几个女实业家。但并不是他预想的那么简单。那些女人除了貌相平庸外，言谈举止已完全雄性化了，一次接触便不想再见了。

然而却有一个意外收获。在那次沙龙聚会上，楼望桥从一个粗脖子粗腰的女厂长丢弃的一张旧报纸上，无意间看到一个旧闻：电信局某月某日在某大酒店拍卖吉祥电话号码，其中5181188以88888元被蛹城的××公司买走，创那次拍卖会最高记录。

“5181188，就那么值钱？”一个礼拜过后的周末，楼望桥躺在宽大松软的双人床上，脱得一丝不挂。他一手拨拉着腿间，另只手抓起电话，拨那个神秘的5181188。

一接通，就听得女声的一个咳嗽。但是并没有“喂”、“找谁”之类的询问，只是沉静，和长久的、微弱的呼吸声。

“小姐，请允许我解释一下，这不是性骚扰电话。”沉默，还是一阵沉默。那就再说一句：“但我现在确实想女人！”马上挂了电话，兀自坏笑起来。

第二天晚上，楼望桥依旧躺在床上，再次拨通5181188。“小姐，请允许我解释一下——”话筒里立刻传来阴阳怪气的摹仿声：“‘这不是性骚扰电话’。”

楼望桥惊讶了。正在他思考如何往下说时，对方说道：“我住在唐妃花园E座。”

“我接受您的邀请。”

“不。是您的请求。”

“也好，也好。”楼望桥心里笑了。即使再风骚的女人，也会摆出一副委屈献身架势的。但他毕竟有些不踏实。“您先生有枪吗？”

“有枪。但是，枪在，人不在。”

楼望桥给司机班长打了个电话，说他想借个车用一下。司机班长爱打保龄球，楼望桥经常给他送免费的球票。

楼望桥开出皇冠车，先到花店里买了一束鲜花，就一路绿灯地奔驰到北郊的唐妃花园。这是蛹城最有名的富人住宅区，里面所有的别墅都能洗温泉澡。它由台湾商人投资兴建，结果因蛹成的经济迟迟不能起飞，别墅就销不出去，多半仍由台湾商人“包二奶”用了。台湾人、香港人、广东人，以及陆续阔起来的内地人，是当今世界上最好色的人。泰国的妓女主要赚这些人的钱。他们把去泰国嫖娼说成是“为国争光”、“雪洗东亚病夫的耻辱”。

楼望桥的车进了唐妃花园，时间大约在晚上的十点左右。他摁了E座门铃，门即自动打开。首先见到一个豪华客厅，有七、八十平米，四面墙上挂着画，全是中国山水画；但画框却是西洋式的。客厅的色调沉闷晦暗。

楼望桥东张西望着，就听见某处的麦克风响了句“请上二楼来”。他就踩着黑地毯上了二楼。

女主人一袭黑睡袍，斜坐在沙发上，两条腿很幽雅、很贞节地朝着一个方向倾倒。腿边放着几本精装书籍。沙发后，站着一个双颊苹果红的女子，正给女主人按摩肩周。

“纨婴，接下客人的花。”

名叫纨婴的女子接过楼望桥手上的花，却不知放哪合适，因为在这宽大的卧室里，在那宽大的卧床四周，原已摆满了花盆。卧室的这种设计，“安卧在鲜花丛中”，令楼望桥惊叹不已——像大人物去世了的情景。

“请坐。请给客人冲杯茶。你去睡好了。”

纨婴说了句“有事了唤我”，然后冲着楼望桥颔首一笑，手捧鲜花出门了。她下楼的声音，给人一种叶子飘飞的感觉。

“如果我没猜错，您是个艺术家。”楼望桥说完这句话后，立即补充道：“准确地说，您是个画家。”

“更准确地说，是个没成名的画家。”

楼望桥偶尔一抬头，更惊讶了：天花板上的水晶吊灯，被改造了——中间吊着一个胳膊粗的白萝卜。

“我是吃它长大的。他是我的生命。”

楼望桥喝了一口茶，是好茶。几上的茶筒上，有“绿雪”二字，另外的字看不见。

“能自我介绍一下吗”

楼望桥就简单地介绍了自己，又将自己的名片递上。

“久仰啦！拜读过你的文章。”已将“您”换成“你”了。“你好像采写过一篇《广东老军医蛹成行骗记》？”

楼望桥的脸就有些发烧，因为他下体不适，怀疑得了性病，又不好意思去正规医院，就按着电线杆上的，专治性病的“广东老军医”的广告去治。结果三次打了三针，收了他四千块钱。他偷了一瓶儿药，请个正宗医生化验了，原来是盐水！当他第四次去找“广东老军医”时，人家才给他打了一针青霉素。药瓶上贴着洋文标签，声称是从加拿大——白求恩的故乡——进口的特效药，一针要收两千元。他这才亮出记者证……就写了那篇连续报道。当然，他将自身的经历捏到一个虚构的名字上。

电话响了，但女主人不接。

“现在轮到我介绍了。奴家姓宫，名怀箫，别号‘萝卜真君’。美院工艺设计专业毕业。未婚。但有男人。”

“此话怎讲？”

“直说了吧，但你不许写哦！社会上把我们这类人称作‘二奶’，但我是个特殊的‘二奶’。我只想作画，不想结婚。但我没有成名。所以要先傍大款。巩俐是成名后才傍大款的。”

电话铃又响了，仍不接。

“这幢房子值五十万，要在广东怕得二百万吧。这是大款送我的礼物。起初，他一周来一次，过一夜，条件是买我一幅画，一幅两万元。后来一季度来一次。现在不来了，因为他对女人腻了，突然热心起政治来，买了个什么京官走了。偶尔电视上露个脸，开个会救个灾什么的。”

电话铃再响，再不接。

“你为什么不接电话？”

“都是打给大款的，我从来不接。唯有昨天，不知哪根神经来了兴趣，我就接了一次，正是你打的。今晚上的几个电话，我凭直觉判断，选择着接了一个，果然还是你的。”

楼望桥觉得太玄乎，或许是她临时瞎编的也未可知。

“你以后若再想打电话，我重给你说个号码。”

楼望桥眼睛一亮，直勾勾地看着宫怀箫。

“你这种眼神算是白投资了。告诉你，咱俩永远不会上床。”

楼望桥尴尬地垂下脑袋。

“除非特殊又特殊的情况。”

楼望桥稍稍抬了抬头，仿佛死刑犯听到“缓期执行”四个字一样。

“我对性没有兴趣。在我眼里，只有人，但没有男人和女人之分。性——体面的说法是爱情——本是女人的最爱，可以说是女人的生命。男人在本质上并不爱性，男人只爱权和钱。男人得到权和钱后才想到性，把性当成犒劳品；得不到权和钱时又想到性，则是把性当作麻醉品了。不爱江山爱美人的男人，从古至今有几个？”

“宫女士，你让我开了眼界！说实话，我从没见过你这么有魅力、有风采的女人。不，你不是女人，也不是男人，你是伟大的艺术家。我，我，我在告别之前，很想拥抱你一下……”

5.

楼望桥绝没有想到，他刚拉了一笔广告，刚从报社财务处提出五千元，当他趁着午饭时间办公室里只余他一人之际，他仰在椅子上，双脚支上桌子，“呸！”地唾了一口，开始第三次数钱时，来人了，而且偏偏是来向他借钱的！

来人是青袖。

青袖的父亲何步尧得了怪病，当地查不清楚，稻州的三家医院说他得了三种风马牛不相及的病，于是青袖好说歹说才把他送进蛹成的大医院治疗。究竟什么病？眼下说不清，医生能说清的是：先交一万元押金。而青袖只带了五千元，还差五千元，她自然、也只能想到了楼望桥。

青袖走进报社办公室的时候，楼望桥正在数钱。她悄悄地站在他的背后，胸部差不多已挨着他的脑袋了。她发现他的头发开始稀落，分明是水土流失的早期特征。她耐心地等他数完钱再搭话，岂料他数了一遍又一遍。当他开始数第三遍时，她终于忍不住“喂！”了一声。

楼望桥惊回头来，见是青袖，顿生“惊艳”之感。

“喂，看来，你也是苦命人。”

“啥意思？怎么见面就说这号话！”

“幸福是短暂的。你数钱是多么幸福、多么投入，但你根本没有想到钱还没暖热就有人来问你借，你想编个谎话不借，已经来不及了。”

“你这丫头！说吧，借钱干吗？”

“我父亲住院，刚好差五千元。”

“真是巧得很，我正考虑如何把钱用到急需的地方呢。”

青袖接过了钱，有点幸灾乐祸地装进手袋。接着，她和他一同走出办公室，迎着许多目光出了报社大门。人们的目光使楼望桥获得一种短暂的自豪，只是这种短暂的自豪代价太大了，整整五千元呀。

拦了一辆夏利牌出租车。

“青袖，我想给你说些话，又怕你产生误会，以为我心疼钱。”

青袖用自个的臀部碰了碰楼望桥的臀部，说道：

“实际上男人和女人交往，无论怎样说话都改变不了感觉。”

“你知道世界为什么变坏了？是坏人增多了。医生就是坏人的一种。要想中国变好，先杀十万贪官，再杀十万医生——”

“再杀十万记者。”

“也许吧。不过首先要杀医生。杀十万医生，就可换得一百万人的健康，而且不受穷。现在的穷人中，有许多是被医院剥削的结果。医院像集中营，你进去了要么就别想活着出来，要么就人不人鬼不鬼地背一身债务出来东躲西藏。医生见了病人，就像饿狼见了肥猪：啊呀呀，又该发财啦……”

但是不见青袖吭声。她早靠着沙发睡着了。随着汽车的一个颠簸，她偏过脑袋，斜搭到他的肩上。她的头发有一种芳草气味。他尽量使自己保持安稳，以免惊醒了她。

在医院门口下车时，她颇难为情地对他说：

“我已三天三夜没合眼了。按说父亲住院，我应该挺痛苦才是——事实上我就是很痛苦，一见了你我就忘了痛苦。”

楼望桥的心一动，直觉得眼前一片灿烂，原来是医院病房四周盛开的簇簇桃花。楼望桥买了四样水果：芦柑、香蕉、哈密瓜、苹果。他想起八年前，他去拜丈人时也带了四样水果，差不多和这次一样，只是哈密瓜换成了梨。梨与离谐音，所以后来就离婚了。据说看病人也不能送梨，免得生离死别，病是没治了。

何步尧躺在六张病床中的一张上，正打着吊针。然而，他依旧伏着被子修改文章，仿佛哲学家在不息地、艰难地探索着人类的命运。他的脸基本变了形，黑，瘦，一只眼睛肿得像一颗凸出的鸡蛋，眼屎从线也似的眼缝里朝外挤、朝外渗。

见楼望桥提着水果来看他了，他几乎是跳下了床，挣脱了吊针，扑过来逮住楼望桥的双手，握着，摇着。青袖急了，抱怨父亲激动得过分，又唤护士来扎上吊针。护士来后，何步尧冲着护士自豪地说：

“这是楼老师呀医生！报社的楼老师！”

护士听说来者是报社的人，立马细心地扶病人上床，再细心地重新扎上吊针。青袖掏出手绢要给父亲揩眼屎，却让护士拦住了。护士用棉球轻柔地揩拭何步尧的眼屎，楼望桥感慨地说：

“护士小姐真心疼病人，我还从未见过这样好的护士！”

“谁要我是党员呢。”

这便是记者残存的一点特权：由于新闻要求正面的“舆论导向”，要求不顾一切地歌功颂德，所以人们已经形成了习惯，要想在新闻媒体露个脸儿出个小风头儿，那么见了记者就本能地表演出高尚美好的一面，就像母猴子见了猴王就撅起红灿灿的屁股。

何步尧在修改什么文章呢？名叫《让萝庄的长毛兔事业再造辉煌》，真恶俗得可以。但楼望桥并不说出来，说出来怕病人难受。他答应何步尧，表示拿回报社，稍做润色后，也许很快就发表了。

三天后，楼望桥拿了几张报纸，上面登着何步尧的文章：《萝庄的长毛兔》。是篇有趣的风情浓浓的小散文。何步尧高兴坏了，那只肿眼当即消了一半；又过了一天，眼肿完全消失了，因为青袖的干娘来了！

干娘见干女儿消瘦了许多，因缺乏休眠眼周发了一圈黑，就关爱地要替换青袖照看病人，特别是值夜班。如此一来，青袖就到了楼望桥的宿舍，连睡二十五个小时。当她先是伸个懒腰、继之是摆了摆乱云搬的头发开始起床时，楼望桥分明感觉有一群洁白的绵羊穿林渡水而来，致使他的脸颊有种毛茸茸的亲昵感。这种感觉非常温柔，还带着某种弱不禁风的甜蜜的哀伤。他在短短的几秒钟内，回顾了已往的经验：每当他见到漂亮的女人时，他就害羞和自卑，他就哀伤。一是哀伤世间竟有这样的人儿，而这样的人儿很快就要消失或苍老；二是哀伤这样的人儿与我无缘。我并不曾得罪她、伤害她，她却平白无故地让我一躺到床上、一闭上眼睛就牵挂她、回味她。

在青袖沉睡的二十五小时中，楼望桥也照旧睡他的觉、读他的书。他自然是睡在另一间房里。一对健康的、互不讨厌的男女在同一单元房里过夜，并未发生什么，这种事情是完全可能的。楼望桥对自个的品德大加自赞一番。但是，青袖却有些愠怒地对他说：

“以为你是个正常人、好人，谁知你竟一肚子污水！你规规矩矩、蹑手蹑脚，看上去不想打扰我休息，其实你心里在活动哩！你一个人在小房里睡觉吗？谁知你在被窝里干什么！谁能证明你没有想过要溜进这间房来强奸我？”

“青袖！你太让人……那个了，我比你年长十来岁，你总得有点起码的礼貌吧！”

“哟，哟，你还是男人吗？”

青袖嘤嘤地哭起来。

制住女人的哭泣，唯一的办法是紧紧地抱住她。楼望桥这样做了。果然见效。但他并不清楚她哭泣的真正原因。青袖是个天生的美人，上帝又更加偏爱，还让她在美丽的同时又不失聪慧。这样的女人每时每刻都面临着男人的侵袭，因而防范这个世界，是美丽女人与生俱来的本能。但是，大出青袖之料了，她猜测楼望桥一定要制造种种借口摸进房间，并最终动手动脚。她呢，早就腹稿了一篇固若金汤的防守台词；结果，楼望桥只是悄悄送来一盒盖浇米饭，就出门上班去了，下班回来见她未醒，再把那盒饭蒸热放回原处……青袖白白准备了一番台词，台词永远胎死腹中了！事实上她只睡了五小时，另二十小时都在等着与楼望桥交锋，那是激情飞扬、才华横溢的交锋啊！

青袖在楼望桥的怀中恢复了常态，猛然见床头挂了一杆箫，便取下来，闪电般地伸出舌头旋湿嘴唇。静气一分钟，箫便汩汩淌出一泓矿泉清音，似有数点小船，披戴着晚霞，舒缓而来。

“这是《渔舟唱晚》。”

“我不知道是什么，听着电视里学着吹的。”

可是第二天，青袖再次来时，脸色蜡黄了，说医院要给她父亲做手术，需再交一万元。楼望桥立刻随了青袖赶到医院，只见干娘伏着何步尧的膝盖嚎哭不止，病友与医生大骂不休——嫌吵闹。何步尧反倒没事人儿般，手里晃着一本残破的《易经》，对楼望桥说：

“我早就算过了，不做手术我还能多活几天，一做，三天都活不过，这是命。我的命当然由我自个做主。再说了，哪来那么多闲钱？”

也就依了他。也为楼望桥解了围，不然去哪弄一万元？可是他并不闹着出院，这就存在个住院费问题。青袖让楼望桥立刻给她找个工作，要那种赚钱多、而且快的工作。他带着青袖，一天跑了五个地方，都答应让青袖工作，无非是厂长秘书、公关小姐、广告企划之类，但青袖一一拒绝，理由是："开的工资又不高，咱要想多挣钱，除非给那些色狼当零食吃，跟暗娼有啥区别。"

"要快速赚钱，"楼望桥没好气地说，"又不愿当'暗娼'，那只能当'明妓'了。"

"你少讽刺我！我还真的，那么想过呢。"

6.

父亲何步尧是什么病并不重要，重要的是他病了，病在医院里出不来了。这就要大量的钱。钱，只有靠他的独生女儿青袖来提供。而青袖呢，除了美貌一无所有。所幸在这个男权社会，美貌却是至高无上的资源，因此也是最值钱的——如果你愿意出售美貌的话。靠山吃山，靠水吃水，有美貌就吃美貌。这就叫因地制宜，发挥优势。

楼望桥帮青袖联络了许多工作单位，青袖均因收入低且慢而予以拒绝。楼望桥有点生气，就说她除非去当妓女好了。岂料青袖"真的想过"！楼望桥就想了：反正这个漂亮的女子又不属于我，她想当妓女是她的私事，与我无关；再说她去当妓女她就能够在实质上大面积地接触男人了解男人，经过比较，也许我楼望桥在她眼里成了天底下最好的男人呢……

"当妓女首先是要一切往开的想，"楼望桥以一个妓女大学——如果真有妓女大学的话——的教授的架势说道。"首先是要戒掉羞耻感和负罪感。妓女是人类最古老的职业之一。其实，妓女的出卖色相，与官人的出卖权柄、学人的出卖知识、工程师的出卖技能、歌星的出卖嗓子、打工者出卖苦力一样，本质上没啥两样，都是为了生存。妓女的存在是社会的需要，正如我们需要阳光、空气、子弹、电脑、社论、抽水马桶一样。什么是文明社会？什么是道德社会？凡能满足人的各种需要的社会，便是……”

“你倒像个很有思想的老嫖客。”青袖双手托腮，嘲讽道。

“真是冤枉！世上的事很怪，天天实践的人没闲工夫上升理论，琢磨理论的人往往没一点实践。”

“我不想知道这么多，我只想知道怎样尽快投入工作。”

“妓女的主要活动场所是宾馆歌厅；至于车站码头大街小巷的流莺，那是为下苦人、特别是打工族服务的底层妓女，带有客串性质，一次交易百儿八十的，甚至三、五元的。你不要去，凤凰怎能到鸡场里觅食呢？何况不安全。而在星级宾馆里，安全，卫生，纯洁，高雅，因为只有官人款爷才有条件出入。他们嫖娼最怕被人知晓，事完之后，总是出手大方不计价钱，让你快快走人。”

“喂，你不要再讲这些了，理论上我都懂，即使不全懂也能多少悟出一点点门道。我想我还是从简单的做起，从基层干起。”

“看来你有远大的志向。凡是干成大事业的人，都无不具备底层的经验。车站码头你就不要去了，直接进歌厅吧，先从陪舞小姐干起吧。”

“怎样做个好的陪舞小姐呢？”

“首先要弄清什么人来歌厅。多半是些小官人、小老板。就算是中产阶级吧……无论什么身份，大致都是中年男人，有十年左右婚史的男人，不想离婚又渴望外遇的男人。侍候这些男人要做到以下几点：一、放开手脚，放松思想，不会出什么乱子的。他们胆小。他们满足于已有的小成就、小财富。他们怕失去这些；二、你能不能唱出动听的歌儿无关紧要，只要能唱几首就行。但是，不能唱得比你服务的对象还好，免得人家感觉自卑；三、跳舞根本不用考虑是芭蕾舞还是民族舞，只要让男人搂着随他走动而走动就行；四、要经受得住客人的下流动作。他要摸你的奶子，你要拨走他的手。但不能用力过猛，显得你是个坚决的尼姑，他就没有回旋余地了。他的心一死，就闹着要换小姐，你岂不‘下岗’了？总之，他摸你奶子三次，你的三次用力拒绝要依次减弱，要让他觉得‘曙光在前’，他才有兴致跟你往下玩。反之，他一摸你的上身，你不拒绝倒也罢了，居然立即宽衣解带，那他也可能索然无味，立刻逃跑的……”

“哟，我以为多么复杂呢，就这么简单呀。文盲都能干，是女的都能干。”

“瞎说！任何职业都有它的专业技巧，不然怎么说‘行行出状元’呢。陪舞小姐的最佳文化是中等学历。是小学程度要拔高到中专水平，是硕士学历却要降到中专程度……另外，要准备几十个黄段子……”

“唉，一代不如一代啊。”青袖不无悲伤地说。“古代的妓女有很高的艺术修养，琴棋书画都能来几下子。现在倒好，只要能讲脏段子就成。”

“刚才，我是跟你胡说呢。”楼望桥觉得自己未免有点过分。“你自己把握自己吧……我也是听人说的……也许没那么危险，那么玄乎……”楼望桥在想着词汇。“我给你联系一家歌厅，老板是我的朋友……”

楼望桥忽然紧张起来，觉得自己在犯罪。青袖见他如此变化，不知是何故，就挨过来搂住他的脖子，给他脸上拓了一个香吻，说：

“我不知道你是人，还是鬼。但我觉得，你挺性感的。”

“你一个姑娘家，懂个什么性感！”

“性感就是……我以后告诉你吧。”

7.

玄龄商厦是蛹城的最高建筑，也不过28层，其27层为“巴比伦娱乐城”，顶层亦即28层为旋转餐厅。1997年的中国，好像有很多流传千古的好事、喜事，因而简称为“娱年”。中国的汉字，个个都含着无尽的意味，就说“娱”吧，是指闲暇的游乐活动，属精神范畴，算是“吃饱了撑的”活动。但“娱”字由三个字联袂组成：女、口、天。没有女人，特别是年轻女人的参与，那就无“娱”可谈；再加一个“口”字……不是上了天堂么！

所以1997年的中国，只要你打开电视，总能看到如云美女在那儿卖力地歌舞升平着；至于那些丑陋的男人，则制造了一个接一个的弱智小品，目的是要搞笑每一个中国人。

“巴比伦娱乐城”也自然云集了许多妙龄女郎，她们每晚陪一个或两个客人，下夜一点离开，就可拿到300元的小费，还整晚上白吃茶点水果。老板叫武卫争，大概是“文革”年代的产儿，却名不副实，倒生得白白净净，最大爱好是拍摄美人照。楼望桥的报纸是他发表摄影作品的主要阵地。

青袖乘观光电梯上到“巴比伦娱乐城”，但见大厅里萤火虫乱飞，原来是天花板上的旋转的宇宙灯所致。忽然灯光大亮，才见得中间的舞池由玻璃镜铺成，四周的双人沙发上坐满了鸳鸯男女。女的个个唇红齿白，男的多半是中年人，叉开腿挺一个猪肚子。整个空间弥漫着香水味和葡萄酒味。音乐由强到弱时，一个歌星模样的小子上来报幕：

“下边，请大家，以热烈的掌声欢迎深圳来的性感歌星魏小姐为我们表演精彩的歌舞！”

魏小姐在掌声中出来了，筛胸扭胯地出来了，气喘吁吁地手持话筒出来了：

“哇！这么多帅哥哟！我刚下飞机，还来、来不及休息，就来、来表演节日，说、说话有些喘气，各位能原谅么？你、你怎么不说话？怎么老看我（手自摸胸脯）这个部位？好帅哥哟，你想它？它也想你呀！你想了你就上来摸一摸嘛（脱上衣），我理解你呀，理解万岁哦！要我脱下边？你这馋猫……你想看我的宝贝呀？你敢上来替我脱么？你要来，咱俩马上找个地方做爱……”

青袖大惊失色，毕竟是百闻不如一见。她唤来一位侍应生，请侍应生引她去见武卫争。

武卫争正在他的豪华办公室里训斥一个男子：

“让你挑个好小姐陪行长，你怎么找了个狐臭娘们?!”

忽然见了青袖，武卫争嘴呈O型不吭声了，半日才说：

“你是楼望桥介绍来的吧？楼望桥真是个好哥们！来来来，坐，坐！”

他让刚才受他训斥的男子，立刻端来两高脚杯红葡萄酒，与青袖碰饮一尽。

“你呀，真是救星！今晚上，一定要把行长陪好！他可是财神爷——你出去吧，”那男子出去了。“这个红包，一千元，小意思，算是见面礼……”

美貌是万能的金卡，在任何地方都能提取现款。尤其让青袖大感意外的是，让她陪的那个行长，却原来是个正人君子；别说揣她的奶子摸她的大腿，连她的脚尖也未曾碰一下。在包厢里，那位财神爷自始至终只说了一句话。那是在跳了几圈舞之后，他趴在沙发上，说他“腰椎扭损”，请青袖拿脚给他踩踩。“反正你们这些人，都说会按摩。”

青袖手扶软墙，小心翼翼地上到行长背上，小心翼翼地踩着、踏着、蹂着。行长的腰又僵又硬，如从运钞车上刚卸下来的，成捆的，刚出印钞厂的僵硬的钞票。

踩着踏着蹂着，只听“咯吧儿”一响，行长同时“嗳唷”一声，吓得青袖几乎是滚了下来。她半天连气也不敢出，行长更是死了一般不吱声。大约过了五分钟，行长爬起来，摆摆腰，撇撇腿，筛筛脑袋，与青袖共舞了两曲，兴奋地说：

“哎呀小姐，你真是我的大贵人！要知道我这腰椎病，蛹成的名医看遍了，不见效啊！给，这是我的名片，有事了尽管来找我！这场合一般没人发名片，但我不在乎，值！”

告别时，行长摸了所有的口袋，发觉没带钱。“我出门从不带钱，”他对青袖抱歉地说。他的意思是他无法付青袖小费，而青袖并不能理解这个意思，因而没有说“没关系”三个字。行长当然不想丢面子，就取下手表，送给青袖。青袖再三拒绝，行长仍要送。就接了。第二天楼望桥见了手表，大为惊叹：“你知道这劳力士值多少钱吗？”

过了三天，武卫争提了两万元现金来，对楼望桥说：“多亏你把青袖介绍来！行长的腰病好了，就答应再贷我三百万！你知道，我们头顶的旋转餐厅经营不景气，跨了，我接了过来，只经营风味小吃，外加桑拿，可是没钱改造呀！”

两万元当然让楼望桥眼热心跳，但他却不敢接也不好意思接，至少是无功受禄。他清楚，根据有关条例，不明不白地侵吞两千元，就可能遭受追究。

“两千元算个球！我不说谁知道？万一我说了你不承认谁又能把你咋！你现在检查我身上，”武卫争张开西服转着身子，“看我带没带录音机？”

楼望桥就接了两万元。心想：这可是青袖的“卖身钱”哪。

“如今我们这些，什么鸡巴厂长经理，”武卫争点了一支烟，“整日的花天酒地，有几个是挥霍自己的钱？全是银行的钱！银行的钱是谁的？共产党的！为啥没人干扰我们行贿受贿？就因为双方都有明账，明账记载着我们的钱是从银行借来的。我们从未说过不还钱的话，正如英国从未说过不还香港的话一样，但香港是一百五十年后才还的。咱把共产党的钱借的越多，共产党就越要保护咱，生怕咱人死账烂，哪里敢收拾咱呢。”

当天晚上，楼望桥就把一切给青袖明说了。二一添作五，分给青袖一万元。何步尧从青袖手里接过一万元，依然坚持不做手术，却又照例强调“我不久于人世了”。这让青袖颇为作难。好容易弄来钱，既然你坚持不做手术，那你就说你“身体没病”的话好了，就说“不做手术有不做手术的道理”嘛，干吗还强调你“不久人世”了呢？

倒是丁娘爽快，她扶起何步尧，说：“你真死脑筋不会说话，娃把钱都弄来了！娃已尽了孝心，我陪你，咱俩把蛹城逛个遍，该花就花呗，免得哪阵子一蹬腿死球了，吃后悔药去！”

“巴比伦娱乐城”兼并了旋转餐厅，开业那天，各路有头脸的人物来了一大堆，连副市长都来剪彩了。新闻界人士统由楼望桥代邀，每人封三百元红包一个，以便在各个媒体上发简讯一条。最后一核计，还余一千二百元，自然由穴头楼望桥装入腰包，心里不免得意。可又一想，一千二百元无非是星级酒店里妓女的一夜收入，就泄了气，自个扇了自个一嘴巴：婊子年代！

干脆邀请青袖去打保龄球，反正羊毛出在羊身上，也不知究竟是谁沾了谁的光。楼望桥耐心地给青袖讲解保龄球的要领、游戏规则，以及保龄球的起源和传入中国的种种趣事。吃喝玩乐是人类的共性，世界大同也只有通过吃喝玩乐才能实现。

青袖是聪颖之人，很快就学会了保龄球，居然打出138分的好成绩，而楼望桥的成绩始终在百分左右徘徊，真是平庸的老师教出天才的学生。青袖还给楼望桥讲了一个黄段子：说是有个男孩，调皮得很。在一次放学回家的路上，要撒尿，见路边一棵老树，树上有个洞，就把尿撒进洞里。谁知洞里有个蜂窝，尿一激，蜂们飞将出来，将男孩的小鸡鸡蜇了，肿得透亮，小萝卜似的，尿不出来啦。医生给治了好几天才消肿，可把小男孩憋坏了！自此，小男孩就得了“恐洞症”。若干年后，小男孩长大成人，要娶媳妇了。新婚之夜，新娘让他上身，他上去一摸，有个洞，吓得滚下床去。新娘问何故，他便如此这般地说了往事。新娘笑道：“你真傻，我这洞里哪来蜜蜂！不信你摸摸——”新郎一摸，手触了烙铁似地缩回来，生气道：“你还骗我呢，没蜜蜂哪来的蜂蜜呢?!”

楼望桥暗自发笑称奇，这青袖果然是个人才，一下子就适应了市场要求。但他并不立马夸赞她，不想让她过早骄傲。他的表情无动于衷。青袖像一个歌星折腾了半天却不见掌声一样，大为气馁，就以学生的口吻请教道：“我听一个坐台小姐说，男人最喜欢女人冲他说‘我要’，最害怕女人说‘我还要’，这是怎么回事？”

楼望桥好为人师，一听此问，当即诲人不倦地说：

“这是个常识问题。一般说来，男人总是先冲动、先申请，女人则被动，她或者接受或者拒绝。她如果主动说‘我要’，男人必定心花怒放充满感激，因为这让他省心；可是他多半……没耐心……完了就想死睡，岂不知此时的女人刚尝到甜头，如猫爪子刚搭到鱼尾巴上，鱼儿却要溜掉，所以女人说‘我还要’……”

“听君一席话，胜读十年书。喂，你猜我现在要跟你说什么话？”

“我猜不出来。”

“‘我要’。”青袖火辣辣地盯着楼望桥。

“哇，我好高兴唷！”楼望桥故意女里女气地表演了一句，以此掩饰自己的真正激动。

两人手勾着手走出保龄球馆，已是华灯四溢，夜霭合围。大理石的台阶下，一个男人跪在地上，面前铺了一张纸，纸上写着：“儿子吸毒（劳教），为父下岗（失业），老母病瘫，请开恩施舍。”楼望桥丢下二十元。青袖弯了腰，轻轻地将一张五十元的票子，放进了字纸上的盘子里，同时对那乞丐说：

“早点回去吧。”

8.

何步尧与干娘走在蛹成的大街上，东张西望，每到人稠的地方，总是手与手相勾，免得走散了。所有的商店，都垂挂着五颜六色的标语：“迎香港回归×××大甩卖”，“血洗国耻提倡国货，振兴国企扬我国威”，等等。反正商家的目的是要借此诱你的钱币蹦出口袋，你不买他商店的货你就是不爱国，你就是铁石心肠对香港回归这么重大的事件无动于衷。

“什么是回归呢？”干娘请教道。

“就是归还的意思，回家的意思。”何步尧是小学教员，好久没有讲课了，嘴实在有些痒痒，于是借机把鸦片战争后英国如何强借香港的往事一五一十地讲了一遍。

“借人东西就要还人东西，不还就不是东西。我家楼上的穆二水借了我的药罐熬药，快三年了都不还。你说去要吧，也就那么个东西，不要吧，却是个常用的东西。”

“亏你也有些年岁了，连这都不懂！世上借什么东西都要主动还，惟独药罐除外。若是人家还你药罐，你应该生气才对，不吉利么。主动还药罐就等于把疾病也同时还了来，晦气！”

他们看见，有许多人招手坐出租车，而他们从来没有坐过。干娘就提议坐一回，何步尧同意了。于是他们拦了一辆红色夏利。司机问上哪去？两人对视了，不知道上哪。还是干娘开了口：

“随便往哪开，反正我们是胡逛！”

“好咧！”司机启动了车。“这才叫真正的坐车，不是赶着办事。

人一辈子，能有几回这样的潇洒！”

没几分钟，车上的价码表就跳到九块八了。何步尧忙说要上厕所，让车停下来。恰好是动物园门口。干娘就想着进去看看，而何步尧却跟司机吵开了，原因是司机没有两毛零钱找他。干娘就拉他劝他，别太小气让城里人笑话，两毛钱不就是上一趟厕所吗。

何步尧又生气了，说城里人真是活见鬼！上厕所要钱，难道粪便不值钱？上级号召教育上要勤工俭学，何步尧就想了个办法，让学校从银行贷了五百块钱，在进萝庄的峡口——那里有个十字路口——建了个厕所，让过往的行人留下粪便。五块钱一担粪，很是畅销，因为周围的农民都买不起化肥了。最有意思的是何步尧为厕所撰写了一副对联：

欢迎你来我往尤其领导

最忌屁多屎少不办实事

地肥粮丰（横批）

就因这么一联，何步尧在稻州地区一举成名，被人广为传诵。问题是后来，此事让他倒了大霉，教育局最终没有批准他转正为公办教师，还是当他的民办吧！也是活该。谁要他以点概面，认为世上的领导全是酒囊饭袋——只有酒囊饭袋拉出的污物才肥地壮田。

说到厕所，就想上厕所。恰好一进动物园，就见了个厕所标志。何步尧进了厕所，干娘坐在附近的水泥凳子上，头上是青枝绿叶，点点白絮扑脸粘眼，阳光筛落到她的衣上，如一头母豹子卧在那儿。前面是一个凉粉摊，小桌上的碗们均套着塑料袋，还有一卷卫生纸。食客们吃毕了，总要揪一绺卫生纸擦嘴。干娘就笑了，想她小时候在农村，第一次用卫生纸的事来。那时的乡下，擦屁眼用的是树枝儿、石片儿、泥蛋儿、玉米芯儿，何曾用过纸？现在生活好了，乡下人也用卫生纸擦屁眼了，可城里人却用卫生纸擦嘴！乡下人咋也撵不上城里人呐。

何步尧从厕所里出来，腰有些变弯，臀部微撅，脸上的表情也怪怪的。干娘问他是否病犯了？他摇头否认。

他们就去看动物。时在浓春，所有的动物都在爱情，尤其猴们。猴们的爱情姿势很不雅观；就找熊猫看。谁知熊猫馆的栅栏上挂了一个牌子，告示说熊猫去了香港。何步尧就感慨了，说他这一辈子怕是看不上熊猫了；干娘倒是爱国，说香港回归是大事，咱们暂时看不上熊猫也算是咱们为香港回归做出了一点贡献。然后就讨论是熊猫值钱还是省长值钱？最后一致认为：还是熊猫值钱。省长死了外省人不知道，熊猫死了全国人都知道。所以熊猫比省长值钱。

动物园的臭气与春天的花香气杂糅一块，犹如四川的臭豆腐味道。于是干娘提议：到树林里去。到了树林，干娘坐在石凳上，何步尧站着不坐，依然弯着腰。问他是怎么了，他说方才上厕所解大手，身上没带纸，只有钞票，舍不得糟蹋，就那么提了裤子出来了。干娘“呕”了一声，说“恶心死了”。何步尧抱歉一笑，说不擦屁股真难受，思想老在屁股上，见别人的嘴说话，就联想到自个的屁股，总觉得屁渠里夹了片树叶。

“你不要说了好不好？你们男人真是世上最脏的东西！”话虽这么说，干娘还是挽了何步尧的胳膊，转悠着去找厕所，并掏出卫生纸说：“给，进厕所里先拿唾沫打湿了再擦！”

……两人来到湖边，准备游船，与那些长颈鸭子嬉戏。何步尧说那不是鸭了，是天鹅。干娘说癞蛤蟆想吃天鹅肉，就说的是这种鸭子？何步尧说，你就是这种鸭子，我就是癞蛤蟆。干娘一笑，在他屁股上拧了一把：“你占了便宜还取笑我！”

两人没有等到船，就出了动物园。附近有家温泉宾馆。蛹城的温泉是很驰名的，几乎一半宾馆都用了自掘的温泉。两人想着去洗个澡。洗澡票一人七元，时间不限。见有许多男人去包钟点房，一个钟点五十元。两人也想“钟点钟点”，便去询问，声称他们是夫妻，想包房洗澡，但没带证明，问能不能洗？服务员说：钱就是证明。何步尧从内衣摸索钱，很舍不得的样子。干娘早将一百元的票子递过去：“咱洗，说不定哪天死喽！”

两人进了一间客房，服务员送进一壶开水，走时很暧昧地说：“门可以反扣住，谁也进不来的。”门果然有个链环，一扣，外面可以推条缝儿，但就是进不来。两人放心了，关门，放洗澡间的水。干娘三下五除二地脱了衣服，赤条条展露出来。何步尧就有些发傻，身上的某些部位开始反应了，忍不住上前抱住干娘。干娘说：你不是爱吃奶么？两手托起两奶，往何步尧面前递。

何步尧确实爱吃干娘的奶，但那都是在黑灯瞎火的时候。而眼下，那身子倒也白团团的，那奶子却有些蔫松，乳头的颜色也那个……见何步尧不主动，干娘的脸上就有些挂不住，正要发作，卫生间哗哗响了，一看，浴盆的底塞没拔。她一边拔塞子一边给何步尧讲解浴缸的用法。她男人是税官，她常跟着到公家的宾馆洗澡。

干娘让何步尧先进水池，要他先把他的脏屁股洗了，放掉水。重新放一池净水，两人这才共浴。好在都不胖，可以面对面地坐在盆里。干娘一个劲地撩水润奶子，撩着润着，那奶子就有了起色，慢慢地鼓了，像儿童吹气球似的。一见此景，何步尧就一嘴拱入干娘的胸怀……

“如今这社会真好啊！”两人躺在宾馆的床上，一条浴巾横遮两人身体的中部。“你这一辈子呆在萝庄，不到外面走走，真是白活了！你想想，要在过去，就是两口子出门，要住一间房，除了要看工作证和介绍信，还要看结婚证，否则，就把你当流氓抓起来！那时的客房，门上的锁子全卸了，只留一个小圆孔。服务员——像监狱的看守——时不时地巡查，隔几分钟，那只狗眼睛就从小圆孔里朝里窥视，你忽然与那狗眼对视上了，一下子毛骨悚然了！”

“如今就是好，”何步尧也附和道。“这都是托了邓小平的福，他老人家理解人、尊重人，把人当人。”说着，嗓子有点哽咽。

时在邓小平刚去世一个来月，天下还沉浸在淡淡的悲哀中。其初，何步尧与干娘，像天下所有人一样，以为邓小平去世也会跟当年毛主席去世一样，要大地震了。但是一个多月过去了，一切似乎很正常：红绿灯该亮还亮，要灭就灭，孩子们依旧放风筝，小贩们照旧做买卖，坐台小姐也一如往常地去坐台，小偷们还是兢兢业业地行窃，警察们还是认认真真地追拿小偷……这一切，真正显示了邓小平的伟大，他给我们带来了巨大的实惠，而他离开我们时又是那样静悄悄，生怕因他的离去扰乱了生活秩序。

何步尧起身打开电视机，刚好在播放专题片《邓小平》。“我是中国人民的儿子，我深情地爱着我的祖国和人民。”这是赤子之言。尤其是邓小平说他力争活到1997年，要亲自到香港，“到自己的土地上走一走，看一看”，尤其是邓小平在深圳的高楼上，那么深情眷恋地望着香港……

何步尧的手一直搭在干娘的胸脯上，干娘把他的手拨开，说：

“我心里难受。”

干娘哭了。

9.

青袖冲着楼望桥说“我要”，楼望桥好不喜欢。其实他虽然第一眼看见青袖时潜意识里就“要她”，但他并不想尽快实现梦想。他这么一个无聊记者，居然是个有信仰的人，或者说他虽有信仰却一直没有找到信仰。现在他终于找到了，那就是——我的信仰就是我要爱一个女子，而事实也证明我确实爱这个女子，这个女子就是青袖；我决不跟我所热爱的女子睡觉。这就是我的理想我的信仰。

确立一个信仰是件容易的事，犹如制订经济发展计划一样。难的是坚守信仰，一如实施经济发展计划。信仰无所谓高尚与低下，正如信仰基督教与信仰“无病就是福”无所谓高尚与低下一样，反正都是个信仰。楼望桥信仰与他热爱的女子不睡觉，是否高尚？眼下说不准，要看他能否坚守住。一直坚守并且坚守成功，这才能说明他是高尚的。

“我这样做是非常了不起的。”楼望桥在心里如此赞美自己。要知道，在遍地是鸡的年代，在男人过性生活如抽烟一样简单的年代，在人们渴望爱情又嫌爱情来之不易且又相当累人的年代，他楼望桥却不配合青袖的“我要”！

楼望桥和青袖在保龄球馆门前要了辆出租车，回报社。在车里，青袖的脑袋靠在楼望桥的肩膀上，想着什么。正值行车高峰期，所以很慢。在爬立交桥时，车窗外传来两个小学生的歌声：“春天在哪里呀春天在哪里……”楼望桥就拍着青袖的大腿，接着唱道：“春天在青袖的……里呀……”

“瞧你，”青袖笑道。“有文化的人让人哭笑不得，明明是要流氓，却显得有味道，让人不舒服……又怪舒服的。”

回到楼望桥的宿舍，楼望桥就进了厨房烧饭，而青袖则进了卫生间冲澡。冲澡的声音充满了魔力，难怪电影导演喜欢女演员不断地冲澡。冲澡的声音干扰了楼望桥做饭：他炮制的两个菜，一个无盐，一个极苦。

冲完澡，青袖围着浴巾与楼望桥共进晚餐。“如果我没猜错，”楼望桥颇为自信地说。“你身上除了一条浴巾，就只剩你的身子了。”“你这个人占有欲太强。”青袖所答非所问地说。“这‘占有’二字不适合咱俩。是你占有我还是我占有你？这叫共享。”稍顷，他又补充道：“我收回我的话。”因为他想到了他的信仰诺言，尽管那诺言青袖压根不知道。

青袖站起来，解开浴巾。果然除了浴巾，就是娘胎里带出的原装骨肉。那骨肉，像……楼望桥有点眼饧了……像蒸汽房里的大理石。

“我也去冲个澡。”楼望桥只有一个优点，或者说只有一个可爱之处：面对真正的美，他就害羞，几乎害羞到难忍的地步。

在卫生间，他冲着温水澡，很难受。人，应该有个信仰，有信仰是人与动物的区别。人有了信仰，人就有幸福感和充实感。但是，坚守信仰，犹如阉割新郎，真是万分痛苦……

水温在提升，他的身体也在提升。这种提升像是水神发怒，浪卷波推，直逼信仰的大堤……去他的信仰吧，我这个信仰是多么可笑，简直狗屁不如！岂料他的禁锢一开放，身子也随之开放，好像一朵云托起他，让他站立不稳，飘飘欲飞……完了，彻底完了！

他勉强支撑着身子，又冲了一阵子，然后擦干。他自我感觉脸色不好看，眼圈也极其困乏，于是就揉搓脸，按摩太阳穴，又做眼保健操。他其实不懂眼保健操，只凭他的想像来做。他感觉他已恢复了常态，这才走出卫生间，穿好内衣。他走进卧室，见青袖躺在床上，如一只白蚕卧在桑叶上，那条浴巾被对叠了三折，窄窄地盖在她身体的中部。这个场景像一幅西洋名画，既有美感，更不失肉感。纵然如此，楼望桥也不能提升了，不能配合青袖的“我要”了。

“青袖，我想告诉你，我是一个恶棍。”

“我知道。”

“我读过不少挺高尚的书，但我仍旧是个下流胚子，相当下流。”

“下流？我知道。下流不好吗？”

楼望桥搓着双手，不知如何应对了。青袖说：

“你究竟想怎样？”

“请原谅，”楼望桥觉得这是他一生里最尴尬的时刻。“我今天……我有心理障碍。”

“我不在乎！我愿意！我不需要你承诺什么，你还障碍什么？”

青袖从床上弹起来，双手环搂住楼望桥的脖子，将他扳倒床上。她对自己这么做很是吃惊。

楼望桥更吃惊了，依他的经验，一个未婚女子，如果没有特别的阅历，是不会如此放浪大胆的。

“你不是处女。”

“这与你有什么关系？你是处男么？”

“你误会了我的意思。我的意思是你像小妖精一样迷人，你简直是个荡妇！你别生气，你要明白，世上的男人，没有一个不渴望跟荡妇睡觉的。”

“那你还等什么？”

楼望桥挣脱起来。他现在是有枪没子弹，不能战斗。这是最伤男人自尊的；但是男人，又是天底下最怯懦、最虚伪的东西。衰退是男人的隐秘，他没有勇气暴露这一点。于是他便借机，索性把自己打扮成一个正人君子。

于是他就说出他那个狗屁不如的“理想”、“信仰”。

“我认为这样很有意义。人不能样样都得到，一旦得到，就会想另外的东西。拥有三宫六院的皇帝，还想大臣的妻子呢。所以要信仰。信仰就是追求那个明知永远也得不到却还要不懈追求的东西。”

这一番话，在尚未判断出青袖作何想之前，楼望桥就激动了，他惊讶自己还能说出这么有深度的话来。一时间，他对他自己崇拜不已，尽管他知道，自己崇拜自己类似于手淫。

“你不要挖空心思找话说了！”青袖翻了个身。“我在歌厅里工作，在那个特殊的岗位上‘为人民服务’，迟早会献身的。我想在献身之前，给你送个礼。哈哈，你清廉么……”她拉开被子，将自个盖了个彻头彻尾。

她哭了。

楼望桥不知道她在被窝里哭。他躺在青袖身边，说：“咱俩聊天吧！这太不简单了，只聊天不干别的，真是个奇迹……我前天和朋友打麻将，手气不错，还听了些有意思的话：‘高官不如高职，高职不如高寿，高寿不如高兴。’此时正逢我上庄，又是一个炸弹自摸，于是我说：‘高兴不如高庄。’打麻将当然是件高兴的事，但只有赢了才高兴，而最高兴的是坐高庄……”

青袖的脑袋从被窝里探出来。从眼神上看，她已消失了羞愤。“我陪一个客人，他不跳，只是一个劲地点歌唱，全是些五、六十年代的老歌，我又不怎么会，挺别扭的。于是再次邀他跳舞。你猜他说什么？他说他是‘四步太累，三步不会，两步受罪’。只好继续唱歌。这人是个五十来岁的秃头，胆小，在沙发上，与我的身子保持距离，很正派。”

“很正派？”楼望桥笑了。“这人肯定有病！”

“何以见得？”

“我想他肯定是个早泄患者……我还断定他会跳舞，跳得相当不错，说不定在五、六十年代，还跟苏联姑娘跳过舞呢……他说他四步三步二步都不能跳，特别是两步，他嫌‘受罪’，这不是很明显么：他想‘一步到位’！”

“这个我没想到，也许你的猜测是对的。我只想他仅仅是来放松神经的，休息休息的。”

“逛歌舞厅的男人，多半是小富起来的男人，讨厌老婆又抛不下孩子的男人，这些男人是当今社会的一个特殊的阶层，渴望稳定，甚至还很爱国，因为他们是既得利益者。但他们也有牢骚，嫌捞的不够，比不上大贪巨商。”

“你又谈政治了！”

“我不是给你说过吗，男人就爱谈政治，然后是谈性。没有这两样东西的刺激，男人就无聊得都要上吊了。”

“如果有一天，”青袖忽然说道，“如果我怀了孩子，这孩子必定是你的，无论你跟没跟我睡过觉。”

男人和女人永远说不到一块儿，楼望桥感慨地想着。如果说男人还想两样东西，那么女人则只想一样——性。当然，女人有洁癖，总是把性修饰一番，说它是“爱情”。

“你干吗想生孩子？你虽然生在小地方，但观念是新的，超前的，大概不要孩子。”

“我没有信仰，但我有义务。我是独苗，总不能绝后绝代吧？”

“要是这样，在适当的时候，我愿效犬马之劳……当然，那将意味着我放弃了信仰，或者说我信仰另外一种东西……”

青袖冷漠地看着楼望桥。她不知道楼望桥在想什么。她当然不知道。楼望桥在想：我巴不得马上放弃信仰。但身体不争气。

10.

蛹城是一个拥挤而干燥的城市，一年似乎只有两个季节：冬季和夏季。所谓的春秋两季，是相当短暂的，差不多是一晃即过。所以到了五月下旬，蛹城的街道满是衬衫短裤了。

楼望桥没有穿短裤，这个瘦驴依旧西装革履，还打了一条刺眼得很俗气的红领带。他还给头发焗了油，当然也修了面。他一向懒散，今天何以收拾自己，他自己都有些说不清道不明。

事情的起因其实很简单：今夜要去唐妃花园搓麻将。半年没有见宫怀箫了，连给那个“有钱的寡妇”通回电话也没有。是宫怀箫邀请楼望桥搓麻将的。他很清楚，她是用搓麻将的方式来感谢他。

“巴比伦娱乐城”因当地派出所长换了个新人，总经理武卫争没有及时去朝贡新的守护神，结果就酿成一场灾祸。几个醉鬼公开蹂躏女演员，派出所当即予以查封，不管责任在谁，查封了再说，并扣了一顶“淫窝”的大帽子。是楼望桥出面周旋，武卫争放了点血，才算收场。楼望桥建议武卫争：娱乐业竞争太激烈，而且风险很大，老百姓仇恨，官方也时不时地拿你出气；尤其不利的是，人们一听你搞的是娱乐业，便想当然地将你定位到“下流人”行业。武卫争问那怎么办？楼望桥说：“先要重新包装你的‘巴比伦’，包装到很文化、很高雅的档次；然后慢慢看方向，何不搞个影视公司？反正本质上都一样，都是靠女人、靠男女之事赚钱。只是老搞前者，你是流氓；而搞后者，你就是‘文化人’了。”

武卫争采纳了楼望桥的建议，首先将娱乐文化包装一番，无非是收购一些名人字画，而蛹城爱书法绘画的人比蚂蚁还多。楼望桥参观了娱乐城的各个包间，墙壁上虽然挂了字画，但他还是摇摇头说“不够档次”、“没有远见”。他告诉武卫争，收购字画也能赚钱，关键看你有无预见性，要收购那些眼下没有名气或名气不大但不久的将来可能名震天下的人的作品。楼望桥参加过书画沙龙聚会，知道一些行情，就给武卫争提供了一个名单。在名单里，他加进了宫怀箫；他明明知道宫怀箫不可能成为大画家，但他还是加进了她。

事实上宫怀箫也清楚她自己成不了大画家，但她又清楚要自己放弃绘画却是不可能的。人活世上，能坚持并拥有所爱，这就足够了。所以，当武卫争来向她收购画时，她说：“一幅两万元，你随便挑。”武卫争在那个大客厅里仔细地转悠着，煞有介事地欣赏着挂满墙壁的画框。其实他是狗看星星——莫名其妙。他看毕，以行家的姿态与宫怀箫讨价，但宫怀箫不还价，死咬住两万元不松动，反正她认为这是个荒唐的游戏。岂料世上的事多半如此，你认真对待，结局很荒唐；你玩笑游戏，反倒庄重伟大。总之，宫怀箫越是不还价，武卫争便越是认为这东西很值钱，及至后来，他认为站在他面前的不是一个冷美人，而是天下活着的最杰出的女画家了。

“就这么定了”。武卫争掏出支票，划拉了六万元，递给宫怀箫。“三幅大的全归我。”他这是买牛买猫的方法——大的一定是好的。

宫怀箫很不在意地将支票丢到茶几上，淡淡地，像是无意间想到似的，问：“你从哪儿知道我是画家？我是很讨厌出名的。”“我是听楼望桥说的。”“这家伙真烦人！难道他不清楚我很淡泊的吗？”

武卫争叫了一辆工具车，将画搬走。所花的钱，是其他画家的十倍。但他认为若干年后，这三幅画或许能建一个飞机场。至于宫怀箫，当画被搬走时，当别墅里只剩她一人时，她哭了。六万元并不让她激动，让她激动的是她的三幅画卖了六万元这件事。这事挺不错，是好事，好到一定程度，当然就哭了。

于是她给楼望桥打了个传呼，约他，还有武卫争，到唐妃花园打麻将。

“三缺一呀？哦，你那个仆人叫什么来着？叫纨婴，有她嘛。”

“她怀孕了，在我的别墅里。我把她辞掉了。”

“那怎么打麻将？”

“你不是说你跟方英文是哥们吗？把他叫来。我最近在读他的一本小说集子，很适合消磨光阴。”

“这个……他到香港去了，不知回来了没有？”

结果放下电话，立即给方英文打，他居然刚下飞机，一听有人邀请搓麻将，就兴奋地答应了。一是他爱打麻将，二是他巴不得借机向人炫耀他的“香港之行”。要知道，在香港回归之前游香港的内地人，并不太多。

果不其然，一进宫怀箫的花园客厅，方英文还不等彼此介绍完，就说：

“香港确实好！我并不看重它的珠光宝气，我看重的是它的干净雅致，像个精雕细刻的大盆景……”

“好了好了！”楼望桥边搓麻将边说。“最近报刊电视铺天盖地地介绍香港，全中国人都在目游香港，还要你介绍什么呢？要介绍，你就把香港的妓女给大家介绍介绍。”

“我不知道怎么找红灯区。再说我是那种人吗？”

宫怀箫听了，分析道：方英文的第一句话可能是真的；第二句就有些虚伪了。得出这个结论，是因为她读了他的小说，虽然小说和作者是两码事。

“你们这些人虽然没我钱多，”武卫争老老实实地插话道，“但你们生活得自由，至少想啥说啥，而且也亏你们想得出来。”

麻将开始。

如果四个臭男人打麻将，那他们的心思一定全部集中到麻将的输赢上，个个都是小肚鸡肠；若是有女人，特别是漂亮的女人在场，他们就显得大气洒脱了，输赢全不在乎，更不会发生赖账偷牌的事。

宫怀箫上庄就坐了五下，心境甚佳，就赞美方英文道：

“你的小说很有意思。我想请教个问题：你笔下的男女主人公为什么总是不能……不能成功？”

方英文明白，她说的“成功”，就是“上床”的文明说法。但他也同时吃惊，因为还没有哪个评论家讲到这一点。他想了想，说：“这个，我还真的没有意识到。也许人生就是遗憾吧。也可能是个技术问题。读者全是馋猫，爱吃腥气；如果一下子端出肉来，他以后就不看你的小说了。”

大家都笑了。本来气氛理想，不料武卫争的话让方英文十分难堪：

“听说作家都是写自己的亲身经历，你是不是跟女人交往从来都没得手？”

真是个老粗！这样的问题没法回答，因为这样的问题将“生活与艺术”混成一锅粥了。最好转移话题。恰巧此时，楼望桥自摸了一把，“啪”的一声摔到桌上，激动得失了控制，就漏出一个响屁来。

“楼老弟呀，”方英文咧着大嘴笑了。“你这人很爱故乡么，在蛹城呆了几十年，你那河南口音还没变呢。”

此言一出，宫怀箫一口咖啡喷到方英文的胳膊上，给另两人的脸上也溅了几点，弄得宫怀箫自个的脸红红的，嘴呈O型半日合不拢。

“其实写小说是天底下最简单的事情。有个故事，把人物写活就行。故事靠耳朵收集，人物靠眼睛观察，尤其要观察人与人的不同之处，怪癖之处。宫女士是画家，她肯定常画人物素描，请她讲吧！”

“有什么好讲的？”宫怀箫恢复了常态，满脸的“谈艺术”表情。“艺术是寂寞的产物，寂寞中渴望交流的产物，寂寞到绝境的产物……”

“别谈艺术啦！”楼望桥伸了个懒腰，有意不让方英文和宫怀箫玩高雅。他有种酸味。“我说老方，你写那些东西能赚几个钱？无非是哄一些无知的文学女青年，可是，你想过没有，爱文学的女子都是些丑八怪——因为她们‘寂寞’哇——你图个什么呢？”

“这么一说，我倒想起来了，我……我们原来有个打算。”武卫争先抢过话头，再想着说什么。“我们想弄个影视公司，又好玩，又赚钱，因为市场大嘛。成立了那么多电视台，总要播电视剧吧！我的一个哥们弄了个影视制作中心，才三年功夫，就赚了几千万，还换了老婆。昨天我去找他，他正和刘晓庆通话哩！”

“刘晓庆是谁？”

“听说是个造鞭炮的，近几年政府禁止逢年过节放鞭炮，刘晓庆一下子赔净了……”

武卫争仍不明白大家不要听这些，继续说道：

“我给咱当制片人，无非是筹钱，小菜一碟。方作家编剧，一集五千元。宫画家就当导演吧，还能兼化妆。楼望桥负责宣传，反正你跟全国各地的媒体都熟。明星打头阵，宣传是关键，这很要紧，劳动量也大，但是作为制片人，我不会亏待你的：挑选女演员的时候，也请你参与。”

11.

“青袖，你说你爹够不够人？”干娘的丈夫——那个言短得哑巴似的税官——脸上的表情很难看。“他怎么能勾引你干娘上北京？”

“干爹，话不是这个说法呀！我爹生平没有坐过火车，我干娘虽然坐过火车，却没去过北京，他两人一个想坐火车，一个想上北京，就一块去了，我送上车的，这有什么不好的？”

“可你干娘是我的老婆！”税官将手里的白酒瓶朝桌上一蹾。

“可也是我的干娘！”

“你、你……我不跟你说了，我要揍你爹，打断他的腿！”

“我劝干爹一句，干娘跟我爹好，不是一年两年的事了，你现在又为何在乎呢？再说你一闹不是硬要翻出个老屎盆子朝自个头上扣么？”

“欺人太甚！我又不是死了！你干娘要到省城陪你爹，还是我先提出来的，以为你爹快死了，都是看在你的份上；可你爹爱活、能活，还不要脸地活着，活着也行呀，你让我的老婆回来嘛，你霸占了四个多月呀！”

青袖笑了。她像哄孩子似的对税官说：

“干爹，你也别气伤了身子。我虽是你的晚辈，但我要实话实说——你是憋的躁气，我能理解。这样吧，我给你找个酒店住下，请个姑娘陪你一礼拜怎样？”

税官垂下脑袋。话是实话，却太难听。然而，这话出自漂亮的干女儿之口，听了却不刺耳，甚至还有几分温馨。因为干女儿是善解人意的。

“干爹，你也要理解我的苦心和难处。干娘跟我爹相好，我能阻止？我阻止就是对我爹的不孝；现在你来讨要干娘，我到哪里给你找？上北京？北京那么大呀。可是不找回干娘，又是对你不孝……”

“算了算了！我娃不说了！”税官挥了挥手。“就、就依你的，随便安排吧！”

出了小酒馆，天已黑了好久，青袖将干爹带到一家歌舞厅，让干爹挑小姐。税官在稻州城当然也逛过歌舞厅，多数是陪上峰来人；但碍于水浅不藏王八，他从未在歌厅开放过。到了省城，讨老婆不得，心生悲凉，又加之烧酒浇胆，也就豁出去了。

青袖跟歌厅老板熟悉，让老板开亮白炽灯，不要那晃来绕去什么也看不见的宇宙灯。青袖为了尽孝，细致的目光在三个最漂亮的女子身上扫描。结果，干爹的选择令她惊诧莫名——他居然挑了一个圆球似的黑矮姑娘！可以不夸张地说，这是该歌厅最丑的女子；硬要找她的优点，大概是很浓缩吧，像个核弹头。

青袖就走到核弹头身边，悄悄给她耳语了几句什么，她就笑着直点头，并且从胸罩里掏出一张名片递给青袖，大声说了一句名言：

“请随时呼我。”

青袖给了核弹头一百元订金，转身走到税官跟前，说：

“干爹，咱们登记房子。”

青袖到附近的一家三星级酒店给干爹包了间房子。酒店见青袖如此光彩照人，想当然地以为税官是个大官或者大款，因而态度和蔼到可怕的地步，声称为表示对香港回归的庆贺，现在一律五折优惠，一夜只收二百元。

进了房间，青袖抓起电话，立刻给核弹头打了传呼。然后对税官说："干爹，要安全措施，工具是她自带的。我本是孝顺你，结果你却染了病，那我就背个忤逆不孝的黑锅了。"

见干爹沉默不语，青袖又说：

"我不明白，你怎么看中那样个人？"

"娃呀，问这么多干啥呀……你要尽孝你就尽孝好了。"

青袖只好不说什么了。可是税官却憋不住，自言自语道：

"女人美不美，当然只有男人明白。"

话音刚落，门铃响了。开了门，见是黑姑娘，穿着超短裙，鼓嘟嘟的两条黑短腿，大萝卜似的，血唇逼眼，血唇一开，露出两排白得不能再白的牙齿——这时青袖才明白，干爹是喜欢这女子的牙齿。

"大哥好年轻哦，"黑姑娘笑着上前，像篮球入网似地投到税官怀中。"大哥你真是我的好老公……"

青袖趁机溜走了。她下到大堂，在沙发上坐了。她要独自一人想会儿心思。大堂的墙壁上，挂着一幅巨型刺绣，刺绣着贵妃出浴图，一对乳房抽象成两个标准的太阳圆。青袖想了，美倾皇帝，是女人的极致；而我呢？当然也没意思，一切都将灰飞烟灭，留下来的只是茶余饭后的所谓谈笑间。这时，两个大肚子老外，笑着走到青袖面前，冲她比划着，叽咕着。她弄不清他们要干什么，但从他们的神情中，她明白他们在赞美她，也许还想邀请她去玩什么吃什么。她站起来，冲他们耸耸肩，双手一摊，说了声"骚锐"，扮了个鬼脸，出了酒店大门。

她沿着梧桐树下走着。车流与车灯晃得她很烦。她想起了她的故乡萝庄。她很难受。她抬头看天，惊异地发现了月亮，不圆，但是很白很亮。她始终以为城里没有月亮，月亮只在乡下；这是上帝的平衡分配，因为城里掠夺了乡下的全部好东西，但是月亮掠夺不走，月亮还在乡下。乡下人抬头看月亮，心里就快活，就幻想许许多多，并实现他们终生也不能实现的事情。总之，乡下人靠月亮"心淫"，城里人用金钱

"手淫"……可是现在，她有些灰飞烟灭了——月亮怎么也进了城市？

她的传呼响了。她掏出手机回复，是副市长大人叫她。武卫争曾请她给副市长送礼，她就跟副市长认识了。两人见过几次面，但从未单独见过，只在一次握别时，市长悄声对她说："你的眼神告诉我，你断定我跟其他的官一样，也是王八蛋。事实上，我不是王八蛋，我是人，而且是个可怜人。"她清楚，如果一个男人对一个女人倾诉心里话，那就意味着这个女人已在他的心里"登陆"了。

她打的赶到市政府大楼，门房问清了她的姓名，径直将她带到后楼四层的一间办公室。副市长坐在宽大的办公室里，身后是一溜书架，全是精装书，伟大而乏味的书。

青袖在沙发上坐下，通讯员递来一杯菊花茶。市长从转椅上起来，也坐到沙发上。

"你知道我为什么叫你来吗？你也许在路上猜测了种种，但我告诉你，你猜的肯定不对，因为你是把我当成王八蛋来猜的。不错，你确实美貌，美貌得任何人见了你都想跟你犯错误。但我克制住了，因为我最大的爱好是当官。我爱开会，爱看文件，爱讲话……"

"市长，我……你是叫我来聊天吧？"

"不！"市长挥了一下大人物的手势。"是谈工作，或者说是让你成为一个名人。知道吗？你有一种纯朴而不失高贵的气质。加之你的言谈修养，最适合当电视节目主持人。我是分管宣传的，想推荐你到电视台工作——"

"谢谢市长，我觉得——"

"这难道不好吗？你知道有多少女孩子想这个工作?!虽说你的美貌是父母给的，但你的知识却是党给的，党现在看中了你，需要你在重要的岗位上为人民服务！"

"原来你就是党啊。"

"那么你说谁是党？"

"我咋知道哩。"

"咱们最好别玩文字游戏了！你也许不知道，电视节目主持人最难挑选和培养，好不容易成器一个，结果总是被北京挖走了……"

“我不要听这些。我今天来例假，心里很烦。”

副市长的眼睛瞪得鸡蛋一般大。

“这个……就这样吧，青袖同志，请你考虑两天，然后正式答复我。”

稍停，他又说：

“你说话虽然有时欠文明，但能对我实话实说，我还是挺感动的，因为你把我当朋友看待。实事求是好，我最厌恶虚假！”

青袖起身与市长握别。她装作站立不稳的样子，前倾身子，温柔地碰了一下市长的上身。

她出了市府，惊呆了，许多武警游来晃去，不远的地方是黑鸦鸦的一堆蠕动着的人，东西两路已被乱七八糟的低档车辆堵塞。她小心地跳跃式地撤离此地，无意间扫描到两条标语：

我们要安全！

政府和人民心连心！

青袖见许多平板车上躺着头缠毛巾的人，问发生了什么，竟然没有一个人告诉她。但她下意识地感到一定是出了大事。

她小跑起来，一直跑到城门洞前，才拦住一辆出租。司机告诉她，说是一所大学的食堂发生了食物中毒事件，半夜时几百名师生闹肚子，而所有的校领导都为校长的生日祝寿去了，皆大醉胡话，没有一个人来管管中毒的师生。

“小姐要去哪？”

“随便吧。干脆先绕城转一圈。”

司机很高兴，既能赚钱，而且又是赚小姐而且是漂亮小姐的钱，真是精神文明和物质文明一块丰收。今夜真好。

12.

1997年6月30日子夜，或者说1997年7月1日凌晨，是一个全世界都在关注的时刻，因为在这一时刻，东方明珠跳离了英国的统治，热闹而又寂静地回到了时而强大、时而弱小的中国怀抱。一个半世纪后才收回香港，因而这一时刻的中国显然是强大的有力的，兵不染血而屈敌城下的。

这一刻，所有的中国人，只要身边有电视，都无一例外不在看电视。这是一个民族的伟大喜事。一个民族的大喜事并不意味着每一个具体的人都感到欢喜，准确地说来，大喜事并不一定均匀地分成若干小喜事降临到每一个具体的人的头上。

青袖就是这样的感觉。在香港回归之夜，她当然也首先欢喜激动得很，但是很快她又清晰地冷淡下来，因为她弄不清香港回归与她的个人生活有什么关系，她的爱情与理想会因香港的回归而发生重大变化吗？她看不出来。

她给楼望桥打了一个传呼，半天才回话，说他被报社派到城里，写一些现场新闻，反映反映市民对香港回归的热闹场面。她有些失望，觉得楼望桥也不过俗人一个，自己在楼望桥心中的位置是要打折扣的。所以，她本要与他商量她是否到电视台当主持人的事，现在也懒得提了。其实，她才不是那种没有主见的人，她说是想跟谁商量，其实早已决策好了，只是想跟她愿意说话的人说说罢了。

她决定去电视台。

然而不幸的是，当她给副市长打电话时，副市长却因公受伤了，住院了，至今昏迷不醒。东郊煤气公司因泄露而导致爆炸，他亲临现场指挥消防队扑火，结果面部灼伤、一条胳膊被炸得至今下落不明。然而新闻界仍未及时披露，市长固然英雄，但不能以此来冲淡香港回归的大喜事。

副市长昏迷不醒，青袖到电视台的事只好搁置脑后。她好像已被这个时代、这个城市远远地抛弃了，没有人需要她，她不由自主地想到方英文写的一段话：

“……美色是为爱情准备的，美色没有爱情来折磨，这美色就是一个累赘，正如一个人拥有一座金山，而从山脚下过往的客人却多半是些并不十分看重金钱的散淡的人，这个人就非常悲凉，如千里马仰天长啸伯乐就是不出现……”

青袖突然想到性，想到做爱，想到用刺激来忘记一切。因为在这个时代，性，是唯一的欢乐之神，爱情则早已成为传说和神话，爱情如古籍残片，只存在于线装书里了。一个人不甘心还奢望爱情，那真是自己给自己找麻烦，自己跟自己过不去……

她穿上黑套裙，没有穿内裤，然后走进蛹城，走进人民群众之中。她要向人民献身，她要导演一场风扫鲜花片片入泥的凄艳的活剧。她后悔生不逢时，如此的美丽丝毫不能影响这个社会。要处在古代的某个禁欲时期，她或许能干出惊天动地的大事来；可惜她生在现代，在男权的眼里，她命中注定了只是一个性的符号……

蛹城在这一特定的时刻，似乎有史以来第一次显示出万家灯火的壮丽夜景，所有的店门似乎都忘了“打烊”这档事，且全部在柜台上放一电视机，供人们观看香港回归。青袖决定走进小巷子，走进真正的民间。

她在南大街发现一个名叫“游仙巷”的巷口，觉得有意思，就走了进去。巷子狭窄，两辆出租车无法错开，正在顶牛；要在往常，两个司机准会操起扳手卜来打架的，然而此时，他俩都显得心平气和，索性胳膊肘搭着车窗，偏了脑袋看电视——天气炎热，市民们把电视搬到院里、路边，让行人看，也趁机出售冷饮瓜子什么的。女人不论肥瘦，都撩起下衣，亮腿散热。反正今夜无流氓。

青袖继续朝前走，灯光也稍暗下来，迎面响起一个声音：“冰淇淋！冰淇淋！”话音一落，巷拐处窜出一辆自行车，一下子碰到青袖怀里，顿时倒地，车架后的保温木箱摔坏了，冰淇淋散落一地。

“啊呀啊呀！你不要命了！”卖冰淇淋者爬起来，伸拳要打青袖，忽见青袖是这般丽人儿，就赔笑道：“你没事吧？”

青袖弯腰，帮他收拾一地狼藉，问他一天能赚多少钱，他说三十块左右，又说今天运气不错，一晚上赚了一百多元，还不是托了香港回归的福。

“要是香港天天回归多好。”

说罢，又拿出一盒五色冰淇淋，并把小勺子递到青袖手上，说：“我请客！香港回归，咱也该有所表示。”

“我要是个男人，”青袖端着已成糨糊状的冰淇淋，笑了。“或者我是个丑女人，你表示不表示？”

“小姐，话要是说这么透，世上还有什么意思（的事）呢？”

“你这车子，还有箱子，还有没卖完的冰淇淋，统共能值多少钱？”

“你问这是什么意思？”

“你只管回答好了。”

“也就……不到三百元吧。”

“好，我给你三百元。”

“小姐，你这样的人，要这破玩意儿干吗呀？”

“这你不用管，我只问你卖不卖？”

“你别逗我们可怜人了……你忙，我走，冰淇淋！冰淇淋！”

“你别走！”

青袖从手袋里掏出三百元，而那卖冰淇淋的却不敢接，青袖只好再亲自将钱塞进他的衬衫口袋。他的衬衫很脏，谁也无法弄清那衬衫原本是白色呢还是黄色抑或是黑色。

“你的东西我买了。但我不要它。你可以将它锁到那棵槐树上，随后你再把它推走。我付你钱，算是给你个保险，万一有人把你的家当弄走，你还有三百元嘛！”

“你是便衣警察吗？我早就不偷井盖子了，早就是良民了！”

青袖说她不是警察，卖冰淇淋的越发相信她是警察。无奈之下，她拉过那人的手，将那手迎进她的裙子。

“天哪，你是妓女！”

于是卖冰淇淋的一掀车子，呸地唾了一口，说：

“你这么水灵，原来跟我一样是苦命人！走，咱俩逛夜市走，我请你吃麻辣烫！”

那人横出一支胳膊搂住青袖的腰，老情人似地朝巷口走去。他们看见，路旁的电视机里正热闹，中英双方的大人物依次在画面出现，而看电视的人却没有一个会注意到她和他。尤其是卖冰淇淋的，他很想炫耀，尽管目下没有一个熟人，他还是希望所有的人能观瞻他，观瞻他此时是何等的富贵风流。

“你都玩过些什么妓女？”

“还不是野鸡。”

“是不是很舒服？”

“什么舒服不舒服，呸！跟吐痰一样，痰憋多了不吐出去，心里就闷得慌，哪有劲头喊‘冰淇淋冰淇淋’！”

两人来到又一个巷子的交叉处，路灯大亮，如同白昼，卖冰淇淋的突然松了手，并请青袖站住不动，他则朝前跑去几步，然后转过身，细心地观看青袖。然后再跑回来，抓起青袖的手，捂到他的胸口上。

“你听听，我的心咚咚跳！你肯定不是妓女，世上哪有你这样的妓女！如果你是妓女，我的心怎么会跳呢？要跳，就是……下边跳，你别生气，我的粗鲁……”

青袖从来没有接触过这类引车卖浆者流，因而简直无心应对，仿佛白金汉宫的上等人到了非洲的原始丛林。

“你绝对不是妓女！妓女的脸上总是微笑，但是眼神儿不笑，说明她们心里不想笑；而你，脸上不笑，可你眼神儿有笑意……我不会说，反正你的眼神儿好得很！”

青袖有点惊讶了，因为这些话让她好生感叹，感叹的是自以为才华横溢的楼望桥从不曾说出这样的话来。她今天晚上，本意是要亲自打碎一件名贵瓷器——她自己的，可是……碰到了这样一个脏兮兮的男人！

这回是她搂着他的腰。他们走到一处未竣工的楼房前，从脚手架下钻进去。里边影影绰绰，无窗框的窗洞照进一些光亮，可以看见地上全是些乱七八糟的草袋。

青袖躺到草袋上，将黑裙子掀起来，翻遮住自个的脸，对那卖冰淇淋的说：

“来吧……你一生，大概也没有这样的快乐……”

卖冰淇淋的将青袖的裙子退下来，仍旧盖住她的雪白下身。

“小姐，你不了解我们男人！你以为世上的男人只想这一件事？男人只有心死了下边才动，而我现在，只有心这一个地方在动，其余都死了……我，一个孤儿，一个劳教分子，从来没人喜欢，谁都把我当苍蝇臭虫……反正一句话，打记事到现在，从来没有动过心……可是今天晚上，遇见了你！你知道吗？我虽然猪狗不如，但我也有个想头，我梦想有一天，我能够跟一个非常漂亮的女人，胳膊套着胳膊，在蛹城的大街小巷胡逛哒，我要让……”

这傢伙说不下去了，竟然呜呜地大哭起来。

青袖拿出手纸，替他擦了眼泪，又拽他起来。

“好吧，咱们现在就去胡逛哒。”

两人又走，又见了一堆人看电视。只能看见半个电视：大英帝国的米字旗正垂头丧气地缓缓滑落。卖冰淇淋的为了看个全面，就往起跳，一跳，再跳，三跳落地时，后退了几步，只听咕咚一声，不见了。

他跌进了下水道。

青袖趴在圆形的下水道口——又是该死的偷了井盖子——忍着臭气，喊叫：

“喂！喂！”

没有回音，只有稀里哗啦的流水声。

“有人跌进下水道了！”

看电视的人毫无反应，似乎都是聋子。

青袖决定再喊一声，如果还没人来帮忙，她就要亲自跳下去。

“有人跌进下水道了！”

【连载于《佛山文艺》1998年1～6期】

他活

殖民地上一棵树

罗宜先生嗜茶。有朋友告诉他，说爱喝茶的人性欲强。他想了许久，终究没弄明白茶和性有什么关系。在他看来，茶是艺术，清风明月，可以激活想象力，并幻化出某些古典音乐所描绘的画面；性是政治，尤其对一个四十岁的男人而言，他的性生活总是充满了政治色彩，比如罗宜。罗宜坚持每周与妻子房事两次，多了他身体吃不消，少了妻子要怀疑他搞了外援。所以罗宜的性生活无甚乐趣，基本跟开会、学习文件一样。开会、学习文件是政治活动的主要形式，虽然枯燥无味，但因其无比重要，所以你不能回避。因而罗宜一如既往地每周两次房事。这大概是家庭的最大政治，也是那个担任妻子这一职务的女人心目中的最大政治。每次房事结束，妻子总要摸着罗宜腿间那条可怜的死蚕，说：

“这是我一个人的，你千万千万不能让别的女人用它！”

“别的女人要用它？我怎么没感觉到！”

妻子的话重复多了，罗宜不免恼怒：

“你老说别的女人想它，你也是女人，你是不是也想别的男人的‘它’？”

“我才不是那号无耻的女人呢。”说着，再次揪住罗宜的“蚕”，再次重复道：

“这是我一个人的，你千万千万不能让别的女人用它！”

罗宜想：他身上的这个虽然欠文雅但是依然很重要的器官，从未自由过，它从未给他带来过快乐，就这么不明不白地被一个女人霸占了去，就像一个国家，被敌国强占去一块领土，无论这块领土是多么狭小，却都在事实上，在心理上，使得这个国家的人民处于殖民地的生活状态，没有什么主权可言了。

但是罗宜的手可以和别人握，这别人也自然包括女人。罗宜其实有点害羞，当然也同时为了保持绅士风度，所以与女人握手，他向来是被动的，被动地伸出去让那早已伸过来的女人的手握那么一下。当一个男人有点害羞时，女人反倒来了兴趣，因而罗宜总是比其他男人享受到更多的媚眼、飞吻，以及那种类似幼稚园阿姨讨好孩子的一捧瓜子、两颗话梅、三片口香糖。这些玩意儿潜藏着某种信息暗语，罗宜在享受这些小恩小惠时，也一并享受了弥漫在他脑袋周围的情色空气。他欣赏这种空气，这种空气效果奇佳，如无数只蜜蜂的翅膀滑翔振动的空气。这是一种比性爱更有味道的感觉，犹如酒鬼闻见酒香，那种感觉是远远胜过饮酒本身的。

但罗宜不大饮酒，只好茶。他办公室的窗外，是一个水泥平台，似乎是专供他倒剩茶的。残茶败叶，不能说是垃圾，因为它仍不失灵秀气韵。平台外侧，是一棵梧桐树。冬天，这梧桐树缀满了小小的、毛毛的绒球；初春，它开始发绿，那种鹅黄色的绿。有趣的是，这树在靠近罗宜的西侧首先发绿，而不是通常的树，多半是朝东的一侧先绿，这是符合自然规律的。罗宜认为，这棵叶子呈茶色的树对他有着别样的情谊，于是他给这棵树取了个名字，叫“吾伊”。

生命是他人的投资

罗宜的妻子维维是个漂亮的女人，她的鼻子好像是从维纳斯脸上移植来的。但是这个鼻子，在日后的家庭生活中，并未起到它当初给罗宜的联想所应该达到的重要作用。这么好的鼻子，可惜长在她的脸上，真是糟蹋了，罗宜经常发出这样的感慨。

维维的娘家人丁兴旺，似乎是这个城市最大的家族，但只是属于那种通俗大众化的家族，而非名门望族，因为这个家族尚未出过叫得响的人物。这个家族的胃功能都无一例外地好，大吃大喝历来是这个家族的盛大节日。他们经常举行那种类似乡村的“磨盘会”，即轮流做东，海吃海喝。其实他们的所吃所喝并不值钱，无非是猪肉和烧酒，最奢华的一次是吃了一只王八，那还是在菜市场发生车祸时，偶尔捡到的。

罗宜是这个家族的外来人，称谓是女婿。每到周末或节假日时的聚吃，罗宜就感到空前的寂寞，虽然大家都很尊重他，因为他毕竟是个“历史硕士”，维维的娘家人可是连个正儿八经的大学生也没有。胡乱地吃了饭，罗宜就提前告辞了。没有人阻拦他，尤其是维维，总是自豪地给大家解释道：

“他要写书。”

罗宜确实出过两本小册子，一本是《唐代的服饰》，一本是《丝绸之路在中国境内的重要驿站》。这两本书究竟对人类的进步有什么用处？眼下尚未看出。但对罗宜本人讲，却意义非凡，因为在查寻资料、实地考订、分目撰写的日子里，罗宜的肉体欲望消失殆尽了，有一种吸毒时的沉醉感。何况这两本小册子，使他评上了副教授，月工资增加了三十七元。三十七元也许只能买一个猪头，但这个猪头却是某种高贵身份的标志，说它是“白领猪头”并不为过。又何况，自当了副教授，正赶上调整房子，罗宜也就乘风破浪地住上了三室一厅，虽说是老教授腾出的旧楼，虽说总面积也只有五十一平米，但也足以令他心满意足了，因为他从此有了一间七平米的独立书斋。然而最兴奋不已的则是他的老婆维维，那个星期天他们行了四次房事，其中一次是在阳台上，天麻麻亮，似乎是故意让对面楼上的人看见，以此炫耀他们的快乐。罗宜因此睡了三天，对老婆扬言他已经“崩溃”了“废墟”了。维维吓得嘴唇乱抽，自此不再加倍使用丈夫了。

罗宜这时才明白，他拼搏到手的他一向蔑视的“副教授”，其实是为了老婆孩子，为了他们住上宽敞的房子。如果他只是一个人，那他只需一房、一床、一桌外加一书架，足矣。人不能为自己活。那么这等于说，人生的意义即是别人的需要。这确实高尚，可是也未免太悲惨了。

有了房子，罗宜决定为自己活一回。可是这个念头刚一浮出脑海，维维对他说：

“你每月应交我六百元。”

罗宜月工资，乱七八糟加起来，刚六百出头，全部交给老婆，那怎么行呢。他以沉默表示自个的不满。

“家里的吃穿，一切费用，你一点不管不问。你要钱没用。”

没反应。维维补充道：

“男人有钱就变坏。我还不是为了你好。除了你的老婆，谁还这么爱护你哪！”

想一想，这话是无法反驳的。名教授的老婆全这号人。反过来说，要想当名教授、老教授，就得娶这样的老婆。学校的名教授老教授，十之八九的老婆都是粗人，但这并不妨碍她们对于家政的深刻理解，那就是牢牢掌控经济命脉。

罗宜个人确实不需要多少钱，但却有人需要罗宜的钱，这便是他的父母。他的父母都是乡下的农民，结婚二十年后，莫名其妙的离婚了。罗宜不明白的是，只有城里人和有钱人才有资格离婚，乡下的农民凭什么也玩离婚？罗宜的父母生养了三女一男，三女依次出嫁到遥远的有粮吃的地方，没有能力管娘家的父母。嫁出去的女儿不管亲爹娘，是几千年的风尚，不受道德谴责。只有罗宜这个独生子考进大学后留校当教师成了唯一的城里人。农民以为，城里到处是钱，城里人的上班，就是城里人开始拾钱。罗宜每月给家里寄五十元，后来长到一百元。父母离婚后，得分别给父母各一百元。

“你爹你妈是不是因为第三者插足离的婚？”

维维说这话时，满脸都是嘲讽的表情。罗宜深感愤懑。这愤懑不单是冲着维维的，也是冲着自己的不争气的父母的，更多的则是愤懑自个的命运。

“是性生活不协调吗？”

罗宜扬起手，扇了一耳光。不是扇维维，是扇了自个一耳光。维维是城里人，即便是城里的王八蛋，也比乡下的天鹅高贵。维维的父亲是个修脚工，母亲是扫马路的，但他们有工资，有退休金，用维维的话说，“终究是国家干部”。而罗宜的父母，虽然一个当过大队会计，一个当过妇女队长，但依然是农民，老了也就等于休了，一切得靠儿子。好在父母身体硬朗，生不起病也能真的没啥子病。与他们的儿子相比，他们更热爱活在世上。都七十岁的人了，谁也不能当他们面提说“死”字。他们共有三间老房，离婚后，一人住东间一人住西间，中间的堂屋共用，各人有各人的土炕、小灶。他们互不说话，互为木头人。在这一点上，他们是典型的中国人，因为中国的男女一旦结为夫妻，就是鸳鸯鸟呀并蒂莲呀什么的，忽一日离了婚，就成了天敌，像猫和老鼠，能躲则躲，实在避之不及见了面，那就咬，眼里射出的全是无形的飞镖。罗宜的父母当然不咬，老了咬不动了。索性把对方当作一滩牛粪，不理就是了。但是对于罗宜，这俩老东西却是一样的热爱，谁也不能丢弃的。

罗宜常想，他这个生命，是父母在黑灯瞎火的时候胡乱捣制出来的，像他们随便唾的一口痰；而他，却要对他们顶礼膜拜，一辈子都要感恩戴德。所以他心底里很感委屈。他每次给父母寄钱——同时填写两张汇款单——都有一股被敲诈、被勒索的怨气。用纯粹经济的角度计算，他给父母寄的钱，含物价上涨因素，已三倍于父母养育他的钱了。按说，他可以问心无愧地不再给父母钱了，可是依照流行的观点，他真如此就会被说成是畜生不如。他甚至想过，不如结束生命，看他们如何！他也真想过结束生命，因为他穷尽想象，也看不出未来的岁月会出现什么好事。乐呵呵地活着，一定是坚信未来有好东西等着，而他不相信未来有好东西，却还莫名其妙地活着，真是匪夷所思。很久以后的某一个雨天，他独自行走在遍地落红的花园里，才明白，他不是为自己活着，而是为父母活着。只有父母死了，他才有资格死。先死父母，再死本人，是法定的秩序。秩序颠倒了，就是悲剧；想颠倒这种秩序而不能颠倒，则是悲剧中的大悲剧。所以大家，全都不要脸地活着。啊——呸！

换一个器官出卖

罗宜挣的那点外快，全是靠他的舌头。他认为，教书匠都是卖舌头的。鲁迅说过“妓女卖淫，教授卖嘴”的话，绝了。舌头所发出的声音，被称为学问，被称为文化。所谓劳动者，就是出卖自身的某一个器官。器官的不同，便分出不同的职业。有一阵子，仿佛世上所有人都需要教书匠的舌头所发出的“学问”“知识”，于是各种职大、夜大、业大、电大遍地开花，罗宜就被请去卖舌头。那时他是助教，一课时八元，及至十元。如今，他成了副教授，等于给舌头镀了一层金，振动舌头一课时，可得十五元。

罗宜不想再卖舌头了。他觉得为了父母妻小而如此辛苦舌头，太不公平了。他想调换一个器官。他上街买回一沓报纸，仔细阅读各类招聘广告。反正他是副教授，一周只两节课。再熬一阵子，能带研究生了，就可以一年只上半年课。他发现一家报纸招聘编辑，就一个电话打过去。听了自我介绍，对方请他过去面谈。他骑了自行车，半小时赶到那家报社。他上到三楼，找到那个部门。门大开着，见一个黑脸秃头手提红笔指指画画着一张大纸，桌边围着几个男女，仿佛在研究军事地图。“标题要换字型，这儿得加个尾花。”罗宜与出版社打过交道，推测眼前的这帮人是在审阅版样。

“请问，招聘编辑就在这儿吗？”

大家都把目光投向他，是那种选择种马的目光。罗宜扶了扶眼镜，稍作镇静，这才掏出名片，双手递给黑脸秃头。秃头接过一看，撇到桌上：

“副教授？连教授都比驴多。多大年纪？”

“四十岁。驴子是活不到四十岁的。”

一个胖大的女人说道：

“可惜了，我们只招三十五岁以下的。”

这时电话响了。秃头摁了免提键，电话里说：

“银塔，我想了半天，那个稿子还是撤了安全些，咱们刚挨过批评，小心点没错。”

关了电话。名叫银塔的秃头抱怨道：

“早些不说！官大了，胆小了，真他妈没意思，撤稿！“

秃头的红笔冲着版样上的一篇文章打了个红叉，吩咐周围的人找篇文章来顶替。大家翻了半天，均没有三千字的来稿，要么太长，要么太短。还是银塔拉了自个的抽屉，取出一篇稿子，抖着问大家：“谁来编辑？”大家相互瞪眼，说：

“头儿，你知道我们只会拉广告，吹牛。编稿子可不行。”

罗宜连忙凑上去，说：

“让我试试可以吗？”

“哇，有教授耶！”

银塔笑了笑，说：

“劳驾教授了。请你编成三千字，制一个很刺激、能吸引读者的标题，再提炼几十个字的导读。半小时后交稿！”

胖大女人请罗宜坐到墙拐角的那张桌前，桌上堆满了矿泉水和啤酒，且蒙满灰尘。胖大女人给他挪出一角空桌面，拿废报纸擦了擦。罗宜想，这大概算是面试了，心里很感激，感激命运给他安排了这个突然飞来的机会。他决心一炮打响。

这篇文章是打印稿，七千字，天、地、左、右，留了很多空白，分明是留给编辑增删文字的，可见是个投稿专业户。文章名叫《一个世纪末的家庭》。他开始阅读。在他读的时候，银塔与他的兵们放浪调笑，大讲色情段子，根本不配合罗宜一个安静的环境。也许这就是办报纸的氛围，而不是书斋里的备课。罗宜强迫自己关闭耳膜，潜心于阅读。在一刹那间，他把这篇臭文章看得比《左传》还重要。一遍读罢，心松弛下来。提起朱笔，嚓嚓扫荡，几分钟就砍得只剩三千字了。

你包你的二奶 我养我的面首

——一对世纪末的夫妻

银塔接过，一看标题，眼里当下射出贼光。但他克制了自己，先看完再说。看毕，他走到罗宜跟前。他抬起手，本要拍罗宜的肩膀，又觉得拍肩膀未免轻佻，便郑重地握住罗宜的手：

“你是个天才。你应该是正教授。我们决定聘用你了，月薪五百元，高不封顶！”

“我每周还有两节课，如果——”

“不碍事不碍事！坐不坐班由你选择，我只要你编出好稿子就成。干脆，你就专门处理寄到我名下的稿子吧。有些属于广告稿子，你要打扮成有新闻价值、有可读性的稿子，让总编和读者根本看不出来这是收了钱的。钱不会进我腰包，而是入了小金库。我有钱。我的最大愿望，就是让这些跟我干革命的兄弟姐妹们都能富起来。”

响起热烈掌声。

“嫖过娼没有？”

罗宜惭愧地摇摇头，并努力想让自个的脸红一下。不知努力的效果怎样，因为他看不见自个的脸，附近又无镜子。

“嫖娼是目下最流行的文化，你身为教授，怎么如此不爱文化呢？再说嫖娼是个经济活动，加速了金融流通，使穷富之间有了某种变通，对于社会稳定至关重要咧。”

“我没钱。”罗宜害羞地说。

“嫖不起高雅娼，可以嫖通俗娼嘛。”

“咱们的银头儿，”胖大女人说，“可是雅俗通吃哩！上个月去美国，嫖了二十多天，可是为咱们中国人长了脸啊！”

“我说你个白莎，一天到晚地作贱我！我还想提你当助手哩。”

“是吗？”白莎立即撒起娇来，并上前拿自个的半拉胖胸脯蹭了蹭银塔的胳膊。银塔慌忙后趔，嘟囔道：“别别别！再这样我就告你老公呀！”

“告了他才高兴，你学雷锋帮他忙么。”

“说正经的，你只要带领大家完成今年的一百万广告任务，我保证提你当副手！人事处不同意的话，我他娘的也不当这个鸡巴头儿了！”

停了一会儿，银塔又说：

“至于咱俩的事，等咱俩不在一个部门共事了，再操作不迟。我喜欢纯情的东西。”

中午到了五星级酒店大吃了一顿，算是为罗宜接风。这是罗宜生平第一次享受五星级酒店，在钢琴声里酒肉西餐。他感慨万千，觉得真正亮丽的生活，第一回映照到一个穷儒的额角。他更吃惊的是，这些办报纸的人，这些引导民众向文明靠近的人，却满口脏话，放浪形骸，真可谓粪池驮白雪，污秽举青荷哟。

被尊重的夜晚，或者多劳多得

罗宜的办公桌被安排在大办公室。大办公室据说要电脑化，但是没有电脑，没钱的原因。只装配了电脑桌，十二个人被隔成三排，像养鸡场，只是大家都下不出蛋来，只会下稿子。罗宜没位子，只好在临窗的地方摆张木桌。后来才知道，坐电脑桌的，仍有一半是招聘人员，临时打工族。

这里永远人来人往，电话不断，因为报纸是个名利场。来的人无非两个企图，一是想出点小名，二是打广告骗钱。尤其是各种名流，最爱与报纸勾搭。换句话说，名流之所以名流，就因为他们经常与报纸勾搭才成了名流。罗宜不止一次看见他一向仰慕的人，是如何谄媚报人的。所以每天的午饭，都有人来请报人吃，请报人唱，送报人小礼品，以及各种票券。罗宜自然也跟上黑吃瞎喝一通。难怪生活中有那么多不如意的地方，而报纸总说“大方面是好的”，并且每天都要冒出“一道亮丽的风景线”，原来是因为办报纸的人很快活呀。

银塔允许罗宜可以不坐班，可以把稿子带回家编。但是罗宜的家里始终有老婆的娘家人，老的小的，全是吃饭穿衣之徒，对于社会的本质，他们永远都是“不明真相的群众”。他们把罗宜的儿子熏染得学习成绩直线下降，看来将来上大学是没指望了。“干吗非要让孩子上大学？”老婆的娘家人说，“我们都没上过大学，不照样吃喝玩乐嘛。”罗宜一思量，也确实如此。自己倒上了大学，还当了副教授，又如何呢？连个女厕所都不敢进。所以罗宜除了上完两节课，其余时间全泡在编辑部，权当听生活、看生活呢。白天，办公室闹哄哄，根本编不成稿子，晚上家里又呆得烦，索性骑车赶到报社，安安静静地处理文稿。就常常接到一些女人的电话，倾诉她们的隐私，如此新鲜是比看花带还来劲的，因为话筒里传出的女声，像是刚出笼的馒头散发出的热气，那热气发展着，飘荡着，使他沐浴在他想象的芬兰浴里。

那天下班时，银塔交他一篇稿子，一万多字，写一个治肾病的“肾王”。稿子明天见报，银塔要他连夜编成五千字，因为“肾王”只出五千块钱。同时还有两张照片，一张是“肾王”给某劳模治病，一张是“肾王”与市长握手。罗宜就问，领导不能给人做广告，广告法好像有这个规定。银塔说这不是你管的事，钱能堵住领导的嘴，领导也是人嘛。

罗宜编了一天，天就黑实了，白莎送来肯德基、汉堡包及一瓶啤酒，说：

“教授，头儿吩咐送你的。还有啥要求，呼我就是。”

白莎摆着胯，挤个眼，模特儿似的走了。罗宜恍惚起来，就卸下眼镜，擦了擦。传呼响了，一看，是天气预报，大概新闻联播刚结束。传呼是他跟着银塔参加一个新闻发布会，银塔向一个老板要给他的。

罗宜有点感动。在大学里，教授比西瓜还多，谁也不把教授当回事，也从没有一个教授被请吃肯德基，尤其是文科教授。他抿了抿红毛笔，继续编稿。他认为这是卖手，卖字，总比在大庭广众下卖舌头体面些。

他终于编完了。他又卸下眼睛，开始做眼保健操。没做几下，门被敲响。门没锁，敲啥呢？他把剩下的半瓶酒灌进肚里，一边说“请进”，一边去拉开门。

是个女的，个儿不高，肤色黑，不是越南人，就是广东人。她冲罗宜一笑，反碰上门，微启血唇，说："这么亮的灯，窗帘也不拉。"将小坤包取下放桌上，拉了窗帘，有块玻璃破了，风吹着窗帘，她便用墨水瓶压住窗帘的下摆。

"请问小姐，你找谁？"

小姐依旧冲他笑。小姐的牙还算白，牙上似乎还黏着一星青菜花儿。

"小姐贵姓？"

罗宜边问边给小姐倒水，然而暖瓶是空的。

"大家都忙，"小姐解开胸扣，扇凉。其实不热，只是那忽闪的圆奶子把罗宜扇得火烤一般。"开始吧。"罗宜似乎明白小姐的意思，但他立刻害怕了，他觉得这是一个圈套，甚至是一起谋杀案的序曲。然而他是无权无势的小人物，又从未涉足绝密文件，杀他有何益呢？

传呼响了。他一看，传呼上现出这样的文字：钱已付过，请君享用。谁打的传呼？不留姓名传呼台也给转？

正在他的紧张心情稍稍松弛下来时，那小姐就解了裤带，裤子如降落伞般滑落。罗宜看见小姐的大臀细腿，看见小姐的凉鞋厚得如一块砖头。

小姐转过身，双手扶住椅背，折腰撅臀。

"如今男人喜欢这么来……"

很多日子以后，罗宜还在回想这个难以忘怀的事件。这件事对他的震撼，已远远超过他二十多年前接到大学录取通知书时的感觉了。他反躬自问，那晚上他之所以犯了"错误"，多半是那瓶啤酒煽动起来的，因为他一向不胜酒力。

过了几分钟，银塔推门进来了。仿佛什么事情都没有发生过，他只是审阅稿子，照例对罗宜的编辑才华夸奖一番。然后他邀请罗宜随他一块儿到印报车间参观，说一个人应该了解广阔的生活与劳动，又说别看教授教学生，但是学生到了社会上混个一年半载，返回学校绝对能教教授。下楼梯时，银塔才轻描淡写地问道：

"味道怎么样？我向来尊重知识分子的劳动。"

罗宜无话可说。似乎笑了笑。谁知道呢。

出楼门时，值班老头向银塔打招呼，说他夜深了还加班，要注意身体哩。银塔撇给老头一包烟，晃了晃手里的稿子，说：

“谁让我是党员呢！”

罗宜并没有跟着银塔进印报车间，他并不想再学什么“社会知识”。他骑上单车，沿着城河路回家。“家”这个字，他觉得惶惑，他认为“家”是某种机械装置，“家”里有许多零部件，被螺钉们强行拧扯一团，不能拆卸，拆开了，各个部件倒是自由了，但是“家”就破了。家破的人，会被人瞧不起的。无家的人，算是个怪物，无异于病人。罗宜骑着车子漫无目的地蹬着，尽管双腿软不拉塌的。

风中惊艳

罗宜回到家里，已快十二点了。所有的床都睡了人，都是维维娘家的人。客厅的沙发上，放了一个枕头，一条浴巾，显然是让罗宜过夜的。他躺了下来，拿一本书看，当然怎么也看不进去。他以为他是住在下等旅馆里，什么服务都没有。这房子是他自己奋斗到手的，但主权不属于他，他反倒成了一个房客。对于维维娘家人的频繁占用，他也曾偶露不满，维维当即予以反应：“你真的以为这是你的教授公寓？假如你是单身，你就是当了教授王，也照样分不上三室一厅！”他也就英雄气短了。不过公允地讲，娘家的人来了，虽然吵闹，但维维的脾气却比平常好了许多。丈夫虽然干不了正事，但也同样不干家务活，只跷着二郎腿看电视。他唯一感到不公平的是，他老家的人不能来。曾有一个远方亲戚的儿子在城里读大学，礼拜天来了。他想留大学生吃顿饭，但是维维一声不吭，借罗宜不讲卫生跟他拌嘴，说她天天买菜烧饭洗衣服，简直是奴婢是老妈子。大学生一见，就识趣地走了。罗宜好没面子，就来了个很不体面的报复——既然你口口声声说是伺候我了，那我就让你好生伺候一回吧！罗宜当时正蹲在厕所里，维维在手洗衣服——洗衣机坏了——维维要罗宜脱了内裤让她洗。罗宜拉毕屎，不擦屁股，糊了一裤头，摔给维维。维维当下恶心得吐了，大骂罗宜猪狗不如。罗宜说：“你老说我是农民，没办法，农民从来不擦屁股。”这是罗宜最高兴的一天，那种高兴劲儿好像是起义军冲到金銮殿上大撒其尿一样。

罗宜躺到沙发上，拉起浴巾盖住身体的中部。但他睡不着。他又回想起今天的事。过去只听说有妓女，却没想到妓女多到可以来办公室服务的地步！一推想，那些经常在报纸上电视上露脸的男男女女，没准也有妓女也有嫖客呢。只是不知道价钱如何。据说成交一次二百元。这就是说，银塔今天掏了二百元请了他一回。唉，不合算，不如把二百元给他手上，二百元要买多少鸡蛋啊！二百元还可以资助乡下的两个孩子上一年学。不过，也许那妓女就有两个弟妹依靠她的工作上学呢。她不给一个陌生男人脱裤子，这男人会平白无故地给她二百元吗？这就像销售公益彩票，不先搭台子摆出汽车电视做诱饵，过路人肯定没一个上前买的！

罗宜迷迷糊糊地正要睡去，卫生间哗哗哗的水响了。少顷，穿着睡衣的维维来到罗宜跟前，罗宜眼睛留了条缝儿，借着窗外的夜光看见的。维维挤坐到他的腰边，伸手将他摸醒，说：“你晚上怎么回来这么迟？该不是跟哪个女人鬼混去了吧！”说毕，一下子压他身上，用她的中部揉搓他的中部。他这才想起，今天是“学习文件”的日子。可他哪来精神学习呢？他一挺肚子，将维维掀将下去，大声说：

“我一天都没吃饭！”

这一喊，所有的亲戚都起来了。这些人虽然平庸乏味，但是每当罗宜与维维发生口角时，他们却都向着罗宜，用夸张的语言批评维维，谴责维维。他们提醒维维，女人就是女人，老婆就是老婆，要心疼丈夫，因为丈夫是家庭的栋梁。这么一来，纵然一百个怪维维，罗宜也无话可说了。可见亲戚们都是懂政治的，政治上有些手段的。

亲戚们七手八脚地开始给罗宜做饭。但是饭端上来，罗宜又撒娇不吃了，说他拉痢疾肚子疼，要饥饿疗法。维维与罗宜结婚十多年，也确实知道罗宜爱闹肚子，治肚子什么药都不见效，唯一方法是朝肚脐眼里喷烟。所以尽管罗宜不抽烟，维维还是给家里常备了烟。这阵子，维维点着一支香烟，咂一饱口，退下罗宜的裤子，一嘴贴上罗宜那枪眼似的肚脐眼，使劲将烟往里喷。维维的嘴贴得严丝合缝，就像是掏下水道的皮碗儿；但毕竟是人工皮碗儿，劲一使大，难免漏气，声音跟放屁似的。

结果，罗宜真的疼了一夜肚子，咕咕地响着，仿佛青蛙在烂泥塘里交配产卵。

第二天早上，一屋子人闹嚷嚷地离去了，家里顿时安静下来。这时罗宜才明白，他最需要的是独自一人呆着，这是他生命里最美好的时光。他睡了几小时好觉。下午他带上一把雨伞赶往编辑部，因为风动树摇，云从南山顶上排合而来。但是风刮得过了头，刮得厚云变薄了。罗宜赶到办公室，居然没有一个人。桌上有张留言条，说是大家都去看一部好莱坞大片，要他见条后也去某影院。他是不大爱看电影的，他认为电影无非是几个俊男靓女相互纠缠一番。人到了中年，起哄扎堆之类的兴趣日渐腻歪，皱纹与白发增多，激情共精子减少，偶遇一艳，也未必惊得动他了。

罗宜沏茶一杯。茶名“黛山绿雪”，受热水而蓬松，昙花般颤动开放，观之满目清凉，饮入口中别是一番滋味。风仍未停，“吾伊”——窗外那棵梧桐树——招摇着，筛动着，每一片叶子都尽态极妍地翻舞着，像无数只绿色的小鸟鸣叫着要飞向远方，但又无法脱离树枝，抑或根本就不想脱离。

忽然，罗宜看见一只飞碟，一只白色的飞碟旋上树梢。同时，听得下面有人喊叫：

“帽子！我的帽子！”

罗宜趴着窗框，半个身子探将出去，只见一个黑衣女人立在马路边，仰着白脸，风掀着她的头发，仿佛她乘坐在奔驰的敞篷车上。如此情景美妙而动人，好像战乱年代恋人分离的画面。

罗宜一手抓牢窗框，前倾了身子奋力够着那顶洁白的帽子。然后他退回窗子，比划着，瞄准着，打算准确地投到那女人的手中或者怀里。但是风很大，一旦帽子脱空，帽子准会像失去双亲的盲童，没法预料流向何方。

“别扔，我上来取！”

罗宜拿起帽子，反复端详把玩，且放鼻子下嗅了嗅。这是一顶极普通的草帽，一顶村姑们戴用的城里几乎见不到的草帽，充其量值三五块钱。与其说它能遮雨，不如说它是一件别致的装饰品。这顶草帽使他想起一个遥远的小姑娘，想起那落满灰尘的永远不可能重复的单相思。他又嗅了嗅草帽，从那编织细密的麦秸缝隙里，散发出一缕游丝般的荷香草气，这气息使得罗宜想起一句古诗：踏花归来马蹄香。

罗宜缓缓地朝门口走去，打算迎接那女人，并把帽子还给她。他刚走到门口，那女人出现在面前，准确地说是差点鼻子碰了鼻子。罗宜张大嘴巴，因为他从未见过如此美貌的女人，或者说从未见过如此吻合他梦想的女人。

她莞尔一笑，她抽出别在她身后的手，手往他眼前一举，是一枚绿色的梧桐树叶，说：

“你拾了我的帽子，没什么感谢你的，就送你这个吧！”

罗宜接过树叶，递过帽子。但他又马上索回帽子，因为他忽然灵醒了，只有傻瓜才放弃如此千载难逢的美女。他说：

“你挺浪漫的。喝杯茶吧。哦，先请坐！”

女人正要坐，他立刻说：

“这椅子不好！”

罗宜换了把椅子让女人坐，因为那把椅子曾被那个妓女接触过——若干年后他为这个细节害臊，妓女有什么不干净的——女人用纯净光明的大眼睛奇异地看着他，斜靠窗边的墙壁，一腿笔直，另一腿微屈，一脚架上另一脚背，造型端的优雅。

罗宜在给客人沏好茶后，将那片树叶压进玻璃台板下，背景是“天池秋色”。女人笑了：

“你也挺浪漫的。”

她始终不坐，罗宜也只好站起来，两人各端一杯茶，在办公室里转圈子。罗宜给女人介绍报纸的情况，介绍每一个座位的主人的个性及轶事，就像一个小职员无比激动地接待一个大首长。

“这茶真香。”女人微微动着嘴唇，极其精致的未施脂粉的嘴唇。其实后来，他才知道她爱喝茉莉花茶。

“茶比饮料好。饮料是‘工业汤’，我是从不喝的。”

“‘工业汤’？有意思——呀，我得走了！能给张名片吗？”

罗宜递过自己的名片，顺便要女人留下名片，但女人说她没带名片，就拿起笔，在纸上写了自己的名字和传呼：

杨雨台　128–961589

罗宜送别雨台女士，一个不让送，一个非要送。送到楼下，一片天光，风扫云散，风也不见了。看见的人都向杨雨台行注目礼，罗宜倍觉精神振奋，虽然没有一个人目光是看他的。当两人伸出手握别时，罗宜惊诧地发现：杨雨台左胳膊上套着黑袖圈。罗宜关切地问道：

“你这？家里谁——”

杨雨台凄然一笑，说：

“人生难免这样的事……再见！”

她走了，头也不回地走了。在经过那株垂柳时，她偏了偏脑袋，又不忍心，就抬起手，轻轻地抚了抚柳枝。

她消失了。

但是她那纯熟而清美的身影却镌刻在罗宜的心间了。他回想了一下，他已经活过四十余年，似乎没有这样的感觉。他不知道这是好事还是坏事。然而他毕竟四十已过，再如此这般的见花而动荡，是可笑的。可是，当他返回办公室，他看见，他亲眼看见、亲自看见，那顶洁白的草帽还静卧在他的桌上。他想追出去送帽子，却不知为什么而没有追。他又仔细看了看字条：杨雨台　128–961589 他想打传呼，抓起话筒却不知按键好呢还是不按键好，直到话筒里传出小姐的声音“因为您久不拨号，请放下电话后再拨”。

最后，他想出了一个自以为很不错的方案，给她打个留言。留言云：“您的草帽丢在我处，怎样交您？请回话。”此时，看美国电影的人说笑着回来了，白莎提了一塑料袋草莓，走上前来，不容分说地倒进草帽碗里，请大家抓着吃。银塔问：“草帽是哪来的？咱们去看电影，教授在家里辅导文学女作者，哈哈！”说得罗宜有点脸烧。早就听到传闻，说“辅导文学女作者”是编辑部的经典趣事，但是罗宜的切身感受是，凡送稿的女作者，无一有光彩，连嫁个平常的丈夫都显困难，还有何花边新闻可生发！可见文学确实成了废园里的残花败柳。

这时传呼响了，罗宜不想当人面看，就避到走廊上，摸出来一瞧，是个留言：“杨女士说她今天有事，明日再联络。”这个留言很有品位，它似乎是特别提示罗宜：这犹如逛风景名胜，先入眼者仅是个囫囵美景，诱你趋步，或者撩起你打点行装的积极性，待你奔向好地方，正逢夕阳斜下，满眼秋红，你便驻足，所谓“停车做（坐）爱枫林晚，霜叶红于二月花”。现代社会，一切都在“加速”“速效”“催化”，结果是，人虽然频频“得手”，胃是胖了，心却空了。

整整一个下午，罗宜都浸泅在亢奋的雨雾里。他觉得他一直生活在漫漫的黑暗里，孤独地、盲目地摸爬着。他只是觉得他活着，但不知为什么活。现今，终于在他的眼前，在遥远的一个地方，出现了一点灯火，那么光亮，那么温情……那温柔的大眼睛，那绰约的身段，那黑色的、充满了俊气的西装，那是男式黑西服，那似乎是有意掩饰自己的性征……她为什么要戴黑袖圈？是她丈夫死了吗？他立刻谴责自己的无耻，为什么首先想到的是她死了丈夫？这个想法完全根据自己的利益需要。不想她了吧，这只是生活中的一个偶然事件，是一场风刮来了她的帽子，她来拿帽子而忘了拿，随后送还她，一切就完了，如此而已。

尽管如此，罗宜仍兴奋难耐，兴奋地等待着明天与她联络。更让他兴奋的是，他在晚间新闻里看见了震惊世界的战争爆发——北大西洋公约组织出动大批飞机，开始轰炸南斯拉夫联盟，原因据说是南联盟内部搞种族清洗。有可能引发世界大战，罗宜边洗脚边推测着，越发激动不安了。想一想吧，人类历史上，还有什么能比得上战争与爱情更让人热血沸腾呢？

当天晚上，他打破了常规，提前一天趴到维维身上，想象着身下是另一个妙人儿。他发挥得很好，时间是平日的五倍，使得维维不断地叫床。风平浪静后，他很不好意思，童言无忌地对维维说：

“实在对不起，今天也不知咋搞的，老以为你是……你是□□□……”

□□□是一个风骚的，口碑欠佳的歌星的名字，当然是罗宜临时瞎编的。话一出口就暗自叫苦，因为这肯定严重地伤害了老婆。

出人意料的是，维维并没有发恼，而是在黑暗里微喘着，用一种带微笑的，善解人意的声音说道：

“你不用自责，我还想着你是发哥呢。”

罗宜哭笑不得。所谓“发哥”，乃是女影迷们对香港明星周润发的昵称。

良辰美景

虽然身子被掏空了，很累，但罗宜仍不能一下子入睡。屋外下起了小雨，雨点儿密密麻麻地敲着树叶，像是蚕吃桑叶的声音放大了几多倍，越发显出夜的静谧与温柔。今年雨多。仅仅在两年前，这个城市还是干燥得出奇。当时请客不是吃饭，而是喝水。两年的少雨，集中到现在补下，补发工资似的。

终于天亮了。罗宜起床后，刷了两遍牙，换了干净衣服：浅色休闲裤，奶油色T恤衫，衫子的两个袖口，是两圈黑边儿，像两个窄窄的袖圈，似乎是帮杨雨台分担她失去亲人的痛苦。骑了车子上路，夜雨洗过的城市无比清润亮丽，人流车流井然有序。十字路口，两个骑车者相撞倒地，爬起来互相一笑，说声“对不起”，各走各的了。若在两年前的旱季，这俩是一定要斗殴一番的。

再过一个十字口就到报社了。偏偏亮了红灯，他只好停下来，一脚着地，一脚旋着链子。这时，他听见有人喊“罗教授”，声音似乎来自前方，看过去又不知谁在喊，因为对面和这面是一样的，也是一排人等着过十字。那个骑轻骑的女士，摘下头盔，冲他挥手。他一眼就看出，是杨雨台。

罗宜早就蹬紧脚踏板，绿灯一亮，箭一般冲刺过去。杨雨台在那儿未动，等着他。她笑着说了一句话，这句话令他无限感动，好像等待多日的旅客终于拿到了一张车票。杨雨台的那句话是：

“咱俩有缘呀。”

两人将车挪到路边的一棵树下，说话。每说两句话，就有一个行人——而且是男人——与她打招呼，弄得罗宜的心里酸啦吧唧的。好在她回应那些男人的话非常简洁干脆，如快刀切黄瓜，分明是敷衍搪塞。这又让罗宜欣慰了几分，有一种享受偏爱与恩宠的感觉。

她告诉他，说她在前面那幢银行大楼上班。她用手指着大楼说，她的办公室在三楼，从东往西数的第四个窗子。她邀请他没事了去看看。她看了看手表，要走。她说：

“你怎么一声不吭？”

罗宜像一个笨拙的小学生，说：

“我不知说什么，因为我从未碰到这样的情景。”

杨雨台很吃惊地看着罗宜，乌亮的大眼睛翻飞着许多小风筝。罗宜低着脑袋，看着脚尖，胆怯怯地说：

“如果你肯赏脸的话，我中午请你吃饭……我的意思是，我要把帽子还给你……”

“中午可不行，孩子放学了吃啥？”

“把孩子也带上……”

“孩子都三年级了，他（她）会怎么想？”

罗宜无话可说了。他在心里咒骂自己：我这蠢驴！

还是杨雨台灵醒，说道：

“要请也该我请你。等有空了，我给你打传呼吧。”

说毕，骑上摩托走了。

罗宜目送她走远，目送她拐进那幢大楼。一股幸福的暖流涌上他的心，此刻，给他一个总统职务，他都要拒绝，他会笑着说：我要忙大事哩，治理国家的小事让别人去干吧。

罗宜骑车到报社门口，并没有进去，而是继续朝前骑去。他不想进办公室，报社的办公室永远和自由市场一样，只是这儿不交流物资，所有的来客都是为了自个的小名利。而此刻的罗宜，是一个充满了幸福感的男人，这种幸福又不能向人炫耀，他就只能独自骑走了。一路上，他骑得相当慢，有个老乞丐向他伸出皱巴巴的、乌鸡爪子似的手，他毫不犹豫地掏出十元钱给了乞丐。他突然觉得自己很富有，每一个人都向他投来羡慕的微笑。在头顶之上，干干净净的天空上，游弋着一朵朵平常难以见到的白云，好像是从佳山丽水间挑选来的一个个仙女，正在接受年轻英俊的王子的检阅。

大约过了一个半小时，罗宜才尽兴地转了回来。走进办公室，大家正围着他的办公桌，有说有笑，欣赏着他玻璃板下的梧桐树叶，都夸他风雅，说他不愧是教授。三位女士也模仿他，从窗外的树枝上摘回叶子，也压入自个的台板。银塔问：“教授先生，你八成是遇见了好女人吧？”见有未婚姑娘在场，银塔就双手箍成一个喇叭，对罗宜耳语道：“千万别玩爱情！伤心伤身折磨人哩，不如嫖娼省事……”

这话真脏，纵然说得不无道理；罗宜无言应对，索性装作没听见，免得污了耳朵。又正好发现一个宝贝东西丢了，不见了，便是那顶草帽。他急了，就追问大家，可是都说不知道。这就奇了，难道被谁偷了去不成！办公室更有比草帽值钱的东西呀。

——也许，草帽完成了它的历史使命，“功成身退”了。风，把它吹离一个女人头顶，风，又把它送到另一个男人手上，于是这个女人和这个男人就相识了，一个故事就诞生了。罗宜在这个故事里享受了传奇和甜蜜，因为杨雨台的形象无时无刻不在他的脑海里。一个已婚男人想念另一个已婚女人，这是不道德的，拿不上桌面的。但是想象和情欲管不了恁多，想象和情欲一如决堤洪水，明知洪水要带灾，但洪水还是要来，谁也没办法。

虽然杨雨台亲口告诉罗宜，她有空了一定会打传呼给他，但她却没有打过一次。罗宜无法判断她是否对他有意思，如果有意思为什么不打？不打传呼来，无非表明两点：一是她毫无意思；二是她放不下架子，她有她的虚荣心。女人虚荣心的程度，与她的漂亮程度是成正比的。罗宜独自分析得脑仁子疼，还是得不出令自个信服的结论。好在每一天，他都能看见她，纵然是短暂的一眼。

自从知道杨雨台在那幢银行大楼上班，罗宜每天骑车上班都要经过那幢楼下，虽然如此一来，他要多绕三站路。他已经摸清了规律，每天中午十一点半，她都要准时出现在大楼，这时，他也恰好经过门口的马路，四目相视，笑意交流到各自的心田。但是很少搭话，因为杨雨台的身边总有人，总是有人亲切地与她交谈着什么。罗宜心里很怯，怕她身边的人发现了他这个“花贼”，就逃之夭夭了。如果有一次，他经过这里时，没有碰见杨雨台，他一定感觉无限的失望与惆怅；但是，当他抬起脑袋，仰望那幢楼房的第三层，目光由东往西移到第四个窗口时，他又感激涕零了，因为她就站在窗里，她要么抓起电话，回想号码假装准备拨的样子，要么与同事交谈什么——一切假动作都是为了脸面始终侧向外面的马路。当她从楼上看见他时，她会迅速地摆一下手——假装弄头发的样子——以示她看见了他。

她不给他打传呼，但是他却给她打。一等办公室没有人了，或者只剩下几个乳臭未干的实习生了，他就给她打。电话回得非常快，证明她还是希望与他通话的。然而在话筒里，却传来其他的闲言杂语，说明她跟前有人，好像她是信访局的官员，或者是个外交部长，如此这般永无清静的时候。这使得他憋出一肚子怨气却没法发泄。那天为什么要刮风？风为什么将一顶草帽吹到我的眼前？草帽又为什么是一个漂亮女人的？这女人为什么不长得平庸甚至丑陋一些？我与你前世无仇今世无冤，你为什么害得我如此思念你？罗宜这种烦忧，就像是行过窃的小偷，不反躬自省，却抱怨被窃的人家不该太有钱财了。

不行，我不能让她这么害我！我得找她，我要面对面质问她！但是怎么找呢？草帽已经不知去向了，还她草帽的借口没有了；看来得另想办法。可他实在想不出办法，最后决定径直去找她看她。总之熟人看熟人，还需要借口吗？就问她银行的利率为何一再下调？是不是与巴尔干战争有关？但是他真正去的时候，还是灵机一动，在路边买了一斤草莓。女人是神秘的，罗宜对女人的知识仅有一点：凡女人皆贪吃水果。送水果对方容易接受，比不得送项链戒指。当然他也送不起项链戒指。

在进银行大门时，他趾高气扬，故作一个大款或绅士状，目不斜视地挺进玻璃门，倒也无阻拦。可是上到三楼，走到杨雨台的门口，却听见里面有好几个人说话，似乎在商量去医院探望一个病人应该买些什么礼品。难道她是个小头目？不是啊，因为其他的门头都有白牌子红字，处长科长什么的写得一清二楚。罗宜希望她此时走出来，以便他将草莓交给她；又担心其他人走出来，他又怎样尴尬呀！此时，他确实体会到了一种只有小偷才会有的恐惧。

罗宜迅速下了楼梯。在一楼的接待室，他将草莓交给接待员，请接待员转交杨雨台。接待员眼神怪怪的仔细打量他，逗得他大光其火：

“我又不是抢银行的！”

“咦！你还发火！怎么证明你不是抢银行的？”

接待员抓起桌上的握力器，掀起门帘往出走。罗宜嘟囔了一句“无聊”，就撤走了。他来到马路上，一看手表，十一点半，是她下班时候了。于是他躲到一个广告牌后，偷偷地偏了脑袋望着银行大门。广告牌后有堆粪便，恶臭熏人，几只苍蝇不住地升降着嗡嗡着。但是罗宜忍住了，并不觉其难闻。再糟糕再肮脏的地方，只要与女人有关、与爱情有关，这地方就立刻成了天底下最美的风景。

杨雨台终于推着摩托车出来了！照例，仍有几个男人女人与她说话，而她也在竭力摆脱他们。她没有发动轻骑，而是推到马路上，东张西望。罗宜明白了，她肯定猜出来他没走，就藏在附近。

“快出来吧，瞧你的脚，踏了泥！”

罗宜就害羞地拐出来，见杨雨台的摩托兜里装着草莓。但他没有提说草莓，好像老丈夫给老妻子送的草莓。一个平淡的眼神，所有的谢意尽在不言中了。

杨雨台掏出卫生纸，蹲下去，揩拭罗宜凉皮鞋尖的泥点。罗宜赶忙也本能地蹲下来，不小心碰了对方的头——

“唉呀！怎好意思让你给我擦鞋？头疼不？”

“你都给我送草莓，我为什么不能给你擦鞋！”

接着，她又半是真诚半是嘲讽地说道：

“歌里不是唱么，只要人人都献出一点爱，世界将变成美好人间。”

罗宜早感动得哑口无言了。还是她说话：

“我喜欢擦皮鞋，你要是见了我老公（她丈夫没死！），会发现他的皮鞋有多亮！擦皮鞋最好滴点醋，效果会更好的。”

风又来了，风把她的一绺头发斜吹到她的嘴角，他实在忍不住了，就伸手将那头发替她抹回原位，说：“你真美……我是说，你的头发多好啊……”

“好什么呀好，”擦毕皮鞋，她拍拍手站起来，“都中年妇女了，你还没见我的腰哩，开始长赘肉喽！”

罗宜笑了，明明是蜂腰，她却如此自我作践！一个女人漂亮是难得的，漂亮再加上风趣幽默，那就算得上是仙人儿了。

“雨台，我，我不知道怎么搞的，总想约你吃顿饭……今天中午……”

“为什么要吃饭呢？关系不好的人才经常约吃饭，不吃饭就担心关系断了。”

“话倒没错，可是——”

“你们男人就是轻松，嘴巴像是安在弹簧上，想到哪吃就把嘴弹到哪。可我们女人呢，一张嘴要管两个肚子，幸好是独生子。像我的老公，说不定这阵子正在内蒙古啃羊腿呢！”

“跟前还有草原小姐伴舞……”

“反正这世界，到处都是你们男人的！”

罗宜立刻觉得要换个话题，因为他分明听出了“女权思想”。他说：

“请教个问题，一个人非常想一个人，又是白想，又不能不想，你说该怎么办？”

“既然是白想，那就不去想好了。”

罗宜又无话了。他是善于讲演的，可是在这个女人面前，他不会讲了，仿佛舌头被冰箱冷冻了似的。

“你没有别的事吧？没有我走了。”

望着她远去的背影，望着她抛给他的摩托车的青烟，他抱怨道：

“混账，没事我找你干吗？找你就是事！”

浪花入海无消息

爱情的痛苦是甜蜜的痛苦，但毕竟是痛苦。如果能够解决这种痛苦，那无异于解决死亡。罗宜从未领略过爱情，而一旦他真的领略了，又觉得实在不该领略。特别快一个多月了，罗宜每天都要路遇杨雨台，每遇一次，他的心都要撕裂一次，他无法知道杨雨台的内心是否也有同样的感受。如果没有，他就悲哀；如果也有，他则多少有点平衡。后来，从编辑部工作餐的一次酒后闲聊中，罗宜第一次知道银塔也有过一次惊人的爱情。银塔到遥远的南方采访，结识了一个女记者。也是一个中年妇女，那女人像只出笼的兔子，活泼泼直往他身上乱撞乱碰。同行的几家报社的记者，都取笑他和她。奇怪的是，每当人多的时候，她就对银塔特别亲昵；当她和他单独在一起时，她又像个警觉的，不谙世故的处女，他是休想碰她一指头的。这大大地吊起了银塔的胃口。她的外观并不怎么迷人，但是她的声音，像一个著名的配音演员，像漫山遍野的带着露水的杂花，在风中摇曳。女人是神秘的，她们永远都处在既想掩饰又想暴露的矛盾中。男人看见了令他心动的女人，眼里就伸出钩子，要把那女人的衣服钩个稀巴烂，以便观赏女人的肉体。但是女人很少主动脱衣服，虽然她也在本能地希望她的所爱参观她的肉体，享用她的肉体。于是，女人总是通过她的浓缩了无数种信息的声音显露出她的肉体。所谓动人的声音，亦即动人的肉体。

短暂的联合采访后，银塔与那个女人分别了。几乎在两人回家后的同一刻，都偷着打电话通知对方自个已安全到家了。她和他每天要通三次电话，双方一次次在电话里宽衣解带。从无线电波里传来的她那娇媚的声音，像是火星儿溅入油库，使得银塔的耳朵开始起焰，继而燃遍全身。不到二十天，他的电话费就高达七千元！

“难道我呕心沥血拉广告，就是为了赞助电信局？”

“咱们……见面吧……”

两人选了两地之间的一座等距离的城市。在一家星级酒店里，包了一个套房。一个礼拜未出房门，吃的全让服务员送。他和她不断地做爱，直到两人差不多做成了两张废纸，这才罢休。

然后分手了。从此再也没有打过电话。

听了这个故事，罗宜才明白银塔早些时候，为什么要无缘无故地给他讲了一通爱情哲学：

“爱情是一种病，治疗这种病的唯一药方，是做爱，而不是说爱。

连续不断地做爱，直到做得气力不支、木然生腻为止。生腻了，爱情病自然而然就好了。”

罗宜虽然没有这方面的实践，但在理念上他并不完全赞同银塔的观点。人活着，总得有个想法。郑重说来，总得有个信仰。信仰历来是不能实现的，能实现的又算不得信仰。人这种东西，其实是个看不见摸不着的灵魂，肉身只是灵魂暂时寄寓其间的一所房子。一个男人对一个女人产生了信仰，就等于一个看不见的灵魂对另一个看得见的房子产生了渴慕，看不见的魂儿直要飞进那看得见的房子，要憩息下来，要长眠下去。一个人好与不好，我们常常只能凭“房子”来判断。世上的好房子里，全都住着美好的灵魂吗？显然不尽如此。

在理论上，罗宜似乎解决了某种难题，但在实际里，他克制不了对于杨雨台的单恋。杨雨台真的不想他罗宜吗？如果不想，她又为什么不愿当着她孩子面与他共进午餐？为什么要暗示他，他老公去了内蒙古？你不是她的丈夫，你没有“驾驶执照”，但她却给你开了绿灯，允许你悄悄地通过。

这天中午，罗宜吃罢饭要午休，却听得楼外的空地上，有人大喊：

“美国炸中国了！”

立刻就围了许多人，罗宜也立马趿了拖鞋，咚咚咚地跑下楼。一听就知道了，原来是攻打南斯拉夫的北约军队，拿导弹轰炸了中国驻南大使馆。大学生们群情激昂，从宿舍楼抛下暖瓶、饭盒、麻将牌。有个窗口还探出一面白旗，是个裤头，上写“美国佬”三个字。但是学校正搞基建，几辆大铲车轰隆隆开过来，人们就让开路，又都散去了。罗宜转了转，不免扫兴，回楼的时候，碰见了对面的邻居系主任。主任说，校方刚开了一个会，中心议题是尽力劝阻学生，不要学生上街游行，以免出乱子。学生十年前大闹过，后果极为严重。要严防这次，“有关方面”借着咳嗽带出老病。

“你要小心呀，咱都人到中年了，革不起命呢。”

可是到了晚上，中央电视台的新闻一播，整座城市就翻动了！罗宜接到银塔的传呼，要他立即赶到报社。他小跑到学校门口，见了不少便衣警察，听见人们悄声议论，说警察们是来保护留学生和外教的。他也顾不了这里，就叫了一个出租跳上去。司机很激动，笑着说：“他娘的，终于出事了！”出租经过一家肯德基餐馆，门口一堆人，正在燃烧美国国旗。店老板不住地冲人堆鞠躬，不住地说他是中国人。好在没有堵塞，出租很快开到报社门口。

报社的编辑部里，早已灯火通明人声鼎沸，巨大的办公桌上堆满了啤酒，大家边喝便看大彩电。电视里连续报道这一事件，并穿插了两位死难记者生前的照片（随后又报道了一名死难女记者），以及中国政府及各民主党派的严正抗议，要求以战争罪惩罚以美国为首的北约军队的野蛮暴行。

银塔早挎了照相机，要罗宜跟他一块儿上街，现场采访游行实况。但罗宜没骑车，不知如何去。银塔就用摩托带了罗宜，又叮咛罗宜戴好头盔，说他十年前上街热闹，头上挨了一闷棍，疼得呕吐了三天。

刚出报社大门，就见一个大学生的游行队伍漫淹过来，黑压压的数千人，呼喊着“打到美国！”“世界和平万岁！”之类的口号。银塔说，所有的游行队伍最终将要汇聚市政广场，不如趁尚未堵塞时提前赶到广场。于是摩托绕了个圈了，抄逆行道而冲进城门洞。好在警察已顾不得散兵游勇了。

快到广场的入口时，银塔猛一刹车，说要买胶卷。刚好跟前有家店铺，玻璃橱柜摆着胶卷。罗宜是马仔，当然有眼色，就主动去买胶卷。可是钱找不开，等老板唤出老板娘，翻出所有的口袋凑够要找的钱时，街上已卷来海浪般的人潮了。望过去，望着远处的广场四周建筑上的电子广告牌，内容全由药品广告换成了抗议标语。当然找不见银塔了。

罗宜有点害怕，觉得他自己解决不了世界大事，又想到系主任的提醒，索性就退出漩涡，免得意外了小命。

他来到一个电话亭边，忽然想到应该给杨雨台打个传呼。但是他刚把磁卡塞进电话机，他自个的传呼却响了。从腰间拔出来一看，是杨雨台打的！这就叫心心相印。罗宜的惊喜与感动简直没法说，真是瞌睡刚到，就有人递个枕头来。罗宜迅速回话——只“嘟”了半声，就传出她的声音：

“你在哪儿？现在能见面吗？”

“我在汉宫街，在飞燕婚纱影楼对面的电话亭下——”

说是马上见面，但罗宜觉得时间早已凝固，时间如老死的碑刻文字，你永远看不清它当初是如何雕凿上去的。其实，仅仅过了十来分钟，一辆月光色的出租车就跳到他的脚边卧住。他迎上去开了车门，伸手遮住，以防她下车时碰了头。她下车时，或许是有意碰了他的胸脯，他急忙将她扶稳。但见她一身黑装，是他第一次见她时的那身衣服。

“我今天特别烦……”她说话时喘着气，眼里流泻着无限的倦意，但是眼睛依旧能够折射出繁乱的街灯，如一池晃动的碎银。

“出了这么大的事，谁不烦呢。”罗宜自作聪明地解释道。

“我才不管这事呢，我是因为……”不往下说了。

停了一会儿，她补充道：

“我是因为……要来例假……”

一丝哀怜袭上罗宜的心头。他猜想，她需要抚慰，他也正想抚慰她。于是他伸出手，轻轻地横到她的腰上。她战栗了一下，反过手，也是轻轻地，似乎要回捏他的手。不过在回捏之前，先将他的手朝走拨了拨，拨了一半，立刻回捏全了。

这时，又来了三所大学的游行队伍。罗宜建议他和她也汇入其中，将个人的热血汇入青春的血河，让其浩浩荡荡奔流不息。他与她手拉着手，手指变成了一条神奇的管道，他的灵魂如潺湲溪水，通过手指的管道汩汩地流向她的周身，流向这美好的房子。两人就这样走着，游行着，手拉着手，举手呼口号时也不分开。

【原载《福建文学》2000年8期】

城市舒服

1

我绝对没有想到，我记者生涯的第二天晚上，就参加了一次豪华盛宴。如此盛宴，远远地超出了我的预先梦想了。于是我得知：当记者的最大好处是可以白吃白喝。这样的隐形好处，在我当初读到的招聘启事里并没有这方面的承诺；我所读过的新闻教科书里也没有明说这一点。总之，“白吃”二字令我喜出望外。对我而言，它简直就是我所理解、我所向往的小康社会。

我出身农村，挣得肠子都快断了，才考进我们州城里的师专。到我上三年级时，我们师专被升为本科。于是我就顺茬多读了一年书，这就害得我老子多贷了六千块钱的款，才让我混了一张本科文凭。我老子真是没出息，他好赖也是个副乡长，供给一个独子念书居然还要贷款！当然我也清楚，他省吃俭用的钱，有一部分给了下湾的韩美兰。韩美兰的脸并不怎么美，甚至腮帮子上还有一撮小麻点，反正跟我妈差远了；问题出在韩美兰的那对大奶子上。我小时候跟着我老子串门，老远见了韩美兰，我老子的眼睛就盯住韩美兰的胸脯，嘴里说话也都胡呜啦了。但我想那时的我老子并没有得手，因为韩美兰的男人似乎永远也没有离开过女人五里地。"得手"的事，可能发生在三年前她男人去山西挖煤之后。她男人自山西刚刚捎回600块钱，紧接着又捎回他死于瓦斯爆炸的噩耗。适逢我们学校"专升本"，韩美兰的儿子也同时考上县城中学。所以我老子就贷款了。我始终判断不准这件事到底是光荣呢还是丑陋，只感觉说出来丢人，不说出来难受……

不管怎么说，我大学毕业了，手里有一张本科文凭了。可是要想回到我们县上安排工作，那得首先交两万块钱，然后在家里等待，等待通知，让你去考试。既然有了文凭，工作还要考试，真不知哪来的规矩。再说到哪弄两万块钱呢？就是弄到两万块钱，交了去就能保证工作落实么？谁也不能保证。两万块钱还不给退，除非你来年不考了。当然，如果我老子是县委书记或者县长，则可以变通变通。但我老子只是个副乡长。要变通我，得先把我老子由一个副乡长变通成一个县委书记或者一个县长。但这事情难办，我一时三刻想不出变通的法子。

我从《复兴报》上读到了他们报社要招聘记者的启事。我就揣上文凭和500块钱，跑到省城参加考试。嘿嘿，他娘的居然考上了！后来听说落选的人中还有北大清华的毕业生，我当即兴奋得大哭了一场！我是坐在城门洞下哭泣的。我哭得酣畅淋漓，以至于过往的行人以为我家里出了什么大不幸，就纷纷给我扔小钱。

我一看不妙，立刻不哭了。我不哭就没人给我扔钱了。我想弯腰拾了地上的钱，又怕人笑话。钱可是个好东西，我得动脑子把地上的钱很体面地转移到我的口袋里。我得瞅个时机。就是说当我发现往来的人正好在我面前形成一段空档时，我立即将手从口袋里抽出来——同时从我的手里掉下几张小毛票。哈哈，我就弯腰了，将我的，以及原本不属于我的钱一并拾了上来。

虽然不足十块钱，但却预示着某种福音，更是我的幸运加上我的智慧的成果。我要奖励自己。我进了一家羊肉泡馍馆。我要吃优质的，而且三个馍，同时自豪地喊道：“多加些汤！”后来我才明白，这话说得很不地道，地道的说法是：“汤宽些！加点粉丝！”

第一天早上去《复兴报》上班，乔主任乔老师把我叫到办公室，先给了我一盒名片，说：“这次招聘了你们15个记者，统一给你们印了名片。”接着，又从案头的一大堆请柬中，挑选了一个最小的玫瑰红，递给我说：“你10点钟赶到这里（食指点着展开的请柬），参加这个活动，回来写个小稿子。”

我出门时，他又在我的身后补充道：“以后，你就自己找新闻线索吧。”

这是我第一次采访。我需要认真对待。我再一次吸了钢笔水，尽管我五分钟前已经吸了一次。当然我还没有相机，那是老记者的装备；而有名的老记者呢，还配了手提电脑。我希望有朝一日的我，也有这个行头。

出发前，我又返回去请示了一次主任：“乔老师，您还有什么吩咐吗？”他正站着身子，在废报纸上练毛笔字。“你记住，”他举起毛笔，将我的脸虚拟为报纸，一边缩字一边说，“咱们《复兴报》是本城有影响的传媒之一，你们出去采访，人家毕恭毕敬、请吃请喝，知道为什么吗？”我当然不知道。“我告诉你：就因为你手里拿着一个《复兴报》的记者证。如果把这个记者证挂到狗脖子上，这条狗走到哪儿，也照样有人热情接待。”我似乎明白了什么，但又说不准。还是听乔老师继续教导吧：

“我的意思是，你要珍惜这个机会，不要唬人，尤其不要敲诈索贿，这既是维护《复兴报》的声誉，也是争取你自己的饭碗。‘争取’，懂吗？三个月的试用期，很关键呐。”

我按请柬上的地址，十点钟赶到那家酒店。原来，是一个画家举行婚礼。天天都有人举行婚礼，这有什么好采访的呢？我想大概画家是个名人，名人的婚礼就有新闻价值。主席台上的横幅上写着“北山河先生与南江春女士婚礼仪式”。好几台摄像机正在选位置、试镜头。北方河可能就是那个有名的画家。可怜的我，来到这个城市不到一礼拜的我，当然不知道他何以有名；至于那个南江春女士，又是何等人儿，我更是孤陋寡闻。

不过，我得先找个地方坐下来。大厅里摆着几十张圆桌，雪白的桌布上是转盘玻璃，转盘玻璃上摆了一圈凉菜，凉菜中间蹲着白酒、啤酒、红酒，还有瓜子糖果。这阵势，这排场，我还从来没见过呢。人们陆陆续续说说笑笑地进来了，三人一伙五人一帮地分别朝酒桌上围坐。正在我不知道该往哪坐时，我忽然发现一张桌子上有个小牌，小牌上有三个字："新闻席"。

"新闻席"还空着三个位子，我就走了过去坐下来。桌上的男男女女，一个个趾高气扬高谈阔论，根本不看我，即使看我一眼，眼里也全是不屑的眼白。我很愤怒，但我提醒自己要忍住。反正我清楚一点：婚宴是喜庆的，就算我是个蹭饭的陌生人，也决不会有谁把我赶走的。

我只想一点：怎样才能出色地完成我的首次采访任务。其实我心里没谱。采访新娘"你为什么要嫁给他？"再问新郎"你为什么要娶她？"这类问题好像是该婚礼主持人问的。不管怎么着，我不吭声，其他记者怎么做，我就跟着怎么做好了。

我从他们的交谈中慢慢知道了些情况：北山河是个旅居法国的中国山水画大师，今年63岁了。据说他享有半个地球的声誉，因而画价在逐年攀升。他每年秋季回到中国，为的是画枫叶。半年前，他跟他的奥地利妻子离了婚，心情郁闷地回到中国。没想到，他来到本城时，意外地结识了电视主持人南江春。就疯狂地爱上了。

"见面礼是啥诸位知道吗？一辆劳斯莱司！"

"他要比她大36岁哪！"

"这是时尚，不奇怪，不奇怪。"

"漂亮女人让艺术家娶了，年龄悬殊些，还说得过去。我最憎恨的，是那些老不死的商人，也玩名女人！"

"你是没钱，有钱了比商人还爱玩。"

"……"

我觉得这些谈话可能派上用场，便掏出本子要记录下来。令我没想到的是，我的这个即兴动作一下子改变了我的处境。很久以后我还记得，当我掏出印着“复兴报采访本”这几个红字的小小的本子时，大家的视线全都集中到我身上了。其中那个冷美人（她很少说话）小叫了一声：“嘿，你原来是《复兴报》的!?”对面的那个胖子站起来，特意走到我侧后，拍了一下我的肩膀，以埋怨的口气说：“老弟，这就是你的不对了，干吗像个哑巴似的坐着不吱声？都是吃这碗饭的，要相互沟通、照应嘛！来，交换名片，大家都交换！”

此时我才想起乔老师说的话，我才明白了《复兴报》在社会上的分量和地位。而且，第二天见报的稿子，唯独我写的最有反响，其中精彩的内容是画家的答记者问：“北山先生（奇怪，我把‘北山’理解为复姓），您比您的新娘大36岁，就一点儿不担心吗？”“担心什么？哈哈，确实担心，担心得很呐！我是替她担心呢，你想想看，我93岁时她都57岁了，57岁的妻子能不担心她的丈夫在外面寻花问柳吗?!”

当时，新郎新娘给名流要员们敬了酒后，就挽着胳膊来到我们“新闻席”。我们都站了起来。与我碰杯时，上述的提问就冒出我的嘴巴，这也是大家心里共同的纳闷：担心画家早死了，可怜的美人儿要守寡啊。谁知画家的回答如此聪明自信。大家都在现场，可是只有我一个人写了出来。画家读到报纸后很开心，专门派人给我送来一条法国领带。其实，还不如送我同等价值的现金实惠些，因为我还背着贷款呢。

哦，差点儿忘了。画家的婚礼，由于是有钱的名人结婚，所以前来采访的记者，每人都得到一个红包，1000元呢。以后我才知道，这叫“车马费”。我当时想贪污掉，可是想了半天还是放弃了贪污的念头。如果我贪污了，那么第二天，我就可能不是记者了。再说了，我是乔主任乔老师派去的，请柬上明明写着他的名字，而我却私吞了本应属于他的红包，于心何忍？再再说了，这没准儿是乔老师故意考验我呢。

回报社后，等办公室的人都走了，我就把红包给了乔老师。“1000块？我还从没接过这么大的红包哩！”见他如此惊喜，我庆幸自己没有打埋伏。可是乔老师依旧将红包退给我，说：“我历来的规矩是，把请柬给了谁，就等于红包也给了谁。”我是无论如何也不能要的。“你就这一次机会，以后想要还没有了！从下个月起，红包一律上缴！要是发现了，那就——下课！”

“能不能这样，”我结结巴巴地说了一句事后一想起来就忍不住要自掌嘴巴的蠢话。“咱俩……分、分了，一人、人500算了……”乔老师哈哈地笑了：“我用得着拿这样的钱吗？你知道我一幅字卖多少钱？你当然不知道，但我也不告诉你。”（后来我一直未发现谁来买他的字，他不过是喜欢“自炒”罢了）。

最后他说：“你初到城里，举目无亲，又租的农民房，房里总得添点小日用什么的吧。一个人养活一个人，费钱得很哪。”“那我请您吃饭。”“好吧，哪天我约你。”其实直到现在，我还没有请他吃过饭，因为他不久前调走了。

我心里始终欠着乔老师一份感情。当我第一次和我可爱的葱儿亲吻时，我就想：如果乔老师在场该有多好啊，那我要毫不含糊地邀请乔老师先亲吻，权当是为我的美好爱情剪个彩。后来我对我的女友葱儿明说了这个想法，葱儿当即气晕了，说我把她不当人看，而是当成了一件可以任人使用的调味品了。可是，当我细说了原委后，葱儿的气就有点消了，表示了适度的理解。但她强调：“那他也不能亲我的嘴，只能轻轻地，把我的脸蛋儿亲那么一下。”我对她耳语道：“亲个嘴怕啥？你就不能灵活点？乔老师亲你时，你把牙齿咬住，舌头别出来嘛……”

我现在来讲讲我开头所说的盛宴。我过去想象的盛宴，以为无非是酒桌上摆满了整只的鸡鸭、整头的牛羊以及半人长的鱼、筛子大的王八；其实全然不是那回事，因为我想象的那种宴席，说到底还是没有超出我老子的思维。

这么说吧，富人吃饭看上去反倒挺简单，关键是那种摆设和氛围的复杂迷离，以及那令人咋舌的价钱。一席数万元的饭我没吃过，我只说说我那次吃鲍翅的经历。实际上那玩意儿并没有什么好吃的，那形状和味道，我看跟粉条煮糨糊差球不多。可是它一份你知道多少钱？这个没啥标准，我那次吃的是480块钱一份，而且没有吃饱，晚上回到我的“公寓”，又泡了两包方便面，外加十三块饼干、一小袋韩国腌萝卜。

我主要想说说摆设。那是个豪华包间，足有一个半教室大，天花板上悬挂着水晶吊灯，地上铺着波斯地毯。在那张我平生从未见过的大圆桌上，摆了一大丛芳香四溢的时令鲜花。桌上的餐具们金光闪闪，发出的音响清脆悦耳，好像谁在锅里爆炒星星似的。我业已过去的23年的人生里，吃饭从来就是一双筷子一只碗足矣。可是自从那次豪华以后，我才知道，如果一个人吃饭还是那么一双筷子一只碗，那就说明这个人还没有脱贫呢。

而那次，我的面前摆了多少家伙呢？一双银筷子，筷子搭在景德镇出品的筷枕上，就像毛笔搭在笔枕上一样。两把刀子，其中一把带着锯齿状；一把镊子，一把叉子，一把勺子，一个小锤子。猛的看上去，以为在开吃前，先要给大家动个开腔手术呢。至于饮具，也是一大套，宜兴茶杯、白酒小杯、啤酒中杯、酸奶半高杯、红酒高脚杯、咖啡矮脚杯等等，还不算进口牙签、消毒湿毛巾、芳香餐巾纸以及只有妇产医院里才会有的接生手套。从此，我才知道了世上何以还有那么多人缺这少那，原来都集中这里了，而且这里又显得多余呀。

正式开吃前，又进来六个美女为我们六个食客服务。于是我一下子解开了另一个谜团：乡下为什么没有了美女？乡下为什么那么多的光棍？原来美女们、我年轻的姐妹们都到了这里！她们妖娆娉婷，一律紫色旗袍，旗袍的开衩忽闪出光洁烫眼的大腿，不仅烫眼，还烫得我耳鸣，仿佛有几十辆坦克冲我隆隆驶来……我突然想起我们县剧团里最美丽的那个女主角！可是，让她与我眼前的这几个女人相比，那她简直不足挂齿了。城市像一个巨大的吸尘器，它将乡村的精华，包括年轻女人在内的精华，全部吸吮了进来，全部成了城里人的消费品。

我觉得我吃的这一顿饭太无耻了！尤其当我知道我们六个人的这一顿饭竟然高达7588元时（比我背负的贷款还多啊），我简直有一种吃了死尸般的恶心。当我将这件事汇报给我的乔老师时，他的语气却是那样的平淡："都十几年了，你才激动？你这个激动，在新闻上叫'重复'，没价值。"

我差点儿忘了，我是因何吃的这顿饭。就是参加画家婚礼的那次，酒桌上认识那个胖子邀请的我（加上冷美人，我们三人分别供职于三家本城最牛的报纸。我们就成了朋友。在不涉及个人利益时，我们互通有无。一句话，我们在竞争中互利）。“今晚请你吃鲍翅！”鲍翅俩字，早已滚瓜烂熟于我的文字视觉，但却从未品尝过。“谁请？要发稿子吗？”老记者早就告诉了我吃饭的经验：凡是请吃好的、送贵重礼品的，采写的稿子基本不能发表。乔老师为人固然厚道，但是目光却贼亮贼亮，你稿子里一星半点猫腻，他都能给你准确地挑剔出来，犹如杰出的阉割专家。我估计五百年前，他的职业大概是专门负责为皇宫里输送合格的太监的。

“胖子，这鲍翅我没吃过，我很想吃。但我，不会去吃的。”

“哥们，这次刚好和发稿子的任务相反，不发稿子才请吃！”

去后就知道了。原来，做东的是个颇有名气的房地产商。他从农民手里征了一块地，按合同要给农民兑现若干平米商品房，结果兑现时面积缩水，农民上门闹事，保安打伤了农民。“这有详细资料，”他将资料分发给我们。“楼房正在销售旺季，在未调查清楚之前，请各位记者大人，千万别在报纸上捅出来！”

结果呢，鲍翅也吃了，稿子却由另外一个记者发表出来，让那房产商挨了一闷棍。我总担心某一天在街上碰见他，脸上的表情不知怎么展览。不过至今还没有碰到他。然而就在我毫无准备的情况下，我突然来了强烈的爱情欲望。

那天我高兴极了！你简直猜不出是谁引起了我的高兴，是我们县的县长！他专程来感谢我呢。当然说“专程”有点夸张，因为他毕竟是到省城开会结束才来看我的。他给我带了一斤毛尖茶叶，还有一条好烟。我以为他想请我给故乡写篇表扬他的政绩稿子呢，当领导的都喜欢这一口。但我估摸错了。

我上周替故乡几个讨不到工钱的民工写了篇稿子，于是民工就拿到了工钱的一大半。其中一个民工，是县长老婆的堂弟。“我老婆一定要我来面谢你，”县长的神情一点也没有了在本县土地上的那种小皇帝的威严，倒像是个贩卖妇女的人被抓住了似的。“还是你们大记者厉害呀，我老婆逼得我给公安厅、组织部的人打电话，还是要不来工钱，结果你一篇文章，工钱拿到了！”

我正要骄傲，忽然想起乔老师的警告：给狗脖子挂上《复兴报》的记者证，狗到哪儿也有人热情接待。所以我说："县长，这不是我的能耐，而是《复兴报》的能耐。就像你，你给老百姓办了那么多好事（天哪，我学会拍马屁了，成熟啦），老百姓来感谢你，你就坦然接受吗？你肯定不会的，因为你清楚：你虽然是县长，但县长又未必是你，你干的一切，是县长该干的，未必是你心里很情愿干的。"县长连连点头说好，其实这些车轱辘话连我自己也没弄清是啥意思。

我决定请县长吃饭。"好，你做东我买单。"结果真的是县长司机买了单。饭后喝茶时，县长很诚恳地说："我想了想，你父亲在副乡长的位子上七年了，按说早该进一点步了。可咱们县上有规定，过了四十五岁就不能再上正科了。我想回去给书记建议建议，看能否变通变通。"我正回忆昨夜的那个奇妙的性梦，最后才听清县长说的是要提拔我老子。我一直奇怪我当时怎么就摆出一副政客的架势，说了几句与我的身份年龄很不相称的话来："这不好啊县长，要多提拔年轻干部嘛。再说我父亲也没啥政绩，何况——"我差点说出我老子的男女作风问题了！

县长走时，又拜托了一件事，说是下周二县上的几套班子均派领导进省城来，要在火车站举行个仪式：送别1000名劳工去新疆摘棉花。县长的意思是，到时请我约些报社电视台的记者，给予报道。"省上也有领导出席呢。"我满口答应了。

这不是什么难事。可真到了那一天，我却因故未能去捧场。但是事情并没有耽误，我的媒体朋友们都给我顾了脸。

我因何未去呢？还得从我替民工讨工钱的那个稿子说起。那篇稿子由于曲折中不乏怪诞之处，发表后被央视一个栏目摘要编排播出，报社就奖励了我800元。钱来得这么容易，我怎能不高兴！可是，没有谁来分享我的成功与快乐。要是有个姑娘多好，那我就带上她逛商店、吃肯德基，或者看电影上网吧，再不就去动物园看老虎。

唉，没有姑娘的日子也叫日子吗？报社里当然不乏漂亮的女同事，可她们似乎脑子进了水，天天挂在嘴上议论的，全是那些所谓的"成功人士"。她们羡慕他们有车有房，毫不在乎他们那腆着的猪肚子、满脖子的松泡泡肉。至于他们多半患有阳痿、饭前总习惯吃几样进口药片的毛病，她们或许压根儿就不知道。问题在于他们有钱，而钱永远充满了性感。

没有人分享我的快乐，那就自乐吧。我骑上车子，快速地赶回我的“公寓”。那个小院子真小，四周被四层楼房合围着，所以院子里的光照时间不足两小时。房主占据一楼，那是一对老人和他们的俩儿子。二楼以上，全为房客。我在二楼租了一间，月租金130元（不含水电卫生费）。

我进房子的同时，一撅屁股，碰锁了门。然后脱了裤子，拽一把卫生纸钻进了被窝。一本书上曾大肆污蔑这个活动丑陋不道德，简直是放屁！自己处置自己的身体，通过自力更生达到快乐，又不在公众场合，碍谁事了？硬要说不好，也就不好在这事对经济发展毫无帮助。

可是，我那天很不顺心，刚要达到顶点时，楼下却突然响起激烈的吵骂声。那是妯娌俩，不知什么起因，但能判断出起因时，尚能心平气和地说话。说着说着，不知哪句话说蹦了，音调忽然就爆裂上去。我穿了裤子，鞋也来不及趿拉，就开门外出。我发现，在家的几个房客，均手搭栏杆，勾腰看着底下的院子。两个女人不美也不丑，心情好的时候就贤惠，贤惠了就美一些；心情不好了就说话带恶气，一带恶气就显得挺丑的。但有一点我要提前规定好——这两个吵架的女人决不能成为我未来妻子的参照。

两个女人不断重复一个手势：一个的指头戳另一个的鼻子，戳的同时骂一句“不要脸！”另一个就挥手上去逮那根指头：“你敢骂！”那根指头便迅速缩了回去。后来就把双方母亲的生殖器拉出来恣意摔打蹂躏。欣赏了五分钟后，才隐约知道了起因于小叔子可能与嫂子通奸……

我是比较喜欢看女人之间吵架骂仗的，这个节目是语言战争的极致，其特点是形式花哨、内容丰富，揪发，撕领口，咬指头，扇脸，唾口水，抱腿……有心人如果细心观察归纳，或许能总结出一套“中国雌拳”呢。这个体育项目的最大好处是：它可以借机将人性中最混账的毒素排泄出来，而且一般也不会出人命。男人就不同了。男人的骂声仅仅是个斗殴的序曲，几句骂声结束后，就基本没话可说了。然后就只剩了响声。那响声根本不讲节奏，完全是将一堆面粉袋或者烂砖块胡扔乱砸一通。到了收尾，必定有一个甚至两个被同时抬进救护车。正是由于男人的存在，所以战争才永难消失，兵器也日益增多。

这个问题我懒得思考了，我的当务之急是把我的快乐发泄出去。我也不能再看两妯娌吵架了，再看下去我可能永远也不会接近女人了。是呀，除了金钱与鲜花，世上还有比女人更美好的东西吗？当然没有喽。于是我告别了院子。我今天至少要挥霍掉一张老人头！想想吧，我一下子得了800元奖金，跟彩票中奖有什么两样？

我打算豪华一次。我叫了个出租，一种刚办成了一件大事的语气："拉到哪个洗脚的地方！"就到了一家"洗脚屋"，却见门口冷清清的。一看手表，还不到六点。就是说，洗脚的时间还没有到呢。管它呢，进去再说。就进去了。

这个洗脚屋是个很深的院子，洗脚女们正在后院里围着一张劣质大理石圆桌吃饭呢。她们穿着清一色的红色工作服，吃的也是清一色的面皮。

"先生，你找人还是洗脚？"两腿短粗的女老板说。

"洗脚。"

"嘿，你这样的小伙子来洗脚，稀奇，稀奇！大学生吧？"

"洗，还是不洗？"我有点躁了。好像我没洗过脚似的。

"小姐多半都在这里，你点吧。"

"就她。"我指了指那个我方才一进来就看中了的女子。她是那么健康。她的肤色宛若雨后的斜阳投射在一朵乌云上。

"我才不给小孩子洗脚呢。"

小孩子？我都23岁了，肖洛霍夫23岁写出了《静静的顿河》，曹禺23岁写出了《雷雨》，只有我没出息，啥好东西也没写出来。但你也不能就此认为我是个孩子呀！不过这话只能想想，说出来她肯定不懂。

"小孩子嘛，洗啥脚呢。"

她重复了一遍，端起面皮碗，侧身对着我吃，一副不想再搭理我的样子。她一侧身，我便看见了她那迷人的胸部曲线。我的身体有了反应，我的两束目光幻化成两只飞翔的手。手飞过去，紧紧地搂住了她的胸膛。

我不想让自个显得没见识，就掏出县长送我的烟，点了一支。我猛吸了一口，呛得我连连咳嗽了三声。然后我说：“不给洗了我就走，哪儿都是个洗。”见我转身欲走的样子，老板娘立刻拦住我，拧头对那女子说：“葱儿，你忘了咱的制度？咱永远只能被客人挑选，而永远没有挑选客人的权利！”

名叫葱儿的女子拧过头来，满脸喜色：“我逗他玩哩。”又撅了撅嘴，做出个怪样儿，像小鸭子氽水时颤悠在水面上的，刹那间的小屁股。

于是，我的生活被打开了，就像石榴被剥开一样，它绽露出一种鲜嫩粉红，仿佛风中的仙女裙摆。

在她给我洗脚时，我始终没有暴露我的记者身份。但是，几次差点没克制住。我觉得我的虚荣心还挺强的。我只是撒谎说我是某公司的推销员。

“你为什么不愿意给我洗脚？”

“你和我同龄人啊。”

“同龄人就不能洗了？”

“除非他病得不行了。我给别人洗脚，心里就想：我这不是给哪个陌生男人洗脚，我是给我爷、我爸、我叔洗脚哩，我在尽孝哩。这样想了，心里就顺了。”

包间里有五个沙发，因为还没有到来客的高峰时间，所以只躺着我一个人。葱儿给我洗脚时，我总是联想到小时候，腊月间我母亲烙猪蹄的画面。只是我母亲的手粗糙，而葱儿的手细白精巧。当她给我揉胳膊捶腿时，我忍不住去捏她的手，但她总是笑着躲避掉。

“你在我身上到处胡摸乱拍，我为什么就不能摸摸你的手呢？”

“那是两回事。”

“你看这样行不行，你今儿给我洗脚，我一会儿给你洗脚，我就不用付钱，两清了怎么样？”

“你倒想的美……除非你付双倍的钱！”

“这可没一点儿道理啦。”

“咋没道理？”她脱了袜子，将脚抬起来。“女人的脚都难看，但是你见过我这么好看的脚吗？”

我惊呆了，我确实不曾见过如此光洁精致的女脚。我一直不喜欢夏天，一个主要原因是夏天的女人不穿袜子，而多半女人的脚，总是令人遗憾万分。

“洗我这样的脚，你能不掏钱？”

“行，我掏。”

“你掏钱了我也不让你洗。”

“为啥？”

“我身体好好的，又不残废，干吗要让你给洗呢？”

“那么，假如我向你求婚，你让不让我给你洗脚？”

葱儿的脸上忽然出现一朵惊红，但是惊红眨眼就消失了，代之而来的是嘲讽的微笑。

“你向我求婚？明说吧，我不答应。”

“那我倒要听听理由。”

“我要嫁的人，必须在六十岁以上，有存款，有大房子，有小卧车。”

“你就不嫌毁了自个的花样年华？”

“你没听我说完嘛，我要嫁的这个老头，必须在一年之内病死，或者让车撞死。实在不行，我就让他累死在床上！然后，我把我的爱人叫来，过好日子啦！”

说完，笑得直往后仰。但却听得我毛骨悚然。不过这种场合，根本没什么正经话，于是我继续开着玩笑：“我好伤心，因为你拒绝了我的求婚。”话说出后，我并不认为全是玩笑，而是真的有某种遗憾。

“我不会嫁你的。我怎么会嫁你呢？坐过来，给你按摩背。”

我就把自己的身子从沙发上抬起来，拧身坐到棉凳子上。葱儿从我的脑后伸过美丽的手，按摩我的额头。忽然，似乎是不经意间，把我的头往她的怀里揽去。我不是笨人，我就让自己的脑袋顺水推舟，舒舒服服往她胸上贴去。我这个动作缓慢体面……我的后脑勺逐渐感觉出一种温暖，一种渔船在春水里荡漾的温暖，一种在肥美的季节里，在故乡的打谷场上才有的，充满了沉醉稻香的温暖……

“瞧你这脑袋，胡晃悠啥哩！”葱儿笑着说，同时把我的头揽得更紧了，哄摇篮里的孩子睡觉似的，晃悠得更欢了。

“我不会嫁给你，但我知道你是个好人。”

这句话一下子让我感动起来。我们偶然相逢，仅仅因为一次“足疗保健”，满打满算一个小时，而且在没有任何证据、任何实践的情况下，她就给我鉴定了人生最宝贵的两个汉字——好人。

在我走过的人生路上，我从未获得过“好人”的评价。我所得到的评语是：这娃懂事早；这娃脾气有些犟；这小子有点自不量力；该生课堂上发言不积极，下来爱说怪话；考试成绩不稳定，要注意团结大多数同学……可以这么说，凡是对那些不好不坏中不溜湫的人的评价，我都得到过，却唯独没有人明确肯定地将“好人”二字送给我。

“葱儿，既然你说我是好人，那你也一定是好人。好人应该关心好人。”

葱儿瞪大了眼睛看着我，方才那种玩世不恭的，带着几分风尘味道的神气不见了。我掏出记者证（见习）让她看，又将脖子上的小玉佛像摘下来送给她。这是一个采访对象，从五台山带回来的，声称是“开了光”的呢。

我将小玉佛给了葱儿，同时留下联系我的方式和渠道。自始至终，她只说了一句话、做了一件事：

“给，这是我的手机号。”

2

报社给我配了个最低档的手机。机子是拿广告版面换回来的，报社等于一个子儿没掏，却还要从我们的工资里逐月扣除，这无异于绞尽脑汁地榨取我们的血汗。不过我还是高兴，因为我毕竟由此也进入手机短信族了。我首先干的一件事是：让我的同事给我发几条短信，我再从中选择两条，分别转发给我的朋友，目的是告诉他们我有手机了。两条短信是：

● 一头大象追逐一条蛇，追到河边时，蛇蹿进去不见了。恰在此时，岸边冒出一条蚯蚓。大象摁住蚯蚓问：“小孩，你爹呢？”（请存本机号码，我是郭顺富）

● 泼水节上，一个贵阳人大骂：“你家妈勒批，是哪个私儿拿水泼老子？”有人忙扯他衣襟劝道：“人家那是祝福你！”贵阳人说：“你晓得个鸡巴，他泼的开水！”（请存本机号码，我是郭顺富）

我的名字实在平庸，它充分暴露了为我取名字的我老子的平庸，比什么建军、爱民、桂兰、丽莎等等的好不到哪去，甚至更俗气，一看即知是穷人家的孩子，因为只有穷人才梦想着顺顺溜溜地发家致富。将这类名字拿到任何一个派出所，都会毫不费力地调出一大堆来，可见中国还是穷人多。而那些真正有钱的人，比如蒋介石、宋子文、孔祥熙、陈立夫陈果夫的名字，要多文雅有多文雅，丝毫不沾铜臭，结果却家资无数、富可敌国。

假如我现在改个名字，比如叫“郭介夫”或者“郭子熙”，你听听，真他娘的文化极了！这样的名字准能撞大运、发大财、出大名。可是来不及了，一是改名字得到公安局申请，很麻烦；就算改过来了，家乡人和母校师生，还是永远叫你的原名，同时嘲讽你进城没三天就改名字，改名字想咋？改了名字又能咋！

我还是啥也不改为好。我就把我老子给我取的笨蛋名字输进手机、缀到短信后面，再将两条短信分别发给不同的对象。“贵阳人”这个短信不宜发给女人。但我却一点儿也没思量的，却把它发给了葱儿。洗脚女虽然多半是未婚姑娘，但是她们为了适应“市场经济”，为了取悦顾客，总是要不断地给顾客们讲黄段子的。她们的手机，也主要是用于交流黄段子的。黄段子使得电信业成为一个暴利行业，但它再暴利也终归要给国家上税。从这个角度讲，黄段子为国民经济的发展所做出的贡献，可不要轻易抹杀哦。黄段子之于洗脚女，一如黄段子之于导游，那都是他们业务水平的有机构成部分。

果然，葱儿一接到我的短信，当即回发了三条段子，那个黄劲儿，比薛蟠的“女儿诗”还过分，连我这一向脸厚的人也都不好意思形诸文字。我很希望她能给我来个电话，但她始终没有来。心里难免生气：你一个洗脚女，而我是大记者，给你个高攀的机会你反倒拿起架子了！不灵活啊。

从报社回我的“公寓”八站路程，中途倒一次车，共花两块钱，累计下来，我每月需花交通费一百多块。三十块钱买了个旧自行车，用了不到三天就丢了。如果在报社附近租房，就不用来回跑了，只是房价得多出近二百元。所以还是跑吧。至于采访，领导派去的，报销出租票；自己采访的，稿子见报后，按字数报销车费，千字十五元。有些采访也享受车接车送的待遇，只是这种采访的对象，全是些需要歌功颂德的人或单位，稿子很难发出来。

下班回“公寓”，倒车时很少有不等待的时候。就靠着站牌，看前面的十字路口，看那红绿灯，就像看怪兽的眼睛。红灯亮一分钟，灭了，绿灯接着亮一分钟，又灭了。就这一分钟里，南来北往的小车，我数了数，大约在六十辆左右，平均一秒钟过一辆哪。而在我的老家，在那条山间公路上，每天大约能过两次车，而且全是烧柴油的力气小、声音大的农用车……可是眼前，这么多的“屎巴牛”，都是谁的呢？它们档次不同，价格也不同，有五、六万元的，有三、五十万元的。拉平了算吧，一辆车十五万，六十辆车就等于九百万元，一分钟有九百万元从我眼皮底下流过，而我的身上，连九百块钱都不到。这就是说，一分钟流过的财富，属于我的不足万分之一！

可是我还年轻，我对我的未来充满了信心。我梦想着有朝一日，我会拥有十五万的，我会拥有“一秒钟财富”的！当我有了财富，我就专门把葱儿招聘到跟前，让她专门给我洗脚。她原来挣多少钱？比如每月挣1200元，那我就给她1400元，还要给她加100元的书报费。人怎能不读书看报呢？我不可能一天到晚让她给我洗脚，她剩下的时间必须给我读书看报！她固然是个非常亮丽的姑娘，但是亮丽实际上正在被时间这把钝器悄悄地磨去光泽，这一点她肯定不知道，她肯定忘乎所以地陶醉在她的亮丽中。如果她读书、读了很多书，那她就会明白这个道理。我还要告诉她：适当地读些书，更具有奇异的美容效果。人，人最生动的是脸蛋，脸蛋上最生动的，又是两只眼睛。眼睛的合围，可以有皱纹，眼睛的水色也迟早要浑浊，但是眼神，如果被书籍滋养美化过，那么眼神就永远不会衰老，即便衰老了，它也会保留住某些足以与少女抗衡的魅力。

我在等车、乘车的间歇，为自己落实了一项任务：我要改变葱儿的生活！她说我是“好人”，那我就要对得起“好人”这个评价，我要让她在某一天惊奇地发现——她无意间说的“好人”二字，获得了何等巨额的回报！

我回到“公寓”后，就给葱儿发了一条手机短信：“如果你想改变命运的话，请回信，并考虑见次面。”信一发出就后悔，我有何能耐改变她的命运？好在她回信说：“想糊弄我占我的便宜？你还太嫩呐，嘿嘿。”我气坏了，怎么能如此不知好歹、如此玩世不恭呢？她大概是天天跟顾客打情骂俏、逢场作戏惯了，所以面对某个真心关怀，也以为是搞笑呢。既然如此，我就先跟她搞着笑：“我向你求婚的事，你考虑好了没有？”回信：“先把你的一百万存折拿来，我看了再说。”

“钱不是人生的一切。”

“可是，人生的一切是钱哪。”

“你能不能正经点儿？”

“嘿嘿。”

“吃了没有？这个问题俗气。”

“没吃。”

“为何？怕胖？”

“晚饭基本不吃主食，只吃少量的菜。水果大量。是怕胖（但是该胖的地方还是要鼓励）。”

“呀，我的脑袋发烧啦……不闲扯了，一条信息一毛钱哪。”

“好吧，咱别傻乎乎地给狗日的电信局扔钱了！”

我晚上睡了个好觉，因为有个人可以和我短信聊天了，我的寂寞有所减缓了。但这事得保密，传扬出去不好，传到报社尤其掉价。不过，如果将漂亮的葱儿娶为老婆，随之永远离开这个城市，那也是很不错的。睡前我想，葱儿最好到我的梦中来，两个人赤条条地放纵一回，岂不“真是乐死人呐真是乐死人”……

我那天正在去北郊采访的路上，却接到葱儿的短信：“请你马上赶到××门外的护城河边，有要事帮忙。”小娘们捉弄我呢，我可没这个闲工夫。“别开玩笑，我正采访呢。”我回信道。报社接到一个热线电话，说北郊某村某家的一头母猪，从未交配过却下崽了，算不算新闻？应该算新闻，但是比较麻烦，谁能证明那头母猪没有交配过呢？别急，关键是那头母猪下的是羊崽！这且不说，最最新闻的是，那头纯洁的处女猪下了一只双头小羊崽！

葱儿的短信来了：“我这回不是开玩笑。你若半小时不到，我就跳下护城河了！”你看这娘们，真麻烦！难怪说女人是“小事上绊腿，大事上祸水”。想想看，这么一个重大新闻，报社里的人，包括乔老师这样的聪明人在内，都认为这是个愚人节式的热线电话，是个来自某位被我们得罪了的读者的恶作剧。可我不这么认为，因为哲学书让我明白一个真理：世界上永远存在着你想象不到的事。而你，作为人类的一个个体，本身就是世界的一个怪胎，你又怎能不承认或者不允许世界上还有其他的怪胎呢？再说，不是一直强调要眼见为实嘛。别说是猪下羊崽，猪就是下猫崽甚至下肯德基、下鸵鸟蛋、下降落伞，在你没有现场目击之前，你都没有资格说出“不可能”这三个字！

可是，偏偏在这个有可能使《复兴报》发行量猛增、有可能使我一举成名、有可能对生物遗传学产生划时代影响的重大事件即将发生的时刻，一个女人却接二连三地发来短信：“你到哪了？你就不能救我一命?!”瞬间，我的大脑进入激烈的斗争中。一边是我可能的名爆天下，一边是一个洗脚女的生死攸关，第三边是猪下羊这个奇闻，我该怎么办？从宇宙的角度来看，人也好猪也罢，包括羊和鸵鸟等等的生物在内，都是众生平等的，都属于“万类霜天竞自由”的组成部分，一句话，都是“上帝的宠物”，根本不应该偏爱谁或者不偏爱谁；问题是，当利害冲突发生时，一般而言，生物们总是站在自己的同类一边。也就是说，当我得知一个年轻的女子——纵然是一个为无耻的男人们洗脚的女子——因某种原因而寻死觅活时，我的抉择是当机立断做出的。我应该放弃对于猪呀羊呀的关注，把心思迅速转移到我的同类上。

公共车还没停稳，我就跳了下来。我招了一辆出租，往××门赶去。在车里，我给葱儿发了个短信："亲爱的，我马上就到！"这是我平生第一次向一个异性、一个专让别人的臭脚丫子舒服的女子使用"亲爱的"这如此芬芳的三个字，我的心中充满了一种类似解救人质的豪迈感。我觉得自己非常崇高。一个记者，一个"无冕之王"，去解救一个女子，这女子仅仅给他洗了一次脚，而且他给她付了钱，他和她除了仅有的一次消费与服务活动外，其实再无半句话可说了……我高尚啊……

其实我的高尚中还是包含着某些私欲的。我来到这个城市谋生，渴望出名发财。可是这个城市并不需要我，我来了，或者我又走了，完全像某个过客的一个喷嚏，一秒钟的响声，一秒钟后又消失了，决不会产生丝毫的影响，也更不会引起半个人的关注。可是这个葱儿，她却让我觉得我的这一刻是如此重要，至少，我现在业已丧失了自杀的权利——我死了，葱儿怎么办？

出租车停到××门外，我跳下来，一进环城公园的栅栏门，就看见了坐在石头上的葱儿。见我来了，她猛地把头一甩，后脑勺对着我，显然是对我的晚到十分生气。我不由得笑了，走上前去，将那搭拉在她肩上的几根泛黄的垂柳拿开。

我说："嫌我迟到了？我就是迟到了，我就是不来，你也没权利生我的气呀！"

她拧过脸来："我不是生你的气，我怎么能生一个孩子的气呢。"她的脸有点儿不正常的红润，眼睛微微的显出一些虚肿。

"既然你老把我看成一个孩子，干吗叫我来？一个孩子能帮你什么忙？"我这回真的生气了。

"你就不能忍一下？虽说你是个孩子，可你终究是个男人哪！"女人天生能说会道，翻来倒去都是她们有理。再说我又看见了她挂在胸前的小玉佛——那是"好人"的回报。

"好吧，你说，出了什么事？要我帮什么忙？"

"你往这儿来，坐好，我给你说。"

她原本坐在一块高石头上，现在她往跟前的矮石头上一溜，这个动作让我想起受了莫大委屈的新娘回到了娘家。我照她的要求，便坐在了她方才坐过的高石头上。“你再往过拧一下。”她让我侧面朝着她，这样，她的脑袋就刚好与我的腹部处在同一水平线上了。接着，她又将我的双腿并拢，随之将她的脑袋埋进我的腿面，呜呜呜地哭开了。

在正式开哭之前，她首先从包里拿出几小袋餐巾纸放在手边的石头上。现在，她的一只手在我的腿面上摩挲着，我能感觉出这只摩挲的手正在向我诉说某种我眼下还不知道的伤痛；另一只手则时不时地摸索着取餐巾纸擦眼泪，因为她始终没有抬起头。当她取餐巾纸时，我发现她的手精巧匀称，指甲的轮廓有点像银杏树叶的轮廓，在手背那白皙的皮肤下，隐约起伏着三条血管，像三条靛蓝色的、微缩的河流，而河流两岸，又是一行一行的，排列有序、深浅得当的纹络，像卫星图片里的广阔平原上的阡陌小路。当我从漫想的恍惚中返回时，当我能够再次气定神闲时，我才重新发现激起我幻觉的东西——原来是近在咫尺的这只手，这只长在女子胳膊上的美丽的手！

——这只手，这只漂亮的小手，应该是琵琶的芳邻，应该与放风筝的线连在一起，应该招摇在追光灯下与明星共舞，应该像蝴蝶一样翻飞在电脑键盘上，最起码，它也应该出现在银行玻璃柜台上的点钞机旁……可惜这些全是假设！活生生的事实是，如此令人赞叹赏爱的手，却用来给他人洗脚，包括给我这样不知羞耻的男人洗脚！她能不哭吗？不一会儿，地上就出现了一团团的，饱含着她的泪水的餐巾纸，就像是使用过的，摆放在高档餐桌上的消毒毛巾。

她哭得那样伤心，那样富有节奏感。她的肩膀在抽搐，她的胸脯在筛动喘息，像棉团又像两只晃动的、急于突围的鸽子，一阵阵我无以形容的冲动，像旋起的龙卷风似的，从我的腿部向我的周身蹿流回环。我在拼命克制自己，因为我知道，我现在的这种冲动是不合适的，甚至是邪恶的。这使我想起多年前参加的一次追悼会，那是我的物理老师，他去世了，亲人们都在痛哭流泪，但我当时非常奇怪，我真心希望自己伤心可就是伤心不起来。更为可耻的是，我的眼睛居然一直盯着我老师的女儿的侧影，她那双修长的腿，深深地迷住了我，那腿与腰际间勾勒出的S形屁股，又令我的脑海噼里啪啦地爆发出绚丽的焰火……

“葱儿，到底是什么事？你讲出来嘛！”

我必须再次强调这句话，尽管这句话我已经说了四遍；我重复这句话也是为了转移我身体里的不体面的骚动。但她还是哭个不休。我不害怕打，也不害怕骂，但是我害怕哭。哭什么呢？死了爹还是死了娘？老板没给你工钱吗？是哪个客人侮辱了你吗？还是谁把你哄到宾馆里灌醉后……

我的脑子展开一幅幅关于年轻女子进城后可能发生的连动的画面。“我最后重复一遍：你说出来吧，我是记者，我能为你帮忙！”

“我要你帮什么忙？”她终于抬起了头。“我没有什么忙要你帮呀。”她用餐巾纸捂着鼻子和脸，只用眼睛和语音跟我说话。我要她拿开餐巾纸，别遮遮掩掩的，还以为她脸上受伤了呢。

“你不懂，人哭的时候，鼻子嘴巴特别难看。”她的这句话让我好笑，既然嫌难看，那就别哭呀。不过她的这句话说完后，情绪有点儿好转了，于是说：“你又不是我的亲人，就算是我的亲人，给你说了又能起什么作用呢。”

“那你叫我来干吗呀?!”我想我恐怕要发怒了。

“要帮的忙你已经帮了。我从甘肃来这里，大半年了，没有回一次家。我就想……就想伏在一个人身上，畅畅快快地哭一场。”

我难以相信她说的是真话。我判断她绝对是经受了什么事故，只是这事故难以启齿。见我依旧困惑地看着她，她说：

“一个人哭着过不了瘾嘛。”

葱儿将她的皮包（时髦的叫法是“手袋”）交我保管，因为她要挑个带水龙头的公厕。我想她大概是要拿水整理整理刚刚形成在脸上的哭容泪痕。人在大哭之后，脸上就会出现某种泥石流席卷过后的景观，恢复常态是需要好生修饰的。

当时的环城公园，游人不太多，因为在下午上班时间。公园里主要是些退休的老年男女，他们三五成群地围成一堆，或打牌，或唱老戏，偶尔也从某个僻静处，发现一对“黄昏夕阳婚外情”。一个收破烂的，躺在树荫下的石子甬路上睡觉，他的脑袋下枕了张废报纸，报纸上一个醒目的标题是：《女明星跳楼香销玉殒 五千万遗产谁人可继》。我忍不住走上前去，将这篇文章读了半截。如此多的钱还要跳楼，不知道谁能把这样的疑惑给收破烂的讲清楚。过去进公园要掏一块钱门票，新市长上任后，取消了这个规矩，否则，收破烂的决不会花钱进来的。他身旁斜支着他的劳动工具——那把油漆剥落、辐条扭曲的自行车，车上当然是没有锁子的，车梁上搭了一条破麻袋，麻袋上有两处颜色不同、巴掌大小的补丁。我判断从60岁到70岁之间的，随便的某一个岁数，他看上去都合适。他的衣衫像拍电影时特意订做的难民装，脸色有如霉变的西红柿，眼睛被皱褶合围，于是那睡着了的眼睛就像是包裹在核桃壳里一样。但是这些，丝毫没有影响这张脸上所洋溢出来的坦然满足的气象，丝毫看不出要跳楼的征兆，如此的神情气象表明：他正处在一个好梦里，或许梦见了他的乡下老伴，或许梦见了令人直淌口水的一圈肥猪，或许梦见了他即将娶进门槛的幺儿媳妇。一只小蝴蝶，指甲盖大的小蝴蝶，落到收破烂的胳膊上，那胳膊青筋暴露肤色黝黑还能吸引蝴蝶，也算是个奇迹。小蝴蝶稍停即起，又飞落到收破烂的那丛稀疏半白的胡须上……

葱儿走出掩映在绿荫里公厕，脸上挂着释然甜美的微笑，背后是夕阳为她描绘的长长的影子。她伸过双手，从我手里接过她的“手袋”。她一只手接，另只手似乎是无意、其实我后来回味那是很有意很亲昵的，仅仅用她的两根指头捏了捏我的大拇指。

“女人每月，总有几天情绪不好。”她忽然一个滑稽的眼神，一副知音难觅的样子。可还是笑着说了：“说出来你也不懂，算啦！”

“你别瞎神秘，”我说。“让我到妇产医院工作，三个月就成了专家。”

“唷！唷！”她的眼睛像是看见了飞碟。“你是医学院毕业的？”

我不过是吹吹牛而已。但是对于女人呀性呀什么的，我自以为丰富渊博，因为获得这方面知识的渠道，早已泛滥成灾了。可眼前的这个女子呢，居然把我当外行！小看人不说了，简直不够朋友。

“你是记者嘛，你什么不懂。”她撅了撅嘴，显出一个小女人的神情。“你今天帮了我，哪天我请你吃饭，说，你爱吃什么？”

“天天在外面吃，腻了，也不知道想吃啥。”

“这样吧，喂，”她露出些许的眼白，表明她边想边说。“你租的房子能不能做饭？”

“能。”我现场撒了个谎。

“那好，哪天中午我来给你做回饭。”

稍后又解释道：“我晚上没空。”

第二天，我从三个跟我一样招聘来的记者身上，凑合着借了五百块钱。我买了煤气罐和煤气灶，自然还买了碗筷刀、油盐醋等等为嘴效劳的小家什小佐料。“公寓”里的其他摆设，桌床椅，台灯，还有那些不起眼但也得拿钱换的小东西，均是那次乔老师送我的1000元红包换来的。墙上挂的那只黑管，是我从一个收破烂的手上，花了80元买来的。“你小子拾便宜喽，”乔老师当即吹了一曲法国的什么小调。“这个牌子的玩意到乐器店里买，得这个数——”他竖起那根被烟熏黄了的食指。“一百元？”“一千哪瓜娃！”

乔老师把玩了半天黑管，分明有觊觎之意，可我硬是装作不明白。按说乔老师对我有恩，一根实际花了80元的黑管送他也就是了；可我当时就是大方不了。我想乔老师是功成名就人士，他还缺这么个来自破烂手中的黑管子吗？其实我压根儿不懂音乐，“公寓”里悬挂一根“带金腰的黑管”，全他妈为了装潢风雅，同时瞎猜想，这玩意儿代表着音乐，音乐又象征着才华，而才华又最能吸引姑娘。

提前两天，我就约了葱儿：中秋节的午餐，我们将在我的“公寓”里一块儿吃，当然首先要一块儿做。可是中秋节真的来了，报社却通知集体会餐。会餐是个名，真正的目的是社长总编要借机发表演讲。当领导的，几天不给人讲话，舌头就起泡啦。

我借口说老家来人要招待，早早地溜了。我要去菜场买菜。沿途所看见的人，几乎都提了一包甚至几包月饼。而从每一辆车后的玻璃望进去，也能看见里面装着月饼。我不大喜欢甜食，虽然中秋节里终归得吃月饼；报社发了两盒，有我和葱儿吃的就行了。

时间尚早，菜场里的人不是很多，买菜人只有几对退休模样的老头老太，多数则是卖菜的。三轮车夫在帮着卖菜人卸菜。卖菜人多为三十岁左右的妇女，一看衣着模样，便知其来自乡下。她们有两大特点，一是健壮，不健壮干不了这活；二是长相一般，如果漂亮也不来干这活。此时的蔬菜水果，红是红来绿是绿，嫩悠悠水灵灵，如春季里的雨后，不，就如我想象里的，阳光下的热带海洋里的景色。

我买了三大袋菜，根本没有讲价钱。男人怎能跟卖菜的村妇们讨价还价呢。我拎着菜，心情愉快地往回走。走到一家茶馆门前，我停住了。茶馆门口摆放着一溜花篮，看样子准备举行开张仪式，因为军乐队的人不断地出出进进，大约在恭候什么重要的人物出场了才开始。这时候，从门里出来两个红旗袍女子，高个头挺胸脯，两人展开一条横幅挂在门旁，上面的字是“美髯书法大师何芙良现场表演”。接着几个人抬出书案，铺了毡，摆上文房四宝——同时，只听咕咚一声，军乐队猛的呜啦开了，差点将耳膜震破。细一听，《今天是个好日子》呀。

何芙良大师是谁？“美髯书法”又是何等玩意？从字面看，大概是个长胡子书法家吧。不管怎么说，身为一个记者，不懂这些是不应该的。我将三袋菜蹾在电杆下，也就凑了上去看它个究竟。但见一个大鼻子站在书案后，挥着双手，一只手让大家散开，另只手上的食指指挥着两边的军乐队，末了食指在空中一卷——军乐戛然终止。

“欢迎各位嘉宾光临我们茶馆开业，”大鼻子的神情异常兴奋，“我们要特别欢迎美髯大师前来助兴，军乐响起来，掌声欢迎大师闪、亮、登、场！”

于是，从茶馆的门里，出来了，一个光头男人，形体圆墩墩的，在一帮美女的簇拥下。明明说的是“美髯大师”么，怎么整出个秃驴？只见他走到案前，先看了看对着他的摄像镜头，然后抬起头偏了脖子，冲着早晨十点半的太阳，抽皱鼻翼歪咧嘴角——“啊提——爷——！”一个响亮的喷嚏，将案上的宣纸打得卷飞起来，当即博得一片喝彩。

“来，”大鼻子抱来一堆大小、粗细、长短不等的毛笔，“请大师表演书法，大家鼓掌！”一阵掌声过后，大师说：“我有自带的笔。”说着，手伸进裤兜，掏出来却是个手机。掰开手机拨号，说：“咋回事？说好了时间嘛，大家都等着呢，快点！”话音刚落，一辆出租停到门前，下来个长胡子男人。那胡子足有一尺五寸长，多半白了，眉毛头发却黑油油的，眼睛更是炯炯发光，于是谁也弄不清他的年龄了，能有的只是惊诧。大家不由自主地给他闪开。

长胡子刚走到案前，秃头就对大鼻子说："拿个脸盆来，这些小砚怎么行呢，倒半盆墨汁！"就撤下砚，换上半盆墨汁。但见秃头伸手拽过胡子，一下子濡进墨盆，往宣纸面上一提，唰、唰、唰，一笔绾成一个巨大的"虎"字，于是赞叹、掌声、喝彩响成一片……

我感慨万端，亲眼目击了天才人物的天才表演。我要记下来，写篇报道，尤其不能漏掉的是：开写之前，我往跟前挤，里边往外掀，结果就浪到大师背后了，于是我看见了大师们的生动的背影——写的时候，秃头与长胡子的后脑勺，配合得那么默契，那么天衣无缝，就像奥运会上双人跳水似的，这是怎样的磨练才能换来的呀……可是忽然，我泄气了，因为我从人堆里发现了娱乐记者的小脑袋。是呀，这样的场合，怎能少了《复兴报》的记者呢，我再写报道有什么用呢。

我扫兴地离开了人堆，发觉我放在电杆下的三塑料袋蔬菜，那装着火腿肠与四川熏肉的袋子，被人顺手牵羊了！

此时我才发现，我的手机里积存了三条信息，全是葱儿发来的。她已经到了我的"公寓"，等了许久呢。我急忙跑回去，进院门一抬头，发现她手扶二楼的护栏，很不高兴地说："你也真是，好容易来给你当一次老婆，你倒不见影儿了！"我一步三个台阶地跨上楼去，见她穿着藏青色的短袖，白色的裤子。脖子上依然挂着我送她的小玉佛。我大前天就西服外套了，她还是短袖，不嫌凉呢。其实是我不知道，女人如果身材苗条、皮肤光洁的话，那是能裸露多久就要裸露多久的。

她也提了一袋东西，全是水果，黄瓜、西红柿、小蜜橘，还有馒头大的两个石榴。我后来才知道，女人是天生爱吃水果的动物。她剥了个小点的石榴，要我张开嘴，她要一粒、一粒地往我嘴里丢。

"我，今天觉得，好像是，结、结了婚似的。"

"唷，这么便宜就结了婚呀。"

然后我俩分了工：水龙头在一楼的院子里，由我下去洗菜；她在屋里拿脸盆给我搓床单。菜洗好了，拿上去交她炒做，我再将床单拿下来冲涮干净。

可是，当我洗菜时，我忽然想到一个非常糟糕、难以收场的问题。我想到了葱儿的手。不错，那是一双洁白可爱的小手，可那又是一双为无数男人洗过脚的手啊！那都是些什么男人呢？也许他们多半是正派的人，是劳动者、建设者，可是谁又能说他们中间没有赃官、嫖客、赌徒、瘾君子杀人犯呢？这且不说，就算他们全是些灵魂高尚、心地善良的人，那你又怎能保证他们的臭脚上没有脚气、脚汗、脚鸡眼脚梅毒呢？用一双经常与那类东西做“搓肉运动”的手，再来操厨烹调，你能吃得下去吗？

不，事已至此，说什么我也得往下吃！我若不吃，葱儿会怎么想？她肯定会猜出我不吃的原因。她是那么一个明朗干净的姑娘，那是你一眼望去就可得出的印象。她每次洗脚结束，肯定要用肥皂、洗洁净、消毒液一遍又一遍地清洗自己的手。她的手绝对洁净异常，如果她的手做出的饭不能吃，那么殡仪馆的人、肛肠医院的大夫、传染病院的专家、公安局的法医、往返垃圾场的环卫司机等等，难道他们永远丧失了走进厨房的资格吗?!

我真是可笑愚昧！全中国有上千万的洗脚女，如果都跟我这么胡乱联想……是的，这么联想不仅是错误的，简直是彻头彻尾的无耻！只是，“脚气、脚汗、脚鸡眼脚梅毒”这些令人作呕的字眼，怎么也不能从我的脑海里立即冲刷掉，我必须强迫自己马上忘掉它们，权当人类的语言里压根儿就不曾出现过这些字符；可事实上我越是这么想，它们越是像经过了万能胶的浸泡一样，死死地粑住我的脑仁缝隙不愿离开！

“顺富，”葱儿喊道，“你都准备的啥嘛！”

我扔下没有涮清水的床单，跑到楼上，但见桌上放了四大四小八个盘子，每个盘子都放满了待炒的生菜，看上去十分悦目，中间的大盘子的色调，恰与眼下的季节吻合——如一簇簇灿烂的枫叶。事后我回想起，那一刻，什么“脚气、脚汗、脚鸡眼脚梅毒”之类倒胃口的字眼，一下子消失得无影无踪。

“瞧你准备的家伙！”葱儿咔嗒、咔嗒地打煤气灶，就是打不着。

我拧开阀门，凑上鼻子一闻——罐里压根儿没气。这就怪了，我扛回来时，实验了呀。“你甭急，”我对葱儿说，“我马上去找他们，不远！”我拔了管子，扛起罐就下楼。可是，当我扛到煤气店时，煤气店早换了招牌，改成花圈寿衣店啦。我问了跟前仅有的两男一女，他们谁也说不出煤气店搬到何处了。

我回到“公寓”，见葱儿垂头丧气地坐在我的床沿上。面对桌上的一簇簇“枫叶”，我脑子里忽然就冒出“脚气、脚汗、脚鸡眼脚梅毒”这些词汇，于是暗暗庆幸：多亏没煤气，真要弄出一桌菜来，那情景是难以想象的。

“葱儿，”我双手握住她的一只手，“有啥呢，咱有月饼吃么！”

“看来，我想给你做一顿饭，没命哪。”

说毕，她从脖上取下小玉佛，要还我。

3

我当然没有接回我原已赠送给葱儿的玉佛。我能看出，她大概给小玉佛附加了某种特别的内容，比方说，她可能认为它是一个“爱情信物”。而我，并没有如此明确的想法。我当时送她玉佛，完全因为她说了一句我是“好人”。我是即兴式的，多少带了一点“知恩图报”的色彩。说心里话，我以为就我的“条件”，至少就我未来的发展趋势，大致比她好些，也就是说，我应该获得比她更优秀的姑娘的爱情。

但我也要坦率地承认：葱儿的容貌无可挑剔，配我是绰绰有余的。关键在于她是个洗脚的！干吗偏偏要洗脚呢？真他妈讨厌！如果她是个护士、营业员，哪怕是个保姆或者是个家政公司的清洁女工，那也行呀，我也会畅畅快快地爱她呀。我不是说我不爱她，我是说假如我娶了她，怎么给我的家人亲友介绍呢？家人亲友满以为你大学毕业到了城里干了多大的事，结果却娶了个洗脚的老婆回来！就算你咬牙挺过这一关，那么你未来的日子也不好过：比如某个周末节假日，约好了他或是她来家里吃饭，结果人家一来，发现女主人曾给他们洗过脚，那会怎样呢？实在无法想象。

那就暂时不想也罢。不过紧接着发生了一件事，让我转移了视线。还是中秋节的那天。由于和葱儿未能共进午餐，我俩就分吃了一盒月饼，喝了些开水完事。然后我俩分手了，谁也没兴趣建议晚上再相聚赏月了。我到了报社，正逢报社继续给大家发放节日礼品，无非是些巴结嘴的东西：石榴、果茶、白砂糖、肘子（女性可选择化妆品或者卫生巾）等等。我原本不想领这些东西的，以为它们没什么用处。可是，生性马大哈的乔老师对我说："去领嘛，东西不值钱，却是个待遇呢。"所以我就去了。

由于报社人多，礼品就分开了领：一个摊子只摆一样东西，一字儿排开了一溜摊子，仿佛当年到大学报到时的情景。第一个摊子领取石榴，我就走上前去。我面前一个领到手的，当场打开了纸箱，颇为嘲讽地说："这么大个箱子，才装了四个石榴！"这人好赖也是个站着撒尿的汉子，却如此斤斤计较，实在让人看他不起。

我呢，搬起一箱子就走。可是还没走十步，背后就响起一声吆喝："喂，喂，回来！"我拧回身，见是个脸如橘子皮的女人："说你哪！"她一手拿笔，一手晃动着本子。我很好奇地退回原地，笑着问她："什么事呀？""也不签个字就搬走，让我们怎么交账！""喔！"心想真麻烦。可是，登记簿上没有我的名字。

"你是何时进报社的？"

"快两个月了。"

"那你干吗来领？不知道这是正式人员的吗？放下，走人！"

我当时一愣，紧接着血液涌上脑门。当我将那仅仅装了四个石榴的纸箱放回原处，当我再把腰抬起来时，我的眼睛一下子什么也看不见了，差点栽倒在地上……

这真是奇耻大辱！我知道我是招聘的，我也知道总编在欢迎我们的会上所说的"招聘的和正式的一律对待"仅仅是面子上的话，可我并没有想到招聘的和正式的原来还有这么一种差别。我想起小时候，我老子经常给我讲的，那也是我爷爷告诉他的，"在那万恶的旧社会"，长工如何如何给地主干活，地主又如何如何对待长工。

我跑上街头，心里堵得慌。我想我当时的脸色难看极了，因为眼睛是眼睛的镜子，一当我的眼睛和对面来人的眼睛对视，对面人的眼睛马上就显出某种紧张甚至是恐惧，瞬间就将视线转移到别处了。这让我更加愤怒，他们居然连一点点安慰我的意思也没有！于是我偏要和迎面的人对视，偏要满怀敌意地捕捉他们的眼睛。我发现他们非常胆怯，非常害怕和我的目光相遇。这使我获得某种快意，但我仍无法将我的积怨完美地发泄出去。

我浪荡到一处挖街道的地方，随手拾了半截砖，很想将什么东西砸一下。这条路我熟悉，两个月之内就挖了两次，为什么不能挖一次便将所有的管子埋进去呢？这是哪些狗杂种的主意？他们拿了多少回扣？一辆推土机正笨拙地在马路中央掉头，于是就堵了一溜车。一个脏兮兮的男人手上端着一个破瓷碗，顺着堵车讨要，脑袋如鸡啄米似的不住地向小车里的人行乞。但是他的表演由于缺乏观赏价值，所以回报甚微。当他快要接近那辆白色的宝马时，宝马的玻璃立刻升上去了。

我一下子火冒三丈，挥舞着半截砖冲上去——那玻璃摇下三指宽，里边的那只手哆嗦着，还戴着钻戒呢，那张大嘴巴同时呜啦道："兄、兄弟，好商量！好商、量，兄弟！"赶快从上衣口袋摸出一张钞票，也不管大小，也来不及挑选，就塞了出来——刚好掉进乞丐伸上前的破瓷碗里。车里的人说："都有父亲嘛，都有……"车子飞速地开走了。

乞丐兴奋地看看碗里的那张面值50元的钞票，又无所适从地看看我，目光就这么从我的脸上移到他的碗里，再从他的碗里飘到我的脸上，显然被这惊人的一幕弄懵了。"哎哎，咱俩咋分呢？咋分哩！"我忽然想起宝马车误以为我跟这个乞丐是父子俩，简直窝囊坏了！你瞧他那张脸，那张仿佛三个月未洗过的脸，那么委琐卑下、毫无尊严、谄媚傻笑！一个城市无论多么优美，只要出现三张这样的脸，那就等于将这个城市的脸面毁了容！

"你说咋分呢？反正，我身上没零钱。"

这时候，一些人朝跟前围来，我一挥砖头喊道："都闪远些！"他们迅速趔开了，乞丐又重复了俩字"咋分"，我一声大吼"滚！"他马上缩起肩膀，几乎是小跑着溜了。望着他那卑劣的背影，我突然觉得我父亲，也就是我老子，那个当着副乡长的男人，原来是那样的高尚、体面，说他是个美男子一点也不过分！

我的心情稍微好转了，就把半截砖扔到瓦砾堆上。但是我刚离开几步，却被两个警察前后夹住。“小子，你刚才是否要劫车？”说话的警察眼睛挺小。我当即明白了：宝马走时，我看见那戴钻戒的手把手机贴上了耳朵，肯定是报告了110。于是我对他说：“刚才那辆宝马，不给乞丐钱也罢了，可他不该给乞丐唾了一脸口水！”我都奇怪我还有临场编谎的才华。“嘿嘿，你爸跑哪了？”“什么？”那该死的宝马，公然认为我是乞丐的儿子！“不像呀。”嘴唇厚的警察说。

麻烦哪，我得走为上策。于是我拿出记者证，说：“你们看，我是记者，这事根本与我无关，我只是一时激动，看不惯宝马的德性，批评了他几句而已。”警察交换着看了记者证，马上微笑道：“误会误会，对不起！请你理解，治安问题大哩。”我也当即大度了，说了些当警察挺不容易的话。我们热烈地握手了，随后就老朋友似的分别了。

我走了几步，身后又补来一句话：

“郭大记者，祝你早日转正！”

是小眼睛警察。眼睛小却也贼亮；听上去是吉言，细一琢磨却暗含警告。厉害呀。从他那小眼睛里散发出的锐利的眼光来看，他依旧认为我“劫车”了，至少有劫车的嫌疑，他之所以放我走，完全是看在记者的分上，纵然是个见习记者。一般的说，我外出时不习惯使用记者证，一是嫌记者证上的“见习”二字碍眼，这两个字很类似“在读研究生”、“作家班学员”以及大量未婚同居的男女，都是些招摇撞骗的预备队员；二是如今的记者，也早已不比传说里的记者那般神气了，以至于谣传说“防火、防盗、防记者”了。

日子就这么往过流着，我的心情郁闷哀伤，就像这漫天飞舞的落叶一样，不知道飘向何处。如果我不上大学，兴许还好点，没准早成了父亲，还是双胞胎的父亲呢。反正我老子给我盖了四间新房，仅凭这一点，我可以娶到当地最殷实的人家的女儿。种地之余，我要将四周的山坡全部种上果树，或者中药材。房前屋后，遍栽花草树木。农暇时，也就是到了眼下的这个深秋的季节，就把七里塘的汤师傅请来给我踩曲酿酒，酿几大瓮酒。到了四野皆白、雪埋万山的冬天，就把中学同学——他们没一个考上大学的——邀请到家里，通宵达旦地喝酒吃肉搓麻将……可是这些，已经变成梦中场景了，因为一个考上大学的人，再没有资格回故乡了，除非他腰缠万贯并且能够组织一个车队回家！

如果我当初学习好有天才，考进大城市里的名牌大学，家里也有条件供我考研读博的话，那我就不是眼下这个熊样了。我很可能操几国语言，整天在天上飞来飞去（也不知这辈子能否坐上飞机），一下飞机便有人捧着鲜花迎将上来……问题是我确实考上了大学，但是个半吊子大学，毕业不能回家，只好浪迹这个城市，像一片叶子飘到这里。

我往报社走的途中，惺惺相惜地拾了一把叶子。这些叶子，就是无数个我一样的人，我要将它们带回我的"公寓"，我要安置它们，与它们互诉衷肠。踏上办公楼，在经过走廊时，我看见乔老师的办公室里，坐着两个漂亮的女孩子。乔老师是很招女孩子喜欢的，根本原因在于他很会讲笑话，而且是带色的笑话。他的相貌并不出众，却在沉静中有某些飘逸的风度，这就使得他在她们面前，除了具有魅力之外，还让她们觉得他是个可以信赖的人。

见我经过他的房门，他就把我叫了进去。我其实不想进去，因为正是由于他的粗枝大叶，才使我在中秋节里受了一场羞辱。

"小郭，这两位大三姑娘，来咱们报社实习的。"乔老师就是与众不同，不叫她们"小姐"，而叫他们"姑娘"，"姑娘"能不喜欢吗？"这位小郭，"他又对两位姑娘介绍我，"你们叫他小郭或者小郭老师都行。""郭老师好！"两位姑娘甜甜地叫道，弄得我挺窘迫，不知怎么反应。按说，连我自己都没转正，是根本没资格带实习生的；就因为实习生太多，报社只顾赚实习费，便胡乱地安排实习生了。"两位姑娘，你俩谁愿意跟着小郭老师实习？"两位姑娘就看看我，又看看乔老师，最后相互看看。我觉得此时的我成了一件妇女用品，任人挑选，反倒我自个没权利发表意见了。

出现了短暂的冷场。两个女学生都没看上我？还是都看上了不好意思先挑？"你也喜欢叶子？"乔老师忽然盯住我手上捏的叶子。"来，让我给上面题些字！”我就把叶子递给他，他将叶子全部平展在玻璃板上。“多漂亮！”他玻璃板下原本就压着一片叶子，“你们瞧，这是五年前的叶子，五年前的叶子，全世界还能找到几片呢？你们见过吗？”我和俩姑娘都把脑袋凑上去，见那叶子上面写着“天意自古高难问”，然后是红印章，还真有点艺术品的味道。乔老师的脸上活泛着得意之色，我们也由不得崇拜起来。

“请乔老师给我们一人写一个叶子，”皮肤偏黑的矮姑娘说。“过几年还能卖钱呢。”说这话的姑娘白白净净的，但却有拍马屁之嫌。“你们想写什么内容呢？”“我们哪能想出来呀！”乔老师就抱怨道：“问我要字不怕，怕的是还要我动脑子想内容，麻烦！”哟，完全是大名人疲于应酬的架势。

他抓起小楷毛笔，在一片叶子上写了“新叶犹闻旧岁香”，落款盖章后，送给黑姑娘。“里边有‘新闻’二字，”像对人讲解又像是夫子自道。“新闻多半是落花流水，一哄而来，一哄而散。”再拿一片叶子，边舔毛笔边构思，随即写了“一事能痴即少年”，给了白姑娘。白姑娘嘴巴张了张，还是不得要领地说：“好，真好，好极了！”我觉得“一事能痴即少年”似曾相识，却一时想不起来出处；不过，就算想起来了，也不宜说出来，说出来了让乔老师没面子。

“该给我写了吧，乔老师！”心里分明觉得这是儿戏，可是乔老师正在兴头上，我还是应该朝热烈的气氛里再加把柴火。“你要什么呢？”他的脸上真出现了是那种“怕动脑子”的气色了。怎么办？“乔老师，我来报社之前，就听说您是有名的才子，”我事后很奇怪，我当时的谄媚的话居然说得非常诚恳。“我就是冲着您才来招聘的。”乔老师严肃地说：“小郭啊，我最受不了当面恭维人了！”但能感觉出他心里正十分受用着。我赶紧说：“您总不能太——”差点说出“好色”二字，“重女轻男了吧！”俩姑娘掩嘴而笑，乔老师也“呵呵呵”地笑了。

他将叶子摆来拼去，玩扑克牌似的。最后选了四片叶子，每片叶子上写了一句话，便合成一首打油诗：

天子未呼撵上船，

不闹事来不求官。

残足缺手筑豪宅，

小民只为讨工钱。

“啨，”白姑娘拍着小手，同时小跳了起来。“您把今年的新闻亮点写出来啦！”黑姑娘语言笨些，但却有眼色：乘机给乔老师的茶杯续满了水。我不免自惭形秽，瞧人家，不愧是名牌大学炮制出来的，就是伶俐成熟。乔老师当即说：“走，我请诸位吃新疆抓饭！”

我编了个借口，没有去蹭饭局。去了，我就得买单，还要拿出奋不顾身的造型抢着去买单。尽管我知道，乔老师是决不会让我买的。乔老师从不让招聘者破费。问题是我若在场，终归得有所表演，多累人呀。再说了，不妨碍乔老师独享“左芙蓉、右芙蓉，左右芙蓉”，也算我对他尽了一点孝心。

当天晚上，我做了个奇怪的梦。我梦见白姑娘挽着我的胳膊去采访一个热闹非凡的婚礼，而且她也不叫我“老师”，径直呼我“小郭”呢。可是，当我俩举起葡萄酒杯相碰时，她又变成了葱儿。梦醒后我再也无法入睡了。我觉得从貌相上看，白姑娘跟葱儿差好大一截儿。将这两人请上舞台，明眼人一看，就能看出葱儿是真正的姑娘，白姑娘不过是葱姑娘身边的丫环而已。可是白姑娘为何先进入我的梦中呢？

这个梦也确实得到了某种验证：白姑娘真的跟着我实习了。我弄不清这是她自己的申请呢，还是乔老师的指派。她跟上我外出采访的途中，我以闲聊的语气说出我读过的一些有名的书籍，结果大部分她闻所未闻。采访时她也不记录，只是听着耳机抖着腿。我批评了她几句，她居然摇着我的胳膊大撒其娇：“有你哪，郭哥哥！”还不经意似的，用她那还不能称为奶子的，“金银馒头”似的小乳房蹭我的胳膊。我在叹息的同时，发稿子的时候，也照旧缀上她的名字，虽然心里颇不愉快。

“名字见报”，是实习生最大的目的。几个月实习下来，他们就有了一册“新闻作品”剪贴本，来年毕业时，就拿着这个本子，跑遍全国各大城市，没准就敲开某家传媒的大门呢。但是像白姑娘这么个弄法，实在不好。她说她是来自非常贫困的××县，可我压根儿看不出这一点。她用的是彩信手机，钱包里塞满了各种“卡”，晚上不是游泳就是去咖啡馆，甚至说到“高尔夫”，她也能讲出许多相关的故事。

我带她实习的第三天，就迅速地揭开了谜底。凭良心讲，我不应该说她的不是，可我憋不住。我那天突然发高烧，浑身冷得像掉进了冰窖里。乔老师立即叫了车将我送进医院。可是住院要交押金，司机说他马上回报社拿钱来。

然而，他一去再无音讯了，连个电话也不回。就算司机不知道我的电话，可我“去医院了”这么大的事，司机应该说给别人，报社应该有人过问啊。

我躺在医院的条椅上，勉强制了条手机短信，分别发给葱儿和白姑娘。葱儿最先赶来，但她一见我就哭将起来，说她上午刚将两千块钱寄给家里了。“我马上去借！”她刚要小跑出门，迎面进来了白姑娘，身后跟着一个戴墨镜的男人——从他脖子上的松泡泡肉来看，肯定五十左右了。

原来，这男人是一家私立医院的院长，专治肾病。这男人一边问我的病情，一边不住地用他的肥手掌拍打白姑娘的屁股！眼前的这对不相称的男女，大概就是“二奶”和“包二奶”了。说来蹊跷，也许是生气，也许是年轻，总之，我一见这情景，当下坐起身来，什么病也没有了！

墨镜要请大家吃饭，所谓大家，也就是我和葱儿。葱儿就和我交换眼神，发觉我俩都没有入伙的意思。我们就找个借口，目送着墨镜拉着白姑娘融进街上的车流里。我俩该吃什么呢？除了火锅以外，我可以说是不择食的，我的肚子差不多像蔡元培要求北京大学应该“兼容并包”一样。但我现在跟葱儿一块，吃什么最好由她选择。

“吃火锅怎么样？”葱儿说完这句话，两只眼睛似乎就变成了鸳鸯火锅，沸腾起来了。

我不能吃火锅，吃了就便秘。但我说出口的却是这样的话：“火锅费钱，费时间，不如随便吃点什么。”“我掏钱！”她急了，“让你吃一回‘软饭’不好吗？”“不是谁掏钱的问题——你快上班了呀。”“你这么一说才提醒了我，”她恍然大悟，看了手机上的时间，

“只剩半小时了。”于是我俩吃了两笼包子。

然后我俩就分手了。过了没几天，我原本已消了的气，忽然又冒了出来。

那天中午在食堂里吃饭，恰好与送我上医院的司机坐对面。他一见我，眨巴了一下眼神，算是给我打了招呼，我分明感觉出他有些不自在，仿佛他做了什么对不起我的事。哦，我想起来了。那天他送我去医院后，他说他回去拿钱，结果再没有了下文。

“郭记者，我对不起你，”司机还知道我的姓，而我却不知道他姓甚。“我那天回到报社，马上去找乔老师，因为我知道你跟乔老师好。可乔老师去机场接他爱人去了。”“后来呢？”“我就找总编办主任，主任说了一句：‘没办法，招聘人员不报销医疗费。’因为我也是招聘的，主任可能觉得伤害了我，就又补充说：‘你去找总编试试，也许能解决。’但我已经从他的眼神里看出来了，即使找到总编，也是白搭……我从部队复员，回来是带了些钱的，于是就到银行取出三千元，准备先给你送到医院。可是车队队长打电话，要我赶快返回。回去才明白，是让我把鸡汤立即送到另一家医院，因为总编的儿媳生孩子了。队长还批评我说：‘每天这个时候送鸡汤，你怎么忘了呢？’我飞快地送了鸡汤，再赶到你去的医院，却找不见你了……”

“谢谢！”我尽量克制住自己，“不好意思，那你——”我想问他姓啥叫啥，又觉得还是下来从别人处打问好些。“——那你觉得报社这么对咱们合适吗？”“那有啥合适不合适的，咱找上人家门的么。人家又不稀罕咱。”

司机的年龄和我差不多，但他那种平和隐忍的气质，先让我感动，后让我震动。幸好我那天的急症忽来忽去，若真是个什么大病，死了也就白死了。

通过这件事，我终于明白了我自己是个什么东西了。我不过是个挤进城市里谋口饭吃的阿狗阿猫之类的东西罢了。我以为能在报纸上发文章，动辄就“批评”呀“监督”呀，市民需要咱、坏蛋害怕咱呢；其实满不是这回事！司机悟得很透：咱是找上城市门的，城市不需要咱，咱有求于城市哪！有能耐的话，我仿佛看见了所有的城门都变成了一张张大嘴，并且听见了大嘴们在轮番重复一句话：

“小子，你觉得城市不好吗？那你就回乡下去吧！”

管他娘的，让我今夜好生地大吃一顿再说！当葱儿正在为男人们洗脚时，我已经坐在了烤肉摊前。我要了五瓶啤酒、两大扎烤肉。周围的人很惊异我怎么是一个人？他们高声喧哗，粗鲁划拳，向卖唱的姑娘调情。我给了姑娘五块钱，说：“这五块钱是要你别给我唱的。”“那多不好意思！我给你鞠一躬吧。”给我鞠了一躬，补充道：“祝你发财！”

当三十串烤肉、两瓶啤酒下肚后，我觉得这个城市还是不错的。这个城市终归给我兜里装了点钱，虽然那是我挣来的；而很多人挣得屁滚尿流缺胳膊少腿，还拿不到几个子儿呢。

当我面前的烤肉铁签快够五十根时，我给葱儿发了一条短信：

“没有客人时，请与我联系。”

她马上回复道：

“好的。但你别琢磨占什么便宜。”

能占她什么便宜呢？无非是想睡她、她不让睡嘛。不让我睡了你就闲晾着吧，到你老了，想跟谁睡时，还得烧高香呢。当我喝第四瓶啤酒时，我一下子醒悟了：我原来，和葱儿是一条战线上的兄弟姐妹！

城市就像一头巨兽，它庞大的形体，它形体上的无数的器官，都渴望着舒服，而且一种舒服跟另外一种舒服截然不同，真他妈“舒服越分越细”。我和葱儿，还有无数背井离乡的人，就是专门来让那些器官舒服的。让“城市巨兽”的不同器官感受不同的舒服，于是就赏赐给我们不同的职业……

我又给葱儿发了条短信：

“我想你。我们应该互相舒服舒服。”

我离开夜市的时候，快十一点了。走着走着，手机一响，是葱儿的回信，只有俩字：“休想！”书上说女人嘴硬，其实心里也想。但愿书上说的是真的。

我的肚子忽然“咕噜”一声，紧接着又是“哗啦”一声，这第二声很像是鱼缸里的两条小鱼摔跤。哦嗬，麻烦，要拉屎啦！可我环顾四周，不知道哪儿有厕所。我想就近躲进花坛里或是交警岗楼后解决问题，可是不行，因为灯火灿烂、车流似水、行人如织。要在乡下，这阵子人们早入梦境了。

我不断地、充满哀求哀怜地向经过我身旁的人问“哪儿有厕所？”但他妈的全都是摇头！我只好加快脚步，因为我知道有个地方有公厕——在我回“公寓”的途中，距此至少有四百米！

别说四百米，就是四十米我估计都撑不下来。而且还不能走得太快：既要走快还要夹住！这不是天大的矛盾吗？此时此刻，我愿意放弃所有牢骚所有理想甚至爱情，只要我的面前有个厕所！如果谁能让我马上出恭，我将终生不忘他的大恩大德，并且他死时我一定为他守灵！我在咬紧牙关的同时，还得紧握双拳，因为我弄不清把劲使到哪个部位才能有效地憋住，所以只好全身鼓劲！我要找市人大代表，请求立个新法——如果在一个城市在它的主要街道上二百米之内还找不见厕所的话那么公民有权就地脱裤子方便无论在光天化日里还是在很多人（含外国人）的场合……

事后我还经常回想起那个难忍到恐惧地步的夜晚，最刻骨铭心的感觉是——时间真难熬啊，平时的一秒钟此时仿佛一条皮筋被拽了十丈长；一米路程恰似神话般的在我眼前迅速抛展成了百米跑道……我心里默默地计算着路程，一米一米地切短距离……但我夹不住了顶不住了憋不住了那种感觉就像是悬崖上的一辆汽车被一根头发丝吊着……他娘的，难道就这么胀死了？不，不行，我投降，我不要脸啦——我跳到一棵树后就解裤带，树后却有一对男女抱着亲嘴，只听那男的说“你寻死呀?!”我已经蹲下了，就是说我已经死猪不怕开水烫了于是我吼出一个“滚！”字同时一团无形的、对鼻子充满了羞辱的气体喷薄而升，那对男女自认晦气逃之夭夭了。

我回到“公寓”，借来房东的大铝壶，再用房东的炉子烧了一壶开水一壶热水，然后灌进我的三个暖瓶里。房东之所以如此大方，也许与我几天前送了他家一盒月饼有关。

我刚把身子擦结束，葱儿来了。

她进得门来，随身往后一靠，门就锁上了。她的双手背在后面，似乎藏着什么东西。她微笑着，嘴唇嚅动着，样子可爱极了。我上去紧紧地抱住她。她没有回抱，但也没有回避，完全是一种“悉听尊便”的态度。

“你别想占便宜。”她依旧那个姿势不变。

“嘿嘿，”我说。“也许，占便宜的是你。”

“现在就让你占个便宜，”她将手伸到我的面前。“给，我花了三块五毛钱。”原来是只签字笔。

“谢谢，我用得上！”

“那天去医院，路上买的。”

“为啥要买笔？”

“我想你要是动手术，总得有人签字吧。”

我的心动了一下。我觉得我应该立刻实施我在夜市上就已经想好了的行动。我请她坐到床沿上，说：“拿出你的手机，念我给你发的最后一条短信。”她打开手机念到：“我想你。我们应该互相舒服舒服。”

“对，我先让你舒服。”

“呵呵，”她的笑声含着些许的淫荡。“你能知道我要什么舒服?!”我兑了一盆热水，放到她的脚前，然后拿了小凳子坐下。

“干吗？你要给我洗脚！”

“为什么不能呢？”

她的双脚往回勾、往起提，不想让我洗。我说：“女人怎么能犟过男人呢。”她就不再犟了，一任我替她脱鞋退袜绾裤角。她什么话也不讲，突然变成了一个乖囡囡。当我给她洗脚心时，可能是痒痒的缘故，她哈哈大笑起来：

“你又不懂穴位，只会胡挠挠！”

我懒理她，只管洗她那绵软匀称的脚。她又说了：

“光拿香皂洗，又没啥保健作用。”

她的这句话给了我提醒，有了！我说：“我今儿给你洗个脚，肯定是全世界独一无二的洗法。”桌拐角放了不少的小瓶儿，是我准备的，我俩要在中秋节里共进午餐的调料。那天没吃成，但是调料不能浪费呵。

于是，再给盆里添加热水时，我依次将盐、醋、味精、胡椒粉、香油、孜然末等等，一样来那么一点儿，撒入洗脚盆里。

葱儿笑得仰到床上了：

“不得了啦！不得了啦！救命呐，有人要吃我啦！”

由于她仰着，前襟就缩了，于是我看见了她雪白的肌肤，还有肚脐……

我下楼去倒洗脚水。当我返上楼时，葱儿已经脱了衣服，钻进被窝了。她双手捏着被头，嘴巴也噙着被头，诡秘又顽皮地看着我。

“喂，咱们只是睡觉哦。”她说。

“嘿嘿，我知道是睡觉。”我说。

“不是你理解的睡觉……你有想法！”

“那当然，我又不是傻子。”

“你今晚上最好就当回傻子。”

“行么。”反正我刚才一进门，见小玉佛跟手机一块，被放在桌子上，又见椅子上放着她的脱下的衣裤，我的身上立即就春风野火了。不妨暂且她说啥都依了她，待到拉了灯上了床，我就不能让她犟了。书上就是这么说的。

当我举手拉灯时，她用被子捂住胸坐起来，急切地说：

“先别拉！咱俩可以挨着睡，但是不能……”

我木然地望着她。饿汉子搂住汉堡包，却不能吃，那不是跟坐老虎凳一样难受吗？不管它，先睡上去再说。可是看她那神情，好像不是玩笑。

“那好，我躺到沙发上。”

沉默了一阵，她说：

“你别怪我，我也不是吝啬人，我也很想……只是……你是大记者，你能娶我吗？”

我有点烦了。都什么年代了！

“我什么都没有，我只有这个……这是我唯一的礼物，也许别人觉得分文不值……”

说着，她忽地掀开被子，像一道彩霞闪过，她的天体一览无余在我的面前，隐约有一股似浓乍淡的，只有在这个季节里才有的，桂花搬的香味散发出来。

“你随便看吧……你这样见过女人吗？”

“没……有……”

“那你好好看吧……只能看呐……”

我已经不能自持了。我不想活了。我将她抱在怀里，亲吻着她，她热烈地回吻着我，喃喃地说：“就到这儿，就到这儿……”但是胳膊却把我的脖子搂得更紧了……

【原载《延河》2006年5期；《中华文学选刊》7期转载】

害 羞

1

第一次结识阿篝，是在一个饭局上。他是个白脸帅哥，估摸快三十了。但是后来得知，他实际上快四十了。也就是说他显得年轻。那次饭局一如所有的饭局，正事说完后，就讲笑话，佐酒。笑话讲完了，就打开手机，轮流念黄段子。这是我们这个时代的最无聊的时尚，如同吃饱了的猪斜靠木栏蹭痒痒。我过去也是猪的爱好，喜欢收集、编纂、转发黄段子，目的是博朋友们一粲。鄙人无权乏势，能效朋友们什么劳呢？发他们一乐而已。后来兴趣大减，原因是那些段子，无非是拐弯抹角地骂领导、绕来绕去地说性事，全是老一套。不过我的手机里，也还是保留了几个自认为很经典的段子，以便别人发我时，我也好礼尚往来。

那次饭局上，大家都念了自己手机里的段子，眼看着我不念是不能过关的，也就念了一个。当下激起大笑，一个岔了气，一个一仰，连凳子一块儿摔到地上；服务员正给大家添茶水，茶壶盖也掉地上打了……可是唯有那个叫阿篝的家伙，就是不笑，脸色还凉唧唧的。这让我有点扫兴，就好比领导讲话后，满堂掌声之际，竟有一个不鼓掌也罢，还如丧考妣，什么意思？我冲阿篝，嘴唇动了动，却被阿篝抢先开了口："雷老师，我一向景仰您，没想到您还讲这么下流的故事！"当下把我弄了个大尴尬。"也不是不能讲，"阿篝继续说，"关键看什么场合。像今天，有童男子在场，就不要讲的好。"

"童男子？谁是童男子？"我奇怪了。

"我么。"阿篝很羞怯地说。

"你还童男子？"于是招来一阵谑骂，"呸！没看看你都什么颜色了！"

这才明白，阿篝是个蔫怪，也就是通常说的冷幽默吧。饭局结束后，阿篝主动提出要开车送我，说他很想要我一副字。还说他妻子更是我的"粉丝"，说他妻子上初中时就知道我的名字。这让我脸上冷静心里沸腾，虚荣心如蘑菇云般升腾绽放。阿篝的妻子在证券公司上班，收入很可观，私家有车便是明证。但他妻子不爱开车，车就任由阿篝使唤。

"您觉得我这个人怎么样，雷老师？"车被塞的时候，阿篝问道。

"好啊。"

"唉，一家不知一家难哪……"

"说说看，也许我能帮点什么。"

"难以启齿难以启齿。"

就不便追问了。分别时交换了电话，后来就经常短信往来。因他上班路过我单位门口，他自己又有车，没事了就来吃茶，聊天。

阿篝是个副处级干部，"副"字多年了还不能抹掉，提起这事就生抱怨。我劝他别太在意官位。"依你现在的年龄，就算努力当官，也进不了政治局里。"意思是一般的官位也就那么回事，大小都一个样，终归是个职业而已。"道理我懂。"阿篝说，"我不像您，文章好，字也能换烟卖钱，反正有个安慰。咱在行政上，不谋个进步，您说还能弄啥？”想想也是。“照说我没少在领导跟前表现，领导也总说我的问题是该解决了，可每次轮到开席，还是没有我的位子。”“官帽子历来紧张，这个你恐怕比我更清楚吧。”

阿篝每来说官事，我就烦。我也好赖认识几个领导，阿篝知道后便来打探我们关系的深浅，分析评估我能否帮他什么忙。哪能那么简单呢。咱又给领导办不了啥事，既孝敬不了钱财，又皮条不了美女，仅能炮制点辞章笑话，解人家一闷而已。不过阿篝的说话，却很让人娱乐呢，于是就高兴他常来。“听说我们要新来个一把手，女的！”他很兴奋地发布新闻，“这一回，我得好生表现了！如果女领导看上我了，我就把身子洗得白白的给她送去，由她随便糟蹋我好了。”到你们单位当一把手，我说混到那个级别的领导，一般都五十大几了，你就是献身，也恐怕有些难度吧。“难度肯定有，身体也可能不配合。”稍停，原地转圈，说：“不要紧，只要给身体耐心做思想工作，我就不信自己还指挥不动自己的身体！”

我对阿篝深表同情，却爱莫能助。我发现中国人普遍爱做官，而官帽子又永远无法满足市场的贪求，于是便有无数的迷官者因不能得手而痛苦着，日复一日地不健康地活着。人生的意义有太多的方面哦，何必唯官是图呢。在我看来，就是乱搞女人，也比拼搏官场有趣些。

“雷老师说反啦，”阿篝笑了。“您不是官，有条件乱搞女人么！”那神气无异于宣读真理。“您名气倒不小吧，我咋没见哪个女人往您这儿扑呢？”忽觉不妥，改口道：“我知道主要是，雷老师口很细的。”

我还真有点不高兴。偏偏就在此时，电话响了。当时午休时间，我躺在沙发上，阿篝坐我的桌前。他将电话机端到我面前，一手扶着电话线。我懒得动弹的，只让他接听。他抓起话筒一声“喂”，原来是个女声，连我都听见了，那声音颇为脆嫩欲滴呢。阿篝的双眼如琉璃弹子被迅速揩去灰尘，噌噌光亮起来，急忙说：“我不是雷老师，雷老师在，在！”

我觉得这是一个雪中送炭的电话，因为这个电话替我在阿篝面前挽回了尊严。我接听电话时一腿架上茶几，尽量显得司空见惯。这原来是个女老板，芳名阿貌，做美容生意的。我们是在一家妇女刊物的笔会上结识的。她是那家刊物的固定赞助商，作为回报，刊物给了她个“副社长”的头衔。她打电话是约我吃晚饭的，说是要请教个什么事。“不好意思，”我礼貌地说，“晚上已经答应了一个朋友。”话筒里的声音有点撒娇，要我“推了嘛”。老实说，撒娇，是我历来不反对的，问题在于是谁撒娇，娇又撒给谁。像话筒里的这个很具体的名叫阿貌的女人，她撒娇就没有不撒娇好。我请她下午四点再来电话，也许那时，我能推掉另外的饭局。

其实我今天，根本没有饭局。既然人家撒娇邀请我，那我也来个借机撒谎，目的是让现场的阿篝瞧清楚了，鄙人的光景并不多么凄凉。

阿篝啧啧着嘴巴，起身要走。他说他下午要找工人，要给新来的女领导收拾新办公室。他抱怨说，如今的领导全一个毛病：调走了或退休了，总不乐意及时腾出办公室。新来的呢，也是新贵派头，不想住进前任的办公室，要么给弄新的，最不济也要住进前前任的房间。

“你把身子洗白白的吧。”冲着阿篝摇下的车玻璃，我说。

“我给领导，洗脱一层皮。”他说。车子吱溜一声，跑出门了。

点一支烟，快速处理案头文稿。眼看到了下午四点，正琢磨阿貌要是来电话，该怎样推却时，门被踢开，进来三个狐朋狗友，嚷嚷着“今天该你当‘盘长’了”。所谓“盘长”，就是那种流行乡村的，关于吃饭的磨盘会，轮流做东的意思。我很不喜欢这种庸俗的吃法，都啥时代了，还是张口闭口的吃吃吃。何况我没有酒量，与肉也是互不激情燃烧；抽烟呢，历来是自带的。一句话，磨盘会耗我时间、揩我油水，太不划算了。可他们不依不饶。

这时候，阿貌来电话了。我说我不能去，因为我这里来了三个朋友，我得跟他们一块儿吃呢。“那更好啊，”阿貌电话里说，“您的朋友也就是我的朋友，都邀请来嘛。刚好没有小包间了，我只得订了个大的。”我故意外露话筒，目的是要大家听见。我同时，用一种很轻佻的眼神，向朋友们同步翻译我与阿貌的通话内容。“这么着吧，”我的语气颇为难，“我跟朋友们商量一下，十分钟后回你话。”

朋友们都笑了，说我这人吝啬却又命好，怕出血了就居然能够不出血。我说人家是个美人，拒绝美人？如此没人性，岂不连卖国贼也比不上。大家一听是美人，齐声高呼：走，我们跟上你“吃软饭”好了！

我心底里并不想去，同意去也说穿了正是怕破费钱。就给了阿貌一个肯定的电话。可惜阿篝不能一块儿吃软饭，这让我有点锦衣夜行的感觉。可是他也算有口福，我们刚围坐包间，他就来了电话。阿篝说工人倒是找好了，但要到明天才能来为领导拾掇房子。他眼下，没事，驾车遛街道呢。我说了地点，请他也加入“软饭团”。他很快就来了。

2

世间不曾有过标准的、人人喜悦的美女，比如阿貌。加上阿篝，我们一共五个男人，我自己对阿貌的鉴赏分数我当然清楚。另外四个男人呢，从他们各自的神气来看，大致认为阿貌是个美女。阿貌的容颜，身段，胸脯的体积与位置，以及说话与动作，照说也找不出什么明显需要努力的地方，甚至让她当个什么形象大使的，亭亭玉立着不动，也蛮可以的。但她在我心里，却没有“动”的感觉。我喜欢有点“可爱的缺陷”的女人。我感觉阿貌的身上，撒娇有点过度，撒娇的频率也有点偏高。反正是缺少某种韵味，叫什么“风情”的那个玩意儿吧。

奇怪的是，阿篝每看一眼阿貌，就立刻看我，表情有点小偷小摸的味道。为什么会这样呢？很显然，阿篝因阿貌心动了！但他认识阿貌，是由于我的原因。就是说，我先认识阿貌，他后认识阿貌。那么他的潜意识里就认为，阿貌是“我的女人”。他因阿貌而动心，并不因了阿貌的来由而摁住心不让心动。我完全可以理解，因为人都是爱美的。可他认为阿貌是“我的女人”，所以他得克制，他得平叛内心的骚动。因此他每看阿貌一眼，也得谨慎地，同时看我一眼。

他就一盅接一盅地饮闷酒，不想掺和大家的说笑。他这么饮下去，出了车祸怎么办？我得阻拦他。我希望他的嘴巴用来说话，而不是滥饮。

“阿篝，你说你‘一家不知一家难’，真有什么‘难以启齿’吗？”

“唉，说出来丢人，丢人。”

他这么一说，反倒逗起大家的好奇心。大家纷纷建议他、催促他说出来嘛说出来嘛，大家可以想办法嘛。想想看，既然是“难以启齿”，那么“启齿”出来将是何等的刺激！

“我们机关大院里，无聊的工会搞了个什么‘机关形象大使’的评选，要评出一男一女。结果男的评了我——”

“那好呀，要奖励呀。奖你什么啦？”

“什么奖励也没给！不过，却出名了。首先是老婆不放心了。我回家要经过一个巷子，巷子里的灯经常被人为损坏。每经过那里，心里就发毛。你们想想，巷子两边全是古树，假如哪一次，从树背后蹦出几个美女来，三下五除二地强暴了我，让我如何是好！”

“就是就是，如今这社会……女人可疯啦。”举座为之喷饭。

“嗳哟，嗳哟。”阿貌笑得拿指头连连戳阿篝。

“让美女强暴了我，按说也无所谓，反正美女需要嘛，咱又是党员。”阿篝继续严肃认真地说。“问题是传扬出去怎么办？咱这人就好个面子，要是让机关大院都知道了，那多让人羞！怎么有脸上班！”

“你真让美女强暴了？”

“暂时还没有。不过我有预感，事情是迟早要发生的。”

宴席尾声时阿貌拿出名片，一一散发。最后才散发给她最想散发的人——阿篝。散发完了又问阿篝要名片。阿篝直拿眼睛闪我，征求我他是否应当回敬阿貌名片。“快给吧，”我以领袖般的语气说，“美女是人民大众的嘛。”

3

阿篝与阿貌的爱情自此开始。我无意间充当了他们的媒介。

我自己虽然不在爱情状态，但是观赏别人的勾勾搭搭，却是乐趣无限的。何况这事的缘起，本来就与我自己相关。我们在人际交往里，常常既是演员又是导演。我们常常无意间改变了别人的生活，也被别人所改变，只是我们自己未必清楚罢了。可以肯定地说，阿貌初开始，对我是颇有几分意思的。她曾暗示说如果怎么样了，她将送我一辆小汽车，无极变速的那种。她还以开玩笑的语气邀请我与她到非洲的热带雨林去观光。我始终王顾左右而言他，不接她的招。但我心底里还是很感恩她的。就算是一个你很讨厌的人，来给你献花，你能怎样呢？总不能骂人家吧。心肠软这三个字，是人性中最可爱的品质。总之我可以不回应阿貌的意思，但万万不可嘲讽阿貌。尤其要保密。俗话说“女追男一层纸”、“男追女一座山”，意思是男人太好腥味，女人想把一个男人搞到手，简直是轻而易举的事，甚至撩下裙子就成。未见得。我就是例证。

所以，当阿簧转述阿貌对我的评价，说我“很农民习气”，我只是笑笑，并不生气的，也不会辩解什么。她在我这里丢了面子，她有理由通过贬损我来恢复她的自尊。“她还说您从不主动埋单，老吃蹭饭。”我说是的；那些饭局从来不是我发起的，我埋的哪门子单！后面的一层意思只在心里想着，并没有往出说。“你要知道阿簧，”我还是未能憋到底。“世上有些人，天生就是埋单的。还有一些人呢，天生就是白吃的。”“雷老师牛啊。”

由此不难看出，阿簧副处了多年还“副”着，原因在于他的脑子有问题，脑结构比较粗糙。就是说，他一开始既然以为阿貌是“我的女人”，那他首先应该核实阿貌是否“我的女人”，而不是上来就转达阿貌关于我的“坏话”，客观上起了挑拨离间的效果。朋友的情人，传统上历来认为就等于朋友的妻。染指朋友的情人？让谁评理都落个不地道。况且阿簧，还将他与阿貌交往的细节生动活泼地说给我。我不想听，他竟依然有兴趣朝下说。

“您跟阿貌到底弄过没有？”阿簧无耻地审问我。问完这句话，他垂下脑袋，差不多将脑袋勾进裆里。

看来，他是真的爱上了阿貌。

“你胡说什么呀！”我气得跳起来。“谁要跟她弄过，谁就让车撞死！”

“我不是这个意思，”阿簧也急了。“我意思是您要跟她弄过，就说明她真的是您的女人，那我还瞎扑腾啥呢，我趁早撤啦！”

“呵呵，”真他娘滑稽。“阿貌是阿貌丈夫的女人嘛。”

“那倒也是。”阿篝也笑了。

实际上从那次吃软饭以后，我再也没有见过阿貌。她也确实来过一两个电话，无非是告诉我她刚读了我发在报纸上的专栏文章，并以行家的口吻予以点评。她给我打电话的时候，我能听见话筒跟前的男人的说话声，不难判断他们大致在茶馆里谈生意，茶壶跟前放着当日的报纸。商人们在一块为利润而谋略斗智，如果一方显示出自家的风雅交际，以示自己娇嫩且不谙世故，那犹如摊煎饼时多撒点葱花，会起到迷惑对方犯晕的作用。如此的白领丽人，我见的多了。

有出版社编辑来电话约稿。是个新编辑，得把号码存了。可是手机显示“存储箱已满”，得首先删掉一个。没说的，就把阿貌删了。人到了一定年龄，朋友圈子大致固定下来，再增加新的总是记不住呢。硬要增加一个新的、就得抛弃一个旧的。这很像政府换届，班子的名额数目一般不变，变的是人名字的不同。人生就这么无情又无常，全是匆匆过客。

但是阿貌的动态，我也还是比较清楚的，因为有阿篝的经常汇报呀——尽管我并稀罕这种汇报。阿篝是个淘气的人，兄弟姐妹有不少是吃文艺饭的，所以他身上满是喜剧色彩。他对于阿貌的汇报，究竟有多大真实性，我实在说不上来。

“雷老师，我现在很困难呐。”阿篝说。

“说吧。”我已习惯了他的说话风格，不再从他说话的神态上推断他说话的意图。揣摩说话人的意图，是政客的必修课，我没有这个本事。

“我现在面临两个难点，一个是升处长，一个是谈恋爱。我不知道应该选择哪个。”

原来，他的处长由于未能升成副厅级巡视员，心肌梗死了。处里的领导，如今剩两个副处长，一个处长助理。处长助理是个女的。作为两个副处长之一的阿篝，排名在前。依常规来看，处长死了，自然由阿篝接班，上啦。

“你们官场的游戏，我是说不清的。不过，这跟恋爱有什么矛盾吗？为什么不两手抓，两手都要硬呢？”

“我可不那么贪婪！只要办成一件事，就心满意足了。”

“你无外乎确定不了工作重点。”

“对呀。”

“我不知道你是怎么个生活爱好。依我看来，活着就是图个兴趣。一天无论多少事情，我总是先挑那个有意思的干。”

“我明白了。我对阿貌最有意思！可问题是我现在还是副处，如果首先把副处落实成正处，那我在阿貌的眼里，斤两就沉了。女人最喜欢权哩，权是壮阳药哩。”

阿篝的话说明他的脑子没问题呀，甚至精明得出奇呀。看来他心底里是把阿貌看成首要的事情，但具体操作上，则把升处长放在第一位。这是曲线救国的法子，也叫围魏救赵的战术。男人把一切都看成打仗，实在是基因与秉性使之然也。

后来得知并没有那么复杂。道理很简单。阿篝如果当上处长，就能在经济上保障他与阿貌的爱情运转。他为爱情事业，前期投资已近万元。他为阿貌办了健身俱乐部的会员卡，给阿貌送了一沓汽车加油票。还经常下馆子。诸如此类的支出，阿篝都变换形式开了票据。阿篝一俟当上处长，只需在票据上签一“报”字，即可将坑填平。

“你这样不好，”我得尽一个朋友的责任。“你这样会翻船的。”

“这个我清楚。但我还是要谢谢您的提醒！一旦把她搞到手，我就不用再花钱了，转而由她花钱。”

“为什么？”

“呵呵，要写小说呀。我不说，不说，羞人的很很。”

4

我的长篇小说进度很慢，经常出现卡壳。一逢卡壳，就烦躁得坐也不是转也不是，惶惶不可终日的。通常在这个时候，我会打电话给阿篝的。我要请他，如果他正好也不忙的话，就把车开来，拉上我郊外去散散心。一般而言阿篝都能随叫随到。幸好他的单位比较松散。他的单位主要是解决人多吃饭的问题，因为许多人都没看出他们单位存在的实际意义。阿篝自己也调侃自家的单位，说是单位主要有三大任务：喝茶，看报，等死。

可是这一回他却来不了。“实在不好意思，”他态度和蔼地，腔调温柔地说。“有人要跟您说话呢——”

一听，是阿貌的：

“来游个泳嘛雷老师！这里的环境可好啦……世上的文章哪能写完呢……”

挂断电话，想象着这对宝贝游泳的画面。爱情已脱到只剩游泳衣了，显然比我的长篇小说进展顺利。生活中的一对男女，往往很快就成其好事。可是要将这个好事写出来，写得让读者看了坚信不疑，那却是相当困难的，因为你要填补大量的所谓“合理性”。其实生活里，人家弄那事压根没想过什么合理性，就是见了想弄。缺乏想象力的人，会把真事情写假。而真正的作家却能无中生有，还活灵活现。

一个半小时后，阿篝阳光灿烂地来接我了。他满面堆笑着检讨自己的重色轻友、忘恩负义。“啧啧，那皮肤，白呀！”真叫一个激动。“膀子上还有颗痣，咋长的恁乖巧么！”我要他立即打住，不要听这些。人，要珍惜自己的隐私，不是什么都可以拿出来与朋友共享的。当然，有人就爱共这个享。而我不爱。再说了，我虽然是有点蠢，但也不至于蠢到极致。男女间的那点把戏，我就是想象，也会想象个八九不离十的。

时在下班前后，道路是很堵的。远远看见绿灯，车却停着。倒是红灯亮了，车才开始爬行。眼看要上穿城高速了，阿篝却把车子拐入自行车道，靠边停住。原来，有个姑娘蹲在树下，正悲伤地抽泣。她的自行车靠着树身，书包挂在车上。高考刚结束，莫非她考砸了？一问，却不是高考生，而是高二学生。

“你为什么哭？”阿篝两手搭膝，弯腰问道。“要帮什么忙吗？”

女学生不说，只抬起一双红眼睛，看我俩。鼻子一吸溜，再哭。

“你这娃！”阿篝急了，“谁没个困难？说出来嘛！”

女学生这才说了。原来她父母经常打架。父亲的小厂子效益不好；母亲是个大学助教，收入高点。父亲不平衡，经常酗酒打母亲。这就导致女学生经常放学回家冰锅冷灶，身上也常常没有零用钱，动辄饿肚子。

阿箦掏出一百块钱，要给女学生。女学生不接，死也不接。人家有尊严的，哪能接你陌生人的施舍呢。

“我说你这娃太不懂事了！”阿箦生气了，“你将来长大了，碰见叔叔我在这里哭，你能不给我钱吗？你给我钱叔叔我能不接吗？”

女学生终于接了钱，哭着点点头，也不说个谢谢。

实际上阿箦一掏出钱，我的手也几乎同时，拐进自己的屁股兜里。这是一种见贤思齐的本能反应。我能记得我的屁股兜里只有两张钱，一张五十，一张一百。两张钱没有合折，而是各自独立。我这么啰嗦的意思是，我的经济实力决定了我眼下只能赞助五十元而不是一百元，因为我买房的借债尚未还清。可是我的手很不敏感，感觉不出我屁股兜里的两张钱哪张五十哪张一百。同时掏出两张钱？那只能给一百了。那是我不乐意的。

“我身上只有一张钱，”我边往出抽边说，心想随命吧。“我记不清是五十的还是一百的了——”

抽出一看，唉唉，一百的。完了，损失大啦。

“雷老师可大方啦。”阿箦的话不知是表扬还是嘲讽。

车子往南郊开去。阿箦说：

“今天太让人满足了！我的心情那个好呀，一路过来，我一直扫瞄着两边的街道……看，看……有没有谁个需要我的帮助。如果不碰见刚才那个女娃，这个高兴劲儿，不是把人憋坏了么！”

5

夕阳里的南郊色调，是那种难以描摹的温和柔美。“雷老师想到什么地方？晚饭吃啥？”我说随便，还不想吃饭呢。吃的太饱了，脑供血不足昏沉沉的，哪能写什么东西呢。“那我随便开啦。为了文学事业，我陪雷老师饿肚子也光荣。”

车子停在一垄即将收割的麦田边。我跟在阿簧身后，踏着田埂往前走去。晚风里蹲下身子，阿簧马上有眼色地摆了个鹞子抓鸡的造型，为的是帮我遮风点烟。如今的郊区，已经不烧柴草不燃焦煤了，因而尽管村庄密布，却没有袅袅的炊烟。炊烟成了古典的记忆。不过也有丝丝的绿烟，那是来自农家乐的烤肉摊。更多的是一团团淡淡的灰雾。那终究不是炊烟，那是向晚的平原上悬浮起来的暮霭。

我们走进田埂尽头的树林里。我们各自撒了一泡尿，让身体充分享受解放了的舒坦。阿簧跳跃着，袋鼠般往前跳。跳到林子的边缘了，是一棵一搂粗的柿子树。阿簧拍拍树身，说：

“请雷老师您给我题几个字，我要制成牌子，钉到这棵树上。”

“题什么牌子？”

“就题个‘阿簧阿貌初吻处’。”

“你最好不要告诉我这些，我一再说哪！”我已感觉了事态的严重，“玩过了不好。”实际上他爱怎么玩就怎么玩，问题在于他既然要说给我听，我恐怕得表个态吧。“如果你爱人知道了，还不拿刀子戳了我！”

“看您说的，我又不是傻子。我刚参加过保密培训班，怎会让老婆晓得呢。”

“别让我见到你爱人。否则我愧疚。”

“太严肃了吧雷老师。您说怪不怪，我跟阿貌初吻后，您猜她说什么？她说您也曾经要吻她，但她嫌您一嘴烟臭味，所以没配合。”

这算怎么回事嘛。真让人反胃。

“我告诉你阿簧，你这么说她，背地里转述她的话，我无法判断真假，也根本不想判断真假。她真要这么说了，无非是以此抬高她在男界的声望。她要没说呢？总归无论她说了还是没说，但你这么说给我，就是很不得体的，太不得体了！”

“甭生气嘛，我也就在您跟前想啥说啥。我总觉得您跟她有一腿。”

我真想扇他一耳光！

“我郑重告诉你，阿篝！别说我跟她亲过嘴，就是——（差点说出脏字眼）如果我跟她拉过手，就让我的手烂掉！”

紧接着，我挥舞右手，强烈补充道：

“我要是拉过她的手，就让我这只手，写字的右手，意味着一个作家生命的手，连根烂掉！”

“呵呵，开玩笑啦，甭躁嘛雷老师，把人羞的。”

把我气成这样，他照旧嬉皮笑脸。我不想把某些细节抖落出来，因为我心里一直觉得，我是对不住阿貌的。如果我把某些地方说出来，既对阿貌不恭，又让阿篝难堪。我要再次强调一遍，阿貌确实曾经对我很有意思，但我始终装作不明白。所以她现在才变相地、拐弯抹角地来抱怨我，甚至仇恨我。无论她如何虚构着编排我诋毁我，我都应当表示理解，因为我毕竟歉疚她。

我坐在司助位置上。阿篝的车钥匙晃悠在方向盘下，钥匙环上还吊个银圆大的饼，饼里嵌着一个女子头像。我伸手逮住饼，稳在指间端详：娟秀妩媚，下巴微翘，显出几分淘气。我说阿篝啊，你这把年纪了还追星呀，心理年轻哪。他乐了，说那是他老婆！

“你妻子这么漂亮，阿貌哪里比得上呢，何必嘛。”

“两码事两码事！我跟老婆结婚都十四年了，十四年的光景把人都磨成亲人了。您见过谁跟亲人还弄那号事？谁跟亲人还谈恋爱？”

如此的理由让我拍案惊奇。由此我明白，世间任何事情的发生——比如丈夫懒得跟妻子做爱了——也都是有些道理的，关键在于你是否发现它并将它艺术地说出来。有这个能耐的人鲜见，所以我有理由认为阿篝是个才子。

6

我试图以阿貌为原型，将她变成我的长篇小说里的一个人物。可是我努力了几次，还是决定放弃掉。我对她不太熟悉，仅仅一点直观印象而已。关键在于我的心底里，并不认为她有什么可用于文学方面的魅力。也许阿貌在别的作家眼里，那个作家正好与我的感觉相反。我以为最能成为文学人物的女性，是那种身上有点“可爱的骚劲”的女人，她的气质介乎贞女与荡妇之间。或者将贞女与荡妇融为一体，该贞女时就贞女，该荡妇时就荡妇。那样一种韵致必须是天生的，而非人为作秀出来的。

阿貌有一个女儿。女儿也许五岁，也许十岁，反正有个女儿。女儿被她送到马来西亚去念书了，说是那里有个她的表姐。把孩子送到国外念书，是官商之家的时髦。至于她的丈夫我更是不曾见过的，也没有兴趣打问的。一般的女人若有外心，或是蓄势待发准备着随时外心，常会数落自家丈夫的这也差池那也不好，作为妻子的她是如何地不被理解、如何地受到委屈。这实在跟打仗一样，出征之前总要战争动员，舆论宣传一马当先，否则出师无名，既可能导致失败还不被任何人同情。可是阿貌不是这样，纵然红杏出墙，与朋友聊天时，也还是一如既往地说她的老公是何等的优秀，她又是何等地爱她老公，两口子的日常生活又是何等地充满情调。照说这是个很好的特点，可我还是不能在我的长篇小说里，给阿貌安排个位置。

创作有一个不可为外人言说的隐秘：写得顺畅时，写得自我感觉才华横溢时，性欲就特别旺盛。我一般写到下夜两点才结束，冲个澡上床，脑子照旧兴奋难眠，便把妻子闹醒。“你不要命了！”我才懒得应答，只顾落实事情。结束了才说：“不能弄这事，要命何用！”妻子无声地笑了，次日必定给你弄非常非常好吃的饭菜。你吃的时候，她双手托腮良母造型喜悦地欣赏你吃，还心疼地说：“牛累啦，给牛上料啊。”

而我和阿篝，最近居然都不在状态。我蔫啦吧唧的是因为我不来灵感，他呢？照说正在恋爱哪。“我俩月都没给老婆交公粮了，”阿篝沮丧得很。我批评他又不搞创作，又不是特种行业人士，两个月不交公粮是大大的渎职！

“没办法呀，”阿篝苦恼呢。“我几乎天天晚上都要努力一番，把人挣的，可是没效果么。”

阿篝妻子居然没有怨言。她理解丈夫的不佳表现。她把一切推到丈夫的仕途不顺上。

“她越是这样，我越是惭愧。当官？能当了当，当不成还不活了！官算个球。”

很显然，阿篝的状态肯定与阿貌有关。

“得手没？”

“您说啥？我听不明白。”阿篝的脸上，是我初次结识他的，那种让人忍俊不禁的“童男子表情”。

“老玩这个，就没意思了。我是问：你跟阿貌弄了没有？”

我以为弄与没弄，是男女关系最核心的一个标志。传言再厉害舆论再噪噪，没弄便等于什么也不是。正如说某人升官了，所有人都说他升官了，但是谁也没有看见组织部下发的任命文件，那算怎么回事！

“把人羞的。”

阿篝的神气告诉我，我这么直白地问他，让他羞；他尚未将阿貌弄到手，很没面子，亦羞。此之谓双羞交迫也。

7

一天下午，又是下班前后吧——当然那是个周末，我写得非常酣畅，酣畅得笔速跟不上脑速。如此幸福的时刻，在创作过程中实属是难得一遇。不过遭遇此情此景，反倒不能写了。灵感是神，神距人太近，人就无所适从。

我只好停下笔来。摆出笔墨纸砚，打算练练毛笔字，借此换换神经，放松放松。时不时地来人索字，竟骗得一些烟酒甚至钞票。不把字写好点，就愧对人家了。只要坚持练字，日久必出效果，猪脑子也能磨成书法家。况且书法比文章值钱多了：抄录李白苏轼的句子，李白苏轼也不起诉也不索要版税，多占便宜呐。写文章你敢抄谁的？抄你自己的都不成。猛练字吧，我的穷文友们！

我抓起笔舔饱墨，正想着写什么内容时，窗外的树叶沙沙响起来。一瞧，下雨了。我很喜欢下雨。生活在干旱的黄河流域，喜雨心理似乎很普遍。过了一阵儿，树摇曳而流风至，其音骚骚呲呲。风把雨水扇到玻璃窗上，玻璃窗上便出现了几条自上而下的小溪。

我的脑海忽然冒出一联：晚雨从来酿云梦，朝菌不曾见夕烟。一挥而就，自娱得可以，驴打滚似的。我想到宋玉编造的巫山云雨神话，幽美至极旖旎至极，真是超级天才。而不曾见过显微镜的庄子，怎么就想象出一个生命非常短暂的朝菌呢？有人考证说朝菌是一种苔藓类，具体哪类，又说不清了。总归是说生命极其短促。人生啊，你究竟有什么意思！

这时，"咣当——咚！"滚雷一声惊天地，整幢楼房如挨了一排火箭弹，啪啪嚓嚓的，许多玻璃窗碎了，碎片落地，地面又是一阵机关枪声。满楼出现了惊叫声，伴随着走廊上踢踢踏踏的跑步声。

吓得我呆坐藤椅不敢动弹了，毛笔也震落对联上，废了。

我稳稳神，燃一根烟，准备承受第二个、第三个响雷。可是再没有了雷声，炮仗大的雷也没有了。

雨，也稀稀拉拉了。真叫一个奇怪！不难想象，方才的那个惊雷，不知把多少胆小者吓得尿了裤子，马路上又有多少汽车追了尾，各大医院的患者，尤其心脏病患者，也定有因雷声而眨眼间合上了生命帷幕的吧……我的感觉不错，因为第二天各大报纸的报道里，更有许多出我想象的事故发生……自然之力无比强大莫测，赐福降祸全由着它的性子来，谁也没有办法。

最令人意想不到的是，那一声大炸雷，竟成全了阿篝阿貌的爱情！

8

他们俩都有私家车，每次约会碰面后，自然要将那多余的一个车停放下来。然后同上一车，出发。

"一般乘她的车，因她的车高档些。"阿篝一换语气，"可是那天，却是乘了我的车，您说说这是不是天意！"非常庆幸的样子。"在我的车里就等于在我的房里，我的胆子就大啦。"

两人一进车，阿貌便将一个塑料袋随手抛到后座上。塑料袋里装了不少资料，无非合同广告票据之类的东西。车朝南郊开去。他们今天计划参观秦岭动物园，然后吃农家乐，然后……听天由命吧。两项内容完成后，就是说他们离开农家乐的时候，天下雨了。估计是太阳尚未落山的时间，可是由于黑云布雨，光线就暗得很。他们的车晃悠在乡村的马路上。快要上高速时，阿貌忽然让车停下来。她拧过身子，从后座上抓过塑料袋，说是要看看一个收据，几十万的收据呢。可是袋里没有，袋里的东西多半都被车子颠掉了。

阿貌下车，开后门进去，弓着身子，翻坐垫、探暗处，找得鼻尖渗汗了，还是没有找见。“没眼色！”冲着呆扶方向盘、呆看这一切的阿篝，阿貌说。阿篝这才灵醒过来，也离开驾驶室钻进后座。两人几乎是头抵头地寻找一气。

就在这时，那声惊雷砸将下来，仿佛正砸在车顶上。吓得阿貌一把抱住阿篝，鼻子蹭着阿篝的喉结，颤抖不已，如打摆子的鹿。头发也乱了。阿篝不知发生了什么，只感觉脖子被阿貌呼出的一团团热气缭绕得如绵似酥……

“我，我，我也紧紧地搂住她——”

“——打住！”我急忙制止，“反正是你‘得手’了，可我不想知道细节。”

是的，这一向是我的审美习惯。我可不想扮演一个取证通奸犯的警官：说清楚，谁先脱的裤子？是自己主动脱的，还是对方替你脱的？

“唉唉，”阿篝有点失望，感觉不过瘾。“雷老师您跟别的男人不一样，他们最爱追问细的，我死也不给他们讲。只想给您讲呢您又不要听……把人憋的……一卷卫生纸用完啦……”

“那你就讲讲‘得手’后的事吧。”

“下车一看，天呐，忘了刹闸！人在车里动车在路上动，滑，滑，滑了二十来米才停住……把一条蚯蚓压扁了，蚯蚓被碾了半截，胶在路面上，另半截活蚯蚓呢，硬是挣断了半截死的，逃走了……”

这只可怜的蚯蚓，无疑是那声惊雷酿成的，诸多事故的，连锁反应的一个带灾者。自那时起的好一段时间里，“怀念蚯蚓”成了两人幽会的一个短信暗语。

阿篝得手了阿貌后，尤让他惊诧不已的是，当夜回家，居然成功地交了公粮！而且，交了两次！

“当上处长了？”妻子惊奇又喜悦。

“谁稀罕处长呀。”

“那你稀罕什么？”

“只要能服侍好老婆，我就心满意足了。”

这是阿篝结婚至今，少有的几个妙不可言的夜晚之一。

不过阿篝，除了对自己身体的超常表现迷惑不解外，事实上得手了阿貌后，并不意味着他就业已知音了阿貌。每次相聚，阿貌总是大讲特讲她老公是如何如何地好，说她老公烟酒不沾嫖赌无涉。“就是夏天再热，”阿貌说，“他也要大开空调，搂着我睡。”

阿篝始终不接阿貌的话。阿篝觉得他与阿貌的事，不应当把阿貌的丈夫牵扯进来。你老公最好是个外星人，阿篝心里嘀咕着。

阿貌住在“高尚住宅区”。阿篝去了一次，只去过一次。他原本不想去的，可是那天，她拉了一个电烤箱。他不帮着搬上楼，说不过去的。

“我进门的第一感觉是：怎么没有一丁点儿男人的味道呀！确实整洁得很，不见男人的拖鞋，茶几上也没有烟灰缸。”

阿篝好奇之余，难免有几分恐惧，以为正有个陷阱在恭候他，他迟早要失足呼救的。

阿篝无意间得知阿貌老公姓祁。从阿貌断断续续地介绍里，祁先生好像是个投资家，具有天生的市场判断力。祁先生哪儿人呢？阿貌的说法前后矛盾闪烁其词。祁先生似乎既是北郊人又是南郊人，既在东郊有住宅又在西郊有房产，皇亲国戚似的。阿貌总是自言自语这些，但阿篝从不接话、从不追问，只当收音机听。

“我根本不想知道她老公的任何情况，”阿篝坦言道。“咱把人家的老婆偷了，不好意思知道人家的老公呀。”同时举例说明，“就好比您偷了一家人的钱，您最好跑得远远的。您要是不但不跑远，反而在您偷窃的人家周围，花天酒地大肆挥霍，算怎么回事嘛！”

阿篝希望自己的心里，从阿貌嘴里获得的有关她老公的一切信息，都不要记住，左耳朵进来右耳朵出去，及时删除掉，删除得越干净越好。但这是不可能做到的，因为阿貌又不是拿鸟语说的。在那些未被删除净尽的信息里，有两个关键词：灞桥，电信差转塔。

就一般理论而言，丈夫越有钱，妻子的外遇可能就越大。有钱的丈夫就有条件喜欢很多的女人，很多女人也喜欢有钱的丈夫。丈夫有很多钱，钱就成了丈夫的一大堆儿子，丈夫必定要整日奔波照顾他的儿子们。总之，有钱的人既是钱的管家又是钱的孝子，那个忙啊，跟位高权重的人一模一样。丈夫一忙，妻子就有些空档冷清，自然胡思乱想，不外遇也由不得她了。闲也是闲着。这么好的社会，怎么能闲着呢？何况明天一定比今天衰老。到了皮皱齿松的时候吃后悔药，有何意义呢。

9

前天吧，北京对口系统来了一帮男女，要去看兵马俑，单位就给赁了一个中巴，派两个年轻人背上钱，陪同着去。谁知其中的一对男女，逛大雁塔逛过了时间，落车了。女一把手正好碰见阿篝开车进院子，没容分说，便要他拉上那对男女，去追那辆一刻钟前出发的中巴。

阿篝满脸堆着笑，幸福地接受了领导现场分派的任务。并不是谁都有这个表现机会的。单位里有的是司机，况且他又是副处长，这就等于一个县委副书记或者副县长，还能如此不拿架子地听凭调遣，这将在领导眼里又增加多少分量啊。所以路上，他对那对男女殷勤地问这问那的，话多得一如别有企图的导游。后来他不问了，因为他从反光镜里看见人家，时不时的拉手手呢，斗蛐蛐似的。人要有眼色呢，北京来的人也偷情呢。他就一门心思开车，脑子里回想着他去北京办事时的感受，还真有点愤然。世态就是这样。北京来个什么人，你都要认真服侍，因为人家终究是北京来的首长。他或她纵然是个猫儿狗儿，那也是朝廷来的猫儿狗儿，钦差身价的猫儿狗儿。而你上北京办事，人家若还能叫出你的名字，还能让门卫放你进去，还能赏赐你一杯白开水，那也足以皇恩浩荡了。

幸好撵到临潼，就撵上了中巴。将京城的那对男女交给中巴，空车往回返。要过灞桥前，车子忽然就停将下来，似乎是自动熄了火。阿篝感觉了什么呢？尿呀。他走进树林里，冲着树背后掏出家伙。可是只尿了三五滴儿，没有了。甩了甩，也未能甩出点滴来。莫非天太热了？怎么回事？车为什么到了这里就停下来？哦，显然是“灞桥”二字让他无意识地停了车。

灞河的流量比过去大多了，水质也显出基本清澈的样子。这都是封山育林的结果。河堤是新修的，夹岸杨柳繁茂扶苏，影影绰绰地掩映着别墅与村庄。河间的沙洲上，还建了仿古亭子，看上去竟有点湘江里的橘子洲的味道。变化真是大呀！古人常在此处或接风洗尘或折柳送别，演绎过无数的伤感与诗意。

一个高大的电信差转塔，进入阿篝的视线。铁塔上架着两块银色的圆饼，如麻将牌里的二桶。难道这就是阿貌老公的家？没这么巧吧。阿篝老觉得阿貌的话多半是信嘴胡编的，虚夸大于实际的，没有什么可信度呢。反正也没啥急事，前去探探也无妨。

他的车沿着河堤开向电信塔。停下来却是个小卖部，周围几乎是院子挨着院子。一棵古树阴凉了小卖部门口的场地，一帮人正在下棋。老板娘给大家不时地添加茶水，棋客们个个光膀子，几乎人手一把蒲扇。争论着棋局的同时，一手揪开裤衩口，一手蒲扇往里揽风。观棋不语真君子，逢困未解是小人。大家眼看着黑棋死亡已定，任什么象棋大师也不能挽回。“你把‘象’撑起来试试——”阿篝多了一句嘴。双方正在交换棋子，就停下来，真的撑起“象”。咦，残喘了一步呐。这一残喘不打紧，竟三挪两拐的，将对方的“帅”拱死了！

于是，大家立刻起身让座，唤老板娘上个新茶碗来。新的棋局摆开后，阿篝与一个老头闲拉扯开了。他问此处可有姓祁的？问答说有，三四户吧。“石碾盘过去的那家就是。你是淘古董的？”

据老头说，这姓祁的自小就不是个省油的灯，简直无人敢惹。人是绝顶聪明，偏偏学习成绩总在倒数一二。中学混毕业后，由亲戚介绍到西安一家单位当保安，结果跟人打起架来。岂料对打者竟是个便衣警察！好在对方只是掉了两颗牙。正是那次打架改变了姓祁的命运。姓祁的当时逃呀跑的，拐了几个小巷子，窜进南门外的彩票销售点。他挤进人群，原本是不买彩票的，就想摆脱眼下的追踪完事。可是受了众人争抢彩票的感染，加上舞台上的那个女主持人是他的暗恋偶像，偶像正扭腰台上娇声助阵。姓祁的想都没多想的，钻上前去，买了三十元彩票。哈哈，后来开奖，中了，一百五十万哪！

从天而降的财富，立刻改变了姓祁的命运。他有了车子，搞到手了漂亮的妻子。他结交了几个野性子朋友，倒不嫖也不赌，就爱个逛山打猎。某一次窜进秦岭自然保护区，猎是没打着，半拉脸反倒让狗熊抓去打了牙祭，险些丧命。这小子百无一是，偏偏最好个面子，可是面相破啦。从此，再也不哪去了，白天睡觉，晚上电脑上炒股。半夜过后，就溜到灞河边上散步。若是有月亮的晚上，他出门前脖子上必定围一条围巾，远远见了人就遮掩起来。他怕吓了别人，又怕别人见了耻笑他。

"你说人生也真是个怪，"老头感叹不已。"这小子遭了灾，良心倒没受伤，还是蛮好的，还能替别人着想。他妻子可能就是看上了他暴发来的钱，才跟他成的婚。如今他毁了容，他就觉得对不起老婆，非嚷着老婆滚，滚得越远越好，永远不见他最好！也不让孩子见他，要老婆把孩子送远远的。他老婆只是同意把孩子送到远处，她自己是死也不滚，每周至少回来过两次夜。"

10

"我那天险些，"阿篝说，"去看那姓祁的，可是已经绕过石碾子，距他家门口十几步时，我还是趄回身了。咱跟人家老婆弄那号事，咋有脸见人家嘛。把人羞的。"

我忽然觉得，这个阿篝，这个阿貌，虽然一概好色，却也都有点可嘉之处。遗憾的是阿貌身上，缺少某种"天生的骚劲"，不能写进我的作品里。

这里只关注阿篝与阿貌的爱情状态。

首先是半个月了，阿箫不但没有来看我，竟连个短信也不发。过去可不是这样，每天至少发来两个黄段子。打他电话也是关机。我马上要装修新房，还指望他的车跑点腿呢。阿貌不说也罢，反正我手机里已没有了她的号码，来短信也不知是谁的。这对活宝，成了好事就忘了红娘，连点儿感恩的表示也没有。

不管他们了，写自己的小说吧。谁料想此时，阿貌来了。她的眼皮有点浮肿，显然没有休息好。她送来两条“苏烟”，请我给她的美容院写副字。我的办公室刚好只剩两张瓦当纸，得认真写，坏了就没纸了。就给她写了杜甫的一联：波漂菰米沉云黑，露冷莲房坠粉红。还行，纸没糟蹋。忽然觉得她来请我写字大概是个由头，一定有什么事情要诉说的。是的，是诉说，诉说出来让我倾听。倾听而已。我能给人办什么事帮什么忙呢。

阿箫最近忙什么呢？我随便问了一声。我正要问你哪雷老师！她显然在等我说起阿箫的名字。他是你介绍我认识的，我把他当成……一个，　个真正的朋友，可他，他……呜呜，哭了。

刚好门房给我送邮件进来，一大摞报刊杂志，还有包裹。周一上班就是这样。门房呈上登记簿，请我签名。我往登记簿上签名的时候，阿貌说声谢谢，卷起字来，拧了拧吊着手袋的那只手，强打精神，姿态装嫩，出门走了。她走的恰当其时。她不走，能说什么呢？说我俩偷情偷的好好的，现在忽然偷不成了，雷老师您给想想办法？又不是夫妻闹别扭。这类事情是周瑜打黄盖，两厢情愿的嘛。一个要打一个不准打，或者一个不想打一个偏是撅起屁股请求打，这就出现僵局。而这样的事情历来是遍及天下的。况且万事万物有开始便有结束。日有出则日有落。日出甚至就是为了日落。月亮更是这样。月亮出来不仅是为了落掉，落的过程还要凹凸变形，有时干脆连个影儿也不见。头顶运行的天体，正是上天在给世间的男女们上课，启示男女们不要认为爱情很美很舒服就死咬住爱情不松口企图一辈子荡漾在高潮里。你如果不是傻子，那么你该松口时就松口吧。

我得继续写我的长篇小说。写长篇小说不仅丝毫没有了不起的感觉，反倒常常感觉丢人，相当地丢人。写这些玩意儿有什么意义呢？没有意义，丁点儿意义也没有。如果写长篇小说有意义，那么一只孤寂的猫儿转着圈儿逮自己的尾巴，也就有了意义。就算你认为猫儿转圈儿逮尾巴实在无聊透顶，但你凭什么理由阻止猫儿转圈子呢？除非你给猫儿发杆枪，让猫儿到边关站岗去——保卫祖国才最有意义啃。

很显然，我在琢磨写作的意义的时候，正说明我已陷入写不前去的沼泽地里——于是我才认为写作毫无意义，以此来为自己的江郎才尽找借口。我当然不甘心。作家对于灵感的渴望一如政客对于更大权柄的眼红，此乃不同物种的相同本能也。

我要想办法突围。还是老办法，到郊外转转吧，这该死的城市太让人憋闷了。我打电话给阿篝，没想到这回一拨就通了。“雷老师我不敢开机么，”语气照旧顽皮。“不敢见您呀，怕您骂我，把人羞的！”太逗了，脸皮那么厚，居然把一个“羞”字吊在嘴上。

阿篝来了，我跳上他的车了。他说他确实倒霉、没脸见人。女一把手并没有把他提为处长，另一个副处长也未提拔；而是将那个女的，排名老三的，科级领导的，处长助理，一下子蹿成了处长。“我前天才知道，我们一把手是个同性恋者！”对于阿篝的这种解释，我不能盲目相信。事情没弄好，不是首先主观检查，而是一概认为外界对自己不公。

“唉，没当上处长，也不后悔，值！”车快到东郊的时候，他说。

我知道他指的什么，但我不想马上点破。我不想接他的话茬，因为我脑子还在长篇小说里。他忍不住了，说开了：

“我那天从灞桥回来，晚上就梦见我被黑熊抓了，怕怕人哪！以后每天夜里，都是类似的梦……”

由于见了阿貌的丈夫——准确地说只是到阿貌丈夫的住地外转了一圈，阿篝就神经兮兮了。晚上要么梦见熊，要么梦见身后总跟着一个脑袋包着黑头巾的、只露出一只眼睛的男子。

“梦里样子并不可怕，可您说怪也不怪，只是让人羞的不行，比痒痒还难受！”

“你从灞桥回来后，”我的好奇心来了。“又跟阿貌弄了几次？”

“我还正要请教您呢，弄了三次，可是……没一次成功呢，真是丢了先人！”

“公粮还可以交吧？”

“哪里哪里，也他娘的交不成了！”

“呀嘿，今古奇观哪。”

“雷老师您这人好，朋友们都是这个看法。不知咋搞的，一见您，我的啥事都想往出说，说了就畅快。我四年前就有个情人，好得很很！美的，美的没法说！我俩每周约会一次，极尽欢乐之事。我想咱这一辈子也知足了，要官没官，要钱没钱，可是上帝平衡呀，让咱的老婆也理想，情人也理想，您说咱还要啥子！可是后来弄糟了，都怪我的情人！她妹妹要在学校里晚会演出，她非得让我邀请一个音乐学院的教授同去看晚会不可，目的是拉个关系，为她妹妹将来考音乐学院铺个路。我就把音乐学院的仵教授邀请来了。谁料想她把她娘家父母、婆家父母，还有七大姑八大姨的，全吆喝来了。而且，还让她丈夫与我挨坐一块！她当她丈夫面把我吹捧的，又给我使劲表扬她丈夫。她显然是想让我跟他丈夫成为好朋友，啥事嘛……把人羞的，脸胀的……从那以后，我们再也弄不成事了……刚跟她搂住，就感觉她丈夫插在中间……完了，完了！过去，当然知道她是已婚女人，但我没看见她的丈夫，就认为她的丈夫并不存在世上；可是现在，我亲眼见了她丈夫啊，还握了人家的手、吃了人家的口香糖啊，那鼻子那眼睛……我看了第一眼，就感觉她丈夫的鼻子眼睛，呵呵，我是到死也忘不了啦！”

车子出了城，方向居然是灞桥，这让我俩都很吃惊。我们将车停在路边的柳树下，把玩着骚扰脸颊的柳条，望着那个差转塔，和塔尖的“二饼”。夕阳里的灞河，如风中的锦缎。河面上群鸟低翔，叽啾答问。远处的秦岭，被水汽烟霭逶迤着，蠕动着，似乎是神仙在山上开会，而开会的内容却是非常非常神秘的，我们永远也揣测不了的。

阿篝与我商量着，是不是去看看阿貌的丈夫？看看那个被熊抓烂了脸的，极其自爱、极其爱美的，很有钱却也很不幸的男子……

【原载《江南》2007年5期】

小说的难度（创作谈）

写小说是写作中的最难。所以五四以来的看法是，只有能写小说的人才算作家，尽管实际创作中并未出现足可与《三国》《红楼》媲美的小说予以佐证。通常说来，所谓大作家就是指小说家。当然小说家并非都够大作家。比如我，这辈子就成不了大作家。

写小说的人肯定是各品其难。鄙人所难大致有如下诸方面：

要烟不离嘴。这对身体是个巨大的伤害。而且毫无平时吸烟的惬意之感。没办法，少年时养成的恶习。那时的电影《新闻简报》里，报纸图片上，伟大领袖叼着烟的奕奕神采，令人难以不模仿。所以但凡约稿、催稿，第一反应是：糟糕，又得大量吸毒了！

业余写作好比偷情，“作案时空”极为有限。为了安静，得躲起来，关掉手机，自绝群体。实际上过不了多久，特别是在写不下去时，便开启手机，查看信息。如无信息，就很扫兴，感觉自己于这个世界太微不足道了。有信息甚至电话打进来呢？则大发抱怨：不是我不写嘛，是干扰得没法写嘛。

说起来写小说是个最自由的活儿，因为写小说纯属个人行为，所以你似乎“想咋整就咋整”。其实满不是这回事。当你写出第一句话时，你就等于踏上一片荆棘丛生人迹罕至的世界。当然没有路。你得开辟路。你得为开篇的那句话寻找出路。实在找不见路，你别无选择，只能重新地、反复地、绞尽脑汁地写出另外一句话……直到能够写下去。总之，你创造并拍板了第一句话，下来是，你就好比一个女人因为爱情而受孕了，所以你必须履行天职，不断滋养肚里的种子，直到它成为一个真正的生命——他——降生人间。

小说的每一句话，既是叙事又是描写。同时，每一句话既是对于前述迷雾的破解，又是对于未来悬念的设置。传奇小说是这样；世俗小说更是如此。小说中的每一个人物只按照他自己的逻辑言与行——他后来之所以有这样的言行，是因为他此前曾有那样的言行。因此小说家需要具备六只眼睛：两只眼睛紧盯地面，为的是保证每一个细节的真实可信；另两只眼睛则要悬在高空，类似航拍，以便准确知道每一个细节在整体作品中是否有意义；还要有两只眼睛，它们起着内窥镜的作用，从而洞悉人物与事物的心灵世界。在真正的小说家眼里，万事万物当然皆有其心灵世界。一对恋人反目成仇，周围的树木花草，泥土与石块，空气与灰尘，情绪一定是伤感的。

小说只要杰出，那么无论其长其短，都想当然的是一个崭新的，封闭的，有着独特的秩序、伦理以及风尚的虚幻王国。小说的虚幻程度越浓，它距离生活的本质就可能越近。新闻的多数固然是真实的，但就整体生活而言，新闻只能是局部的真实。两次世界大战期间，绝对有人整天吃喝玩乐、谈情说爱，但却绝非彼时天下的真实，它们看上去反倒等同谎言。

小说中理应有情色。一阴一阳谓之道，毋庸讨论。性在小说中的地位，如同性器官在身体上的地位一样，重要性自不待言。但要遵循人类普适的，基本的“羞怯原则”。所以性，充满想象力的性，令人陶醉而美好的性，是小说描写的一大难点。

如何避免政治禁忌，是小说创作的又一难点。政治家与文学家是两类人。前者强调秩序与共性，后者张扬自由与个性。但是政治家与文学家终究都是人。是人，便有重合的人生诉求，便有向往美的共同天性。找到重合的部分至关重要。

小说人物只有语言、肤色、宗教、国籍、贫富、教养之不同。本质上一样，都是人。总统也拉屎，小偷也偶有高尚之举，太监也喜欢与美女套近乎。所以伟大的小说，历来不局限于“国家利益”“民族福祉”。伟大的小说只为人类之道与爱怜，而歌吟。深切的悲悯心，是杰出小说的一大元素。

卡壳，是小说写作中经常出现的。激情充沛如同坦克加大了油门，但就是在泥沼里轰鸣，寸步难行。有时只因找不见那个最妥帖的字，那个最绝妙的词，而卡壳，而败坏情绪，而一整天毫无所获。

面对影视、网络、手机视屏的围攻，小说王国日渐退缩。但绝不可能彻底沦陷。激光照排及电脑文字之崛起、之泛滥，居然以强大的反作用力复苏了书法艺术。小说写作者该有启示吧！但是提笔写小说时，就预测将来要被改编影视，则是一种“被包二奶”的“妄思想”。相反，不妨写出谁也没法改编的小说，才算是出息，才算是风骨。语言文字所探照的世界，万象滋荣，依然有着宏阔与神秘之地，那是影视们永远无法抵达的。

最难的是尾声。假如一个小说20万字，那么最后的一两万字，甚至最后的一两千字，是极其难写的。好比织毛衣的最后针脚，篾匠活儿的最后收口，千头万绪，此刻需要“万里黄河一壶收”，需要给人以落日般的震撼与惆怅。此时最容易卡壳。一个卡壳过去，一个卡壳又来。很痛苦。沮丧，迷茫，悲观厌世。欲废弃整部作品也！

2009年6月20日·采南台

【原载《文学自由谈》2009年4期】

后记

去年冬天，南方一家出版社约我编一部中短篇小说集，要求三个月内交稿。照说时间充裕，用不着急的。事实上急也没用，因为家事公事乱麻一团。加之文学激情递减，也就磨洋工叼空子，想起来了搜罗一篇。但是开年后的正月，具体说来，在阳历二月十四日，即西方的所谓情人节的晚宴上，改变了本小说集的命运。

那天晚宴上，西安出版社社长张军孝先生，诚恳约我一部散文书稿，我当即痛快答应，且兴奋异常。何以兴奋异常？盖因这是十八年来，本地出版家第一次向我约稿啊。正所谓远亲不如近邻，往日的委屈一扫而光。感动于军孝兄的抬爱，立马放下小说集的整理，翻出剪报、打开电脑，连续三个昼夜，竟然编出了散文书稿，且索性名其曰《情人夜宴》！

交稿后休息了两天，重新开始小说集的选编。编完后很放松，一夜睡如死猪。早起茶后，忽来兴致，想亲手蒸一碗儿时即痴爱的，业已久违了的鸡蛋糕。四年前胆结石被切除，医生提醒最好不要再吃鸡蛋。咱贪生，就听了医生的话。可是书稿编就，大有“立言完成、死亦无憾”的念头，所以冒死吃鸡蛋。

挑一颗大鸡蛋，磕破一瞧，居然是双黄！一时很惊喜，如同平时见了双胞胎般惊喜。这是巧合呢，还是某种暗示？直到中午，才试着自解“双黄蛋谜”。大概是指近期要出两本书吧；两本书最好由同一家出版社出吧。如果真是此种暗示，那么让谁出呢？还是先征求近邻意见为好。就给军孝兄写了一封信。并不是打电话、发短信，而是亲笔写信。目的一是操练手札，再是复活古人的“鱼雁传书”的风雅。

五天后，收到军孝兄回信：“小说选与散文选形成一个对称多好！风格统一，也利销售，交给愚兄出吧！”立即给南方那家出版社打电话，备述原委（好在没签合同），并承诺“若再有长篇，当孝敬贵社”。对方终于表示理解。挂断电话，自掌嘴巴一个：这不是说谎么！长篇就那么容易写的？就是写，牛年马月能写成？顾不了那多，且急功近利一回。小人也得有人做啊。

这便是本小说集《米霞》的成书经过。

作 者

2012年2月28日·采南台